REBEL University

HOT AS HELL

Collection New Romance® créée par Hugues de Saint Vincent,
dirigée par Arthur de Saint Vincent
Ouvrage dirigé par Sylvie Gand

Photo de couverture : © Shutterstock - Udra11
Couverture : Emmanuel Pinchon
Illustrations : © Nicolas Jamonneau

34-36 rue La Pérouse
75116 PARIS
www.hugopublishing.fr

ISBN : 9782755669114
Dépôt légal : septembre 2023
Imprimé en France par CPI Brodard et Taupin

ALFREDA ENWY
ALICIA GARNIER

REBEL University

HOT AS HELL

Hugo Roman

Note des autrices :

Écrire une romance universitaire était pour nous une évidence, y ajouter le contexte du hockey le challenge supplémentaire. Les règles du championnat universitaire étant complexes, afin que ça ne soit pas indigeste pour vous, nous avons pris des libertés concernant le tournoi ! On espère que vous passerez un merveilleux moment en compagnie des Grizzlys. Belle lecture !

Alfreda et Alicia

À toutes ces Harper en puissance,
à toutes ces filles qui un jour ont laissé
les autres les saborder par rapport à leur corps.
Personne, absolument personne,
n'a la permission de le critiquer.
Votre corps est un temple, le vôtre.
Et vous êtes tellement belles.
Alfreda Enwy

À mes filles qui auront rythmé
l'écriture de Rebel du début à la fin,
et à Alfreda pour avoir été à mes côtés
malgré mon humour douteux !
Alicia Garnier

CHAPITRE 1

Sarcasm :
(noun) 1 : The use of irony to mock or convey contempt.
2 : The brain's natural defense against stupidity.
3 : The ability to insult idiots
without them realising it[1]*.*

(Vu sur Internet)

HARPER

– Bon sang, je ne m'y ferai jamais à ce poster, soupire Maeve.

Elle regarde Elijah Wood dans le rôle de Kevin, le psychopathe muet du film *Sin City*. Je souris en retour sans pour autant lever la tête de mon livre. Je le connais par cœur, il est affiché au-dessus de mon lit depuis plus d'un an maintenant. Le sang sur le visage de l'acteur, son expression, le tout mis en valeur par l'effet noir et blanc de l'image. Il est terrifiant… et je l'adore ! Ce n'est pas le seul psychopathe de cinéma accroché au mur de ma chambre d'ailleurs, il y a également le juge DeMort, incarné par le célèbre Christopher Lloyd dans *Qui veut la peau de Roger Rabbit ?*

---

1. Sarcasme (nom) : 1 : Usage de l'ironie pour se moquer de quelqu'un ou inciter au mépris. 2 : Défense naturelle de l'esprit contre la stupidité. 3 : Capacité à insulter les imbéciles sans qu'ils s'en rendent compte.

mais aussi John Doe dans le film *Seven*. Ajoutez à cela des coupures de presse de quelques déséquilibrés qui ont réellement existé comme Ted Bundy et vous avez l'ambiance de mon « antre ». D'un geste calculé, je repose mon manuel avant de lui répondre :

– Il est si beau pourtant…

Ma meilleure amie me lance un regard en coin. J'ai l'impression qu'elle n'est pas d'accord avec cette affirmation.

– Il était chou dans *Le Seigneur des anneaux*, là, il est…

Un frisson la secoue légèrement, ce qui me fait rire intérieurement.

– Je me répète, mais je ne sais pas comment tu arrives à dormir avec des types pareils accrochés aux murs, conclut-elle.

– Moi, ce sont les licornes qui me font peur, je réponds. Et puis si jamais un tueur entre dans ma chambre, il se dira qu'il vaut mieux ne pas faire chier cette fille-là. C'est gagnant-gagnant !

– C'est officiel, tu es folle.

J'aime les tarés, ça va du gentil fou au *serial killer*. Qu'ils soient fictifs ou non, j'éprouve une curieuse obsession pour eux. Je les trouve fascinants. Ils sont tellement intéressants pour peu qu'on plonge quelques secondes dans leur psyché pour essayer de les comprendre. De *Blue Velvet* à *Orange mécanique* en passant par *Le Silence des agneaux*, j'ai vu tous les films possibles avec des *serial killers* ou des psychopathes. Je lis aussi beaucoup d'articles ou regarde des documentaires sur les vrais tueurs en série qui ont sévi, comme Ed Kemper ou Jeffrey Dahmer. Je trouve intéressant d'étudier des cerveaux aussi compliqués que machiavéliques.

– Ça, tu le sais depuis longtemps et ça ne t'empêche pas de m'aimer.

Maeve sourit. La seule chose qu'on ne partage pas, c'est mon amour pour les tueurs en série, pour le reste, on s'entend à merveille. On étudie le journalisme toutes les deux, on s'est rencontrées lors de notre premier cours l'année dernière et on ne s'est plus quittées ensuite. Notre duo, ça a vraiment été une évidence, comme dans les histoires que me racontait ma mère quand j'étais plus jeune, sur ses propres amitiés durant ses années de fac. Elle a fait la connaissance de mon père et de sa meilleure amie sur les bancs de l'université. J'aime à penser qu'il en sera de même entre Maeve et moi.

– Tu es prête ?

– Tu en penses quoi ?

Je prends la pose, et agite un sourcil tandis qu'elle m'observe attentivement. Physiquement nous sommes à l'opposé l'une de l'autre. J'ai la peau blanche, alors que celle de Maeve est mordorée. Elle a de longs cheveux noirs frisés, tandis que les miens sont aussi blonds que les blés. Maeve a un physique très svelte, je suis ronde. Nous avons vraiment des morphologies différentes, pas comme toutes les BFF[2] qu'on voit dans les séries ou sur les images d'applications comme Pinterest. Mais c'est justement cette opposition entre nous qui m'a poussée à faire des vidéos avec elle. Qui a dit qu'il fallait forcément qu'on se ressemble pour s'aimer ?

– Tu es belle, répond-elle en souriant. J'adore ton jean, je suis tellement dégoûtée de ne pas l'avoir trouvé à ma taille. On aurait pu se pavaner à deux comme les meufs sexy qu'on est…

– Comme dans ces vidéos qui font fureur sur TikTok avec une fille ronde et une fille mince portant les mêmes vêtements ?

– Oui ! On devrait le faire sur ton compte Instagram, tu ne crois pas ? Je suis certaine que ça marcherait super bien.

2. BFF : *best friends forever* (meilleures amies pour la vie).

– J'y avais déjà pensé, je lance. Parce que la viralité de ces vidéos nous permettrait de toucher plus de monde et de parler *body positive* au plus grand nombre. Beaucoup de personnes en ont besoin et on ne voit pas assez ce genre de contenu sur les réseaux, on pourrait y arriver avec une vidéo comme ça, en plus de s'éclater à la préparer !

– Cool, j'ai hâte ! Ça va être super fun en plus, et puis ça veut dire qu'on va faire du shopping. La thérapie par excellence !

– Si tu veux, on passera une commande de fringues ce week-end.

Je suis contente quand je la vois aussi excitée que moi à l'idée de ce projet commun. Bon sang, on ressemble à des gosses à chaque fois qu'on fait des plans de ce genre.

– J'ai trop hâte ! s'exclame-t-elle.

Je m'observe à travers mon grand miroir, témoin de tous les selfies qui alimentent mon compte Instagram. Un jour, j'en ai eu ma claque de ces diktats de beauté et je me suis dit qu'il fallait parler du *body positive*. Ras le bol des magazines prônant les régimes avant toutes les vacances d'été, marre de ces magasins de vêtements avec leurs tailles qui ne vont pas au-delà du quarante-deux, sans parler des silhouettes des mannequins dans les défilés, qu'on a vus pendant des années et qui étaient devenus le modèle à atteindre. J'avais envie de prendre le contrepied et de parler de normalité, d'acceptation de soi. On a le droit d'avoir de l'acné, un bourrelet, ou des vergetures, même des poils sous les aisselles. On a le droit d'avoir une taille quarante-quatre ou trente-quatre et de se trouver canon. Le souci, c'est de s'accepter soi-même. La société a rendu cela pratiquement impossible…

C'est Maeve qui a pris la toute première photo que j'ai postée sur mon compte. Je posais en sous-vêtements, avec mes bourrelets, et j'avais écrit sur une de mes jambes le mot

« Normal » pour dénoncer ces critères de beauté qu'on nous impose, qu'on nous inflige depuis des années. Je ne pensais pas que le cliché aurait du succès, pourtant, il a atteint les cinquante mille *likes* en trois jours. Jamais je n'aurais cru devenir influente un jour… Et pourtant, plus le temps passe et plus je me suis rendu compte à quel point nous avions besoin de ça, hommes comme femmes. De nous sentir bien dans notre peau, quelles que soient nos formes. Alors c'est devenu mon combat personnel.

Aujourd'hui, je porte un jean troué, une paire de Vans violette, et un gilet parme par-dessus mon tee-shirt blanc, et je me trouve jolie. Il y a deux ans, jamais je n'aurais dit ça de moi

– Tu as les affiches, au fait ? je demande en me détournant de mon reflet.

– Elles sont dans mon sac, acquiesce Maeve.

Avec ma complice du jour, j'ai décidé de placarder des affiches sur notre campus : John Rebel University. Parce que pas plus tard que la semaine dernière, Mila, une étudiante, s'est fait agresser en rentrant des cours. Heureusement, elle avait un spray au poivre et elle a pu se défendre et s'enfuir. Ce jour-là, elle portait un crop-top et des gros enfoirés ont balancé sur le réseau social de Rebel que sa tenue était provocante. Le « elle l'avait bien cherché » n'était pas très loin. Alors l'administration de la fac a coupé court à tout débat. Elle a décidé de modifier le règlement en conséquence. Tandis qu'ils imposent aux *cheerleaders* des tenues de plus en plus courtes, nous autres, étudiantes lambda, devons revoir notre code vestimentaire. Ça me fout hors de moi. Tout ça à cause d'un putain de connard mal éduqué, une fille est maintenant terrorisée et l'université décide que c'est la faute de ses fringues… Parfois, on croit vraiment rêver. Cette histoire nous a tellement révoltées qu'on a décidé de placarder des affiches sur le consentement pour rappeler que c'est « mon corps, mon choix, mes fringues ». Oui, car s'habiller comme on veut est un droit et si on nous l'enlève aussi, ça laisse la porte ouverte à de nouvelles restrictions.

– Super ! On y va, alors.

Je suis Maeve hors de la pièce. Nous louons un appartement toutes les deux. L'année dernière, nous étions avec une autre fille dans une piaule, dans le dortoir de la fac, et puis sur un coup de tête, on s'est dit qu'on serait quand même beaucoup mieux dans un appartement rien qu'à nous. On aurait plus de place, une chambre chacune, et surtout on ne partagerait plus notre salle de bains. Parce que les douches collectives, quelle horreur… C'est la meilleure idée qu'on ait eue, car même si cela nous coûte plus cher, on s'est vraiment créé notre cocon rien qu'à nous. J'enfile ma veste et j'attrape mon sac avant de quitter les lieux.

– Il caille, je râle.

S'il fait déjà froid début octobre, je n'ose imaginer les températures de cet hiver. Je ne suis définitivement pas faite pour ce climat, j'aime le soleil. C'est probablement dû au fait que j'ai grandi en Floride que je n'ai quittée que pour poursuivre mes études ici, dans l'État du Michigan où il fait rarement plus de vingt-cinq degrés. Heureusement que je rentre chez moi pour certaines vacances, c'est vital !

– Ouais, attends, je vais mettre le chauffage, ça va vite nous réchauffer.

On s'engouffre dans la voiture de Maeve qui nous protège un peu des éléments. C'est surtout le vent qui est froid, et durant l'hiver, il devient glacial.

– T'as pas peur qu'on se fasse choper ? demande Maeve, me sortant de mes pensées.

– Non, pourquoi ?

– D'ordinaire, c'est moi qui prépare les mauvais coups et qui fais des choses interdites, pas toi. C'est comme si t'allais perdre ta virginité du crime !

Je ne peux retenir un petit gloussement. La vision de Maeve sur les événements est tout aussi unique qu'elle.

– C'est trop important cette fois, je dois faire quelque chose.

– Je déteins sur toi, roucoule ma meilleure amie. J'aime ça.

– Tu sais que quand j'ai une idée en tête, je ne suis soulagée que lorsque je suis allée au bout.

– Ah ça… acquiesce-t-elle.

La décision de l'université m'a tellement révoltée que d'une manière ou d'une autre, j'ai besoin d'agir pour montrer que je ne suis pas d'accord. Cette fois, ça passe par coller des affiches un peu partout pour clamer que les filles n'ont pas à modifier leur manière de s'habiller parce qu'il y a eu une agression. Ce sont les hommes qui doivent changer leur façon de penser, et certainement pas nous qui devons changer nos fringues.

– Ça me met tellement en colère, cette histoire. Alors même si le risque de me faire choper et punir existe, je ne peux pas ne pas agir, j'explique.

Maeve démarre et prend la direction de l'université.

– Si on ne se bat pas, personne ne le fera pour nous, j'ajoute plus doucement.

– J'aimerais pouvoir faire plus. Je suis sûre qu'avec ton caractère bien trempé, tu vas trouver d'autres idées de *queen* !

Elle dit ça alors qu'elle peut se montrer absolument redoutable quand elle est en colère.

– T'es pas mal dans ton genre, tu sais. Il n'y a pas un dicton qui dit que plus c'est petit, et plus ça mord fort ? je plaisante.

Elle glousse en poussant le son de la radio quand elle entend *In Your Eyes* de The Weeknd. On se met à chanter à tue-tête en laissant nos craintes derrière nous.

– Bon, on se sépare ? demande Maeve.

– C'est mieux, on couvre plus de terrain en moins de temps. Comme ça, moins de risques de rencontrer le service de sécurité.

– OK, je pars en direction de la bibliothèque.

– Et moi, vers le bâtiment sportif et on se retrouve en cours !

Sans plus attendre, on se sépare. Armée de mes affiches et de mon spray de colle, je m'achemine vers le campus. J'espère que ça va toucher quelques étudiants, en révolter d'autres ou du moins les faire réagir. Parfois il suffit de quelques personnes pour faire bouger les choses. Je n'aime pas les injustices, alors j'essaie de les combattre avec mes faibles moyens. Je mets la première affiche sur un des murs de l'enceinte de l'université, puis je reprends mon chemin. Il y a déjà du monde sur les lieux ce matin, j'ai le droit à quelques regards en coin, mais ça ne m'empêche absolument pas de continuer ce que je fais. J'ai un caractère assez borné et je fonce toujours tête baissée, sans forcément réfléchir aux conséquences, mais j'entreprends toujours les choses avec passion. Comme mes études de journalisme, mon implication dans le journal de la fac ou encore mon podcast à la radio de Rebel. Quand quelque chose me tient à cœur, je m'investis à cent pour cent.

Je recule pour admirer mon affiche collée en plein milieu d'un panneau d'informations, lorsque je suis violemment percutée. La chute n'a rien de doux et mon dos absorbe la grosse partie du choc sur le gazon.

– Bordel, c'est quoi de ce délire ? je râle sans comprendre ce qui m'arrive.

Quand je relève péniblement la tête, je découvre que je ne suis pas seule à terre. Il y a quelqu'un de vautré sur moi, qui m'empêche de bouger.

– Je...

Le type qui relève la tête vers moi ne m'est pas inconnu. Je crois que c'est l'un des sportifs chouchous de la fac. Avec ses cheveux noirs légèrement ondulés qui encadrent son visage, ses yeux noirs et son teint cuivré, il est plutôt sexy. Il hausse un sourcil tout en m'adressant un sourire en coin absolument ravageur.

Il se prend pour Flynn Rider ou quoi ?

– Désolé, dit-il. Pas de bobos ?

– Si, mon dos t'insulte si fort que je suis surprise que tu ne l'entendes pas.

Il éclate de rire, mais ne semble pas décidé à bouger. Au contraire, il appuie les paumes de part et d'autre de mon visage, comme si tout était normal. Je suis étendue sur l'herbe, avec un mec allongé sur moi. Et il me détaille tranquillement. Ou je me suis cogné la tête au passage et j'hallucine, ou ce mec a un grain.

– Sérieusement rien de cassé ? L'impact a été plutôt violent, étant donné ma musculature digne des plus grands athlètes

OK, c'est définitivement un abruti.

– Tu embrasses ton reflet tous les matins, Narcisse ?

– Sans exception, répond-il.

Putain, mais c'est qui, ce débile ?

– Mec, tu te décides à te relever ou pas ? Parce que si tu ne veux pas que ta prochaine phrase soit : « Mes couilles, putain tu viens de me foutre ton genou dans les couilles… », je te conseille de bouger ton cul.

Alors que je le vois ouvrir la bouche pour me répondre, je remarque soudain qu'il est torse nu. J'ai basculé dans une autre dimension ou quoi ? On est début octobre, dans l'État du Michigan, et lui n'a pas de tee-shirt !

– Sérieusement, qu'est-ce que tu fous dehors sans pull par ce temps ? Tu t'es pris pour un loup-garou ou quoi ?

– Tu poses beaucoup de questions mais ne réponds pas à la mienne. Alors pour jouer le jeu : je suis plus que sans pull, j'ai relevé un pari, et jusqu'à preuve du contraire si je devais être un animal ça serait un grizzly.

– Pardon ? Je ne comprends absolument rien à ce que tu baves, je réponds, agacée par son comportement immature.

Il lève les yeux au ciel, perdant patience à son tour.

– Est-ce tu vas bien ou tu as une douleur quelque part ? Avant de me redresser je veux être sûr de pas te blesser encore plus.

Avant que je ne puisse lui répondre que, malgré la douleur lancinante dans mon dos, je me sens bien, nous sommes interrompus.

– Eh mec, tu te relèves ?! T'as pas fini de faire le tour du campus, je te signale. Tu feras frotti-frotta plus tard.

Je tourne la tête, et vois un type qui porte un blouson de l'équipe de hockey, tout sourire, en train de filmer la scène avec son téléphone. Pire, il y a un attroupement autour de nous. Plus d'une dizaine de personnes nous regardent. Il se passe quoi ici ? Et surtout, qu'est-ce que je fiche au milieu de tout ça ?

– Je crois qu'on a des spectateurs. On leur donne du croustillant ? me balance-t-il en agitant comiquement les sourcils.

Alors que je rêve de m'enfoncer six pieds sous terre pour fuir cette dimension très bizarre, je lui donne une tape sur les fesses. Ça claque tellement fort que ma main me brûle.

Merde, il est vraiment à poil.

C'est quoi ce délire ?

– Relevez-vous tous les deux ! nous ordonne une voix d'homme.

– Réponds-moi, tu n'as pas mal quelque part ? insiste-t-il.

– Non, je souffle.

Après un sourire charmeur, il se redresse et m'entraîne. Je remarque alors que toutes mes affiches sont éparpillées au pied du tableau sur lequel j'étais en train de les coller. Mon cœur s'affole quand je repère les agents de la sécurité de la fac qui incitent tout le monde à déguerpir. Un coup d'œil à l'Adonis qui est en train de lire un de mes flyers près de ses pieds et un mauvais pressentiment s'empare de moi. Un sourire démoniaque lui mange le visage. En une seconde il est derrière moi, et fait mine de me prendre en otage.

Et merde, il manquait plus que ça.

– Je la tiens ! Je l'ai attrapée pour vous. C'est elle que vous voulez, non ?

Il me maintient comme si j'étais un bouclier humain contre les agents de l'université. Lorsqu'ils s'avancent vers nous, il recule en me secouant dans tous les sens pour les empêcher de nous atteindre. Deux pensées se percutent à ce moment dans mon cerveau : « Mon Dieu, mais où ai-je atterri ? », vite suivi de : « Bordel, je vais l'étriper ! »

– Regardez, elle collait des affiches sur les murs. Ouuuh, la rebelle !

– Non, mais lâche-moi, abruti ! je râle en me tortillant.

Ce qu'il finit par faire, à l'instant où j'écrase son pied avec mes baskets. Je fais volte-face et je le pousse aussi fort que possible. Il chancelle à peine, le bougre. Et maintenant que je me tiens face à lui, je peux apprécier la vue… intégrale. *Oh mama !* Avant qu'il ne se rende compte de ma réaction, je change de tactique.

– Et habille-toi, bordel, il est trop tôt pour *ça* ! je gueule, en désignant vaguement la partie basse de son corps.

– Pourquoi ? Genre, tu la trouves moche ? lâche-t-il en regardant son entrejambe. J'en suis assez fier et je suis assez susceptible quant aux critiques négatives à son égard. Du coup, dis-moi si tu vois quelque chose à améliorer, je peux toujours essayer de te faire plaisir. Dans la limite du raisonnable quand même, j'ai mes propres standards.

Il me balance ça en mettant ses deux poings sur les hanches et en bombant le torse à la Superman.

Ma parole, ce type a vraiment un souci.

– Bon, les deux clowns, nous interpelle l'un des officiers. Suivez-moi, maintenant !

– On peut savoir où ? demande le crétin.

– Chez la doyenne.

Et merde.

– J'en ai pas tellement envie. Et toi ? me demande-t-il. Je préfère même aller en cours.

Je lève les yeux au ciel. Non, je ne souhaite pas me prendre un sermon moralisateur, mais hors de question de lui dire qu'on est d'accord sur quoi que ce soit !

– Dépêchez-vous !

Le type en face de nous s'impatiente à mort et il n'a pas l'air d'apprécier l'humour du boulet qui m'accompagne. Mais même si je suis agacée, il m'amuse au fond de moi, cet idiot. Cette situation est risible, il faut dire, et au vu du nombre de portables braqués sur nous, je n'ai pas fini d'en entendre parler.

– Je peux au moins avoir un jean, ou quelque chose d'autre ? Je ne vais pas faire la fine bouche, à ce stade-là, négocie-t-il.

– Tu n'avais qu'à y penser avant.

– Pas de souci, je m'adapte, lâche-t-il avec un aplomb du tonnerre.

Il me dépasse, en marchant avec une aisance incroyable alors qu'il se trimballe à poil devant une bonne cinquantaine d'étudiants. Quand je remarque la trace de mes doigts sur sa fesse, c'est plus fort que moi, j'éclate de rire. J'ai dû taper plus fort que je ne le pensais.

CHAPITRE 2

Je déteste qu'on me fasse passer pour un con…
j'y arrive très bien moi-même.
(Vu sur Pinterest)

HUNTER

Des-pa-ci-to ! Quiero desnudarte a besos despacito[3]…

Je ne sais pas pourquoi, mais cette chanson tourne en boucle dans ma tête depuis que j'ai le cul posé sur une chaise face à la porte de la doyenne. Les lettres dorées sur la plaque à côté de sa porte ne me font plus vraiment peur, j'y suis trop habitué : Kathleen Wells.

Firmo en las paredes de tu laberinto…

Ma tête remue en rythme avec la mélodie entêtante, et un sourire niais barre mon visage quand je repense à ce qui m'a amené à poireauter là et à ne pas être en cours. *Tout a commencé avec Cade.* Tout part *toujours* de Cade, en fait… Ce mec est un aimant à conneries, et je suis le premier à plonger dedans. Ce matin, alors que j'étais en train de finir de me préparer pour partir en cours, il a débarqué dans ma chambre pour me montrer une vidéo. On y voyait un joueur de hockey d'une autre université de Californie qui courait à poil sur son campus. Elle totalisait plus de

3. *Despacito* de Luis Fonsi ft. Daddy Yankee.

quarante mille vues en moins de deux jours sur Instagram. J'ai eu le malheur de dire que le type n'avait aucun mérite, car il devait faire trente degrés là-bas, que ça serait un *vrai* challenge de le faire ici. J'entends encore clairement sa petite phrase mesquine : « Ah ouais ? Alors si c'est si simple, enlève tes fringues, et c'est parti ! À moins que tu n'aies pas les couilles pour ça ? »

Je n'ai pas beaucoup de principes dans la vie, mais quand mon honneur est remis en question, mon cerveau plante en mode *Error 404*. Et sans que je comprenne ni le comment ni le pourquoi, je me suis retrouvé à courir comme un débile. Et je me suis gelé les noix jusqu'à ce que je percute la jolie blonde qui me fusille du regard en ce moment même.

Y hacer de tu cuerpo todo un manuscrito…

– Je te jure que si tu fredonnes encore un seul passage de cette chanson, je te sectionne les cordes vocales, menace-t-elle.

Piquante, la demoiselle !

Mes pensées carburent à fond car elle ne réagit pas comme les autres filles que je fréquente, qui veulent finir dans mon lit, ou y passer pour atteindre le pieu d'un de mes coéquipiers. Non pas que je m'en plaigne, soyons honnêtes deux secondes. J'ai vingt et un ans, il ne me reste plus que deux ans d'études, je suis au top de ma célébrité. Si je n'en profite pas maintenant, je ne le ferai jamais.

Je la dévisage, elle est un vrai délice pour mes rétines. Si on omet les *vibes* meurtrières qu'elle envoie dans ma direction, je suis sûr qu'on pourrait finir par faire plus ample connaissance. Alors pour la taquiner un peu plus, je prends une grande inspiration, prêt à lui livrer ma meilleure version de *Despacito*.

– Ne me tente pas… me coupe-t-elle.

– Chérie, tu dois faire 1,20 mètre les bras levés et je culmine à 1,86 mètre…

– Je mesure 1,65 mètre, déjà, connard, et crois-moi sur parole quand je te dis qu'avec ce qu'il y a sur le comptoir derrière toi, j'ai tout ce qu'il me faut pour mettre ma menace à exécution.

Intrigué, je me lève pour regarder le bureau d'accueil en question, l'éternelle madame Harmon s'y tient et m'observe en souriant, non, en se moquant de moi. Elle savoure ce moment où une fille me tient tête. Il faut dire que je suis un habitué des lieux, j'en viens à me demander si la doyenne n'a pas un petit faible pour moi…

– Si tu cherches avec quoi je pourrais t'empêcher de chanter, il s'agit de la paire de ciseaux qui est dans le pot orange sur le bureau.

Je dois me pencher pour voir l'objet de sa convoitise. Comment…

– Eh ouais, Sherlock, au moment où je me suis assise j'avais déjà un moyen de te réduire au silence.

J'ouvre la bouche, sous le coup de l'étonnement. Qu'est-ce qui ne lui plaît pas dans ma magnifique personnalité pour qu'elle soit aussi impétueuse ? Certes, notre rencontre a été assez percutante, mais on dirait que j'ai pissé dans ses céréales alors que je ne réserve cette blague qu'à Griffin…

– Pour ton information, ton drapeau se fait la malle.

Un rapide coup d'œil vers mes hanches m'apprend que ce qui me sert de pantalon, à savoir le drapeau jaune et noir de notre équipe de hockey, est sur le point de tomber. Ma secrétaire adorée rigole doucement depuis son poste de travail et je lui envoie mon sourire le plus étincelant, ce qui fait râler ma partenaire de crime.

– Alors comme ça, t'es du genre petite rebelle qui colle des affiches en douce sur le campus avant le début des cours ?

Pour seule réponse, elle se contente de me présenter son majeur, dont le vernis violet scintille rien que pour moi.

– Oh allez ! Tu comptes bouder longtemps ? Ce n'était pas si important que ça, au final, cette histoire de fringues, je tente en m'approchant d'elle.

Erreur fatale. *Game over.*

Je ne sais pas exactement lequel de mes mots a été le déclencheur, mais un instant elle est assise sur sa chaise à m'ignorer, le suivant elle est devant moi. Ses poings sont crispés, le rouge lui monte aux joues, et ses yeux m'enterreraient vivant s'ils en avaient le pouvoir. Merci, dieu du hockey, ça n'est pas le cas.

– Pas important ? Pas important ! C'est exactement à cause de ce genre de discours que je dois coller des affiches ! Pour toi, c'est une histoire de vêtements, pour toutes celles qui possèdent un vagin, c'est une histoire de sécurité, de droit, de confort, et de LIBERTÉ !

À chaque argument, elle enfonce son doigt dans mon torse comme si elle voulait me transpercer. J'imagine qu'elle en rêve, vu sa fougue.

– Tout ça parce que tu as un pénis entre les jambes, tu ne te soucies pas de ce genre de règles. Tu peux courir nu sur un campus, et ça fait rire tout le monde. Une fille se ferait traiter de salope et ça détruirait sa vie alors que toi, on va te taper dans le dos pour ça… Tu peux me dire en quoi c'est juste ?

– Euuuuh, je tente en glissant sur la chaise voisine pour fuir son doigt.

À vrai dire, mon attention s'est fait la malle quand elle a mentionné ma bite et le maniement d'une paire de ciseaux de façon si rapprochée. Mais pour faire bonne figure, je vais même jusqu'à lever les mains afin de lui montrer que je ne suis pas dangereux, sait-on jamais, des fois qu'elle aurait encore envie d'attraper de quoi me trancher la gorge. Je note mentalement de ne plus la chauffer sur ce sujet. Il faut que je trouve un truc pour détourner son attention et sa colère pour un moment. Alors je fais la première chose qui me vient en tête. Je chante.

– *Des-pa-cito*
Quiero respirar tu cuello despacito
Deja que te diga cosas al oído
Para que te acuerdes si no estás conmigo
Des-pa-cito
Quiero desnudarte a besos despacito
Firmo en las paredes de tu laberinto
Y hacer de tu cuerpo todo un manuscrito

Je rajoute quelques petits mouvements de danse histoire de parfaire le tout. Et ça marche, sa fureur s'envole d'un coup.

– T'as aucun instinct de survie, me balance-t-elle avant de prendre appui sur le comptoir pour se hisser et attraper l'arme de mon futur meurtre.

Je savoure une microseconde ses fesses moulées dans son jean qu'elle tend dans ma direction avant de la plaquer doucement contre le meuble. Malheureusement pour moi, madame Harmon a disparu, je ne peux pas compter sur elle pour me filer un coup de main.

– Instinct de survie, je ne sais pas, mais d'autres, carrément…

– Lâche-moi !

– Chérie, lâche ces ciseaux, je lui dis au creux de l'oreille.

Je maintiens son bras collé sur le bois pour ne pas qu'elle se blesse, ni moi au passage. Je suis bien trop charmant pour être éborgné dans un accès de colère injustifié.

– Appelle-moi encore une fois « chérie » et ce n'est pas ta gorge que je vais viser, me réplique-t-elle en se débattant.

Je ne sais pas quelle image on renvoie mais je ne peux pas m'empêcher d'exploser de rire en l'imaginant. Cette situation est insensée.

– Qu'est-ce qu'il se passe ici ?!

Oh, cette voix… La furie entre mes bras se fige aussi, elle l'a reconnue.

– Pose ton arme, et je te laisse tranquille, je chuchote au creux de son cou.

Un simple signe de tête de sa part, et un bruit retentit ; elle n'est plus armée. Je me recule enfin, et on se retourne au même moment face à ma chère et tendre madame Wells, autorité suprême ici, à Rebel.

– Clark, dans mon bureau ! lance-t-elle avant de disparaître dans la pièce.

J'obtempère quand je me rends compte que la fille s'y dirige également.

– Chér… je m'interromps juste à temps avant de prononcer le mot défendu. Ô jeune inconnue, tu dois te planter, car c'est moi, Clark.

– Oh bordel, c'est pas vrai, dites-moi que je rêve, marmonne-t-elle en levant les yeux au ciel, avant de poursuivre sa route.

C'est quoi ce délire ? La meuf veut prendre le tir à ma place ?

– Tu sais, je pense que notre directrice sait que Hunter Clark est un homme et non une jolie blonde, je raille.

Dos à moi, elle se fige avant de se retourner, lentement, dans ma direction.

– Ton nom de famille est Clark ?

Elle semble abasourdie, ce n'est pourtant pas si compliqué.

– Oui, tu sais, comme Clark Kent, sauf que moi, c'est pas mon prénom. Enfin, t'as compris.

– Épelle-le.

Elle me prend pour un demeuré fini, c'est clair. Mais la situation m'amuse et je vais user de tous les moyens pour retarder la remontée de bretelles qui m'attend.

– C-L-A-R-K.

Un petit rire à la limite de l'hystérie franchit ses lèvres, pile au moment où la doyenne revient à la charge.

– Qu'est-ce qui vous prend autant de temps, Clark ?

– C'est pas ma faute, m'dame. Elle m'empêche de passer.

Après un regard plein de menaces que j'espère qu'elle ne mettra pas à exécution, elle se retourne pour faire face au grand méchant loup.

– Je suis désolée, madame Wells, il y a comme un quiproquo. Mon nom de famille est également Clarke, mais avec un « e »…

– Mais qu'est-ce que vous faites là, alors ?

De l'endroit où je me tiens, je vois ses méninges tourner à pleine vitesse pour trouver une excuse qui la sortira de la merde dans laquelle elle est… C'est tellement adorable de sa part de penser que je vais laisser filer l'occasion de la balancer… *Si je plonge, tu plonges !*

– Elle collait des affiches illégales sur le campus !

Ni une ni deux, elle me fout un coup de poing dans le bras. La garce, ça fait super mal !

– Et elle tape l'un des meilleurs joueurs de hockey de cette fac !

Alors qu'elle ouvre la bouche pour riposter, la doyenne lui coupe l'herbe sous le pied.

– Tous les deux, dans mon bureau, maintenant ! Bon sang, j'avais vraiment besoin de ça un lundi matin, bougonne-t-elle.

Après une mini-bataille pour savoir lequel de nous deux entrera en premier dans la pièce – spoiler : c'est elle, parce qu'elle m'a poussé –, on s'assied face au bureau, sans un mot.

– Hunter, pouvez-vous m'expliquer pourquoi vous portez le drapeau de votre équipe comme seule tenue ? N'oubliez pas les détails, je sais à quel point vous les aimez.

– Pour la faire courte, il y a un pari en jeu qui nécessitait que ma glorieuse personne soit dans le plus simple appareil. Je ne voulais pas me présenter nu face à vous, ça aurait été gênant alors j'ai attrapé ce que j'ai trouvé en venant ici et…

La doyenne lève son doigt pour m'interrompre quand son téléphone sonne.

– Plus un mot, nous menace-t-elle. Allô ?

– C'est pas vrai, soupire la jolie blonde. Quel abruti !

– Un souci dont tu voudrais me faire part, *chérie* ?

Alors que la doyenne est occupée, je me penche vers elle. La belle inconnue roule des yeux. Mon Dieu, elle fulmine tellement, si elle avait le don de faire exploser les gens par la pensée, il ne resterait plus qu'une bouillie de Hunter Clark.

– Tu n'es pas en train de m'adresser la parole quand même ? T'as pas encore compris que je ne parle pas aux débiles dans ton genre, souffle-t-elle en détournant le regard.

– Pourtant il y a des mots qui sortent de ta bouche. Crève l'abcès, mini C, ça ira mieux après, je te jure. Faut pas garder les rancœurs pour soi, parce que vu ton état, tu vas nous faire un ulcère…

– Mini C ? T'es sérieux ? me demande-t-elle, exaspérée.

– Ben ouais, on a le même nom de famille, faut bien qu'on se différencie.

Je lui balance ça comme si c'était la chose la plus évidente au monde. Je prends beaucoup trop de plaisir à titiller ses nerfs, je m'amuse comme un petit fou. Elle plisse les yeux avant de répondre.

– Et ça fait quoi de toi ?

– C'est évident, non ? Big C ! Vu que chez moi tout est grand, je lui annonce avec un flash de mon sourire ultra-bright.

Elle souffle par le nez avant de se détourner.

– Permets-moi d'en douter, j'ai vu tout ce qu'il y avait à voir… Oh, et puis tu me tapes sur le système, je suis là à cause de toi et… t'as l'air tellement fier de ta connerie. Franchement, courir à poil, t'as quel âge ? Six ans ?

– Huit, s'il te plaît. Et pour le reste, je n'avais pas envie d'affronter le dragon tout seul, je dis d'une voix basse, en jetant un coup d'œil en direction de notre geôlière.

– Ce coup bas, crois-moi, tu vas me le payer.

– Tu me menaces ? C'est adorable.

– Bon, les deux clowns, reprend la voix sèche de la doyenne. Qu'est-ce que vous ne comprenez pas quand je demande le silence ? Je vous mets en attente deux minutes, monsieur Desmond, le temps de régler un petit souci.

Madame Wells nous fusille carrément du regard.

Oups.

– Très bien, vous êtes apparemment impatients que je m'occupe de vous, alors je vais faire de votre petit duo ma priorité numéro un de la matinée.

– Dé…

– L'année ne fait que commencer, et vous êtes déjà dans mon bureau, Hunter ! s'écrie-t-elle en interrompant le probable « désolée » de ma voisine. Il est hors de question que je passe une année similaire à la précédente. Je vous ai bien trop vu pour ma santé mentale. J'en ai assez de vos pitreries, et je me fiche de savoir que vous êtes essentiel à l'équipe. Si je dois vous suspendre, je le ferai et un renvoi est toujours possible.

Je me crispe, tout d'un coup très sérieux. Le hockey est ma bouffée d'air frais ici, les études sont hyper-prenantes, et sans ça, je ne tiendrais pas le coup. C'est la première fois depuis que je suis à Rebel qu'elle me menace de la sorte, j'imagine qu'elle en a clairement marre de mes conneries… et vu l'ultimatum, je devrais peut-être me calmer un peu. Il faut avouer que les membres de l'équipe et moi, on profite bien de notre célébrité et on s'en donne à cœur joie pour faire des trucs plus cons les uns que les autres.

– Est-ce que je me suis bien fait comprendre, monsieur Clark ?

Je hoche la tête pour seule réponse. Ça serait vraiment la merde si je ne pouvais plus jouer, d'autant que cette année, on a de bonnes chances pour le tournoi interuniversité de hockey : le Frozen Four.

– Voici mon conseil : ne me poussez pas à bout. Vous avez déjà été transféré d'un premier campus, n'en ajoutez pas un autre à ce piètre palmarès.

Après cette pique vraiment pas nécessaire, je me ferme complètement. C'est vache de sa part de foutre ça sur le tapis alors qu'on n'est pas seuls dans la pièce. Déjà que Blondie me déteste, il ne faut pas demander ce qu'elle pense de ça… Elle choisit ce moment pour se dandiner, mal à l'aise sur sa chaise, ce qui attire l'attention de notre bourreau.

– En ce qui vous concerne… Rappelez-moi vos nom et prénom, mademoiselle ?

– Harper. Harper Clarke, répond-elle.

Mon cerveau plante quelques secondes lorsque je reçois cette nouvelle information. C'est merveilleux, on a les mêmes initiales ! Si ce n'est pas un coup du destin… Je viens officiellement de changer nos petits surnoms : elle a plus une tête à s'appeler « Baby H ». Je ne peux empêcher les coins de mes lèvres de se soulever légèrement en imaginant la tête qu'elle va faire quand je vais le lui annoncer.

– Je me fiche de connaître le message de ces affiches. Il vous faut une autorisation pour en coller, et je ne me souviens pas d'en avoir délivré une à votre nom, je me trompe ?

– Non, madame.

Elle a beau donner l'impression de se soumettre à l'autorité de la doyenne, ses poings crispés sur ses genoux, eux, se révoltent. J'aime bien ce genre de fougue. On dirait que ses affiches et le message qu'elle voulait faire passer lui tiennent vraiment à cœur.

– Dans ce cas, vous allez tous deux consacrer du temps au service de l'université.

Je m'apprête à riposter ; avec mon planning et l'équipe, je n'ai pas vraiment de temps disponible pour ce type de conneries.

– Du genre collés ? Vraiment ? J'ai des entraînements, je ne…

– Collés, répète-t-elle en haussant la voix. Ensemble.

Ma frustration est balayée par un sourire quand je vois l'expression dépitée de Harper. *Oh que oui, ça va être drôle. Donnez-moi un stylo, où est-ce que je dois signer ?*

– Je ne sais pas encore exactement ce que je vous réserve, mais vous recevrez vos convocations dans votre boîte mail de l'université. Un seul écart et je doublerai les heures. Quant à vous, Hunter, prenez très au sérieux mon avertissement.

Je bondis sur mes pieds pour faire un salut militaire quand je sens le drapeau tomber à mes pieds.

Et merde.

CHAPITRE 3

Sleon une édtue de l'uvinertisé de Cmabrigde,
l'odrre des ltteers dnas un mot n'a pas d'ipmrotncae,
la suele coshe ipmrotnate est que la pmeirère
et la drenèire soeint à la bnnoe pclae.

(Vu sur Internet)

HARPER

Nettoyer le parc du campus. *Sérieusement ?* Comme si je n'avais rien de mieux à faire… Je n'en reviens pas de devoir me coltiner des espèces de travaux d'intérêt général. Tout ça parce que j'ai collé des affiches, et que ce crétin à poil m'a fait tomber. Sans lui, je n'aurais jamais été prise sur le fait. Je vais devoir le supporter puisqu'on doit effectuer notre peine ensemble. Maeve était morte de rire quand je le lui ai raconté, j'imagine qu'elle a également hâte que je rentre ce soir pour lui détailler comment ça s'est passé. Le temps perdu pour moi, elle s'en fout carrément, ce qui l'intéresse, c'est Hunter Clark.

Sérieux, à une lettre près, le même nom de famille, les mêmes initiales…

J'arrive devant le local du gardien avec une bonne quinzaine de minutes d'avance. J'aime être en avance, même pour faire des choses qui me prennent considérablement la tête.

– Salutation, Baby H ! s'exclame une voix joyeuse.

Je me tourne vers Hunter qui m'adresse un sourire XXL. Il est habillé, cette fois. Il porte une veste en cuir par-dessus son pull floqué du logo de l'équipe de hockey de l'université. Il ouvre à peine la bouche qu'il me soûle déjà. Je sens que ça va être long, cette histoire…

– Baby H ? Qu'est-ce qui est arrivé à Mini C ?

– J'ai décidé de changer, me répond-il en haussant les épaules. Tu es Baby H ! À moins que tu préfères que l'on revienne à l'époque du « chérie » ?

– Ne m'appelle surtout pas chérie, je bougonne.

– Sinon quoi ? Tu vas encore me fesser ? demande-t-il en arquant un sourcil. N'empêche, t'as frappé tellement fort que j'ai gardé une légère trace de tes doigts jusqu'à mon arrivée dans les vestiaires ! Mes potes se sont foutu de ma gueule, et je suis persuadé que Griffin a pris une photo mais il n'arrête pas de nier. Avoue, tu voulais que je pense à toi ?

Je l'ignore.

– Tu as trouvé des fringues ce matin, bravo !

Il se passe une main dans les cheveux en me souriant à nouveau :

– Je suis certain que tu me préfères sans, mais ouais, tu as vu ?

– Je préférerais être ailleurs, ça, c'est sûr, je grommelle à travers mes dents serrées.

– Faut voir le bon côté des choses, tu as le privilège de faire une tâche ingrate avec moi. Hunter Clark. C'est cool. Beaucoup de filles voudraient être à ta place…

– Si tu commences à parler de toi à la troisième personne, je te frappe. En plus, tu as conscience que je ne sais pas qui tu es, je mens.

L'idée d'égratigner son ego est beaucoup trop tentante.

– Je suis l'une des super stars de l'équipe de hockey de Rebel. Si tu ignores ça, alors je dois te montrer qui je suis.

– J'en ai assez vu…

– Tu mordrais presque, Harper Clarke.

– T'as pas idée d'à qui t'es en train de te frotter, *Hunter Clark*, je réponds.

Au moment où cette expression franchit mes lèvres, je m'en veux.

– Elle est là, la vérité, tu veux qu'on se frotte l'un contre l'autre ? Baby H, il suffisait de demander, je serai sage, promis.

Alors que je sens l'exaspération atteindre un niveau record, il semble parfaitement ravi.

– C'est vous, les étudiants envoyés par la doyenne ? beugle soudain une voix derrière nous.

On se retourne tous les deux. Habillé tout en gris, avec une casquette vissée sur la tête et une clope au bec, le gardien nous regarde de travers. Il a l'air carrément blasé.

On est deux. Bienvenue dans mon monde !

– Vous en faites, un raffut !

– Désolé, lance Hunter. Vous savez, les jeunes aujourd'hui, ils chient dans la colle.

Je lui donne un coup de coude, ce qui le fait rire. L'homme lève les yeux au ciel et disparaît dans le local derrière lui. Quand il revient, il nous tend à chacun des sacs-poubelles et des pinces à déchets.

– Merci, je dis en l'attrapant.

– Quand vous aurez fini, vous déposerez les sacs dans les bennes qui sont derrière le local, et viendrez me rendre vos outils, je validerai le nombre d'heures sur la fiche que la doyenne m'a donnée.

– Pas de souci, mon brave, répond Hunter, visiblement heureux.

Il vient réellement de l'appeler « mon brave » ? Le gardien roule des yeux. Bon sang, mais il sort dix conneries à la minute, on dirait qu'il ne peut pas s'en empêcher.

– Je déteste les jeunes, bougonne-t-il avant de claquer la porte derrière lui.

– Je crois qu'il ne nous aime pas, chuchote Hunter en se penchant vers moi comme s'il me confessait un secret.

Je décide de rentrer dans son jeu en l'imitant.

– Je crois surtout qu'il ne peut pas t'encadrer, et je ne peux pas lui en vouloir…

– Tu dis ça juste pour blesser mon petit cœur, au fond, je sais que tu m'aimes déjà.

Je lève les yeux au ciel, et j'avance sans répondre. J'ai envie d'en finir au plus vite. Il nous faut nettoyer le parc situé à l'est du campus, mais aujourd'hui, on doit s'occuper des tribunes sportives. Je sens que ça va être pénible, il y a eu un match de football hier soir… Et en général, les gens sont assez crades.

– Si on se sépare, on pourra couvrir plus de terrain, je dis en arrivant à destination. Alors…

– Tu ne t'enfuiras pas si facilement, me coupe-t-il. On reste ensemble, ce sera plus agréable.

– Ça dépend pour qui, je raille.

Son ricanement résonne autour de nous. Je ne le connais pas, mais il semble heureux en tout instant. Il vit certainement sa meilleure vie entre le sport, sa popularité, les fêtes et les nanas. Il doit sans doute s'en donner à cœur joie et en plus bénéficier de pas mal de passe-droits.

– Ils sont crétins, de me punir avec ça, ça m'amuse plus qu'autre chose.

Je jette un coup d'œil dans sa direction, alors qu'on avance. Il est en train de jouer avec la pince en l'ouvrant et en la fermant, comme un gosse. Je me retiens de sourire quand il la bouge dans ma direction et l'actionne plusieurs fois :

– Harper, je crois que j'en pince pour toi, dit-il d'une petite voix.

– Ne me braque pas avec ton truc, je râle par principe.

Il ne faudrait pas que je me mette à l'apprécier, ça serait beaucoup plus compliqué.

– Eh, Harper, tu veux qu'on se serre la pince ?

Je lui lance un regard en coin, il a toujours son foutu sourire. Difficile de ne pas le trouver craquant. Il est plutôt sexy… mais il le sait et ce genre de mecs, ce sont les pires. Parce qu'ils en usent et en abusent et pensent que grâce à leur charme, ils peuvent tout faire. Même si je le vois mal être un pauvre type, on ne sait jamais ce qui se cache derrière une gueule d'ange.

– Tu vas me sortir tous les jeux de mots avec « pince » ?

Il hausse un sourcil, aguicheur. J'imagine que ça veut dire oui.

– Je te trouve très pincée comme nana, Baby H.

Bon sang, il me fatigue !

– Je ne suis pas pincée, je ne t'aime pas, c'est différent.

– Mais pourquoi ? Tu ne me connais pas…

Il fait une petite moue, et je n'arrive pas à savoir si c'est parce qu'il est vraiment vexé ou parce qu'il se paye ma tronche. Difficile de le percer à jour quand, au premier abord, tout semble être une grosse blague pour lui. Cette amertume que je ressens pour lui, c'est assez personnel en fait, même si son côté gros lourd n'aide pas. Ça fait remonter beaucoup trop de choses à la surface… Mais je n'ai pas vraiment envie d'y penser, alors je préfère changer de conversation. Je commence à ramasser les déchets qui se trouvent au sol.

Les gens sont des porcs.

– Harper ? Harper ! Harper ! Har-per ! Je te préviens, je peux jouer à ça pendant des heures.

Je l'ignore, je me concentre sur ma punition. Je suis certaine que lorsqu'elle a vu qu'on s'engueulait dans son bureau, la doyenne s'est dit que nous punir ensemble serait encore plus pénible pour nous. Note à moi-même : la prochaine fois, penser à prendre mes écouteurs pour me couper complètement de lui.

– Harper ? Haaaaarper !

– Quoi ?!? je m'époumone.

Je fais volte-face. Je ne sais pas pourquoi il me fait sortir de mes gonds, mais il y parvient et ça me perturbe. En fait, je crois qu'il me rappelle mes années lycée et ces joueurs de football américain qui peuplaient les couloirs de mon établissement. Ces types imbuvables qui se croyaient mieux que tout le monde et qui se moquaient des autres. On leur pardonnait tout juste parce qu'ils savaient courir avec une balle, et qu'ils avaient des abdos… Je n'aime pas les sportifs parce que j'étais une de leurs cibles quand j'étais ado, et qu'ils m'ont traumatisée. Heureusement que tout ça est derrière moi et que je suis plus forte aujourd'hui.

– Pourquoi tu es si en colère ? demande-t-il, l'air charmeur.

– Parce qu'on est là à cause de toi.

– Tu collais des affiches, Baby H… Tu n'es pas si innocente que ça, je te signale.

– Mais si tu avais regardé devant toi, on ne m'aurait pas attrapée. Et si tu veux tout savoir, je n'aime pas les types comme toi, c'est aussi simple que ça. Je n'ai pas envie de parler avec toi, je veux juste finir cette heure interminable avant de rentrer chez moi.

– Tu préfères les moches, c'est ça ? Je ne vois que ça comme explication, vu que je suis *sooooo sexy* !

Je soupire :

– Voilà, c'est tout à fait ça. Tu as tout compris, tu m'as percée à jour, je lance en levant ma pince vers le ciel.

Hunter éclate de rire.

– Faut pas voir ces travaux d'intérêt général comme une corvée, mais plutôt comme une opportunité.

– Une opportunité ? Dans quel monde tu vois un côté positif à tout ça ?

– Déjà, on apprend à se connaître et…

Il regarde au sol, essaye d'y attraper quelque chose. Il finit par y arriver, et brandit fièrement sa trouvaille vers moi. Il y a un penny coincé dans le bec de sa pince.

– Peut-être qu'à la fin de notre punition, on en aura assez pour boire un café.

– Cool !

Je me remets à marcher, et je fourre dans mon sac plastique tous les déchets que je trouve. Mon boulet de partenaire fait de même.

– Bon, et si on mettait un peu de piquant à tout ça ? Celui qui trouvera le truc le plus crade gagne ?

Il aura tenu dix secondes sans parler. Je devrais peut-être lui offrir une sucette, avec la bouche pleine il la fermera sûrement…

– Si tu veux, je dis plus par ennui que par réelle envie.

– OK, alors j'ouvre les hostilités, mademoiselle Clarke. Avec… ceci !

Je me retrouve quasiment nez à nez avec une foutue capote usagée. Je le fixe en louchant, à moitié dégoûtée.

– Je prends la première place, ricane-t-il, en agitant le préservatif.

– Putain, mais colle-la-moi sur le front tant qu'à faire. Dégage-moi cette horreur. Bon sang, c'est dégueulasse.

Il éclate de rire, et la regarde avec curiosité avant de la mettre dans son sac-poubelle.

– Au moins, ils ont utilisé une capote… C'est peut-être une de celles qu'on a distribuées en début d'année, les gars et moi, ajoute Hunter.

– Merveilleux ! je m'exclame. Vraiment merveilleux !

Le pire, c'est qu'il dit peut-être la vérité. Si j'ai bien entendu une rumeur sur les membres de l'équipe de hockey, c'est qu'ils ne vont pas souvent au lit seuls. Au point d'avoir réussi à obtenir des capotes gratuites en quantité pour les distribuer sur le campus. L'événement a beaucoup fait parler.

– Allez, détends-toi ! On est jeunes, on est beaux, on est dans une belle université, sérieusement, il y a pire dans la vie qu'être punie avec moi, non ?

– Pire, je ne sais pas, mais mieux, il y a des tas de choses qui me viennent à l'esprit, je dis en souriant.

– Ah, c'est mieux quand tu fais un sourire, Clarke ! Il est vachement sexy en plus, même s'il est accompagné d'un sarcasme. Enfin, c'est peut-être le sarcasme qui lui donne ce côté redoutablement sexy, qui sait ?

Je lève les yeux au ciel en constatant que je rougis un peu. Je me concentre sur ma corvée, et je trouve un truc tout aussi répugnant que sa capote.

– Je prends la première place, je dis en agitant un tampon usagé et couvert de fourmis.

C'est absolument immonde. Les gens sont vraiment des porcs, c'est invraisemblable de voir qu'ils balancent ça, tranquille, dans la nature. Hunter hoche la tête et me claque un sourire de fou.

– J'ai une hypothèse, tu crois que le gars de la capote a dû enlever ta petite trouvaille pour faire de la place à sa bite ?

– Oh, mon Dieu ! T'es pas croyable ! Comment ton cerveau en est arrivé à cette conclusion ?

Soudain je m'arrête, prise d'un énorme doute. Je le détaille longuement, me demandant si…

– Ne me dis pas que le « gars » en question, c'était toi ?

À son expression, je comprends que non et bizarrement, ça me soulage un peu.

– Baby H, j'ai un peu plus de classe que ça. En revanche, ça y est, tu te lâches un peu, j'aime ça ! Allez !

Il trottine devant à la recherche sans doute d'un truc horriblement dégoûtant à me foutre sous le nez. Je l'observe de dos. Moulées dans un jean noir, ses fesses sont aussi appétissantes qu'elles l'étaient la première fois. Il me fait tellement penser à ces mecs clichés qu'on voit dans les séries TV. Insouciant, sûr de lui, beau… je ne sais pas pourquoi je me prends la tête comme ça, on a juste à faire nos heures de corvée ensemble, et on n'en parlera plus. Ce sera vite passé, après tout. Je ne devrais pas être aussi virulente avec un gars que je n'aurai plus à supporter dans quelques jours.

– N'empêche, HC, toi et moi, les mêmes initiales. Surtout, le même nom de famille, sérieux, on était vraiment destinés à se tomber dessus.

– Il y a un « e » à la fin du mien et puis, techniquement, c'est toi qui m'es tombé dessus et qui m'as entraînée dans ta chute.

– Ne sois pas jalouse, tu ne tarderas pas à tomber pour moi. Ou sur moi, au choix.

Il arque ses sourcils pour se la jouer beau gosse.

– Oh, mon Dieu, tu es tellement sûr de ça que c'en est *presque* adorable.

– Je suis tout sauf adorable, Harper. Tu t'en rendras vite compte.

– Ça ira, je te fais confiance.

– Décidément, tu mords absolument tout le temps.

Nos regards se croisent. Ses yeux sont ardents, joueurs, et la façon dont il me fixe me perturbe un peu. Je n'arrive pas à lire en lui.

– Toi et moi, on est *hot as hell.*

Je rougis une deuxième fois.

– Désolée, on parle la même langue, et pourtant je ne comprends rien à ce que tu dis.

– *Hot as hell*, pour H et H, dit-il en faisant un pas vers moi.

– Je ne sais pas pourquoi tu m'inclus dans ton délire, mais crois-moi, tu t'es trompé de H.

– Je parle bien de toi et de ton tempérament de feu, Clarke avec un « e ».

– Tu ferais mieux de reculer, parce que tu as raison, je suis explosive.

Il me toise, et j'en fais autant. Je ne sais pas trop comment interpréter son comportement.

– Ça ne me fait pas peur, j'aime ça, les tempéraments de feu.

Je souris, menaçante.

– Recule, Clark, ou je vais te brûler les ailes.

Hunter accompagne son sourire d'une main dans ses cheveux. Je m'en veux de le trouver plutôt sexy. En silence, je continue à ramasser les déchets que je trouve sur mon passage. Je ne sais pas pourquoi je suis si virulente, j'ai toujours eu un caractère prononcé, mais j'ai l'impression que Hunter le fait ressortir puissance mille.

– Dis, Clarke avec un « e », tu crois que je reprends la tête avec un caleçon venu des enfers ?

– C'est moi ! j'annonce en rentrant.

– Je suis dans le salon, répond Maeve.

Je la trouve déjà en pyjama, avachie dans le canapé, un paquet de gâteaux à la main, son téléphone dans l'autre.

Je me débarrasse de ma veste et de mes baskets, et vais la rejoindre.

– Alors ?

– Alors quoi ? je demande en lui volant un gâteau.

– C'était bien avec Hunter Clark ? Vous avez fait quoi ? Raconte-moi tout.

– On a fait un concours de celui qui ramasse le déchet le plus crade, il a gagné avec un boxer plein de merde.

Maeve éclate de rire alors que je soupire. Je suis contente d'être enfin rentrée. Je crois que je ne me sentirai jamais à l'aise avec des types comme lui. Pourtant, je n'ai pas peur des hommes, je flirte et sors souvent avec des mecs. Je ne crains pas leurs regards. Mais ceux du genre de Hunter, je ne sais pas pourquoi, ils ont ce petit truc dangereux qui me fait fuir. Loin, très loin.

– Et sinon ?

– Sinon quoi ?

– Arrête de faire le perroquet, grommelle-t-elle.

– Je fais le perroquet parce qu'il n'y a rien à dire du tout. On devait nettoyer, on a donc nettoyé, il n'y a rien eu d'exaltant, je t'assure.

– Vous avez bien parlé, non ?

– Il a parlé tout seul surtout et franchement, il n'y a pas grand-chose à dire. Il s'amuse de tout et de rien et… voilà. Tu sais que je n'aime pas les types dans son genre. Si je n'avais pas été là, je suis pratiquement sûre qu'il aurait tenu un monologue d'une heure. Il aime s'écouter parler.

Maeve soupire.

– Ouais, je sais ce que tu as subi au lycée, mais c'est loin maintenant, à la fac ils sont plus matures.

Je lui lance un regard en ricanant.

– Bon, je te l'accorde, ils ne sont pas plus matures, mais… ils ne sont pas toujours aussi enfoirés que ceux qui t'ont fait souffrir. Et surtout, ils sont vachement mieux foutus.

– Point pour toi.

– J'ai fait quelques recherches aujourd'hui et il paraît qu'il saute sur tout ce qui bouge.

– Et alors ? Tu insinues quoi ?

– Qu'il est super sexy, ce mec, tu peux au moins lui accorder ça. Je viens de revoir la vidéo de lui qui court à poil et de votre percutante rencontre. Sérieux, je le laisserais volontiers me tomber dessus, moi.

– Tu as déjà quelqu'un, non ?

Elle hoche nonchalamment la tête. Pour combien de temps, je ne sais pas… Les petits amis de Maeve vont et viennent, elle ne s'attache jamais bien longtemps. Depuis que je la connais, sa plus longue relation n'a pas dû dépasser un mois.

– Toujours est-il que s'il veut s'envoyer en l'air avec toi, profite !

– Pour qu'il aille se payer ma poire après, merci, mais non merci.

– Je te trouve bien à cran… Pourquoi il te fait réagir comme ça ?

Maeve esquisse un sourire coquin. J'ai l'impression de rougir encore.

– Parce qu'il me rappelle de mauvais souvenirs, je réponds d'un air détaché.

– Mon sixième sens me dit que t'aurais pas dû lui claquer les fesses, ricane Maeve.

– Comment tu sais ça ?

– C'est sur la vidéo. J'ai explosé de rire. C'était grandiose. Je suis si fière de toi. Et la façon dont il te regarde… C'est…

Elle ne termine pas sa phrase. Bon sang, quand elle s'y met, elle aussi, c'est une vraie gosse.

– Quel suspense ! je raille.

– Si tu veux mon avis, ma chérie, tu as tapé dans l'œil du chasseur[4], et il a envie de te harponner…

J'éclate de rire. On aura tout entendu.

– Et c'est moi la tarée, je m'esclaffe en me redressant.

4. *Hunter* signifie « chasseur » en anglais.

CHAPITRE 4

Si vous pensez que vous avez une vie de merde,
pensez à la personne qui vient de rencontrer votre ex
et qui pense que c'est une personne géniale.
(Vu sur Twitter)

Hunter

Depuis que mon réveil a sonné, je cogite sur les menaces de Wells, la doyenne, les yeux rivés au plafond. La boule dans mon ventre se contracte et je pose la main dessus par réflexe, comme si je pouvais l'apaiser.

Techniquement, je pourrais au moins *essayer*. Je suis en troisième année de kiné, donc le corps humain, ça me connaît, mais c'est toujours plus dur de se soigner soi-même que de lâcher prise entre les mains de quelqu'un d'autre. Surtout entre les mains d'une jolie fille. Il faut dire que ma promotion est composée à quatre-vingts pour cent d'étudiantes, à qui je sers souvent de cobaye lorsqu'elles doivent pratiquer sur un corps d'homme. Je mentirais si je disais que je n'en ai jamais profité, inventer une douleur imaginaire par-ci, me plaindre des entraînements houleux de hockey par-là…

Pour autant, ce matin je vais vraiment avoir besoin qu'on s'occupe de moi, et je suis soulagé de savoir qu'on n'est pas en cours théorique. Passer sous les grosses paluches de

Cade ou James, les rares mecs de ma classe, sera un putain de soulagement. Le stress peut être une vraie plaie pour le corps. En temps normal, je le gère bien, j'ai l'habitude avec la tension des matchs mais là, on menace quelque chose que j'aime, alors je perds mes moyens.

Un soupir m'échappe tandis que je m'étire, je ne vais pas pouvoir rester éternellement ici. J'entends déjà mes colocataires s'activer dans la maison, et arriver en retard en cours est impensable. Toute l'équipe de hockey doit garder de bons résultats pour être sur la feuille du prochain match, sinon le coach Meyer nous laisse réchauffer le banc à ses côtés. Ça ne m'est arrivé qu'une fois, et j'en ai été malade, de me sentir impuissant. Ne pas pouvoir filer sur la glace pour aider mon équipe, sentir l'adrénaline qui nous pousse quand on est en pleine action, le rush d'émotions juste après avoir marqué… Bref, ce sport est comme une drogue. Peut-être plus chez certains d'entre nous comme Zeke et Cade qui veulent tenter de passer chez les professionnels, mais dans l'ensemble, on est tous dans le même bateau.

D'un coup de pied, je repousse la couverture et l'air frais dans ma piaule me fait frissonner. Je me dépêche d'enfiler un jogging et un tee-shirt avant de descendre prendre mon petit-déjeuner de champion. Ma mère m'a toujours dit qu'il fallait que je mange pour bien grandir, je l'ai écoutée, et ça a porté ses fruits. Pas un gramme de gras sur ce corps d'Apollon.

Quand je débarque dans la cuisine, Hezekiah, *alias* Zeke, est déjà en train d'engloutir son café tout en écrivant sur son portable. Il avoisine probablement le mètre quatre-vingt-quinze sans parler de sa carrure impressionnante. Je ne suis pas du genre petit gabarit, mais si un jour je devais me battre contre lui, il m'étalerait en peu de temps. Le contraste entre sa peau foncée et son tee-shirt blanc est saisissant, le pauvre bout de tissu semble lui crier : « Hezekiah Hill, je ne suis plus à ta taille, pitié, arrête de me porter je vais finir par faire péter les coutures ! »

Je pouffe comme un abruti en visualisant la scène de déchirage de tee-shirt en mode Hulk. Cela attire l'attention du sujet de mon hilarité.

– Quoi ?

– Quoi, quoi ? je rétorque tout en prenant une pomme dans la corbeille de fruits, avant de croquer dedans à pleines dents.

– T'es quand même pas en train de te foutre de ma gueule de bon matin ?

Je n'ai pas le temps de préparer ma meilleure répartie que Griffin débarque à son tour comme une vraie furie.

– Comme tous les jours, il va encore balancer une crasse, tu vas répondre ton éternel : « Tu dis ça parce que je suis californien, c'est ça ? », puis vous allez exploser de rire, et voilà. Maintenant que c'est réglé, j'ai besoin de votre attention, il y a urgence !

Zeke et moi levons les yeux au ciel de manière synchronisée et exagérée. Tout est une urgence pour Griffin. Quant à ce truc de « Tu dis ça parce que tu es californien », ça vient de Zeke comme il est natif de la côte ouest et Griffin, Cade et moi de la côte est, il se pourrait qu'on l'ait légèrement titillé avec ça. Du coup, pour nous faire chier, il a pris l'habitude de sortir cette réplique.

– Dis-nous tout, princesse, je lance quand même.

Ma petite pique ne lui fait ni chaud ni froid, ce qui est bien dommage. Il y a deux ans, quand je suis entré dans l'équipe et que j'ai commencé à l'appeler comme ça à cause de son prénom, il pétait des câbles. Ça me manque un peu, même si une fois, on s'est foutu sur la gueule durant un entraînement. Mais en même temps il s'appelle Prince

Griffin. *Prince.* Jamais un prénom n'a été aussi bien porté, ce mec peut être une vraie diva, et l'instant suivant, vous éclater la tronche contre la glace. Alors la perche était bien trop grande pour que je ne la saisisse pas. Maintenant, il en joue même, puisque ses cheveux châtain clair portent encore des traces de la teinture rose qu'il avait à la soirée qu'on a organisée la semaine dernière. Je dois avoir des photos de lui avec sa tiare et son débardeur sur lesquels il était écrit : *I'm a fucking princess.*

– Hier soir j'étais en train de faire ma petite affaire avec une fan quand elle m'a dit : « Oh oui, vas-y Spencer ! »

Ah, Griffin et ses puck bunnies[5]...

Il a une bonne anecdote à nous raconter à chaque fois. Alors que nous, on se contente de leur donner ce qu'elles sont venues chercher : notre réputation, notre corps et des orgasmes. *Et pas forcément dans cet ordre !*

– C'est pas la première fois qu'une *bunny* se plante de prénom... poursuit Zeke tout en reprenant ses activités sur son portable.

– Non mais je le sais bien ! Ce qui me fout les boules, c'est que quand ça arrive, c'est au moins le prénom d'un des joueurs de l'équipe. Là, c'est qui ce connard ? Et franchement, *Spencer* ? Qui porte ce prénom de nos jours ? rétorque Griffin en attrapant le bol de céréales que je lui tends.

Il l'approche de son nez pour sentir l'odeur avant de prendre la première cuillère. Il ne s'en rend même plus compte, mais il vérifie à chaque fois si j'ai pissé dans son bol. Que ce soit moi ou un autre qui lui prépare son petit déjeuner. *Brave petit.* Il faut dire qu'il a une circonstance

5. *Puck bunny* un terme utilisé pour décrire une fan de hockey sur glace dont l'intérêt pour le sport est principalement motivé par l'attirance sexuelle pour les joueurs plutôt que par le plaisir du jeu lui-même.

atténuante, puisque Zeke, Cade et moi, on s'était dit que ce serait drôle de pisser dans son bol. Quand il a gerbé sur la table de la cuisine ça l'était moins, et quand il nous a forcés à nettoyer on n'avait plus du tout envie de rire.

– L'arrière de l'équipe de basket, c'est pas comme ça qu'il s'appelle ? je lance avant de finir ma pomme.

À la tête qu'il fait, on dirait que je viens de lui annoncer qu'il a chopé la gale.

– Elle m'a confondu avec un de ces bouseux ? s'offusque-t-il, sa voix montant dans les aigus.

– Mec… il n'y a pas mort d'homme, je suis sûr que t'es incapable de te rappeler son prénom alors bon… Un partout, palet au centre.

– Palet au centre, que dalle ! C'est une question d'honneur, *Hezekiah*. Et pour ton information, je suis pratiquement sûr qu'elle s'appelait Ashley… ou Shirley, enfin un truc en « ey », quoi. Mais le problème n'est pas là, quand j'accorde ma queue à une fille je veux qu'elle sache à qui elle a affaire… ou du moins à un des Grizzlys de Rebel !

Après une petite pause, il reprend avec un air mesquin.

– Mais toi, Zeke, tu peux pas comprendre !

C'est tout ce qu'il nous manquait pour reprendre notre routine quotidienne.

– Tu dis ça parce que je suis californien, c'est ça ? balance mon pote, d'un ton très sérieux.

– Tu dis ça parce qu'il est californien, c'est ça ? je dis au même moment.

Il suffit d'un échange de regards pour qu'un fou rire explose, on va même jusqu'à se taper dans les mains. Dans l'équipe, et encore plus dans notre colocation, on s'entend tous super bien. On laisse un peu de notre ego à la porte de la maison. Et heureusement sinon je ne suis pas sûr qu'on tiendrait tous sous le même toit, malgré les deux cents mètres carrés dans lesquels on vit.

On doit cette grande baraque au père de Griffin. C'est un redoutable avocat en droit des affaires à New York. Quand son fils lui a dit que ce serait plus simple s'il vivait en coloc avec ses potes, il a dit oui. Il cède à tous ses caprices du moment qu'il bosse bien pour reprendre la firme familiale plus tard. Je crois que ça lui va, en tout cas, il ne s'en plaint pas.

– D'abord, allez vous faire foutre, et ensuite vous savez très bien que je dis ça parce que le lit de Zeke n'a vu personne depuis plus de deux mois… relance Griffin avant de terminer son bol.

– Mon lit non, mais la banquette arrière de mon SUV se porte très bien, je te remercie.

– Qui donc as-tu baisé dans ta précieuse voiture, Hezekiah ? Ça portait un vagin ou une grosse bite ? lance une nouvelle voix.

– Attention les mecs, Captain la Classe est dans la place ! je ricane.

On se retourne pour voir entrer, en boitant, notre capitaine dans la cuisine. Une grimace lui déforme le visage, et mon instinct se met tout de suite en marche.

– Un mec, mais on s'en fout, répond Zeke. Qu'est-ce que t'as foutu encore, Cade ? Tu sais que les entraînements vont reprendre, genre ce soir, et que le coach va nous faire vivre un calvaire ?

– Je ne sais pas, je me suis réveillé avec cette douleur dans la cuisse, entre la crampe et la contraction musculaire.

– Baisse ton froc, je vais regarder ça, je lance tout en contournant l'îlot central pour venir à sa rencontre.

Je me frotte rapidement les mains pour les réchauffer.

– Tu sais que je ne te résiste jamais quand tu me donnes des ordres comme ça, Hunter chéri.

Sans la moindre gêne, il se retrouve en boxer avec nos trois regards rivés sur lui. Le mien est beaucoup plus professionnel que celui de mes coéquipiers qui m'observent m'agenouiller devant l'entrejambe de notre capitaine, un sourire aux coins des lèvres. Parfois, je me demande quel âge ils ont…

– Quelle cuisse ?

– La droite, m'indique-t-il.

Il a répondu bien trop vite, ce qui allume une petite lumière de suspicion dans mon esprit, mais par acquit de conscience je pousse l'examen un peu plus loin. J'ai l'habitude de m'occuper du corps de mes coéquipiers. C'est l'avantage d'être dans un groupe qui se fait une confiance absolue ; tous sont déjà passés sous mes mains pour mes cours pratiques. À leurs risques et périls au début, mais depuis, j'ai gagné en pratique et ils ont moins peur.

Je me souviens d'une fois où en voulant soulager le dos de Zeke, je lui ai bloqué les cervicales. Après ça, il ne m'a pas laissé le toucher pendant plusieurs mois. Mais mon charme a opéré, et maintenant il accepte à nouveau que je le soigne quand une vilaine douleur survient. Zeke est celui qui prend le plus soin de son corps, de son endurance. Il espère plus que les autres jouer en NHL[6], alors quand il a mal, il ne laisse pas traîner les choses.

Précautionneusement, je palpe les muscles et effectivement je sens une légère tension anormale, mais avec le mode de vie que l'on a, cela n'a rien d'étonnant. Après certaines sessions de hockey, on peut rentrer à la maison, perclus de douleur et couverts de bleus.

---

6. La Ligue nationale de hockey ou LNH (en anglais : National Hockey League – NHL) est une association sportive professionnelle regroupant des franchises de hockey sur glace du Canada et des États-Unis.

– Dis-moi quand je touche le point le plus sensible, j'ordonne en le massant de mes pouces en mouvements circulaires.

– Plus haut.

Concentré, je suis les indications de Cade, je ne vois plus sa peau blanche, ni son boxer à seulement une vingtaine de centimètres de mon visage. Non, je vois un réseau entrelacé de muscles, d'os, de tendons. La mécanique du corps humain est quelque chose d'absolument fascinant.

– Plus haut.

Je fronce un peu plus les sourcils en me disant que si c'est le nerf crural qui est de nouveau coincé, il ne va pas apprécier la nouvelle.

– Plus haut.

Je comprends ce qu'il est en train de me faire faire quand mes doigts touchent le bas de son sous-vêtement. Je lève les yeux pour confirmer mes doutes et le sourire extatique qu'il me lance finit de les balayer.

– Va te faire foutre, je crache en me redressant.

– Oh allez, Hunter, ma queue me fait un mal de chien ! Tu ne veux pas t'en occuper ? Je suis sûr que tes doigts de fée sauront m'amener au septième ciel plus vite que n'importe quelle fille !

– Tu es bien placé pour savoir qu'on ne se touche pas la bite en cours vu que tu y es avec moi… Et je suis persuadé que Zeke est beaucoup plus au courant que moi de ce côté.

– Amen, mon frère, me répond ce dernier.

Nouvel éclat de rire dans la cuisine, qui sonne la fin des hostilités, et je peux enfin finir de petit-déjeuner avant de filer m'habiller pour cette longue journée. Par-dessus mes fringues habituelles, un jean et un sweat, je rajoute la veste noire et jaune de l'équipe avec mon numéro de joueur inscrit dessus sur le devant : le 14. J'attrape mon sac que je jette négligemment sur mon épaule avant de dévaler une fois de plus l'escalier.

Je croise Zeke et Griffin, vautrés sur le canapé.

– Putain, en filière droit, vous êtes bien des branleurs, à commencer vos journées plus tard que les autres.

– Ne sois pas jaloux de l'élite, Hunter, ça ne te va pas au teint, s'esclaffe Griffin.

– Princesse, ne commence pas, ou ce soir sur la glace, tu vas morfler, je le menace.

– J'espère que c'est une promesse, mon pote… Dans tous les cas, c'est toi qui répareras les dégâts que tu causeras à mon corps, alors, je crois que c'est toi le perdant, finalement.

Je serre les dents, car il a raison, mais ça ne m'empêchera pas d'essayer de faire voler son équipement une fois sur la patinoire.

– Bon, votre roi s'en va en cours ! s'exclame fièrement Cade. N'oubliez pas, entraînement de quinze à dix-huit heures. Après on peut se retrouver à la Taverne pour décompresser un peu ?

Tout le monde hoche la tête sauf moi.

– Je peux pas, ce soir, je dois faire mes heures de travaux d'intérêt général avec ma partenaire de crime. Tu te souviens, cette retenue dont j'ai hérité par ta connerie ?

Cade ricane comme un crétin.

– C'est pas ma faute si t'as décidé de foncer dans une blonde au passage !

– Et quelle blonde ! je lâche en souriant.

Je me rends compte de ma connerie quand un silence accueille ma phrase. Si je ne me rattrape pas, ils vont me vanner à mort, mais rien ne me vient sur l'instant.

– Est-ce que mon meilleur pote aurait un *crush* ? demande Cade en s'approchant de moi comme pour me tirer les vers du nez.

– Arrête tes conneries, je la connais à peine.

– Tu penses encore à la fessée qu'elle t'a mise et t'as envie qu'elle recommence ? se moque Griffin.

Il faut avouer que la jolie Harper a des atouts certains, et un putain de caractère de feu qui titille très bien mon ego. Elle est à une galaxie des autres nanas que je côtoie d'habitude et ça me plaît carrément.

– Je te comprends, les fougueuses, c'est le pied.

– T'avais pas dit que la fougueuse que tu t'étais tapée une fois était le pire coup de ta vie ? se moque Zeke.

– M'en parle pas… c'est la seule meuf dont je me rappelle le prénom, c'est dire.

– Pauvre petite princesse, s'esclaffe Cade en lui balançant un coussin dessus.

– Maeve, murmure Griffin en faisant semblant de frissonner tout en esquivant le projectile.

On éclate de rire comme des abrutis. On ne connaît pas les détails de cette histoire avec cette mystérieuse Maeve, mais le pauvre est traumatisé depuis.

– Revenons-en à toi, reprend Griffin, elle te tape clairement dans l'œil, cette nana, ça se voit tellement.

Son petit air satisfait et narquois me donne envie de le cogner. Mais je me retiens, car je ne veux pas dévoiler mon jeu. En temps normal dès qu'on parle d'une meuf sans caser le mot « baise » ou autre joyeux synonyme derrière, on en prend plein la tronche par les autres. Nous avons une réputation d'éternels célibataires à tenir. Que serait Rebel sans la bande de queutards que nous sommes ? Et puis pour être honnête, je suis le premier à me moquer d'eux quand ils couchent deux fois avec la même fille. Alors évidemment, je n'y échappe pas même si ça m'énerve.

– Oh, mais ferme-la, je râle. Je n'ai pas le temps pour ces conneries, j'ai cours.

– Il a raison, renchérit Cade. Et tu sais que j'aime pas lui donner raison pourtant.

Je serre les dents pour ne pas laisser filer l'insulte qui se fraye un chemin dans ma gorge.

– Vous perdez votre temps, je soupire en échange. En plus, cette nana est plus du genre à arracher les couilles d'un sportif avec les dents plutôt que de baiser avec lui. Et je tiens beaucoup trop à ma bite pour m'y risquer.

Ils éclatent de rire.

– C'est quoi son nom déjà ? questionne Griffin, son ordinateur déjà ouvert sur les cuisses.

– Harper.

– Mais encore ?

Je lève les yeux au ciel, ce mec me prend vraiment pour un bleu.

– Je ne vais pas te donner son nom de famille pour que tu joues au gros geek pervers avec cette fille, je lance en quittant le salon.

Les exclamations de mes colocs me suivent jusqu'à ce que je claque la porte d'entrée pour me diriger vers mon 4 × 4. J'ai à peine le temps de monter dedans et de lancer le chauffage que la portière du côté passager s'ouvre pour laisser passer Cade. Il ne dit rien mais son expression vaut mille mots, et ça m'agace.

– Si tu l'ouvres, je te promets que demain tu ne pourras plus marcher, pour de vrai.

– Toujours des mots mais jamais d'actes, mon cher Hunter.

– Oh, crois-moi que si vous me soûlez trop avec cette histoire je mettrai à exécution toute mon imagination et tu sais à quel point elle est fertile.

– Ça, c'est bien vrai ! dit-il avant d'allumer la radio et de changer de sujet.

CHAPITRE 5

Mon âme sœur est quelque part, pas loin,
en train de pousser une porte sur laquelle il y a écrit
« tirez ». J'en suis sûre.

(Vu sur Internet)

Harper

– Salut ma belle, lance joyeusement Adam quand je pousse la porte du studio.

– Hello, mon beau, je réponds.

Il me serre contre lui. Adam est le président de la radio étudiante de Rebel. Grand blond au regard aussi bleu que l'océan, il vit sa dernière année ici. On s'entend bien, il est gentil, drôle quand il veut, on peut discuter franchement ensemble. Il dirige tout à la radio, et de temps en temps, il tient compte de notre avis, qu'il le partage ou non. La radio ne sera pas pareille sans lui, mais je suis absolument persuadée que Winnie lui succèdera à la présidence l'année prochaine et qu'elle fera un job du tonnerre.

Le local n'est pas très grand, il est composé de deux pièces : le studio d'enregistrement dans lequel la magie opère et la régie où on a glissé un coin détente. Tous deux ne sont séparés que par une vitre, ce qui nous permet de voir ce qu'il se passe dans les lieux. Et c'est hyper-important pour certains programmes, on doit parfois interagir. On a un code pour demander un peu d'aide.

Il y a le matos dans un coin, une table dans l'autre, et un frigo. C'est assez pour passer du bon temps en tout cas, et tout déchirer sur nos différents programmes. Les murs sont recouverts de vinyles, de posters et de photos des différentes équipes qui se sont succédé ici. Adam gère la radio, Winnie s'occupe de la musique et des interviews en live quand il y en a, et il y a aussi les animateurs et podcasteurs. Je ne connais pas bien ceux qui passent le matin, mais je sais que le soir, l'émission phare parle de sexe. La nana qui l'anime reçoit des appels et donne des conseils. C'est franchement pas mal, il m'est arrivé de prendre des fous rires en l'écoutant, mais aussi d'apprendre des trucs.

On s'est rencontrés par hasard, Adam et moi. En réalité, j'étais en train de sortir une leçon de moral sur le *body positive* à un mec qui venait de me dire : « Pousse-toi, la grosse. » Alors que l'étudiant allait riposter, Adam s'est mis à applaudir et lui a dit de se barrer, en le traitant de naze. Comme il avoisine le mètre quatre-vingt-dix, le type n'a pas cherché à comprendre et s'est fait la malle. C'est comme ça qu'a commencé notre collaboration. Je me souviens qu'il m'a dit que j'avais une sorte de don de conteuse, que si je le voulais, je pourrais facilement animer une émission de radio et qu'il cherchait justement des gens pour faire des podcasts. Je n'ai d'abord pas été vraiment emballée par cette idée, mais comme on s'entendait bien et que j'étais assez curieuse de découvrir ce qu'il faisait, j'ai poussé la porte de Rebel's Radio. Ce jour-là, cet enfoiré a fait semblant d'avoir besoin de moi pour l'assister, car Winnie n'était pas là… alors qu'en réalité, il l'avait fait exprès pour m'obliger à prendre la parole.

J'aurais dû lui en vouloir, mais la vérité, c'est que ça m'a carrément grisée.

– Tu vas bien ? demande Adam.

– Ma vie a pris un tournant surprenant ces derniers jours, pour être honnête. Je t'ai dit que la doyenne m'avait punie ?

– Ah non, il faut que tu me racontes ça !

Alors que je retire mon manteau, Winnie débarque avec quatre gobelets de café. Elle m'adresse un grand sourire. J'envie ses longs cheveux roux bouclés. Elle me salue avant d'embrasser Adam. Ils sortent ensemble depuis deux ans je crois. *Coup de foudre à la radio*, dit toujours Adam quand il parle de leur rencontre.

– Tiens, voilà un café. Avec un nuage de crème et une tonne de sucre.

– T'es un amour.

Elle sourit avant de porter le gobelet à ses lèvres rouges.

– Alors, qu'est-ce que j'ai manqué ?

– Notre Star Killer, ici présente, allait me raconter pourquoi elle s'est fait punir par notre chère Wells, lui répond Adam. Je suis impatient de le savoir.

– Ooh, mais raconte. Il faut le faire pour être sanctionné, elle a quand même un stock de patience assez impressionnant…

Sous leurs regards amusés, j'explique ma petite mésaventure avec Hunter Clark, et notre altercation dans le bureau de la doyenne qui nous a valu cette merveilleuse punition commune. *Bon sang, dire qu'on recommence ce soir.*

– Quelle rencontre… percutante !

– M'en parle pas ! Ce mec pèse une tonne en plus, je pouvais plus respirer.

Adam me sourit ; quant à Winnie, elle a le même genre d'expression que Maeve. Je suis certaine qu'elle n'abordera pas le problème de mes affiches détruites et qu'elle va se concentrer sur Hunter.

– Quoi ? je dis, sur la défensive.

– Ils ont une réputation qui les précède, ces gars-là, minaude Winnie.

– C'est pour ça qu'il me tape sur les nerfs et que j'apprécie ton mec, il n'a pas la même.

– C'est ma perle rare. Mais du coup, tu passes du bon temps avec l'une des stars de l'université. Quel effet ça fait ?

– Bon temps, c'est très vite dit… et crois-moi, c'est épuisant. Ce mec est un puits à conneries et un moulin à paroles.

– Tant d'émotions fortes… Je suis sûr que vous allez coucher ensemble, lance Adam en rigolant.

– Certainement pas, je m'offusque. Je suis certaine que même pendant qu'il baise, il ne peut pas s'empêcher de causer ! En mode : « T'as vu comme mes muscles bougent quand je fais ça ? » ou mon préféré : « Tu la sens, ma bite ? »

Malgré moi, des images explosent dans ma tête. Traumatisantes.

– Vous savez quoi, c'était une mauvaise idée de parler de ça, je conclus.

– En tout cas, tu peux lui dire que je ne serais pas contre une interview, me lance Winnie en prenant place devant la station d'appel.

Une fois par semaine, elle anime une émission en direct qui parle de toute l'actualité de Rebel, de l'activité sportive en passant par les rumeurs croustillantes du moment.

Je grogne alors qu'ils gloussent comme deux gamins.

Après le départ de Malcolm qui finissait son podcast sur des idées culinaires à petit budget, je m'installe. Casque sur les oreilles, micro, fiches posées sur la table, et me voilà parée.

– Tu es prête ? demande Adam *via* l'interphone.

Je hoche la tête.

– L'enregistrement commence dans cinq, quatre, trois, deux, un.

J'ai une petite boule de stress dans le ventre, comme toujours.

– Bonjour très chers auditeurs, ici Star Killer en stéréo pour vous, je lance d'une voix inquiétante. Au programme aujourd'hui, dans *Soul of Hunter*, l'histoire de celle qu'on a surnommée « la Demoiselle de la mort ». De son vrai nom Aileen Wuornos, elle n'a pas moins de sept victimes à son actif et elle est l'une des femmes *serial killer* les plus connues des États-Unis. Si son nom vous dit quelque chose, c'est probablement parce que son histoire a inspiré le film *Monster*, sorti en 2003.

Je prends une longue inspiration. C'est la recette secrète de mon podcast. Ne pas presser l'auditeur, lui laisser le temps de digérer ce que je lui raconte, tard le soir alors qu'il est probablement seul chez lui.

Mon amour pour tout ce qui a trait aux *serial killers* remonte à mon enfance, quand je passais mes mercredis après-midi avec ma grand-mère, férue de séries policières. Les enquêtes du lieutenant Columbo ou de la romancière et apprentie détective Jessica Beatrice Fletcher de la série *Arabesque* n'ont aucun secret pour moi. À l'adolescence, elle m'a fait découvrir les thrillers et ça a décuplé ma passion pour les enquêtes et les détraqués. Avant que je ne quitte la Floride pour venir faire des études ici, à Rebel, qui est l'une des meilleures universités en matière de journalisme, nous regardions les émissions policières et des documentaires sur les tueurs au moins une fois par semaine. Je dois dire qu'éplucher les magazines d'enquêtes criminelles et faits divers avec elle me manque un peu. Mais avant chaque podcast, je lui lis les fiches que je prépare et nous les corrigeons ensemble. Elle ne manque jamais d'argumenter en insistant sur les faits sanglants.

– Maintenant que j'ai votre attention, laissez-moi vous parler de la Demoiselle de la mort…

Alors que je sors du local, je suis à ça de percuter je ne sais qui de trop pressé. Je râle entre mes dents alors que l'un de mes livres me glisse des mains et atterrit sur mon pied. *Bon sang !*

– Pas de mal ?

Cette voix…

Je relève la tête et vois le regard de Hunter Clark s'éclairer lorsqu'il me découvre.

– Salut Baby H ! lance-t-il, surpris. Décidément, on a le chic pour tomber l'un sur l'autre ces jours-ci. Sache que ta jolie personne illumine ma journée.

Un immense sourire étire ses lèvres, comme s'il était réellement heureux de me voir, et bien que je n'aie pas autorisé mon corps à faire ça, je sens mes joues rosir. Je m'efforce de rester fidèle à mes principes, mais il faut bien avouer que le bougre est quand même très sexy. Il ressemble à ces types sur Instagram ou Pinterest, qui sont absolument parfaits physiquement. Je suis certaine que son compte Insta cumule pas mal d'abonnés et déborde de photos de lui, ses potes, sa belle gueule et ses abdos.

– En fait, tu veux me tuer, c'est ça ? J'ai beau être bien en chair, je ne suis pas aussi musclée que les mecs que tu défonces sur la glace. T'as pas fini de me rentrer dedans ? je demande en enfonçant plusieurs fois mon doigt dans son torse.

Je le regarde cligner bêtement des yeux sans rien répondre.

– Quoi ? je lance, perplexe, en me repassant notre discussion.

– T'entendre dire les mots « défoncer » et « rentrer dedans » dans la même phrase m'a fait partir ailleurs durant quelques secondes. Il faut que tu arrêtes de *pénétrer* dans ma vie comme ça, ajoute-t-il avec un sourire qui se veut sexy.

– J'arrêterai peut-être si tu disparais de mon chemin.

– En fait, j'ai percé ton secret, tu aimes me toucher, Harper. Mais tu sais, il te suffit de demander poliment, si tu as envie de tâter la fermeté de mes pectoraux avec tes jolies mains.

Je lève les yeux au ciel, alors que Hunter s'accroupit et récupère mon livre.

Son regard presque noir ne dévie pas du mien, comme s'il cherchait à lire en moi ou à me déstabiliser. Si je le laisse faire, il serait capable d'y parvenir.

– Tiens, voilà pour toi !

J'attrape mon livre sans un mot, alors il resserre sa poigne dessus et refuse de me le céder. *C'est pas vrai !*

– Et le mot magique ?

Je ne sais pas pourquoi, mais lui, plus qu'un autre, ravive mes souvenirs du lycée, et ça me frustre. Je devrais juste être moi, et ne pas sortir de mes gonds comme ça.

– Qu'est-ce qu'on dit ? insiste-t-il sans lâcher prise.

Il semble jubiler.

– Merci, je bougonne à mi-voix.

– On dirait que ça t'écorche la bouche, s'esclaffe Hunter. C'est absolument fabuleux, ce dédain et ce mépris que tu as à mon égard. Pourquoi tu t'obstines à ce point alors que je suis génial ? Mais finalement, c'est encore mieux.

– Mieux pour quoi ?

Je regrette d'avoir posé la question au moment où les mots franchissent mes lèvres et où un nouveau sourire étire les siennes. Note à moi-même : ne jamais répondre aux provocations ou aux conneries de Hunter Clark.

– Je vais t'avouer quelque chose, dit-il à voix basse en se rapprochant de moi. J'en ai un peu marre, des coups faciles. J'adore les challenges, c'est pour ça que je fais du sport, et c'est aussi pour ça que je me lance le défi de te faire craquer pour moi.

C'est à mon tour de rester pantoise devant tant de confiance.

– Pourquoi est-ce que tu uses ton temps avec une cause perdue d'avance ? Je ne vais pas craquer pour toi, et surtout, tu n'en as pas réellement envie.

La fin de ma phrase m'a échappé, et il plisse légèrement les yeux. Alors qu'il ouvre la bouche, je me dépêche de reprendre la parole :

– Parce que je suis beaucoup trop bien pour toi et que tu ne saurais pas comment faire avec mon caractère de feu.

Je me rattrape comme je le peux. Je ne sais pas pourquoi j'ai dit une connerie pareille devant lui, ni pourquoi j'ai sous-entendu que je ne plaisais pas alors que je flirte et que je sors avec des garçons.

– Ce sont les causes perdues qui sont les plus exaltantes, excitantes même, dit-il d'une voix grave. Pourquoi pas, Baby H ?

– Tu sais que tu joues tout seul à ce jeu débile ? D'ailleurs, je dois y aller…

J'aimerais bien que l'univers réponde à cette question : pourquoi n'avais-je jamais rencontré ce type avant qu'il ne me plaque au sol alors qu'il est là chaque fois que je tourne la tête, maintenant ? Déjà que je dois le supporter pendant nos heures de travaux d'intérêt général, il faut en plus que je le croise en dehors. L'université est pourtant grande…

– Tu ne peux pas lutter contre le destin, Baby H, on est faits pour se rentrer dedans, au sens propre comme au figuré, lance-t-il d'une voix rauque. D'ailleurs, tu viens d'où ?

Il regarde derrière moi en direction du local, et lit l'inscription en lettres noires sur la porte : « Rebel's Radio ».

– Je suis étonnée que tu connaisses le sens propre et le figuré, je lâche en espérant le distraire pour qu'il ne me pose pas trop de questions.

Il s'incline devant moi, absolument pas vexé par mon sarcasme. Si ça ne fonctionne plus, il va falloir que je trouve autre chose pour le désarçonner.

– Je ne suis pas aussi crétin que tu le penses. Je pourrais t'étonner, tu sais.

– Si tu le dis…

Il hoche la tête comme un bienheureux. Cette insouciance, cet amusement constant… on dirait qu'il ne prend rien au sérieux. J'ignore si c'est une qualité ou pas. Mais je me souviens que dans le bureau de Wells, quand elle a parlé de ses conneries et l'a menacé, il avait l'air inquiet. J'en déduis qu'il peut être sérieux de temps en temps, lorsque ça touche à quelque chose qu'il aime.

– Tu bosses à la radio ? demande-t-il en détruisant mes espoirs de clore cette discussion.

– Bravo, Sherlock !

– C'est cool, tu y fais quoi ? Une émission sur le maquillage ? Sur les fringues ? Sur comment repousser un sportif en dix leçons ? Vas-y, dis-moi tout.

Je fulmine.

– Sérieux ? Les fringues ? Le maquillage ? C'est tout le crédit que tu donnes aux femmes qui font des podcasts ? Selon toi les filles n'ont pas d'autres centres d'intérêt que ça ?

Il passe une main dans ses cheveux et fait mine de réfléchir.

– Bah, si je me réfère aux filles que je côtoie quotidiennement, on peut rajouter le sexe, mais faut dire qu'on pousse jamais la conversation jusqu'aux centres d'intérêts …

– Si tu veux mon avis, tu devrais côtoyer d'autres nanas.

– C'est ce que j'essaie de faire, dit-il en prenant une pose de tombeur en mode James Bond.

La façon dont ses yeux me détaillent me fait rougir.

– Je ne parlais pas de moi, d'ailleurs je me tire, tu me fatigues. Cette façon que tu as de parler des filles…

Il arque un sourcil :

– Eh, je ne force personne à coucher avec moi. T'aimes peut-être pas ce que tu entends, mais je ne mens jamais.

– T'es répugnant.

– Pourquoi ? Parce que je m'envoie en l'air ? Baby H, elles en ont envie, moi aussi. Pas besoin d'avoir le QI d'Einstein pour comprendre la formule…

Je soupire d'exaspération. Sérieusement, ça ne vole pas haut. Les préjugés ont toujours la belle vie. C'est assez frustrant tout de même de n'être réduite qu'à ça. Même s'il ne me connaît pas et qu'il n'aurait pas pu deviner le genre de podcast que je fais, c'est frustrant. Je n'ai pourtant absolument rien contre les filles qui ont des chaînes YouTube parlant des trucs dits *girly*, mais son air amusé et moqueur est agaçant.

– J'adore, tu pars au quart de tour, insiste-t-il.

– Va te faire voir, je dis en me mêlant à la foule d'étudiants qui passe devant nous pour me rendre à mon dernier cours de l'après-midi. La vision étriquée que tu as des femmes est aberrante.

– Apprends-moi à voir autrement alors ! Eh, ne t'enfuis pas si vite, Baby H.

Il marche à côté de moi, quand je presse le pas, il fait de même.

– Arrête de m'appeler comme ça, et vu ton allure, tu ne dois pas te rendre quelque part ?

Il consulte son téléphone quelques secondes et le remet dans la poche de son jean. Je croise son regard deux secondes, puis il me sourit encore en arquant un sourcil :

– Ça va être un peu serré mais ça me fera un petit footing avant l'entraînement.

– Ne te donne surtout pas cette peine, je m'en voudrais que tu arrives en retard. Je t'en prie, vaque à tes occupations, Clark.

– Ne me fais pas la gueule pour quelques préjugés, OK ? Après tout, ils ne sont pas totalement faux.

– Pas toujours, mais ils continuent de nous enfermer dans des petites boîtes et on est perdu quand on n'y entre pas ! je m'agace. Il y a des types qui aiment le shopping ou le maquillage. Il y en a même qui pleurent devant un film à l'eau de rose. Et les mecs ne sont pas les seuls à mater du porno, les filles aussi. Et tout ça est OK !

– Tu regardes du porno, Baby H ? demande-t-il en refermant sa grande main sur mon bras pour m'arrêter.

Des étudiants râlent alors qu'on reste plantés comme deux idiots dans le passage.

– C'est tout ce que tu retiens de ce que je viens de dire ?

Pourquoi je m'étonne encore ? Après tout, ce mec semble stocker son cerveau au niveau de ses deux couilles…

– Pour l'instant, oui… Dis-m'en plus, tu ne peux pas me laisser comme ça, ce serait inhumain.

Je me défais de sa poigne, me mets sur la pointe des pieds, et je m'approche de son oreille.

– Moi, mes jolies mains, un porno, pour le reste, imagine, je chuchote avant de prendre mes jambes à mon cou et de le planter là, les joues écarlates.

CHAPITRE 6

Tu ne prends jamais l'initiative d'aller te faire foutre. Faut toujours qu'on t'y incite. Sois autonome un peu.

(Fussoir)

Hunter

Je franchis les portes des vestiaires de l'équipe de hockey à moitié en courant. Mon corps est présent dans cette pièce où la testostérone est à son comble, mais mon esprit est loin, très loin. Il est dans une chambre où Harper est allongée sur un lit en train de se faire du bien devant un putain de porno. J'ouvre mon casier et commence à me déshabiller dans le but de revêtir mon équipement. Mais lorsque mes doigts se posent sur ma braguette, je me fige. *Merde.* J'ai un début d'érection et il est hors de question que je laisse les mecs s'en apercevoir, sinon je vais devoir leur expliquer pourquoi je bande à moitié alors que je me désape en plein milieu d'un vestiaire rempli de gars. Et s'il y a bien une chose que je n'ai pas envie de faire, là, tout de suite, voire jamais, c'est de leur répéter ce que m'a confié Harper.

Elle.

Ses mains.

Un porno en fond sonore.

Je la visualise parfaitement, ses joues rougies par l'excitation, sa bouche délicieuse ouverte en un cri d'extase que je ne perçois pas. *Encore…* Bon sang, je veux la voir et l'entendre par moi-même.

– Tu veux que je t'aide à entrer complètement dans ton casier ? Dans le genre cache-cache, sauf que je sais où tu es ?

Je sursaute en entendant la voix de Cade juste à côté de moi. Il m'apparaît, moulé dans ses tee-shirt et caleçon long qu'on enfile tous en dessous de notre équipement, et rien d'autre. Si je portais la même tenue que lui en ce moment même, j'aurais l'air encore plus con qu'actuellement. Par réflexe, j'essaie de cacher l'effet qu'ont sur moi les restes de mon fantasme concernant Baby H. Grave erreur. Les yeux de mon capitaine, tel un radar à emmerdes, suivent le mouvement et une expression que je ne connais que trop bien illumine son visage.

– Tu bandes pour moi ?

– Pour qui d'autre ?

Je tente de le taquiner et de détourner son attention, mais je vois qu'il ne mord pas à l'hameçon ; au contraire, il me claque son sourire à embrouilles. Putain, je le connais, il ne va pas lâcher l'affaire.

– Eh Zeke, viens par ici, Hunter a besoin d'un coup de main et t'es plus doué que moi dans ce registre ! hurle-t-il dans toute la pièce pour se faire entendre à travers le vacarme.

Des rires gras fusent autour de nous.

– Arrête tes conneries, je grogne entre mes dents.

J'essaie de le repousser, mais il revient à la charge comme le gros boulet qu'il est et ça ne m'amuse pas du tout.

– Tu préfères le toucher délicat de Griffin peut-être, c'est ça ? Attends, ça peut s'arranger…

Alors qu'il s'apprête à l'appeler à son tour, je me rue sur lui et le plaque contre la rangée de casiers. L'impact de son corps sur la surface attire l'attention de plusieurs de nos coéquipiers, mais ils passent rapidement à autre chose, ils ont trop l'habitude de voir ce genre de trucs, ici ou sur la glace.

– Sérieux, ferme-la, Cade.

– Tu comptes te frotter sur moi ou tu vas faire d'une pierre deux coups et m'étouffer avec ta queue pour m'empêcher de parler ?

En temps normal, sa répartie m'aurait fait rire, mais là je suis sous tension, les mots de Harper résonnent encore en moi et l'adrénaline du moment ajoutée à tout ça me fait disjoncter. Je ne sais pas pourquoi je m'empoisonne l'esprit avec ces mots. On m'a déjà dit des trucs dix fois plus salaces que ça. Mais cette boule de nerfs, cette fille de feu qui me sort ça à l'oreille alors que je m'attendais à un va te faire foutre, ça me tue.

– Qu'est-ce qu'il se passe ? demande la voix grave de Zeke derrière moi.

– Hunter bande comme un taureau et ne veut pas me dire pourquoi.

– Voilà qui m'intéresse aussi, rigole Griffin.

– Putain, mais c'est pas vrai ! je lâche en reculant de plusieurs pas, comprenant que toute la troupe est maintenant au complet.

Leurs trois regards se portent automatiquement sur mon pantalon et heureusement que la bosse qui déformait mon jean n'est plus là. Mais mon expression coupable est la preuve que pour une fois, leur capitaine ne raconte pas des conneries. *Hourra pour lui. Fait chier pour moi.*

Je ferme les yeux tout en me pinçant l'arête du nez, puis souffle fort pour essayer de me calmer et reprendre possession de mes moyens. Harper va me le payer cher la prochaine fois, je vais lui donner tellement d'informations qu'elle ne pourra que me voir nu dès qu'elle fermera les yeux. Non, mieux, dès qu'elle clignera de ses putains de paupières !

Quand je me rends compte où partent mes pensées, une révélation éclate dans ma tête, et je laisse la vérité sortir :

– Les mecs, faut que je baise.

– Tu crois ? ironise Cade.

Je le pousse pour pouvoir accéder à mon équipement et je les ignore le temps d'enlever ma veste et mon pull. L'air frais du vestiaire me donne la chair de poule et je me dépêche de mettre le tee-shirt à manches longues que je réserve pour le hockey. Mes mouvements sont vifs, agacés.

– Oh, allez Hunter, tu ne vas pas bouder en plus, si ? me lance Griffin.

– Je ne boude pas. Et ta gueule !

– Si, tu boudes.

– Princesse, ne me cherche pas trop, je réponds, sentant la colère prendre le pas sur le reste.

– Ou bien quoi, tu vas te venger sur moi ?

Les éclats de rire qui font écho à sa phrase sont bien plus nombreux que je ne m'y attendais. Des membres de l'équipe se sont rapprochés pour écouter d'un peu plus près ce qu'il se passe. Un regard meurtrier à la ronde en fait taire certains, ils savent que je vais me venger sur la glace. Quelques-uns vérifient même que leurs plastrons et épaulières sont bien en place.

Ouais, les gars, je ne vais pas vous rater. Je joue en défense, c'est mon job de vous atomiser.

Je ne sais pas ce que lit Zeke sur mon visage, mais il entraîne Cade et Griffin à sa suite sans un mot. Je l'en remercie d'un signe de tête et m'enferme dans ma bulle. L'avantage de ma petite bouffée de colère est que j'ai redescendu le chapiteau, et je peux reprendre plus sereinement mon habillage.

En temps normal, j'aime ce moment où j'enlève ma « peau » quotidienne pour mettre mon armure de hockeyeur.

C'est une transition importante pour moi, lors des matchs, j'ai même des rituels du genre toujours commencer par le côté gauche, lacer mes patins avec la même technique, embrasser le A – pour mon rôle d'adjoint – sur mon maillot de l'équipe…

Je ne m'attendais pas à ce que Cade fasse de moi son second assistant, ou adjoint, puisque quand je suis arrivé dans l'équipe, ils jouaient tous ensemble depuis plusieurs mois. Mais lorsque j'ai passé les qualifications, il m'a demandé de l'épouser et si ça me bottait d'être l'un de ses deux bras droits. Je n'en revenais pas : normalement, toute l'équipe et le coach ont leur mot à dire dans une nomination, mais Cade était déjà un prodige sur la glace et il avait carte blanche. Ou du moins, il la prenait.

Une fois ma tenue passée et mes patins chaussés, j'enfile mon maillot portant le numéro 14, puis m'avance vers mes potes, entièrement équipés eux aussi ; ils sont regroupés autour de Griffin. Ce dernier semble disparaître derrière ses bottes de gardien, et surtout les deux géants qui l'entourent. Tous les trois sont penchés sur son portable et semblent mi-ahuris, mi-hallucinés. Désireux d'apaiser le climat de merde que j'ai installé tout à l'heure, je tente une approche.

– Vous regardez quoi ?

Zeke est le premier à se reprendre et à tenter de faire disparaître le téléphone en poussant notre gardien.

– Rien d'intéressant. T'es prêt à y aller, mec ? me demande-t-il en attrapant sa crosse et son casque.

Le regard en biais que se jettent Cade et Griffin provoque à nouveau mon agacement. Je m'avance, menaçant, vers ce dernier qui, assis sur le banc, se retrouve vite dominé physiquement. Mon capitaine, un sourire con sur le visage, se lève pour me laisser les coudées franches. S'ensuit une bagarre de niveau maternelle pour récupérer le portable. Et je sais qu'on a l'air débiles avec nos équipements qui nous empêchent d'être aussi mobiles qu'on aimerait. Il m'écrase son bouclier sur le visage tandis que ma genouillère rencontre allègrement la zone de sa coquille.

Un coup de sifflet nous immobilise dans notre position : moi, à moitié couché sur Princesse, lui, le bras aussi loin que possible de moi. On tourne nos visages ensemble pour rencontrer le regard furieux de notre entraîneur.

– Je ne veux pas savoir ce qu'il se passe ici, vous savez comment on fonctionne avec moi : les problèmes se résolvent sur la glace ! Alors, les gars, en piste, vous allez déguster aujourd'hui, c'est moi qui vous le dis !

Sans vérifier que le reste de l'équipe le suit, il se retourne et passe les portes qui mènent à la patinoire. Petit à petit, les autres disparaissent à sa suite en serrant les dents. Coach Meyer fait rarement des promesses en l'air. Et cette fois-ci, je ne pourrai pas me plaindre, car je suis fautif. Je me relève péniblement en prenant bien appui sur le ventre de l'enfoiré qui, sous moi, lâche un juron capable de me faire rougir. Sans un mot, je retourne vers mon casier pour aller chercher le reste de mon matos et j'entends les autres se chambrer jusqu'à ce qu'il ne reste plus que moi.

Une fois mon casque en place, mes gants sous le bras et ma crosse en main, je me dirige à mon tour vers la porte. Mais avant de la franchir, je m'arrête. La tentation est trop forte. Je rebrousse chemin et je fouille sans scrupule dans le casier de Griffin. Je trouve son téléphone dans une de ses chaussures.

Ce mec est dégueulasse.

Ça ne m'empêche pas pour autant de déverrouiller l'écran ; l'avantage de vivre avec lui, c'est que je connais tous ses codes. Le premier que j'ai réussi à trouver a été celui de son compte Netflix, les autres ont suivi car il utilise globalement le même. Sauf sur ton portable ; je n'ai toujours pas réussi à comprendre quelle signification ça a pour lui : 019120.

Il n'a même pas pris le temps de quitter l'application, et je me retrouve sur une photo Instagram. On y voit une fille, blonde, se tenant de profil, elle est *topless* mais son bras est placé stratégiquement, donc on ne voit rien. De toute façon, notre attention est focalisée sur l'inscription rouge sur ses côtes : *I'm more than a body*[7].

Pourquoi est-ce qu'ils n'ont pas voulu me montrer cette photo ? Qu'est-ce…

J'arrête de respirer quand je scrolle sur le cliché suivant. Harper me dévisage en souriant, elle porte uniquement un soutien-gorge et une culotte. Son regard me lance le défi de dire quelque chose, de critiquer son corps qui ne correspond pas à tout ce qu'on voit sur les réseaux. Je parcours rapidement le texte, elle y parle d'acceptation de son physique et d'aimer ce que certains appellent « défauts ». Sans pouvoir m'arrêter, je parcours son profil et je suis hypnotisé par son corps qu'elle prend en photo sous différents angles, sans jamais trop en montrer. Juste ce qu'il faut pour qu'on comprenne bien qu'elle est plus qu'à l'aise avec ses courbes.

Putain qu'elle est belle !

– Clark !

Je me retourne vivement, pris en faute, et dans mon empressement, je lâche le portable de Griffin. Le bruit qu'il fait en touchant le sol n'a rien d'encourageant, mais je ne me démonte pas et souris à mon entraîneur.

– Le temps de mettre mes gants et j'arrive !

– Tu es bon pour ranger l'équipement à la fin de la session, surtout.

---

7. « Je suis plus qu'un corps. »

Alors que je m'apprête à riposter, il me coupe la parole :

– Réponds-moi et ça sera le rangement et le nettoyage des vestiaires.

Connaissant l'état dans lequel on laisse l'endroit parfois, je ravale mes mots et me penche pour ramasser le mobile dont l'écran est explosé. Je le remets où je l'ai pris sans remords, attrapant mes gants et ma crosse.

Le coach me tient la porte comme pour s'assurer que je ne me défile pas. Les photos de Harper tournent en boucle dans ma tête, mais à partir du moment où je mets un patin sur la glace, tout s'efface.

Une fois de plus, je suis obligé de courir pour ne pas être trop en retard, et pourtant mon corps me supplie d'arrêter. Le coach a tenu ses promesses et je me demande comment je tiens encore sur mes jambes. Quand j'arrive devant la loge du gardien, Harper me jette un regard noir.

– T'as un problème avec la ponctualité, en fait, c'est ça ?

Je la dévisage, le souffle court. Elle a relevé ses cheveux en un chignon, et elle porte des cuissardes par-dessus son jean. J'ai passé les trois dernières heures à me concentrer sur ce qu'il se passait dans la patinoire. Aucun coup n'a été épargné. Sur la fin, j'ai même speedé tout le monde pour pouvoir ranger et ne pas être trop en retard. J'ai dû faire l'impasse sur la douche et ça n'a rien d'agréable de remettre un jean alors qu'on est encore en sueur.

– Quoi ? T'as perdu ta langue dans la bouche d'une fille ?

Je n'ai aucune idée de pourquoi je n'arrive pas à lui dire que j'ai vu son compte Instagram et qu'elle m'a clairement ébloui. C'est comme si j'essayais de la protéger de moi.

Ce qui est complètement stupide. Mais, la connaissant, si je venais à le lui dire, elle me traiterait de voyeur, de pervers, et probablement de connard aussi. Cette nouvelle image d'elle, plus libre, plus folle, plus *badass* même, me rend encore plus curieux et désireux de la connaître.

Bon sang, j'ai dû me cogner un truc le jour où je l'ai renversée parce que je ne cours jamais après les filles qui me résistent. Enfin… il faut dire qu'elles ne sont pas nombreuses dans ce cas !

– Je ne pensais pas que ton silence serait aussi gênant, confesse-t-elle en dansant d'un pied sur l'autre. Pourquoi tu me fixes comme ça ?

Elle est tellement adorable pour le coup… que je ne peux pas résister.

– Je savais que tu aimais le son de ma voix, Baby H. Quant à ma langue, elle est bien au chaud, je te la réserve.

– Beurk.

– Tu dis ça car tu n'y as pas encore goûté. On peut y remédier maintenant si tu veux, et je t'assure que le mot qui t'échappera quand je m'éloignerai de tes lèvres ce sera « waouh » et non pas ton insultant « beurk ».

J'ai le temps d'apercevoir ses yeux bleus s'écarquiller et ses joues se colorer légèrement avant qu'elle ne baisse la tête pour regarder je ne sais quoi. Malgré sa persistance à m'envoyer balader, je suis fier de voir que mes mots lui font quand même de l'effet.

– Tu crois encore que tout le monde doit craquer pour toi parce que tu l'as décidé ? finit-elle par répondre. C'est adorable à cinq ans, mais à ton âge, ça commence à devenir inquiétant.

– Tes sarcasmes ne m'atteignent pas. Surtout quand tu rougis juste avant…

– Ta connerie me fatigue tellement.

– Un jour, tu l'aimeras, ma connerie. Tu comprendras aussi que je ne suis pas qu'un éternel gamin.

– Dans tes rêves, beau gosse ! Toi et moi, jamais.

Elle se fige au moment où elle réalise ce qu'elle vient de dire. Mon cœur fait un salto en réponse. Alors ça… c'est aussi inattendu que son compte Instagram. En penchant la tête sur le côté, je lui claque mon plus beau sourire.

– Oh, Baby H…

– Bon, prenez vos outils et suivez-moi !

L'interruption, plus que brutale, de notre geôlier me fait souffler alors que Harper donne l'impression de vouloir le prendre dans ses bras. Elle s'avance vers lui, et il lui donne un cutter et un sac-poubelle.

– Qu'est-ce qu'on est censés faire de ça ? Parce que personnellement, j'ai une très bonne idée, dit-elle avec une petite moue sadique en me regardant.

Bon sang, pourquoi tant de haine ? Je me demande si elle serait aussi hargneuse et fougueuse face à Griffin ou Cade, ou si c'est vraiment moi et mon rentre-dedans qui l'horripile à ce point. Mais je ne lâche rien, je finirai par savoir pourquoi elle est si teigneuse. Je feins de déglutir bruyamment en m'éloignant d'elle pour attraper mon matériel du jour.

– Vous allez enlever tous les chewing-gums, et autres, collés sous les tables de pique-nique dans le parc et près du vieux kiosque.

Je fronce le nez, peu emballé par cette idée.

– On ne peut pas retourner faire joujou avec les pinces ?

– Non j'attends qu'il y ait un match, sinon ce n'est pas drôle, me rétorque le gardien.

– Vous nous exploitez ! je m'offusque comme un idiot.

– Mais ferme-la, Clark ! Plus vite on ira, plus vite ça sera fini, me coupe Harper en partant devant moi.

– Écoute ta petite copine, elle m'a l'air d'être la plus intelligente de ce duo.

Ce genre de connerie, je l'entends depuis bien trop longtemps pour réagir encore, mais ça me fait toujours autant chier… D'autant plus quand je vois son sourire suffisant et son regard en coin. Je ne suis pas le gros crétin que je laisse paraître, j'ai des notes excellentes et je suis bon dans ce que je fais, mais ce type-là me prendra toujours pour un abruti fini. Ce mec adore nous faire chier. Il ne perd rien pour attendre, je ne sais pas encore comment je vais me venger mais je le ferai.

– Hunter, bouge ton cul, j'ai pas toute la soirée !

La douce voix de Baby H me sort de mes plans diaboliques, et c'est avec plaisir que je trottine pour me positionner à côté d'elle. Autant profiter de ces moments qu'on a encore ensemble, car quelque chose me dit qu'une fois ces heures finies, elle va me fuir comme la peste.

CHAPITRE 7

La prochaine fois qu'un inconnu m'aborde dans la rue,
je prends un air choqué et je chuchote :
« Vous pouvez me voir ? »
(Madame_connasse_off)

Harper

– Pourquoi est-ce que je me fringue, déjà ? je demande à Maeve.

Je fixe ma meilleure amie qui, face au miroir de la salle de bains, dessine un trait d'eye-liner parfait. Je l'admire pour ça, moi, je suis incapable de m'en faire un. Et quand par miracle je réussis, le second n'est jamais symétrique.

– Parce que mon mec organise une soirée et que ça va être cool.

C'est vrai…

Je me regarde dans le miroir, ravie de mon reflet. Un pantalon en simili cuir noir, un pull court rose, une paire de Vans rose et noire et me voilà parée. J'éprouve un amour inconditionnel pour cette marque de chaussures. Je dois avoir une bonne dizaine de paires ici, et autant chez mes parents en Floride. Je me trouve belle et ce sentiment est assez gratifiant. Qu'elle soit ronde ou mince, grande ou petite… une femme se bagarrera toujours avec ses complexes. Qu'elle ait seize ou quarante ans… alors, quand parfois on se trouve belle, quand on est en harmonie avec l'image que nous renvoie le miroir, il faut prendre ça pour une victoire et savourer la sensation qu'elle laisse en nous.

Harper Clarke, tu es belle !

– Tes arguments sont minces, ma chérie. Motive-moi à y aller car j'ai toujours pas rattrapé mon retard dans *Lucifer*…

Maeve glousse alors qu'elle termine son second trait d'eye-liner. Elle se tourne ensuite vers moi, le sourire aux lèvres.

– De la musique, de quoi boire et manger, des beaux mecs, des jeux d'alcool… Ne me laisse pas toute seule dans une fête de dégénérés.

– Je pourrais avoir tout ça en restant confortablement ici à regarder les fesses de Tom Ellis, je rétorque. Et, est-ce que je dois te rappeler que tu sors avec un de ces dégénérés ?

Le regard qu'elle me jette par-dessus son épaule me passe l'envie de rire.

– Et puis, j'aspirais plutôt à une soirée tranquille du genre bosser et prendre des photos pour mon compte Instagram, j'enchaîne.

Maeve secoue la tête :

– Tu auras tout le temps de faire ça demain.

Quand Maeve a une idée derrière la tête, elle ne l'a pas ailleurs et elle sait se montrer très persuasive lorsqu'elle veut obtenir quelque chose. Je le sais bien. J'aime sortir et m'amuser, mais je suis aussi du genre accro à mon petit confort. En vrai, si je traîne la patte, c'est peut-être un peu à cause de Hunter. Vu le spécimen, j'imagine qu'il aime les fêtes et s'éclater ; je n'ai pas prévu de tomber sur lui ce soir. On se croise assez comme ça, je n'ai pas forcément envie de le voir le week-end.

– Je ne sais même pas pourquoi tu me forces à t'accompagner alors que tu vas finir par me laisser seule pour flirter avec ton mec.

– Dit comme ça, j'ai l'air de la pire amie au monde…

Elle fait la moue, dans le simple but de me faire culpabiliser, et le pire, c'est que ça fonctionne. *Quelle sale gosse !*

– D'habitude, ça ne te dérange pas de sortir, remarque-t-elle. Qu'est-ce qui se passe ?

– Je n'ai pas envie de croiser…

Je ne termine pas ma phrase, mais c'est trop tard, je sais que Maeve a compris de qui je parlais.

– Hunter Clark ?

Son sourire vaut tous les silences du monde. C'est vraiment chiant, les meilleures amies, elles devinent tout… surtout la mienne.

– C'est ça, je soupire.

– Harper, Tully joue au basket et Hunter, au hockey…

Elle dit ça comme si c'était d'une logique imparable. J'ai dû rater un truc en cours de sport au lycée parce que je ne vois absolument pas où elle veut en venir.

– Et alors ? je demande.

– Alors pour côtoyer Tully plus souvent que toi, je sais qu'entre sportifs, ils se balancent des piques à la gueule, et se foutent des défaites de l'autre équipe dès qu'ils le peuvent. Tu sais, les rivalités sportives, tout ça.

Je lève les yeux au ciel.

– Quand les hockeyeurs perdent un match, les basketteurs les taquinent, et inversement… Du coup, je ne suis pas certaine que ton *crush* soit là.

– Ce n'est pas mon *crush*, je bougonne.

Le rire de Maeve résonne autour de nous et je sens mes joues rosir à mesure que l'agacement gonfle en moi. Elle sait pourtant que je suis allergique aux sportifs de manière générale.

– Oh, que si…

– Tu sais que je ne les supporte pas, ces mecs-là. On ne va pas se refaire une énième fois la même conversation…

– Non, tu as raison, on ne va pas parler encore de ça. Parce que tu es au-dessus de cette histoire et que ça devient clairement redondant de toujours dire que tu n'aimes pas les sportifs…

– Je…

– Laisse-moi finir ! m'ordonne Maeve d'un ton autoritaire.

Petite mais teigneuse. Elle serait capable de sauter à la gorge de La Montagne[8]. Je ne bronche pas, j'adore quand elle se lance dans ses grands discours, sauf quand j'en fais les frais.

– Depuis la fin du lycée, tu as un compte Instagram qui cartonne et qui parle à des milliers de filles, tu couches avec des types et tu prends ton pied… Tu n'es plus cette gosse effrayée, tu es devenue une nana super forte, et c'est ta putain d'attitude qui te rend aussi canon. Tu m'as comprise ?

– Oui, m'dame.

Je me cache derrière mon sourire. Ses mots me touchent bien plus que je ne veux l'avouer. J'ai beau être forte et fière des idées que je véhicule, je ne suis pas invincible. Quand on porte en soi une blessure, on peut la surmonter, mais il y a toujours des moments où on y repense et ça nous brise de nouveau.

– Je n'ai pas fini ! soupire Maeve. Ce que je vais te dire ne va pas te plaire, mais tant pis. J'ai l'impression que tu ne te crois pas assez bien pour lui et que tu lui en veux pour ça.

OK, ça fait mal. Elle me lance un regard en biais.

– Retire ça tout de suite ou je ne te parle plus, je grommelle, offusquée.

Ma meilleure amie secoue la tête :

---

8. Personnage présent dans l'univers de *Game of Thrones*.

– Non ! Je ne le retirerai pas tant que tu ne me regarderas pas dans les yeux en m'affirmant que tu peux te taper tous les mecs que tu veux.

Sa remarque me blesse, parce qu'il y a un peu de vrai dans ses mots. Sans doute qu'au fond de moi, j'imagine que je ne suis pas le genre de fille avec qui Hunter couche. Non pas que j'en aie envie. Il ravive les souvenirs de mon passé et quand je le vois, j'ai envie de lui cracher au visage toutes les insultes que j'aurais dû sortir à ceux qui m'ont humiliée à l'époque.

– Je crois aussi que malgré toi, tu le trouves sexy et que ça t'énerve.

– Putain, t'as raison ! C'est vrai qu'il est sexy, ce con ! je capitule enfin.

On éclate de rire.

– Tu veux que je te repasse la vidéo de sa course à poil ?

– Non, ne t'inquiète pas, j'ai son image gravée en mémoire. On ne se fait pas plaquer au sol par un type nu tous les jours…

Alcool qui coule à flots, nourriture en abondance, musique quasiment couverte par les cris et le brouhaha des conversations… La fête bat son plein. Je dois avouer qu'il y a un peu trop de monde à mon goût pour que je me sente complètement à l'aise. Mais si je suis là, c'est pour en profiter, alors j'essaie d'en faire abstraction. Dans le salon, les couples dansent et se bécotent ; dans la cuisine, une dizaine de mecs gueulent pour encourager deux autres qui sont en train de faire un concours avec de la tequila.

– Tu veux une bière ? me demande Tully, le mec de Maeve.

– Plutôt un Coca si tu as…

– Ouais, t'inquiète ! Et toi, ma belle ?

– Le punch me fait de l'œil.

Il hoche la tête et s'éclipse. Tully fait partie de l'équipe de basket de l'université. Il est grand, avec des épaules carrées et une peau mordorée comme celle de Maeve et de beaux yeux noisette. D'ailleurs, je crois qu'il excelle à son poste et qu'il a déjà été repéré par des recruteurs de la NBA G-League, la ligue mineure de basketball créée par la NBA. C'est Maeve qui m'a raconté tout ça, elle est super fière de lui.

– Je ne pensais pas qu'il y aurait autant de monde, soupire Maeve. Mais bon, tant que c'est pas moi qui range tout ce bordel à la fin, ça me va.

– Tu sais ce que c'est, ce genre de fête : machin en parle à machine qui invite machin… Tout le monde ramène toujours quelqu'un, comme toi avec moi. Pourquoi faut-il que tu sortes avec un sportif ?

Elle me tire la langue.

– Parce qu'il est gentil et sexy, et que je n'ai pas tous tes *a priori* sur eux, ce sont des êtres humains comme les autres…

Je lui souris alors que, la tête penchée sur le côté, elle observe quelqu'un derrière moi.

– Qu'est-ce que tu fous ? je demande.

Elle se redresse et me sourit en haussant les sourcils. Quand elle fait ça, c'est qu'elle a repéré quelqu'un. Dans ce genre de situation, parfois elle me fait honte. Comme lorsqu'on a fait des courses et qu'elle a repéré un beau gosse, Maeve le matait sans vergogne et sans la moindre discrétion.

– Je crois que tu es dans le radar d'un beau mec, là-bas. Ne te retourne pas tout de suite, il te regarde.

– Maeve…

– Il te mate comme s'il avait envie de te bouffer. J'aime ce genre de regard, c'est celui qui promet un moment intense.

– Tu es dingue.

– Jean noir, jolies boucles brunes et chemise blanche, vas-y, retourne-toi, il ne fait plus attention à toi…

Je m'attends à ce que le type regarde ailleurs, mais pas du tout. *Quelle peste !* J'aurais dû le savoir pourtant, je la connais par cœur. Il me lance un grand sourire tout en continuant à parler avec les gens autour de lui, et je m'empourpre. C'est vrai qu'il est charmant.

– T'es toujours dans l'abus, je grogne.

– Jamais… Tu vas me faire le plaisir d'user et d'abuser de lui dans les règles de l'art. Demain, je veux entendre que tu as eu des orgasmes par centaines… je veux du croustillant.

Cette fille est inépuisable, et sa connerie est universelle. Elle me rappelle quelqu'un…

– Voilà vos boissons, les filles, lance Tully en nous rejoignant.

– Merci, je dis en lui souriant.

– Dis-moi, Tully, tu le connais le gars là-bas ?

Oh, c'est pas vrai. Faites que non !

– Oui, c'est Spencer, un gars de l'équipe. Pourquoi ?

Au secours. Maeve se penche vers moi, l'air particulièrement pervers.

– C'est un sportif, mais tu vas me faire le plaisir d'épuiser toutes ses réserves de va-et-vient. Transforme ta rage en désir et prends ton pied. Spennnncer ! s'écrie alors Maeve comme si elle le connaissait depuis toujours.

En moins de deux secondes, le type en question est là. Je fais les gros yeux à Maeve qui semble avoir oublié ma présence à ses côtés.

– Spencer, je te présente Harper.

Et sur ces mots, elle s'éloigne avec Tully, nous laissant tous les deux. Bon sang. Je déteste ce genre de coup tordu, et elle le sait. Je lève les yeux vers le fameux Spencer. Il me sourit encore. Il a de magnifiques yeux bleus. Je rougis carrément. Putain, il fallait qu'il joue au basket. Enfin, je pourrais suivre les ordres de Maeve et transformer ma rage en folie sexuelle pour prendre mon pied.

– Salut, dit-il. Ta pote fait toujours ça ?

– Trop souvent, je soupire. Elle se félicite même d'être une parfaite entremetteuse...

– Bah, ça a le mérite d'être cash en tout cas. Mais c'est ma faute... Je n'étais pas très discret.

Je rougis encore. Sérieusement, je ne tombe plus que sur des sportifs. Bon, je pourrais faire un effort après tout, il m'a l'air gentil...

– Tu veux qu'on aille dehors ? me propose-t-il. Il y a moins de monde, je pense, et j'ai envie de m'en fumer une.

– Ouais, pourquoi pas ?

Dehors, la piscine est couverte, mais il y a du monde dans le Jacuzzi d'où s'échappe de la vapeur à cause du froid. Et il y a un attroupement devant une partie de beer-pong. Spencer allume une clope et m'en tend une.

– Non, je ne fume pas. Alors tu fais du basket avec Tully ? Tu occupes quel poste ?

– Arrière.

– Tu es le pro des paniers à trois points, dans ce cas.

Il sourit encore. Je bois une gorgée de Coca mais je grimace quand je découvre qu'il est chaud. *Beurk !* C'est infect.

– Un problème ?

– Le Coca chaud, c'est pas terrible.

– Ici on ne refroidit que la bière, m'explique Spencer.

– Je m'en souviendrai, la prochaine fois.

– Erreur de débutante.

– Je n'en suis pourtant pas à ma première fête, je réponds, amusée.

Il fait beaucoup trop froid pour mon petit pull et mon âme de Floridienne. Le vent d'octobre est glacial, et je regrette d'avoir mis un haut court car je sens le froid s'infiltrer dessous. Ma Floride me manque tellement. Les rayons du soleil, la chaleur... Rien que pour ça, j'ai déjà hâte d'y retourner.

– Tu t'y connais en basket ? demande Spencer.

– Un peu, oui, mon père est un grand fan de ce sport.

– C'est cool ! Et tu...

– Eh, mais c'est ma Baby H ! s'exclame soudain, et à mon grand regret, mon cauchemar ambulant.

Alors que je tourne lentement la tête vers lui, il enlace mes épaules de son bras mouillé. Ce qui me provoque un gros frisson.

– Mais tu...

Quand je baisse les yeux vers lui, je constate qu'il est en boxer et que l'eau ruisselle encore sur son torse. *Putain.* J'inspire profondément.

– Je t'ai vue depuis le Jacuzzi, lance-t-il joyeusement.

Son regard oscille entre joie et amusement. Il me regarde comme s'il était excité de me voir.

– J'avais compris...

Il m'adresse son sourire éblouissant, alors que je m'efforce de ne pas dévier le regard de ses yeux pour ne pas le mater. Ça lui ferait beaucoup trop plaisir...

– Tu veux me dire quelque chose ? je demande, agacée.

Je bouge les épaules pour lui faire comprendre qu'il me soûle, mais il n'a pas l'air de saisir le message. Bien sûr, il fallait qu'il soit là et... Je jette un coup d'œil au Jacuzzi où un type aux cheveux châtain clair et deux nanas sont en train de barboter. Alors que les filles ont les yeux rivés sur le play-boy dans la piscine, il regarde dans notre direction.

– Je crois qu'on t'attend dans le Jacuzzi.

Bon sang, mais il fait quoi ici ? À croire que ça l'excite de me casser les ovaires.

– Je sais, j'y vais… mais il fallait que je te salue, je t'avais jamais vue dans ce genre de fête.

– Tu es trop occupé pour m'apercevoir d'habitude.

– Sans doute, ouais… et maintenant, je ne vois plus que toi.

Je veux riposter quand Spencer se racle bruyamment la gorge. Hunter tourne alors lentement la tête vers lui, et le regarde comme s'il se rendait compte de sa présence seulement maintenant. *Quel connard !*

– Salut Clark, lance Spencer. Tu ne changes pas, tu te balades toujours à poil.

– Je mets mes meilleurs atouts en évidence, Graham. Merci de l'avoir remarqué.

– Bah, t'as raison, parce que c'est clairement pas ton jeu sur la glace, ton point fort.

OK, il se passe quoi ? Maeve avait raison… Ils sont en train de se la jouer à qui a la plus grosse. Je suis déjà fatiguée et soûlée.

– T'es en train de critiquer mon jeu alors que vous n'avez même pas dépassé les quarts de finale l'année dernière, c'est tellement risible.

Puis se tournant vers moi, il grogne :

– Je pensais que tu détestais les sportifs.

C'est sûrement parce que je ne l'ai jamais vu autrement que joyeux que je reste muette quelques secondes en découvrant son agacement soudain. Je ne comprends pas vraiment ce qu'il se passe. On dirait qu'ils s'embrouillent pour moi. C'est carrément surréaliste, et ça m'énerve. Bon sang, mais qu'est-ce qui prend à Hunter de venir me prendre la tête, et à Spencer de le titiller ? Je n'ai pas envie de perdre mon temps avec ce genre de jeu débile.

– Va te faire foutre, Clark ! je gueule.

Je le pousse pour retourner dans la maison. J'ai envie de rentrer, il faut que je trouve Maeve pour le lui dire. Quand je sens qu'on me retient, je crois un instant qu'il s'agit de Spencer. Mais non.

– Quoi encore ? Je t'ai dit de me foutre la paix il me semble.

Hunter secoue la tête, en souriant :

– Techniquement, tu m'as dit d'aller me faire foutre, pas de te laisser tranquille…

Je lève les yeux au ciel, alors que loin de Spencer, sa mauvaise humeur semble envolée. À quoi joue-t-il ? Je me défais de sa poigne, mais d'un pas il comble l'écart entre nous.

– Si tu te mets à apprécier les sportifs, il est hors de question que ce soit un autre que moi.

– Non mais tu t'entends ? Tu crois qu'on vit à quelle époque ? Les conneries que tu sors toutes les cinq minutes ne te fatiguent pas ?

– Ma connerie et moi, on cohabite très bien.

– Tu crois vraiment que jouer à ce petit jeu va me faire t'apprécier davantage ? Tu m'agaces tellement. Tu…

Il sourit, mais je suis franchement agacée. En fait, c'est ça qui l'amuse, il se délecte de me faire sortir de mes gonds.

– Je ne regrette pas, si c'est ça que tu veux savoir. Je ne regrette pas une seconde que Graham ne t'ait pas suivie. Tu mérites bien mieux que ce crétin arrogant.

Ses mots me laissent perplexe, j'oscille entre colère et fou rire. Mais lorsque je croise son regard sombre, je me rends compte qu'il est tout à fait sérieux.

– Mais toi, tu es là… et tu es mieux que lui, j'imagine ? Au moins, il ne me rentre pas dedans comme un abruti.

– Quel idiot, c'est ce qu'il y a de mieux ! lance-t-il de sa voix grave.

J'ouvre la bouche quand une main sortie de nulle part se pose sur son épaule. Hunter se retourne vers une jolie brune enroulée dans une serviette qui se presse contre lui.

– Tu es parti depuis trop longtemps. Tu viens ? Tu vas finir par attraper froid, retourne dans le Jacuzzi, je vais te réchauffer…

Je lui souris, soulagée d'être débarrassée de lui.

– Délivrée ! Enfin ! je m'exclame en tournant les talons.

CHAPITRE 8

Parfois, j'aimerais que quelqu'un me prenne dans ses bras et me dise : « Je sais que c'est dur mais ça va aller, tiens, prends ce café et ces 8 millions d'euros. »

(Vu sur Internet)

Hunter

J'ai chaud.

Non, rectification : *je crève de chaud !*

Qui est le con qui a réglé le chauffage au maximum ?

Je lutte dans un demi-sommeil pour repousser les couvertures, mais rien n'y fait, elles restent en place. Pire, elles s'entortillent autour de moi. Mes muscles sont engourdis, mon crâne me fait un mal de chien, et mon estomac se crispe dangereusement.

Je finis par ouvrir prudemment une paupière pour prendre connaissance de mon environnement. L'une des dernières choses dont je me souviens est qu'avec les mecs, j'ai lancé quelques invitations pour une soirée à la maison. Ça devait rester un petit truc, puisque nous étions en semaine, mais il a fallu que ça dégénère. *Comme toujours…*

Une fois que mes yeux se décident enfin à faire la mise au point, je comprends que je suis dans le salon, vautré sur un des canapés. Et la raison de la hausse de ma température corporelle prend tout son sens. Une magnifique brune est à moitié couchée sur moi. Nue. Je le suis tout autant, et il ne faut pas être Sherlock Holmes pour savoir que même si je n'ai aucun souvenir de la fin de soirée, j'ai forcément joué au docteur.

D'habitude, je préfère baiser dans ma chambre, mais il faut croire que je n'ai pas réussi à patienter jusque-là pour conclure. Heureusement nous sommes seuls dans la pièce, mais ça ne m'étonnerait pas de savoir que j'ai fait ça avec une audience, vu la murge que je me suis prise. Je crois qu'en deux ans, j'ai déjà vu de nombreuses fois mes colocs baiser dans des endroits improbables. Au début, on a peur de ne jamais pouvoir oublier, et puis après ça devient presque banal.

J'essaie de me dégager lentement afin de ne pas trop secouer la belle au bois dormant. Je m'assieds en bout de coussin, la tête entre les mains, attendant que le vertige passe. Ça va être une longue journée, je le sens. Une fois que je suis certain que je ne vais pas gerber sur le tapis, je prends conscience de mon corps et surtout de cette sensation collante sous mon pied. Avant même de regarder, je sais déjà ce que je vais y trouver.

Ouaip.

Je viens de marcher sur une capote usagée.

La seconde chose sur laquelle mon attention se porte, c'est les dégâts dans le salon, il y a des gobelets abandonnés un peu partout, des bouteilles vides, et un bordel sans nom… Comment est-ce qu'on a pu se laisser déborder comme ça ? On n'est plus des première année, bordel ! On devrait savoir que ce genre de soirée ne peut que dégénérer. Pourtant sur le papier, on avait prévu juste ce qu'il faut d'alcool pour que ça n'arrive pas, mais les autres ont apporté leur propre stock… Putain, j'ai tellement mal à la tête que je pourrais m'arracher les cheveux pour tenter de soulager la douleur.

– Je te préviens, hors de question que je nettoie la zone où tes couilles sont posées…

Je lève difficilement la tête pour trouver Griffin appuyé contre le chambranle de la porte qui relie le salon à la cuisine. Il a l'air aussi frais que s'il avait fait une nuit de dix heures, et est en train de manger son éternel bol de céréales.

– Alors, elle était comment ?

Pas besoin de lui demander de quoi il parle. Je regarde la brunette qui est toujours endormie dans mon dos. Je déplace un coussin pour masquer un minimum sa nudité, même si je suis sûr que ça ne la dérange pas plus que ça. Alors que je m'apprête à l'envoyer bouler, ma langue refuse de m'obéir. Elle pèse au moins trois tonnes et semble totalement desséchée.

– Au vu des cris qu'elle a poussés, je suis sûre que même bourré comme tu étais, tes capacités étaient toujours là, me charrie-t-il.

Pitié, que quelqu'un lui fasse fermer sa gueule.

Tout en grognant, je me lève, tanguant dangereusement le temps que mon corps s'habitue à ce changement de gravité. Le coach va me tuer quand il va me voir arriver dans cet état. Même si j'ai encore plusieurs heures avant de me pointer à la patinoire, il a le don pour repérer quand on n'est pas au meilleur de notre forme. Et sa solution est de nous pousser encore plus loin, jusqu'à nous en faire gerber par moments.

Normalement, une fois que la saison a repris, on doit suivre un régime alimentaire strict pour être au top physiquement, mais on n'a que vingt et un an… Alors on s'autorise un écart par mois. Celui-là n'était pas prévu au compteur puisque le week-end dernier, on était déjà à une soirée chez

Tully. Je m'approche lentement des lourds rideaux occultants. Une idée de Cade lorsqu'on veut se faire une séance cinéma en pleine journée. Le soleil me brûle instantanément les yeux, et je referme aussitôt en lâchant une série de jurons.

– Il est quelle heure, putain ? je grommelle.

– Pas la moindre idée, j'ai plus de batterie sur mon portable. D'ailleurs tu me dois toujours 200 dollars pour mon nouvel écran.

Je lui réponds par un grognement avant de me mettre en quête de mon pantalon. Quand je le trouve sous un fauteuil, je fouille mes poches pour y dénicher enfin mon téléphone. J'ai beau appuyer dessus, il refuse de s'allumer.

– Fait chier.

– Si tu pouvais au moins passer un caleçon parce que je n'avais pas prévu de voir ton cul tendu vers moi de bon matin.

– Princesse, j'ai beaucoup trop mal au crâne pour supporter ton humour pourri, déjà que j'y arrive difficilement en temps normal.

– Hunter Clark ! Tu viens de blesser mon bel ego, lance-t-il en repartant dans la cuisine telle une diva vexée.

Je me laisse choir dans le fauteuil derrière moi et j'essaie d'enfiler mon jean. Cette opération pourtant simple me prend beaucoup plus de temps que prévu, et j'abandonne avant de l'avoir boutonné. Je suis dans un état semi-comateux quand des coups à la porte principale me font sursauter.

J'entends vaguement Griffin parler avec notre visiteur ; leurs voix ont un débit rapide comme s'ils s'engueulaient.

– Poupée, je te déconseille de rentrer dans le salon ! lance-t-il au moment où j'ouvre les yeux.

– Ne m'appelle pas « poupée » !

Je reconnaîtrais cette voix entre mille. Elle débarque dans le salon comme la furie qu'elle est, Griffin à sa suite, et son regard se pose directement sur moi.

– Baby H, qu'est-ce que tu fous là ?

Elle ne me répond pas immédiatement. Ses yeux scannent la pièce, avant de s'arrêter sur la fille, puis sur moi. Elle fait plusieurs allers-retours comme pour s'assurer de ce qu'elle a sous le nez. Une moue de dégoût s'accroche aux coins de ses lèvres. *Merde.*

– Harper ? je répète doucement.

Son prénom semble la ramener parmi nous et son regard assassin me fusille sur place.

– Tu m'as plantée pour ça ? Pour te bourrer la gueule et sauter une fille ?

– De quoi tu parles ? Et putain, vas-y mollo sur les décibels, j'ai franchement mal au crâne.

– Écoute-moi bien, sombre connard, nous sommes jeudi et il est midi passé. Ton petit cerveau de hockeyeur l'a peut-être oublié, mais on avait notre dernière heure de travaux ce matin.

Je fronce les sourcils, perdu.

– Non, c'est demain.

– Si tu avais passé ton mercredi soir à faire autre chose que t'enfiler bouteille sur bouteille, tu aurais vu le mail de Wells, nous disant que notre session était avancée à aujourd'hui !

Mon estomac semble chuter dans un gouffre sans fond.

– Je… Hier soir, on a… je bafouille en me passant une main dans les cheveux.

– Je me fous de tes excuses débiles, crache-t-elle. La doyenne est venue vérifier que tout se passait bien, et je t'ai couvert. J'ai *menti* pour toi.

– Quoi ? Pourquoi ?

Je suis abasourdi. Elle avait enfin l'opportunité de me faire payer et pourtant… La culpabilité, cette garce, pèse sur ma poitrine

– Parce que comme une conne, je m'inquiétais.

Les mots semblent lui coûter, et puisque je reste pantois, elle ouvre de nouveau la bouche :

– Je pensais que t'étais malade ou je sais quoi. Je suis même venue jusqu'ici pour vérifier que *tu allais bien* et t'apprendre que j'avais négocié avec le gardien, dit-elle avec une expression mi-blessée mi-furieuse.

– Je suis désolé. Si tu veux, cet après-midi j'irai faire mon heure et…

– Oh, mais j'y compte bien ! J'ai dû supplier le gardien pour qu'il ne te vende pas ! Tu iras faire deux heures, seul, demain comme convenu.

Je suis toujours perdu. Putain, l'alcool ne me réussit pas…

– Euh, pourquoi deux heures ? Je veux bien m'excuser, mais pas me taper de rab pour satisfaire l'*ego* d'un vieux gardien grincheux…

Elle s'avance vers moi jusqu'à se retrouver à un mètre seulement. Ses yeux me crachent toute sa colère au visage, et si je pouvais reculer, je le ferais. Foutu fauteuil.

– Tu vas te taper du rab parce que pendant que tu décuvais, j'ai mis deux heures à nettoyer les gradins. Comme promis, il a bien attendu un après-match pour nous y mettre…

Je grimace en me remémorant leur état, la dernière fois. La seule chose qui a rendu le truc supportable, c'est qu'on était tous les deux.

– Harper…, je tente.

– La ferme ! Sache juste que quand tu verras la doyenne, tu pourras lui dire que ta diarrhée explosive va mieux, mais que tu as dû jeter ton jean.

Ses mots mettent un certain temps à atteindre mon cerveau confus. Griffin, lui, est beaucoup plus rapide, et part dans un fou rire qui finit par réveiller la fille sur le canapé.

– Hunter ? lance-t-elle, hagarde.

Personne ne lui accorde d'attention. Harper et moi nous fixons sans rien dire.

– La seule excuse que t'aies trouvée, c'est que je me suis *chié* dessus ?

Elle hausse les épaules.

– Tu voulais que je lui dise que tu n'étais pas là ? J'aurais sans doute dû. Mais comme la pauvre conne que je suis, j'ai préféré improviser, et c'est tout ce qui m'est venu sur le moment.

– Ça, ça va rester, se moque mon colocataire.

– Griffin, dégage si tu ne veux pas te faire botter le cul.

– Bon sang, ce que t'es grincheux ce matin, répond-il tout en rebroussant chemin.

La dernière fois que j'ai vu Harper, c'était samedi soir et elle était furieuse, une fois de plus à cause de moi, parce que je venais de casser son coup avec Graham.

– C'est qui elle ? Ta petite amie ?

La question de ma conquête est si stupide aux yeux de Harper, qu'elle semble sur le point de s'étouffer.

– Non !

Elle crie ce mot, comme si elle voulait que tout le quartier l'entende. Je grimace à ce son si aigu.

– OK, OK, pas besoin de hurler ! Hunter, chéri, je peux t'emprunter ton tee-shirt ? minaude-t-elle.

– Euh, ouais.

Elle l'enfile puis, après m'avoir embrassé sur la bouche, elle disparaît dans le couloir.

– Je peux t'offrir un café ? je propose.

Harper tourne la tête vers moi.

– M'offrir un… Je ne veux rien avoir à faire avec toi. J'ai fini mes heures pour l'université, alors toi et moi, ça n'existe plus. Je n'ai plus de temps à perdre, je dois encore terminer d'écrire pour l'enregistrement à la radio cet après-midi, et… Donc ton café, tu peux te le foutre où je pense, lâche-t-elle en faisant volte-face.

Je ne sais pas pourquoi, j'attrape son poignet pour l'empêcher de s'en aller. Mon cœur bat vite, ses mots m'ont blessé alors qu'ils ne devraient pas. Je savais qu'elle voudrait me rayer de sa vie dès qu'elle en aurait l'occasion, mais j'espérais être au top de ma forme pour savoir la charmer et prolonger un peu plus ces moments entre nous. Je ne comprends pas pourquoi je suis si mal. J'ai envie de mettre ça sur le compte de la biture que je viens de me prendre, mais je sais que ce n'est pas ça…

– Baby H, ne pars pas comme ça…

– Lâche-moi.

D'un geste sec, elle se libère de mon emprise et sans attendre une seconde de plus, elle s'en va en prenant soin de claquer la porte d'entrée derrière elle. Je reste comme sonné, debout dans la pénombre du salon. Je n'arrive plus à réfléchir, pourtant je sais que je dois faire quelque chose. Mais quoi ?

Un mouvement sur ma gauche attire mon attention, Zeke et Cade descendent l'escalier, une expression coupable sur le visage du premier.

– Depuis quand vous êtes là à espionner ?

– Techniquement on ne peut pas appeler ça de l'espionnage vu que vous n'avez pas été discrets, répond Cade.

Mon regard noir lui coupe l'envie de continuer.

– On se fout de ce qu'elle pense ! Tu vas finir tes heures et basta. La saison va commencer, on doit être concentrés et se tenir à carreau.

Je médite sur ce que vient de me dire Zeke, il est toujours le plus posé de nous tous. Mais cette fois, il se trompe. Je ne m'en fous pas. *Putain, pourquoi je ne m'en fous pas ?*

– N'empêche, elle est aussi canon en vrai que sur son compte Instagram, ta copine, lance Cade. Cette nana, c'est le feu.

– Je suis d'accord avec lui, lance Griffin qui réapparaît avec un chargeur de téléphone à la main.

Je déteste l'idée qu'ils aient vu ça et qu'ils puissent avoir l'image du corps de Harper en tête. *Fichu Griffin !*

– Allez vous faire voir !

On n'aurait jamais dû regarder ce compte, même s'il est public et même si elle ne s'en cache pas.

– Bah quoi ? Elle est canon ! dit Cade en haussant les épaules.

– Tu ferais mieux de ne plus la rencontrer, ajoute Zeke. C'est le genre de fille que tu ne peux pas contrôler. Elle est trop bien et trop intelligente pour toi.

– Vous êtes mes potes, vous n'êtes pas censés être de mon côté plutôt que de me traiter de débile ?

Ils secouent la tête comme des idiots alors que ma jolie conquête d'hier soir revient dans le salon et s'avance vers moi d'une démarche chaloupée.

– Ça te dit qu'on monte dans ta chambre ?

Sans attendre ma réponse, elle se pend à mon cou en collant son corps tiède contre le mien. S'il y a une chose à laquelle je ne dis jamais non, c'est bien le sexe. Pourtant l'envie n'y est pas, car l'image de Harper, blessée, ne me quitte pas. Elle s'inquiétait pour moi, elle est venue jusqu'ici alors que je ne sais même pas comment elle connaît mon adresse… et putain, elle m'a couvert.

Prudemment, pour ne pas la vexer, je détache ses mains de mon corps.

– Tu devrais y aller.

Ses paupières clignent une fois, puis deux, puis trois avant qu'elle ne comprenne enfin que je viens de dire non. Soudain, le malaise prend le pas sur tout le reste, le temps que je l'aide à trouver ses fringues et qu'elle s'habille.

On a l'habitude de voir défiler nos « conquêtes » respectives lorsqu'elles abandonnent notre nid. Cependant là, Zeke et Cade quittent la pièce en silence, sans un sourire. Je la raccompagne à la porte, et elle se retourne pour m'embrasser. Le vent frais d'octobre me fait frissonner. Quelle connerie d'être resté torse nu.

– Tu m'appelles ?

– Non, je réponds en me frottant le visage. La saison va commencer, je n'aurai pas le temps.

– Ne te moque pas de moi. Je te connais, Clark, tu as toujours une fille à ton bras un soir de victoire.

Et elle a raison.

Je reste silencieux, car je n'ai plus rien à dire qui pourra faire passer la pilule. Quand enfin elle comprend ce que je tente, son visage se métamorphose. Putain, deux meufs en colère dans la même matinée, je fais fort.

– Tu es un enfoiré, lâche-t-elle en détalant.

Encore une fois, elle a raison. Mais je ne l'ai jamais caché. On baise sans attaches, point.

Je referme la porte derrière elle et je passe devant la cuisine sans m'y arrêter même si j'entends mes potes discuter. Je file directement à l'étage. Une fois dans ma chambre, j'enlève mon jean puis file dans ma salle de bains attenante.

Dès que l'eau chaude coule sur mon corps, mes muscles se détendent. J'essaie de me concentrer, il faut que je trouve un moyen de me faire pardonner par Harper. Je ne supporte pas de la savoir en colère contre moi. Je n'ai pas envie que ça finisse comme ça entre nous. En fait, je crois que je n'ai pas envie que ça finisse tout court. J'aime qu'elle n'exulte pas dès que je fais un sourire ou que je bande mes muscles, elle ne me regarde pas comme un bout de viande, et j'adore son caractère de feu. Je n'ai pas viré Graham pour l'emmerder. En réalité, je n'ai jamais cassé le coup d'une fille, mais elle… Je ne sais pas, quand je l'ai vue avec lui, ça m'a soûlé. Je suis en train d'envisager de lui acheter une boîte de chocolats quand, enfin, une idée plus brillante me traverse l'esprit.

Un sourire éclaire mon visage et je me grouille de sortir de la douche pour mettre à exécution mon plan parfait.

CHAPITRE 9

J'aime certaines personnes comme j'aime mon thé…
Dans un sachet, sous l'eau.
(Vu sur Internet)

Harper

– La signature du tueur en série est une manière de s'exprimer à travers une « griffe » unique, une empreinte qu'il est psychologiquement contraint de laisser sur la scène du crime afin de se satisfaire. Le cœur de cette signature ne change et ne changera jamais. Elle reste toujours la même.

Alors que je reprends mon souffle, je suis surprise par le visage de Hunter qui apparaît contre la vitre, derrière laquelle il me fait coucou comme un bienheureux. Je lui offre mon plus beau doigt d'honneur. Qu'est-ce qu'il fait ici ? Après notre altercation de ce matin, je ne m'attendais absolument pas à le revoir aujourd'hui. En fait, j'espérais ne plus le croiser puisque j'ai fini mes heures de colle. Derrière lui, Winnie est morte de rire.

Traîtresse.

– Il ne faut pas confondre le mode opératoire et la signature. Le mode opératoire est la façon d'agir du tueur.

Alors que je reprends la parole, il souffle contre la vitre pour l'embuer et écrit : *Hey Baby H.* Je lui adresse une deuxième salve de doigts d'honneur. Tout sourire, il m'envoie un baiser, avant de se tourner vers Winnie. Il ne va jamais me foutre la paix ! Je venais à peine de me calmer que je sens déjà la rage bouillir de nouveau en moi.

– Comment le tueur se prépare à tuer ? Comment il repère ses victimes ? À quel moment il décide de les attraper, de les assassiner, avec quelle arme mais aussi comment il les approche ? Certains spécialistes précisent que le mode opératoire est ce qui est « nécessaire » au tueur en série mais que la signature est au contraire ce qui n'est « pas nécessaire » au crime, bien que psychologiquement, la signature soit indispensable au tueur. J'espère que ce nouvel épisode de *Soul of hunter* vous a plu. N'hésitez pas à nous le faire savoir sur les réseaux sociaux de la radio Rebel. Très chers auditeurs, ici Star Killer, je vous dis à bientôt, et vous laisse avec les mots du fin gastronome Albert Fish : « J'aime bien les enfants. Ils ont bon goût. »

Je réunis mes fiches, et je soupire. Je n'ai pas envie de sortir de cette pièce car de l'autre côté, il y a mon *fucking* boulet. Mais je dois libérer la place pour le live de Jenny qui parle bons plans et découvertes pas loin du campus. Lorsque j'ouvre la porte, ils sont en pleine discussion :

– Attends, tu t'appelles Winnie ? demande Hunter. C'est grave adorable !

– Merci. En vrai, je m'appelle Winifred, ça l'est moins…

– Comme Winifred Sanderson du film *Hocus Pocus* ?

Elle hoche la tête, telle une gosse.

– C'est trop *badass*. J'adore.

J'aimerais bien savoir ce que n'adore pas Hunter Clark… Il se tourne vers moi soudain, comme s'il avait perçu son prénom dans mes pensées.

– Tu fais une putain d'émission sur les tueurs en série ! C'est génial, j'ai adoré t'écouter. Tu étais franchement incroyable.

Mon stupide cœur s'active, alors qu'il me semble sincère. J'essaye de rester de marbre même si je me sens plutôt fière et satisfaite d'avoir réussi à le bluffer. Enfin bon, ça ne calme en rien le degré de colère que j'éprouve encore pour lui.

– Ses podcasts sont géniaux, lance Winnie. Ce sont mes préférés.

– Qu'est-ce que tu fous ici ? je grommelle.

Il est là, tout sourire, comme si de rien n'était, comme si je ne m'étais pas tapé deux heures de nettoyage toute seule dans le froid, comme si je ne l'avais pas couvert, comme si on ne s'était pas pris le bec ce matin, comme si je n'avais pas débarqué sur un tournage de film porno… Pourtant, je n'arrive pas à regretter ce que j'ai fait. Le couvrir m'a semblé naturel, même si je ne le porte pas dans mon cœur, je n'avais pas envie qu'il se fasse virer.

J'espère que le karma me récompensera pour ma bonne action. En me débarrassant de lui par exemple !

– Je veux te parler.

Contrairement à ce matin, il est fringué d'un jean noir déchiré et de son éternelle veste aux couleurs de son équipe de hockey ; il a l'air moins hagard aussi.

– Je n'ai rien à te dire et je n'ai pas le temps, j'ai un cours qui commence bientôt.

Je récupère mes affaires à l'arrache sous l'œil perçant de Winnie qui n'en perd pas une miette. Bon sang, je n'ai pas fini d'en entendre parler. Je n'avais pas prévu qu'il se pointe ici.

– Winnie, ma belle, je dois filer, on se voit plus tard ?

– Pas de souci, répond-elle en m'adressant un clin d'œil.

Je me dirige vers la porte, l'ouvre et m'engouffre dans le couloir en espérant que Hunter ne me suive pas. *L'espoir fait vivre, ma pauvre fille !* Je n'ai pas franchi la moitié du corridor que déjà le son de sa voix se fait entendre. Je presse le pas. Malheureusement, le couloir est quasi vide, alors je ne peux pas me faufiler et disparaître dans la foule comme dans les films.

– Je reviens bientôt ! s'écrie-t-il. Et on en reparle, mais là, je dois impérativement la suivre.

Il me rattrape facilement et marche tranquillement à mes côtés comme si de rien n'était. J'ai envie de le bousculer pour qu'il se mange le mur, mais vu son gabarit, je risquerais de me déboîter l'épaule sans qu'il bouge d'un millimètre.

– Fous-moi la paix, Clark, je soupire.

– Jamais de la vie, tu t'ennuierais si je ne venais pas te voir. Même le nom de ton podcast était un signe qu'on allait se rencontrer. C'est pour ça que tu m'en veux ? Parce que tu m'attends depuis trop longtemps et que j'ai tardé à venir ?

Qu'est-ce qu'il ne faut pas entendre !

– Si tu le dis.

– Franchement, je ne m'attendais pas du tout à une émission de radio pareille. La passion dans ta voix, c'était génial. J'ai trop envie que tu me racontes une histoire terrifiante. Allez Baby H, raconte-moi un truc qui fait peur !

Tout ce que je veux c'est qu'il me fiche la paix, mais ça, c'est apparemment trop compliqué pour lui. Cependant, son expression de gamin me fait céder malgré moi.

– C'est l'histoire d'un joueur de hockey qui faisait tellement chier une fille qui aime les *serial killers* qu'il est mort empalé par sa propre crosse avant d'avoir eu le temps de préparer sa nouvelle connerie.

Il éclate de rire, et je me retiens de glousser malgré moi. Je dois avouer que son rire est contagieux. Il faut vraiment que j'arrête de côtoyer ce type avant de me mettre à l'apprécier.

– Je laisserais volontiers tes jolies mains me tuer, mais c'est impossible. Ta copine Winnie m'a proposé une interview, et je ne peux pas refuser. Quand on demande Hunter Clark, on obtient Hunter Clark.

Sacrée Winnie. Elle en a profité.

– La pauvre, elle ne sait pas ce qui l'attend…

– Ne t'en fais pas, tu n'as pas à être jalouse, ça restera strictement professionnel entre elle et moi.

Il dit ça d'un air sérieux tout en me fixant.

– Bon, qu'est-ce que tu veux, Hunter ? Parce que là, je ne peux pas trop te piffrer et comme je te l'ai déjà dit : j'ai cours.

– Je veux t'inviter à manger pour me faire pardonner de t'avoir laissée seule, et pour te remercier de m'avoir sauvé la mise avec le gardien. Laisse-moi me faire pardonner.

– Tu me fais un cadeau en m'imposant de passer du temps avec toi ? Je vois plutôt ça comme une punition, personnellement…

Il ne se vexe pas et ricane. C'est moi que ça dérange, finalement, si mes sarcasmes n'ont plus aucun effet sur lui. Le bougre s'est vite adapté…

– Mais attends, j'ai un truc pour toi.

Il fouille dans son sac et durant ce temps, je vois les regards des autres étudiants qui nous observent. Comme si ce qu'ils avaient sous les yeux n'avait pas de sens. Une des stars de la fac, avec une fille *comme moi*. Imperturbable, Hunter sort enfin une grosse boîte de chocolats. Je l'attrape sans lui laisser le temps de dire quoi que ce soit et il cède sans que je dise merci cette fois. Il croit quoi ? Que je vais lui sauter dans les bras ?

– Alors, tu dis oui ?

– Non merci, je ne suis pas masochiste. Je préfère encore bouffer du verre pilé que manger avec toi.

– Tu ne me facilites pas la tâche, mais OK…

Il n'ajoute rien et mon instinct me dit que ce n'est pas bon signe du tout.

– OK quoi ?

Il ne répond pas, il reste silencieux alors je lui lance un regard en coin. *Quel fichu connard !*

– Je n'ai pas dit mon dernier mot, Baby H.

Et là-dessus, il fait demi-tour et me plante dans le couloir. Une étrange impression m'accompagne jusqu'à mon prochain cours. Le fait qu'il cède si facilement ne me dit rien qui vaille. Je le sens mal.

Il doit être quasiment 19 heures quand on frappe à la porte. Je lève les yeux de mon ordinateur sur lequel je bosse mon prochain papier pour le journal de la fac, et je jette un coup d'œil à Maeve.

– Tu as commandé quelque chose à manger ? me demande-t-elle.

– Non. C'est peut-être Tully ?

– Je ne pense pas, on a rompu ce matin.

– Quoiii ? Pourquoi ? Mais t'es sérieuse ? Ça fait deux heures qu'on est dans le salon, et t'as pas trouvé le temps de me le dire ?

Elle éclate de rire. Visiblement, elle n'est absolument pas perturbée par la nouvelle qu'elle vient de me balancer. Je ne suis pas franchement étonnée, c'est plutôt le fait qu'elle ne m'ait rien dit qui m'embête. On partage tout, toutes les deux. Le pire comme le meilleur. Enfin, comme on bossait nos cours, elle allait peut-être le faire après.

– Ça devenait franchement plan-plan, ça manquait de piquant, et voilà… on en parle après, c'est pas très important.

Maeve me semble toujours détachée. Elle aime être seule ou parfois avoir un mec, mais sans rien de sérieux. Elle ne se prend pas la tête. Elle se lève et se dirige vers la porte. Je sursaute quand elle pousse un cri strident.

– Oui, elle est là ! j'entends. Harpeeeeer, ramène ton joli cul par ici.

Seigneur ! C'est Hunter, j'en suis certaine. Je ne l'ai pas revu depuis qu'il m'a plantée dans le couloir. Je me redresse à contrecœur et vais la rejoindre. Quand j'apparais devant eux, ils me lancent tous les deux un sourire qui ne me dit rien qui vaille. Alors que celui de Hunter est fier avec un arrière-goût de « je te l'avais dit », celui de Maeve est plutôt dans la délectation la plus totale, elle se régale, et ne s'en cache pas du tout. Je n'ai pas fini d'entendre parler de lui. Qu'est-ce qu'il fait ici ?

– Merci de l'avoir appelée. Moi, c'est Hunter, lance-t-il en lui tendant son poing.

– C'est normal voyons, et je sais qui tu es Hunter, j'entends souvent parler de toi, répond-elle en checkant avec lui comme si elle faisait ça tous les jours.

Putain. Je ne sais pas encore comment, mais je vais me venger, c'est certain.

– Et moi, c'est Maeve.

Hunter ouvre la bouche et écarquille les yeux en fixant Maeve comme si elle avait dit une grosse connerie.

– Maeve ? répète-t-il. Attends, tu as quelque chose à voir avec *la* Maeve de Griffin ?

Ma meilleure amie plisse les yeux. J'ai entendu parler de cette histoire. Le pire coup de sa vie selon elle… Je jubilerais si c'était un pote de Hunter.

– Tu vas tout de suite rectifier ta phrase, dit-elle en le pointant du doigt. Je ne suis *la* Maeve de personne, encore moins de ce connard de Prince. Je t'aide, et toi tu me plantes un couteau dans le dos… c'est moche.

Il éclate de rire et lève les bras devant lui en signe de reddition.

– Il se souvient aussi de toi. Et ça semble le perturber également. Je suis désolé, je sais ce que c'est de supporter ce gars, je compatis… J'espère que tu arriveras à l'oublier un jour.

Elle lâche un soupir d'exaspération.

– T'as de la chance d'être sexy, mec ! Allez, je vous laisse discuter.

Ma meilleure amie s'éloigne et me pousse carrément vers Hunter qui me détaille avec un sourire. Il porte toujours son jean déchiré, mais il a troqué son sweat pour une chemise blanche sous son blouson. Pourquoi faut-il qu'il soit aussi sexy ?

– Qu'est-ce tu fiches chez moi ? je lance sans préambule. Et surtout, comment tu as su où j'habitais ?

– Moi aussi j'ai mes sources, et je suis là pour réitérer mon invitation. J'ai envie de t'emmener dîner quelque part. Dis oui, s'il te plaît.

Sa dernière phrase me rappelle l'époque du lycée, quand je pensais un mec sincère, alors qu'il m'a tout simplement humiliée dès qu'il en a eu la possibilité.

– Non merci…

– Oh que si ! gueule Maeve à travers l'appartement. Elle accepte volontiers d'aller dîner avec toi.

Hunter est mort de rire. Je vais tuer ma meilleure amie, elle qui n'aime pas mes tueurs en série, je crois que je vais lui faire une petite blague effrayante.

– Mais c'est pas croyable, je râle. Non !

– C'est pas croyable de refuser cette charmante invitation, surtout, me répond-elle.

Hunter doit se régaler. Quand Maeve refait surface, elle me tend mon sac et ma veste puis elle me pousse littéralement vers lui. Alors que j'atterris quasiment dans ses bras, elle claque la porte derrière nous et la verrouille.

– Waouh ! s'exclame Hunter. Elle est… géniale, ta pote.

– Là, tout de suite, je ne dirais pas ça, je grogne entre mes dents. C'est plutôt une vraie plaie ! je gueule pour qu'elle m'entende.

Je relève la tête et croise le regard de Hunter qui me regarde en souriant. Au vu de la situation, je lui réponds de la même façon.

– Je comprends rien à ce qui vient de se passer.

– Je connais ça, les potes ingérables. Tu viens avec moi ou je dois défoncer la porte pour que tu puisses rentrer chez toi ?

Entre supporter Hunter le temps d'un restaurant et l'humeur massacrante de Maeve si je me défile, mon cœur balance. Je crois que j'ai moins de risques à le suivre, même si l'ado de seize ans en moi me crie de me méfier de lui.

– Allons-y, qu'on en finisse au plus vite.

La façon dont il m'observe me fait rougir. Mon idiot de cœur bat la chamade. En réalité, je me sens un peu mal à l'aise.

– Voilà qui me ravit, lance Hunter. Ma satisfaction est grande ! Je me suis dit qu'il était possible que tu aies une pote qui se rallie à ma cause.

– Bingo !

– Allez Baby H, on va passer du bon temps. Je veux juste m'excuser. Sérieux, je me sentais mal quand tu es partie de chez moi. Je te jure que je ne voulais pas zapper notre croustillante punition. Je ne veux pas te laisser avec l'impression que je suis un gros connard.

Nous sortons de mon immeuble. Une fois dehors, j'enfile mon manteau, surprise par le vent froid. Je laisse Hunter me conduire jusqu'à sa voiture. Il s'arrête devant un 4 × 4.

– Avant de monter, j'ai quelque chose pour toi.

Je lève les yeux au ciel, alors qu'il ouvre la portière côté passager.

– Les chocolats, ça suffisait, je t'assure…

Il attrape quelque chose puis se tourne vers moi, un bouquet de fleurs à la main.

Je le prends et le fixe étrangement. C'est une composition de roses séchées rouges et noires au milieu desquelles il y a un couteau ensanglanté, le tout recouvert d'une toile d'araignée qui leur donne un aspect fantomatique. C'est super beau. Je lève les yeux vers Hunter. Il me fixe, il semble attendre ma réaction avec impatience. C'est la chose la plus cool qu'un mec m'ait offerte, c'est même la première chose qu'un mec m'offre… et je ne peux décemment pas l'envoyer sur les roses.

– Est-ce que tu viens sérieusement de m'offrir un bouquet de fleurs mortes avec un couteau au milieu ? je demande d'une voix inquiétante.

– Euh, je crois, oui.

Je lui lance un regard en coin avant de lui sourire.

– OK, ça, c'est super cool !

Son regard s'illumine.

– Harper Clarke, est-ce que tu viens de me sourire avant de me parler sans sarcasme ?

– Je plaide coupable, dis-je en fixant les fleurs. Ce truc est canon. Mais ne va pas croire que ça va changer quoi que ce soit.

Hunter sourit de toutes ses dents alors que je tente de rester fidèle à moi-même en usant de mes sarcasmes.

– Je savais que ça te plairait, je l'ai trouvé sur le Net, livré en une journée, et le voilà. Allez monte, dit-il en ouvrant à nouveau la portière.

Je grimpe dans la voiture en me faisant la réflexion qu'il y a vraiment quelque chose qui cloche pour que je me retrouve dans la caisse de Hunter. Il s'installe à son tour et s'assied derrière le volant, puis met le contact.

– Tu as froid ? me demande-t-il alors que je me frotte les mains.

– Un peu. Je déteste le froid.

Il pousse alors le bouton du chauffage à fond et s'engage sur la route.

– T'es pas d'ici pour ne pas aimer le froid ?

– Non, je viens de Floride. La chaleur me manque.

– Je pourrais t'aider si ce n'est que ça. Donner chaud est un de mes dons.

Je lâche un soupir exagérément long alors qu'il s'arrête à un stop. Je n'ai aucune idée de là où il m'emmène et j'avoue que je suis un peu troublée. J'ai l'impression de prendre des risques, et ça me fait flipper. J'ignore pourquoi je suis si perturbée, après tout je sais très bien me défendre quand il s'agit de l'envoyer bouler, et je sais aussi comment me défendre quand on me dit que je suis un peu trop grosse.

– Alors, qu'est-ce qui t'a amenée à quitter le soleil de ta Floride natale pour nous rejoindre dans le Michigan ? me questionne Hunter.

– Le journalisme. Rebel est l'une des meilleures universités dans ce domaine.

– T'es en première année de journalisme ?

Je souris. Pourquoi pense-t-il que je suis en première année ?

– Deuxième, je le rectifie.

C'est un peu étrange de lui parler sérieusement, et de moi par la même occasion.

– Quoi ?! lance-t-il en se tournant vers moi, surpris. Mais où te cachais-tu jusqu'à présent ? Si j'avais croisé ta route, je t'aurais forcément remarquée !

Je lève les yeux au ciel en sachant que c'est totalement faux.

– Et toi ? je demande pour essayer de détourner son attention.

Il détourne les yeux de la route quelques secondes.

– Tu as vraiment envie que je te parle de moi ? Si j'avais un agenda, c'est le genre de truc que je marquerais d'une croix rouge.

– Je préférerais que tu sois silencieux, mais toi et moi, on sait très bien que ça n'arrivera jamais.

Hunter éclate de rire.

– Tu m'as démasqué. Moi, je suis en troisième année de kiné.

Alors là… si je m'attendais à ça. En fait, je n'avais jamais réfléchi aux études qu'il pouvait faire. J'imaginais que cela lui importait peu.

– Je t'ai cloué le bec ?

Je hausse les épaules alors qu'il se gare. Il éteint le moteur et me regarde en souriant.

– Disons que je croyais que tu prenais des cours de « glandage » et de « j'en ai rien à carrer », alors c'est un peu surprenant, je confesse.

– Je ne suis pas le gros abruti que tu penses. Allez viens, je crève de faim.

Nous descendons de la voiture, et je le suis quand il s'avance vers un petit restaurant. Je reste silencieuse alors qu'on nous installe dans un coin tranquille. L'ambiance industrielle est jolie. Les murs alternent entre brique et béton. J'adore les grosses ampoules qui pendent en guise de lustres. Alors que je regarde le cadre juste à côté de nous, je suis perturbée par Hunter qui retire son blouson et se retrouve en chemise face à moi. Chemise qui, contrairement à ses pulls de hockey, épouse parfaitement son torse. C'est peut-être parce que je sais à quoi il ressemble sans que je le trouve sexy…

– Du coup, non, je ne glande pas, reprend-il en s'asseyant. J'étudie pour être kiné et je suis très doué de mes dix doigts si jamais tu te posais la question.

Je m'installe en face de lui, me demandant clairement ce que je fais là.

– Je pensais qu'à votre niveau, vous vouliez tous être joueurs pros.

– Certains de mes coéquipiers le souhaitent et le seront car ils bossent comme des fous. Je kiffe être sur le terrain, j'adore l'adrénaline des matchs, j'aime me dépenser comme un dingue, et je suis carrément bon dans ce sport, mais c'est juste un passe-temps.

Je hoche la tête. Par réflexe, je cherche un bon petit sarcasme à lui sortir, mais rien ne me vient. Je ne suis pas certaine d'être prête à franchir un autre stade de notre relation. Je ne sais pas si j'en ai la force… même si Hunter ne s'est jamais moqué de moi.

– Dis-moi Baby H, pourquoi tu as demandé au gardien de me couvrir auprès de la doyenne ? demande-t-il sérieusement.

– Il a voulu savoir si j'étais sûre… J'ai hésité.

– Déjà qu'il ne peut pas me saquer, ce con, ça va être encore pire. Mais tu n'as pas répondu à ma question.

– Parce que je ne suis pas une connasse.

Ses yeux noirs plongent dans les miens et me sondent.

– Quand la doyenne t'a mis en garde, j'ai compris que jouer au hockey était important pour toi. Et parce que comme ça, tu m'es redevable, tu as une dette envers moi.

– Je ne suis pas désolé d'avoir fait la fête mais… ça m'a vraiment fait chier quand tu es partie comme ça.

– Qu'est-ce que ça peut faire ? Tu te fous de ce que je pense…

– C'est faux, puisque je suis là.

Je hausse les épaules, peu convaincue.

– Pourquoi tu fais ça ? Pourquoi ça t'importe, ce que je pense de toi ? On ne se connaît pas et surtout, *surtout*, on n'évolue pas dans le même monde.

– Je ne sais pas, ça m'importe, c'est tout.

Je n'arrive pas à cerner ce mec, et ça me perturbe. Je ne sais si ce qu'il dit est du pur baratin ou s'il est juste sincère.

– OK. T'es dure en négociation, Clarke ! Bon, du coup, demande-moi n'importe quoi, je suis ton homme.

Le son grave de sa voix contient plus de sous-entendus qu'un film de cul. Je sens mes joues s'enflammer.

Bon sang, à quoi je joue ?

– Vraiment n'importe quoi ? je minaude.

Le sourire aux lèvres, il hoche la tête :

– Alors je souhaite que tu me foutes la paix, je dis en souriant de toutes mes dents. Maintenant que je n'ai plus à me taper des heures de colle avec toi, je ne veux plus te voir.

– Tu sais très bien que j'en suis incapable, répond-il en secouant la tête. Maintenant que tu commences à apprécier les sportifs, je ne peux plus, tu te doutes bien. Je suis pieds et poings liés, donc prépare-toi, tu n'as pas fini de voir ma tronche de beau gosse.

Bon sang, il ne l'a pas oublié. Il ne l'oubliera jamais.

– Je ne t'apprécie pas, je te supporte, c'est différent.

– Alors pourquoi ta copine a dit qu'elle entendait souvent parler de moi ?

– Je ne parle pas de toi, elle… ment parce qu'elle espère qu'on baise ensemble. Elle est désespérante à souhait.

Ses yeux s'écarquillent légèrement.

– C'est une chose à laquelle on peut remédier quand tu veux.

Une jolie serveuse nous interrompt, et elle semble subjuguée par Hunter, ce qui me laisse le temps de préparer ma réplique sanglante.

– Vous voulez boire quelque chose avant de manger ?

– Du champagne ! je m'écrie. Le meilleur que vous ayez en réserve, c'est lui qui paye !

– Qu'est-ce qu'on fête ? demande Hunter, pas le moins du monde inquiet.

– Le fait que je sois enfin débarrassée de toi !

Quelque chose dans son regard me dit que ce n'est pas le cas, mais je savoure de ne plus être en détention avec lui.

CHAPITRE 10

Live your life in such way that your heirs sort it through your possessions whispering : "What the fuck. What the FUCK. What in the SHIT[9]."

(Jared Pechacek sur Twitter)

HUNTER

– Sérieux, c'est bientôt fini ta torture ? me demande un Cade rouge et essoufflé.

Concrètement on aurait pu arrêter le test d'efforts il y a dix minutes, mais vu qu'il m'a fait chier ce matin, j'ai décidé de prolonger un peu l'exercice.

– Encore cinq minutes, Captain petite nature !

– Va te faire voir !

– Tutututu, je ne veux plus rien entendre ou j'augmente la vitesse, je lâche doucement alors que M. Kantes, notre professeur en récupération physique, s'approche de nous.

– Tout se passe bien ici ? Pourquoi vous n'avez pas encore fini ?

Le regard noir que me jette Cade m'indique qu'il vient de comprendre qu'il fait du rab alors qu'il pourrait avoir

9. Vivez votre vie de telle façon que vos héritiers trient vos biens en disant : « Putain ! C'est quoi ce bordel ? C'est quoi cette merde ? »

fini depuis un moment. Alors avant qu'il ne me grille à mon tour, je lui coupe l'herbe sous le pied :

– Parce que notre valeureux capitaine des Grizzlys ici présent se sentait en jambes et a voulu continuer.

– Très bien, mais ne forcez pas trop, Reed, il ne faudrait pas que vous ayez des courbatures avec les matchs qui arrivent.

À bout de souffle, Cade se contente de lui faire un geste vague de la main. Dès que le prof n'est plus à portée de voix, mon meilleur ami saute du tapis de course. Je me grouille de tout éteindre et de prendre les dernières mesures qu'elle me donne.

– T'es… vraiment… un enfoiré !

– Moi aussi je t'aime, je lui réponds, concentré sur ce que j'écris. Tu devrais courir un peu plus, ton rythme cardiaque ne devrait pas être si haut, mec.

– Je glisse sur la glace, je ne dois pas courir un marathon !

– Tu sais que c'est important d'être en bonne condition physique pour jouer au hockey. Là, tu as les mêmes scores que James qui ne fait pas de sport à haut niveau comme nous. Tu t'empâtes, mon grand.

On sait tous les deux que ce n'est pas vrai, mais ça n'empêche qu'une part de moi s'inquiète de l'emballement de son cœur sur une course de trente minutes. Le hockey est un sport très physique, c'est pourquoi les temps de jeu par joueur sont courts.

– Heureusement qu'il y a une contrepartie à ce que tu viens de faire : un massage, dit-il en regardant les autres déjà installés sur les tables pour changer de sujet.

Je décide de laisser couler. J'aurai bien l'occasion de remettre ça sur la table. D'autant que je ne peux même pas me plaindre, car même si c'était fun de l'emmerder un peu, la partie la plus cool commence pour moi. Prendre soin d'un corps.

J'ai toujours su que je voulais devenir kiné.

Enfin, c'est arrivé quand Jamie, mon neveu, s'est fait amputer de la jambe. Je me souviens que c'était la période la plus triste de ma vie. Un accident de voiture qui de prime abord pouvait sembler anodin, mais sa jambe s'est retrouvée coincée. Les secours ont tout essayé, mais malheureusement, quand ils ont réussi à le sortir du véhicule, il était trop tard. Il a fallu l'amputer à l'âge de six ans. Ce petit gars, mon champion, s'est battu comme un fou. Il a survécu et il a appris à marcher avec une prothèse. J'ai manqué pas mal de cours au lycée pour pouvoir l'accompagner. Et c'est en assistant aux séances de rééducation que j'ai voulu devenir kiné. Je trouvais le staff inspirant, c'est grâce à eux que Jamie peut, quatre ans plus tard, faire tout ce qui lui chante.

J'étais tellement déterminé qu'après ça, je n'ai obtenu que des bonnes notes dans les matières scientifiques. Je voulais mettre toutes les chances de mon côté. Aujourd'hui quand je rentre chez moi, je passe le voir et je m'occupe de lui. Des massages au renforcement musculaire, je veille au grain car il arrive encore de temps en temps que la jointure avec la prothèse soit douloureuse.

– Éponge le plus gros des litres de transpiration qui suintent de ton corps, j'ai pas envie de récurer la table après, je grommelle en lançant une serviette à ma victime du jour.

Tout en ricanant, il s'exécute avant de poser son cul sur la table qui nous attend.

Aujourd'hui, le cours se concentre sur la récupération des athlètes après un effort bref mais intense. Sur le meuble derrière moi, j'attrape l'huile de massage. J'en mets quelques gouttes dans mes mains avant de frictionner mes paumes pour les réchauffer. Au moment où je m'approche de lui, je suis interrompu.

– Clark, venez par ici.

Cade et moi relevons la tête en même temps pour regarder en direction de mon prof qui n'est plus seul, mais en compagnie d'une femme en tailleur. Je ne l'ai jamais vue. En même temps, le campus est grand et embauche beaucoup. Les mains toujours luisantes d'huile, je m'avance vers eux.

– Clark, prenez vos affaires, vous êtes convoqué chez la doyenne Wells, maintenant, m'annonce Kantes.

– Pourquoi ? Qu'est-ce que j'ai fait encore ?

– Elle vous expliquera tout sur place, me répond la femme sans se présenter.

– Mais j'allais commencer le soin de Cade…

– Ne vous inquiétez pas pour ça, Reed sera entre de bonnes mains, me coupe mon professeur.

Je fronce les sourcils, mais je m'exécute. S'il y a bien un truc que j'ai appris avec le temps, c'est qu'il ne faut pas faire trop attendre Wells, ça a le don de la mettre en rogne. Je trottine vers un des lavabos pour me nettoyer les mains, puis je récupère mon manteau et mon sac. Cade me jette un regard interrogateur auquel je réponds par un haussement d'épaules. Son attention est pourtant vite dissipée, quand Rebecca, une jolie rousse, s'approche de lui pour prendre ma place. *Ouais, il est entre de bonnes mains…* Surtout si c'est une jolie rousse.

En silence, je suis la femme qui marche à côté de moi sans pour autant abréger mes souffrances. Au contraire, elle me laisse mijoter dans mon jus. Je ne vois clairement pas ce qui me vaut la merveilleuse surprise d'être convoqué dans le bureau des Enfers. Et si le gardien n'avait pas su tenir sa langue ? Pourtant, je me suis présenté pour les deux heures, seul. Il m'a fait nettoyer les chiottes du parc. J'ai cru que j'allais être malade. Mais cet enfoiré ne peut pas me blairer, même s'il ne me connaît pas, alors il a peut-être vendu la mèche. Je ne vois que ça parce que normalement, Wells n'est pas au courant des fêtes qu'on organise chez nous, ou du moins elle fait semblant de ne rien voir…

Il nous faut presque dix minutes pour rejoindre le bâtiment de l'administration et quand j'arrive dans ce couloir que je ne connais que trop bien, j'y repère un visage connu.

– Harper ?

Elle me regarde, un pli soucieux entre les sourcils et un ongle dans la bouche. Ses grands yeux sont suspicieux. Elle a attaché ses cheveux en une queue haute et ça met en valeur son beau visage.

– Qu'est-ce que t'as encore foutu pour qu'on soit convoqués tous les deux ?

– Rien du tout, j'étais en cours, je me défends.

Baby H hausse les épaules.

– Attendez ici, elle vous appellera sous peu, nous informe la femme avant de disparaître derrière une porte.

Je m'assieds sur la chaise libre à côté de Harper, puis voyant qu'elle m'ignore, je me décale en tirant ma chaise dans un boucan pas possible pour faire en sorte que nos épaules se touchent.

– Je suis tout ému, c'est ici qu'on s'est rencontrés.

– Pas vraiment, c'était dehors, quand tu m'as percutée, complètement à poil…

– Quelle belle histoire ça fera à raconter à nos enfants, je la taquine. Je les vois déjà, les yeux émus par tant de romantisme.

– Dans tes rêves, mec, me balance-t-elle du tac au tac.

Je souris, fier d'arriver à lui tirer des réactions contre sa volonté. Je perçois son stress quand elle recommence à jouer avec ses ongles.

– Détends-toi, Baby H. Ça va aller.

– J'étais en cours moi aussi, je ne comprends pas ce qu'on fiche là. Tu crois que le gardien nous a balancés ?

Elle glisse son regard dans le mien. Elle est inquiète. J'aimerais la rassurer mais je suis comme elle, je ne connais pas la raison de notre présence. Surtout à deux.

– On va vite le savoir. Si c'est le gardien, ne t'en fais pas, je ferai en sorte que tu ne sois pas punie pour mes conneries.

Harper esquisse un sourire timide quand, soudain, la porte du Mordor s'ouvre et que la voix de Sauron retentit :

– Clark et Clarke, dans mon bureau.

Après un échange de regards, on se lève, pas du tout motivés. Je me demande un instant quelles seraient nos chances si on partait en courant. La doyenne nous désigne les fauteuils en face du sien pour qu'on s'y installe.

– Bien, j'ai fait le point avec M. Thorn, notre gardien, qui m'a confirmé que toutes vos heures ont été honorées, dans la joie et la bonne humeur. D'ailleurs, Hunter, j'espère que vous n'êtes plus indisposé ?

Je mets quelques secondes à comprendre à quoi elle fait allusion. C'est le petit rire nerveux de Harper qui connecte mes neurones. La fameuse diarrhée explosive.

– Oh. Oui, *ça*. Votre hockeyeur préféré se porte comme un charme, juste un petit moment de faiblesse.

– Tant mieux, je suis ravie de l'apprendre. Les qualifications pour les *playoffs* ne vont pas tarder à commencer, et j'ai besoin que vous soyez à votre meilleur niveau.

– Oui, m'dame.

Satisfaite par ma réponse, elle raye quelque chose sur la feuille devant elle. J'imagine un instant ce qu'il y est écrit :

Demander à Hunter des nouvelles de sa diarrhée ✓

L'encourager pour qu'il aide l'équipe à remporter sa qualification pour le tournoi universitaire de hockey ✓

Arroser les fleurs

Préparer mon plan pour dominer le monde

Cette femme me fait peur, je crois. Même si j'imagine que gérer une bande de jeunes dégénérés comme nous, ça ne doit pas être facile tous les jours.

– M. Thorn m'a également expliqué à quel point votre duo a très bien fonctionné durant vos heures de travail, et cela m'a donné une idée.

Inconsciemment, le corps de Harper se fige, elle fixe Wells comme si elle allait lui annoncer la pire nouvelle de l'année, alors que moi, je suis de plus en plus intrigué. Au moins, le gardien n'a pas cafté.

– En effet, nous avons besoin que les Grizzlys aient une bonne presse cette année. Nous devons faire oublier la défaite de l'année dernière.

Mes mâchoires se contractent en l'entendant parler de la dernière saison. On nous a volé notre qualification, Zeke n'aurait jamais dû être hors-jeu si ces enfoirés de l'Omaha n'avaient pas empêché Cade de reculer. Je serre les poings de frustration même si cela va faire un an que ça a eu lieu.

– C'est pourquoi j'aimerais que le journal de l'université montre l'exemple en faisant un reportage sur la préparation sérieuse que va entreprendre l'équipe. J'aimerais aussi qu'il y ait des interviews des joueurs. Je pense également qu'on pourrait parler du déroulé des qualifications. Nous avons pensé à vous, mademoiselle Clarke, puisque vous connaissez déjà bien l'un des adjoints de l'équipe.

Oh bordel, c'est génial !

Sans s'en rendre compte, la doyenne vient de me servir deux mois de plus aux côtés de Harper. Cette dernière est livide sur son siège.

– Vous allez bien, Harper ?

– Le directeur du journal est en train de chercher quelqu'un pour couvrir la section sport, ce serait plus judicieux de voir cela avec Brad, non ? demande-t-elle. J'ai un planning très chargé avec la radio, et en plus je ne connais rien du tout au hockey… Je ne pense pas être la mieux placée pour en parler.

Elle essaie de se débiner. *Je ne te laisserai pas faire, Baby H !* Je te veux encore près de moi.

– En effet, je n'avais pas pensé à ça, commence Wells, peut-être que quelqu'un d'autre…

– Non, mais justement ! Ça pourrait être vraiment super d'avoir l'œil d'une novice ! On pourrait emmener le lecteur dans les coulisses et lui expliquer les bases. Comme ça, pas besoin de tout savoir pour lire ces articles.

Fier de mes arguments, je souris de toutes mes dents à Harper qui me fusille du regard.

– Harper, vous voyez quelque chose à répondre à ça ?

– Plusieurs, répond-elle avec un nouvel aplomb.

Je l'observe. Elle est sacrément belle lorsqu'elle prend de l'assurance, j'ignore si elle le sait, mais je me ferai un plaisir de le lui dire à l'occasion.

– Je veux pouvoir arrêter si mes notes se dégradent. Participer au journal de l'université est un vrai plus pour mon avenir, mais je le sacrifie volontiers pour ma moyenne car c'est le plus important pour mon dossier.

La doyenne hoche la tête.

– Je comprends. Autre chose ?

– Je veux aussi une lettre de recommandation qui puisse m'aider plus tard, reprend Harper. Je suis une très bonne élève, je bosse avec assiduité et je me donne à fond dans tout ce que j'entreprends. Si j'ai quitté la Floride, c'est parce que votre université est renommée en journalisme. J'ai peut-être collé des affiches sur le consentement sans autorisation à la suite de l'agression de Mila, mais à part ça, je suis irréprochable.

Je mets une seconde à me remémorer l'histoire de cette fille qui a manqué de se faire agresser en début d'année. Je ne savais pas que c'était pour ça que Harper avait collé ses affiches.

– … j'imagine même que j'ai droit à un point bonus pour réussir à supporter Hunter Clark ici présent. Alors si je vous fournis cette série d'articles, je veux une lettre de recommandation dont je puisse me servir pour un éventuel stage ou un boulot.

Je m'attends à ce que la doyenne se mette en colère, comme elle le fait souvent avec moi, mais c'est l'inverse qui se produit. Elle sourit largement.

– Vous me plaisez beaucoup, mademoiselle Clarke.

Je crois que je suis jaloux, je n'ai jamais réussi à tirer un sourire sincère à Wells. Mais je dois avouer que ce que vient de lui balancer Harper à la tronche est incroyable.

– Si vous pouviez également assagir l'équipe de hockey…

– Ça, madame, je crois que ça relève du miracle.

Putain, il se passe quoi ici ? Je crois que je devrais être vexé, mais Harper a tellement raison.

– Bien, alors préparez-moi de beaux articles dans le journal, et je vous rédigerai une lettre de recommandation. Maintenant que tout ça est entendu, sortez de mon bureau, j'ai du travail.

On ne se le fait pas dire deux fois, et Harper force le passage pour s'enfuir dans le couloir devant moi. Quand apprendra-t-elle que mes jambes sont beaucoup plus grandes que les siennes et que je vais forcément la rattraper ?

– Allez Baby H ! Tu ne peux pas nier que le destin veut vraiment qu'on passe du temps ensemble !

– Si tu savais ce que je lui dis, au destin ! Il peut aller se faire…

Je plaque une main sur sa bouche et nous immobilise dans le couloir. Elle ouvre de grands yeux.

– Chut, fais gaffe, il pourrait t'entendre, je lui chuchote à l'oreille.

Elle se libère de mon emprise pour pouvoir me répondre sur le même ton :

– Qui ?

– Le destin, je réplique à voix haute.

Elle met quelques secondes à comprendre que je me moque d'elle, mais quand c'est le cas, elle me pousse pour reprendre sa fuite.

– Oh allez, Harper, ça sera cool, tu verras ! L'équipe t'adore déjà, donc c'est du tout cuit !

– Du tout cuit ? Du tout cuit ? lance-t-elle en faisant demi-tour pour revenir vers moi au pas de charge. Tu sais le temps que ça va me prendre ? Ce que ça va me demander comme énergie de caser toutes les recherches que je vais devoir entreprendre pour rendre crédibles ces foutus articles ?

– Pourquoi faire des recherches ? Je suis là. Je répondrai à toutes tes questions, parole de scout.

Elle m'observe comme si je venais de lui mentir, alors que je suis tout à fait sérieux.

– T'as vraiment fait partie des scouts ? me demande-t-elle en me prenant au dépourvu.

– Euh non, c'est une façon de parler.

– Ne jure pas sur la parole des scouts, alors.

Je lui lance un regard en coin.

– Baby H, est-ce que, dans ta Floride chérie, durant ton enfance, tu aurais été une jeune et ravissante scoute à couettes ? je lance, tout excité.

La rougeur qui s'étend sur ses joues m'indique que je viens de toucher juste. Je l'imagine tellement dans sa petite tenue. Elle devait être adorable. *Peut-être qu'elle a gardé son uniforme… Bon sang, mec !*

– Oui, et si ça te pose un problème, sache que je peux te perdre volontairement dans la nature et m'en sortir comme une grande.

– Je n'en doute pas une seule seconde, Baby H…

Elle me lance un petit sourire avant de se détourner. J'attrape son poignet pour la retenir quelques secondes. Pour une fois, elle ne me repousse pas, elle me regarde, curieuse.

– En plus, t'as négocié comme une putain de cheffe. Franchement, j'ai jamais réussi à faire sourire Wells, moi.

– Parce que t'es un crétin, grommelle-t-elle.

– Oui, mais j'étais sérieux tout à l'heure. Je vais t'épauler pour ces articles, je les relirai et te corrigerai quand il le faudra. Tu ne seras pas seule, comme le reste, on fera ça tous les deux.

– J'ai des cours, moi aussi, Hunter, et des activités, même si elles sont visiblement moins importantes que ton hockey ! Je te jure que si ces articles desservent le reste, tu vas le regretter.

Harper doit vraiment être en colère car elle m'a appelé par mon prénom, et je m'en veux qu'elle s'imagine que je pense que ses études sont moins importantes que les miennes. Je n'ai jamais dit ça. C'est tellement frustrant, toutes ces barrières qu'elle s'évertue à mettre entre nous.

– Il ne t'est pas venu à l'esprit que j'ai insisté auprès de Wells parce que ça voulait dire que tu ne serais pas débarrassée de moi ? je lâche.

– Comment ça ?

– C'est pas que j'ai envie de te faire chier, Baby H, mais plutôt que ça me plaît de savoir qu'on va passer du temps ensemble.

Et je me rends compte, au moment où elle s'humidifie la lèvre, combien j'ai envie de l'embrasser. Son regard bleu est perdu, et bien que j'assume totalement ce que je viens de dire, j'avoue que je suis un peu dérouté, moi aussi. Elle me plaît. *Putain, elle me plaît !* Et pour une fois que ça m'arrive, la fille en question ne peut pas m'encadrer. C'est bien ma veine.

– D'accord, mais je te préviens, c'est toi qui vas le regretter. Parce que tu ne vas pas juste te brûler les ailes…

– J'attends que ça, que tu me réduises en cendres, Harper.

CHAPITRE 11

« Not all men » – that's right, fictional men written by women would never[10].

(Gangsta sur Twitter)

Harper

– Waouh ! Ça va être canon ! s'extasie Maeve en fixant les tenues que nous venons de recevoir.

Tout comme elle, je détaille les vêtements que nous avons éparpillés sur mon lit, des étoiles dans les yeux. J'adore les fringues, mais si je suis si contente, c'est surtout parce que nous allons faire une vidéo pour mon compte Instagram aujourd'hui. Nous porterons les quatre mêmes tenues. Je suis toujours enthousiaste quand je crée du contenu pour parler du *body positive*. Parce que c'est fort et que c'est important, voire crucial de nos jours. Je pense également que plus on en parle, plus ce mouvement aura un impact sur les gens et sur le futur. J'aime à penser que les jeunes générations seront plus tolérantes. Je n'aurais jamais cru un jour que ma voix puisse compter et pourtant, c'est le cas. Même si c'est à petite échelle, et exclusivement sur les réseaux sociaux, au moins je fais ma part des choses. Je sais

10. « Pas tous les hommes ». C'est vrai, les hommes de fiction, écrits par des femmes, ne le feraient jamais.

que lorsque je poste sur la plate-forme, je parle avec des milliers de gens concernés ou qui trouvent ça génial. Si on m'avait dit lorsque je me suis fait humilier au lycée que c'était normal d'être ronde, grande, petite, fine, musclée… Bref, que c'était OK de vivre ma vie avec le corps que j'ai et que je n'avais surtout pas à en avoir honte, alors je n'aurais pas lâché les pires larmes de toute ma vie. Je ne me serais pas laissée faire, tout simplement.

– Comment veux-tu procéder ? demande ma meilleure amie.

Je fixe les vêtements. J'ai envie de faire ça bien, de trouver une idée originale qui plaira aux gens, car c'est aussi à eux que je m'adresse. Il y a déjà eu pas mal de vidéos dans le genre et je n'ai pas envie de faire un bête copier-coller. Au contraire, je veux qu'on retrouve le principe original, mais avec notre touche à toutes les deux.

– Peut-être… je me dis que nos chambres sont l'une en face de l'autre, on pourrait placer la caméra dans le couloir et en sortir avec la même tenue. On pourrait peut-être se regarder bizarrement, puis faire les belles devant la caméra… Comme c'est la première fois qu'on organise quelque chose de ce style, je ne suis pas certaine du rendu de cette idée.

– Les idées, ça se creuse, et on peut toujours les embellir, dit Maeve.

Je sors mon téléphone de ma poche, et je prends les vêtements en photo sur mon lit avec un filtre et j'écris : « Je crois qu'il se prépare quelque chose. » Puis j'envoie ma story. En quelques secondes à peine, je reçois déjà des réactions.

– Le coup de sortir de la chambre avec la même tenue, c'est cool. Après, on peut trouver une transition avant de passer à une autre, et à la dernière, on retourne chacune dans notre chambre. Ça va le faire. Tu vas encore cartonner.

– Et comme tu vas y participer, ça va faire un malheur, j'acquiesce en souriant.

Maeve fait un cœur avec les doigts et sourit. Je suis impatiente de commencer. Je me délecte à l'avance, même si ça risque de prendre un peu de temps. Mais je pense que c'est important pour montrer que tout est normal, que le style n'a pas de poids.

– Je vais installer la caméra et la lumière. Mets-toi au fond du couloir, que je puisse cadrer correctement le champ.

Appuyée contre la porte de ma chambre, je regarde la réaction de mes abonnés alors que Maeve, ma merveilleuse assistante qui contribue largement à alimenter mon compte, s'occupe des réglages. Je suis contente de voir que les gens sont toujours réactifs et qu'ils ne se lassent pas du contenu que je propose.

– OK, ça me semble nickel. Tu veux vérifier ?

– Je te fais confiance.

– On commence quand tu veux alors.

– On ferait mieux de s'y mettre. Ça va certainement nous prendre un peu de temps.

Nous retournons dans ma chambre. La première tenue, un jean et un crop-top rose, est un clin d'œil pour l'étudiante qui s'est fait agresser sur le campus. Je tenais à montrer que le problème, c'était toujours l'agresseur et pas les fringues. Les trois autres ensembles sont composés d'une robe noire avec un imprimé fleuri, d'une blouse écrue à col froncé et un legging en simili cuir ; enfin un corset en dentelle avec une jupe. Je crois que ça va carrément le faire. On a pris le temps de bien choisir les assemblages et de trouver des habits qui conviennent à nos deux morphologies, car ce n'est pas toujours évident…

– Si la vidéo plaît, on en fera d'autres, je dis en attrapant le jean et le crop-top.

Maeve prend les mêmes vêtements que moi et commence à retirer son jogging pour s'habiller. Au début, j'enviais son physique, parce qu'elle a une taille mannequin que la société ne critique pas. Pourtant, lorsqu'elle m'a raconté les messages qu'elle recevait sur les réseaux parce qu'elle est métisse, je suis entrée dans une profonde colère. Certains prennent des libertés pour juger le corps des femmes alors que, clairement, ça ne les regarde pas. C'est déjà suffisamment difficile de s'aimer soi-même sans que des inconnus en rajoutent une couche. J'ai appris à m'aimer même si par moments, mes vieux démons refont surface… C'est un travail du quotidien, j'espère qu'un jour, on verra des corps de toutes les formes, tailles et couleurs sur les podiums, au cinéma, pour qu'on puisse tous mieux vivre avec nous-mêmes.

– OK, tu en penses quoi ? demande Maeve, me sortant de mes pensées.

Elle tourne sur elle-même. Elle est belle. Elle est toujours belle.

– Parfaite. Et moi ?

Je l'imite en prenant la pause en mode pin-up, ce qui fait ressortir ma poitrine généreuse.

– J'adore qu'on porte les mêmes fringues, on devrait aller en cours comme ça un jour. Et il va sans dire que tu es superbe, meuf !

– C'est vrai qu'on est canon ! Il est temps d'aller bosser. Tournage imminent, copine !

La musique emplit l'appartement, ce qui nous donne un *tempo* pour nous dandiner ensemble. La première prise est laborieuse, car on se marre comme des idiotes, la suivante, je me prends le pied dans le tapis, et dans celle d'après, Maeve éternue tellement fort que les murs en tremblent. Mais c'est génial, parce que ce genre de moment passé avec elle ne fait que renforcer notre amitié. Nous trouvons finalement notre rythme et enchaînons les tenues. Nous jouons devant la caméra ; nous nous amusons comme des gamines. Qu'est-ce que j'aurais aimé avoir Maeve dans ma vie pendant mon enfance, je suis sûre que j'aurais été sûre de moi plus tôt. En un an, je remarque à quel point je me suis affirmée. Même si cela vient surtout du chemin que j'ai parcouru seule, elle est là au quotidien pour me tenir par la main quand je suis fatiguée. Toujours prête à sortir une blague pour me remonter le moral quand des commentaires dégueulasses traînent sous une de mes photos. Comment un si petit bout de femme peut-il être aussi solide et indispensable à ma vie ? Ça me dépasse ! Mais quand je la vois à mes côtés dans mes délires, je l'aime encore plus. Aujourd'hui est une première. Je dois avouer que j'y prends goût et qu'il est possible qu'on recommence bientôt…

Je ne suis pas mal à l'aise devant la caméra. Du moins, je ne le suis plus. Au début, sur mon compte Instagram, je l'étais. Prendre la pose était difficile, me dévoiler aussi, assumer le nombre croissant de *followers* également. Mais, je m'y suis habituée et maintenant, c'est comme un automatisme. Ce qui me motive, c'est le message que je fais passer. Je pense toujours à cette ado que j'étais et qui vit quelque part en moi… J'aurais aimé, à cette époque, savoir que j'étais belle, même avec mes kilos. Je sais que quelque part dans le monde, il y a d'autres adolescentes, comme celle que j'étais, qui se sentent mal. Je souhaite qu'elles tombent sur mon compte Instagram et se rendent compte qu'elles sont magnifiques, uniques. Même si elles ont de la cellulite, même si elles n'ont pas un ventre plat ou, au contraire, sont trouvées trop maigres… Un jour, la société arrêtera de juger les corps, et on se portera tous bien mieux.

– J'adore quand on passe des journées comme ça, je confesse.

Maeve relève le nez de son ordinateur, sur lequel elle est en train de faire le montage de notre vidéo. J'ai hâte de voir le rendu. Je devais m'en occuper, mais je suis plongée dans un article qui s'intitule : « Le hockey pour les nuls ». Et c'est beaucoup plus compliqué que je ne le pensais car je n'y connais rien.

– Moi aussi, répond-elle en souriant. J'ai presque fini, et franchement, c'est canon. Tu veux quelle musique en fond ?

– Qu'est-ce que tu penses de la chanson *Mother's Daughter* de Miley Cyrus ? Ou alors *Tempo* de Lizzo ? Elles parlent toutes les deux de *body positive* et sont très rythmées.

– Je préfère celle de Miley, tranche Maeve. Il ne me reste plus qu'à l'ajouter sur la vidéo, et c'est bon.

Sur la table basse devant nous, il y a un festin, nous nous sommes fait un plateau télé rempli de bonnes choses. Pop-corn, M&M's, bonbons qui piquent, cookies, mini-beignets fourrés au chocolat, soda... De quoi chiller tranquillement devant la télé. Je crois que je préfère dix journées comme ça à une soirée sur le campus. Je suis du genre casanière même si je n'ai rien contre une bonne soirée, si elle n'est pas organisée pour la popularité.

– On aurait dû inviter Winnie, elle nous aurait fait rigoler avec les derniers potins.

– On peut toujours.

– Non, je dis en parcourant mon fil Instagram. Elle est au ciné avec Adam.

– Une prochaine fois. Voilà... j'ai fini !

Je pose ma tête sur l'épaule de Maeve, et elle lance la vidéo. Nous apparaissons sur la musique de Miley Cyrus. Tout ce que je vois, ce sont deux amies qui s'aiment. Deux amies qui ne se jugent pas, et qui sont magnifiques malgré leurs différences. J'ai beau être plus grosse que Maeve, je ne me sens pas moins jolie.

– Qu'en penses-tu ? demande-t-elle.

– C'est tellement canon ! J'adore. Je ne pensais pas que ça rendrait aussi bien. Je suis sûre qu'ils vont adorer et nous en redemander !

– Rien d'étonnant, s'esclaffe-t-elle. On est sublimes, ma chérie.

– Je la mettrai en ligne demain. Tu peux la poster sur mon cloud s'il te plaît ?

Maeve acquiesce, et quand c'est fait, elle ferme son ordinateur.

– Alors, ces recherches sur le hockey, ça avance ?

– J'ai envie de me pendre, si ça peut t'aiguiller sur l'endroit où je me trouve sur l'échelle des recherches, je me lamente.

– Tu sais quoi, je pense que ça peut être cool, du moins pour l'expérience.

– Mouais… Je ne comprends toujours pas pourquoi la doyenne m'a refilé ça à moi. Il y a des étudiants plus qualifiés que moi au journal, c'est obligé ! Franchement, elle ne me connaissait pas en début d'année, et ça aurait été encore le cas si Hunter ne m'était pas rentré dedans. Moi obligée de couvrir le hockey pour le journal, merci pour la punition, quoi !

Intérieurement, je me raccroche à la recommandation que j'obtiendrai à la fin. Dans le milieu du journalisme, une lettre favorable venant d'une école aussi réputée que Rebel peut faire toute la différence.

– Faut pas voir ça comme une punition !

– Bah voyons…

On se demande pourquoi elle dit ça ! Elle n'est pas peu fière de m'avoir obligée à manger avec Hunter, et je ne me suis toujours pas vengée. Je suis trop précieuse pour ce monde.

– Peut-être qu'elle a perçu l'alchimie entre Hunter et toi et qu'elle fait ça pour vous permettre de passer du temps ensemble.

Je soupire.

– Bien sûr, tu crois qu'elle va nous donner une boîte de capotes aussi ?

– Si c'est le cas, j'ajouterai le lubrifiant car il faut toujours bien lubrifier. *Toujours.*

Maeve ne lâche jamais l'affaire. Jusqu'à ce que je couche avec Hunter, elle va me casser les ovaires avec lui. Elle ne veut pas comprendre que je ne le souhaite pas, pas plus que lui.

– Ça te fait jubiler, sérieusement… c'est pas parce que tu m'as forcée à dîner avec lui que ça va changer quoi que ce soit. Il évolue dans son monde et moi dans le mien, ça s'arrête là.

– Je suis contente que tu le revoies, je suis certaine que vous avez matière à faire des trucs tous les deux. Des trucs explosifs.

– Du genre ?

– Du genre une petite pipe pendant qu'il te fait un cunni dans les vestiaires de l'équipe et…

– STOP ! Je suis désolée, je l'interromps avec de grands gestes. C'est ma faute, c'est moi qui ai demandé, après tout…

Elle éclate de rire alors que je lui tire la langue.

– C'est ça, sors ta jolie langue, il faut que tu t'en serves. Pas juste pour parler…

– Méfie-toi, Maeve King, parce que je vais dire à Griffin que tu penses encore à lui.

Elle écarquille les yeux et tourne la tête vers moi. Elle me met au défi de le faire. Le regard qu'elle me lance me régale.

– Tu n'oserais pas…

– Tu veux parier ? Toi qui m'as littéralement jetée dans les bras de Hunter ? J'ai une revanche à prendre. Et c'est moi qui te filerai du lubrifiant en grande quantité, tu sais… pour éviter ce qu'il s'est passé la dernière fois…

Elle fait la moue.

– Mais tu m'aimes, tu ne veux pas me faire de mal. Je suis ta meilleure amie préférée de tout l'univers.

– Et toi alors ? Tu n'hésites même pas à essayer de me caser avec un type que je ne supporte pas.

– Moi, je te rends service pour surmonter tes peurs stupides et il est évident qu'entre vous, c'est chaud bouillant.

– Tiens-toi à carreau ou je dis à Griffin que tu veux une seconde chance.

Quand elle m'a raconté ce qu'il s'est passé entre eux, j'ai été partagée entre rire et effroi. Elle regarde droit devant elle, visiblement plongée dans ses souvenirs.

– Bon sang, l'expérience la plus flippante de ma vie, sérieux. Il y avait du sang partout, genre vraiment partout. Pourtant ça avait super bien commencé, il était doué, mais quand j'ai voulu le chevaucher, il s'est soudain plié de douleur. Et là, le temps que je m'écarte, une vague rouge a déferlé dans le lit et ça ne semblait pas vouloir s'arrêter. J'ai dû improviser un garrot avec mes mains sur sa bite alors qu'il était tétanisé et blanc comme un cadavre. J'avais l'impression d'être dans un épisode de la série *Dexter* ! Sauf que j'avais pas tué un mec mais sa queue ! On a fini aux urgences ; et il me soûlait tellement à me dire que tout était ma faute que je l'ai planté là…

J'éclate de rire.

– Je suis étonnée que tu aies recommencé à coucher avec des types après ça, moi, ça m'aurait littéralement coupé toute envie.

Elle soupire.

– Faut prendre le taureau par les cornes et remonter en selle sinon après, on ne fait plus rien… Mais les premières fois, je n'étais pas rassurée. Je n'arrêtais pas de penser à sa bite qui pissait le sang. Enfin bon, on parlait de toi et de Hunter. Tu l'apprécies quand même un peu plus, maintenant, non ?

Je ne sais pas. J'ai l'impression que ce que je ressens est assez paradoxal. Je ne le connais pas assez pour dire si je l'aime bien ou pas. Parler sérieusement une fois durant un repas ne suffit pas pour connaître quelqu'un. Il est possible en revanche que je pense maintenant que Hunter est différent de ceux qui m'ont harcelée.

– Disons que ce n'est pas l'un des connards qui m'a blessée, je réponds.

– Si j'avais été au lycée avec toi, je les aurais défoncés, sérieux. Je t'aurais vengée, ça aurait été « Massacre à la Maeve ». En gros titre dans les journaux : « Une fille de dix-sept ans sème la vengeance dans un lycée de Floride. Elle défonce le patriarcat et la hiérarchie des sportifs d'un lycée en les émasculant… »

J'esquisse un petit sourire. Le pire, c'est qu'elle l'aurait fait. Ma poitrine se gonfle d'amour pour elle. Je la serre dans mes bras durant quelques secondes.

– J'en doute pas. J'aurais aimé que tu sois là, j'aurais collectionné chaque putain d'article qui aurait parlé de toi.

– Je suis si fière de qui tu es et de celle que tu deviens chaque jour. Tu es une *queen*, Harper Clarke.

On se regarde toutes les deux, les yeux embués.

– Bon, la minute chou est passée. Maintenant, dégustons ce festin en matant une série. *The Witcher* ? propose Maeve.

– *The Witcher* !

Maeve met la vidéo en route, et munies de nos provisions, nous enchaînons les épisodes. Je ne sais pas encore si je préfère la série à l'acteur Henry Cavill. Ce mec est un plaisir pour les yeux. Comme le dit Maeve à chaque fois qu'elle voit un beau gosse : je le laisserais volontiers me rouler dessus.

– Bon sang, ce mec est intense ! s'extasie ma meilleure amie.

Elle lit dans mes pensées. Bon d'accord, dans celles de milliers de femmes et d'hommes.

– Tellement, je réponds alors qu'à la télé, l'acteur se prélasse dans une baignoire.

– Je sais pas si je le préfère torse nu ou le cul moulé dans son pantalon en cuir …

– Moi, ce sont ses grognements… C'est la première fois de ma vie que j'aimerais qu'un type me grogne dessus.

Nous éclatons de rire. Je crois qu'on est parties pour une nuit blanche avec Henry Cavill. On a connu pire…

CHAPITRE 12

– Qu'est-ce qui t'empêche d'être toi-même ?
– Le code pénal.
(Vu sur Internet)

Hunter

– On a été sacrément nuls à chier aujourd'hui, balance Griffin d'un air frustré en se débarrassant de son casque sur le banc à côté de lui.

Toute l'équipe est dans le vestiaire ; on vient de finir l'entraînement. On est en sueur, complètement essoufflés, et pourtant Griffin a raison : on a fait de la merde. Le coach nous a pourtant poussés pour qu'on se bouge, nous a motivés, et on a lamentablement échoué. Parfois rien n'y fait, on n'arrive pas à bosser ensemble. Certains enchaînements qu'on réussissait parfaitement encore la veille semblent infaisables.

J'ôte mes gants, puis mon casque. Je suis une vraie boule de nerfs, je n'aime pas quand ça ne fonctionne pas. D'agacement, je passe la main dans mes cheveux trempés qui bouclent sur mon front. Je balaye la salle du regard ; les mines sont aussi dépitées que la mienne. Zeke est en train de se débarrasser rageusement de son équipement, un pli soucieux entre les sourcils. Griffin est en train de parler avec John, leur discussion a l'air animée. Il n'en faudrait pas beaucoup plus pour mettre le feu aux poudres. Il y a beaucoup trop de testostérone. Vingt-deux mecs épuisés et en colère dans un espace clos, ce n'est jamais une brillante idée.

Soudain la porte menant à la patinoire s'ouvre, laissant passer Cade. Je repère son expression même s'il est encore tout équipé. Il n'est pas content car c'est sur lui que retombe notre incompétence collective, et donc la pression nerveuse qui va avec. C'est lui le meneur, et c'est lui qui doit rendre des comptes. Quand tout le monde s'aperçoit qu'il est enfin là, on se tait.

Il s'arrête au milieu de la pièce pour être sûr que chaque joueur puisse le voir, puis il jette sa crosse et enlève son casque. Il prend le temps de nous fixer en silence et plusieurs têtes se baissent sous son regard.

– Pas besoin de vous répéter qu'aujourd'hui, on a tous joué comme des merdes, commence-t-il. Le gang des papys dans la maison de retraite de mon grand-père nous aurait foutu une putain de raclée. Je ne sais pas ce qu'il se passe dans vos vies respectives pour que vous n'arriviez plus à jouer en équipe à ce point, mais quand on arrive sur la patinoire, on laisse nos frustrations de côté pour se concentrer sur le sport, merde ! Sur la glace, vous êtes un hockeyeur, pas un mec avec des problèmes, une copine, ou même une famille !

Il n'a pas tort. Si d'habitude, quand je mets une lame sur la glace, je fais abstraction de tout, cette fois, j'étais à l'ouest. Savoir que Harper devait venir nous voir jouer et prendre des notes m'a carrément distrait. Au moindre mouvement dans les tribunes je jetais un coup d'œil, mais elle n'est jamais venue. *J'espère qu'elle n'a pas trouvé le moyen de se défiler…*

– Et si vous n'êtes pas d'accord, vous savez quoi ? Je m'en tamponne comme de ma première érection ! Ici, vous avez le devoir d'être totalement en symbiose les uns avec les autres. Les matchs des *playoffs* ne vont pas tarder à commencer, et je ne sais pas vous, mais je compte bien me battre pour remporter le Frozen Four ! Putain, on méritait déjà cette victoire l'année dernière ! Et il est hors de question qu'on ne parvienne pas aux quarts de finale parce que vous ne savez pas être concentrés durant deux heures. Pensez un peu aux autres, si tout se passe bien, la plupart d'entre nous pourront retenter l'année prochaine encore, mais Jeff, Andrew et Tobias n'auront pas de chance supplémentaire.

Les regards se portent sur les anciens de l'équipe, ceux qui sont en dernière année. Il est hors de question que je revive la même culpabilité qu'avec Mike qui est sorti en pleurant de la glace quand on a perdu contre Omaha. Les recruteurs sont parfois des requins, les mecs suivent un gars qui se démène pendant des années ; un seul match perdu, et ils laissent tomber leur petit protégé. Pour espérer entrer en NHL il faut avoir un palmarès nickel, sinon on ne sort pas du lot.

– Alors, reprenez-vous et sortez-vous les doigts du cul ! Sinon vous aurez affaire à moi, et croyez-moi sur parole, vous n'aimerez pas ça !

Je me relève pour m'avancer vers lui et je lui tends ma main, sur laquelle il vient poser la sienne en me souriant après une seconde d'hésitation. Dans la minute qui suit, toute l'équipe fait la même chose.

– À trois, je lance.

– 1, 2, 3, Grizzlys ! on hurle en même temps.

Après ça, on se disperse, pour aller se doucher, se changer, et même se faire masser. J'ai tout juste le temps d'enlever mon maillot et mes bas que Cade arrive en me tapant sur l'épaule.

– Merci, mec, de toujours assurer mes arrières.

– C'est à ça que sert un adjoint, je réponds en lui montrant le A sur mon maillot.

– Je sais, mais ça ne fait pas de mal de s'en assurer de temps en temps. Surtout quand on fait un entraînement aussi minable.

– Si tu t'attends à ce que je te lâche un « toujours » comme dans *Harry Potter*, tu peux attendre un moment, mec.

Il prend une mine choquée. Cade est fan de *Harry Potter*. En fait, tous les ans, on se les mate ensemble. On pourrait couper le son et réciter les dialogues, on les connaît par cœur. Au début il m'a forcé à les regarder, mais maintenant j'y ai pris goût, même si jamais je ne lui avouerais ça...

– Est-ce que tu viens sérieusement de te moquer de Severus Rogue ?

Je ris sous cape en déchaussant mes patins.

– Ouaip. Qu'est-ce que tu comptes y faire ? Me lancer un sort ?

– Si seulement je pouvais, je te « stupéfixerais » tout de suite. Tu viens d'offenser mon petit cœur.

– Offenser ? En voilà, un mot compliqué, pour toi. Qui te l'a appris ?

Sans prendre le temps de me répondre, il me fait un doigt d'honneur et se laisse tomber sur le banc à mes côtés pour se délester des cinq kilos de matos qu'on se coltine.

Zeke, qui est un peu plus loin sur notre gauche, est couché sur le banc, une jambe repliée contre son buste. Il a les paupières fermées et le front plissé. *Et merde*. Je rêve d'une douche là, tout de suite, mais je ne peux pas laisser l'un de mes meilleurs potes souffrir sans essayer au moins de le soulager.

Je prends le temps de finir d'enlever le reste de mes protections, et c'est seulement vêtu de mes grandes chaussettes et de mon boxer que je m'approche de lui. Lorsqu'il ouvre les yeux, je me tiens juste au-dessus de lui, un sourire en coin tordant mes lèvres.

– Hunter ?

– Oui, Zeke ?

– Ton paquet est bien trop près de moi.

– Il est beau sous cet angle, n'est-ce pas ? je lance en prenant une pause que j'espère sexy.

Il pouffe avant de se remettre à grimacer.

– Dis-moi où tu as mal.

– C'est si évident ? me demande-t-il, vaincu.

– Disons que la seule fois où je t'ai vu t'étirer, c'était avant de plonger dans un lac gelé. Et c'était plus pour te donner du courage qu'autre chose.

– C'est pas faux…

– Arrête de jouer les gros gaillards avec moi et décris-moi ta douleur, j'ordonne en lui faisant les gros yeux.

– J'ai un élancement dans la fesse droite.

Je me mords l'intérieur des joues pour ne pas lui sortir une petite réplique bien limite. Mais c'était sans compter Griffin, qui passe à côté de nous, à poil, avec une serviette sur l'épaule.

– Si tu as mal au cul, ce n'est peut-être pas à cause de l'entraînement, mon grand. Tu n'es pas rentré hier soir, comment il s'appelait ?

– Elle s'appelait Della, et je t'emmerde !

– Ce n'est pas parce que c'est une fille qu'elle n'a pas pu toucher à ton précieux bouton, crois-moi, je sais de quoi je parle, balance-t-il en faisant jouer ses sourcils.

C'est plus fort que moi, j'explose de rire. Il n'y a que Prince Griffin pour parler de sexe anal aussi librement dans un vestiaire rempli de mecs. Zeke est plutôt discret de ce côté-là, il ne ment pas si on lui pose la question, mais il ne le crie pas sur tous les toits. Il veut faire carrière dans le hockey, et il préfère ne pas se fermer des portes au cas où… car malheureusement, il y a encore des progrès à faire au niveau de la NHL concernant les joueurs ouvertement gays. Comme beaucoup de ligues professionnelles, d'ailleurs. L'hétérosexualité fait vendre, même dans le milieu du sport. Si on pouvait mettre des coups de pied au cul à toutes ces merdes, je serais le premier en lice pour les donner. L'orientation sexuelle ne devrait jamais être une barrière à quoi que ce soit.

– Dégage, mec, je lance en lui donnant une bourrade dans l'épaule.

Une fois que je me suis assuré qu'il ne va pas revenir, je me concentre sur mon patient toujours couché.

– Être allongé te soulage ?

– Ouais, un peu, même si je ne peux pas tendre complètement la jambe.

– OK, laisse-moi faire.

J'enjambe le banc pour me retrouver face à lui, et attrape la cuisse qui le fait souffrir. Il pourrait aller voir le kiné de l'équipe, mais cela serait signalé dans son dossier et Zeke veut qu'il reste irréprochable, tout comme Cade. C'est pour ça que je suis souvent leur solution.

– Ça va peut-être picoter, je mens car il va douiller, mais promis, tu iras vite mieux après.

Il se contente de hocher la tête, mais je vois ses mâchoires se contracter.

Je commence par tester différents mouvements avant de comprendre qu'une tension dans son bassin pince le nerf sciatique. Le problème avec un grand gaillard rempli de muscles comme Zeke, c'est que pour réussir à obtenir quelque chose, il faut y aller. Alors je pose un genou entre ses jambes, et avec les deux mains, j'attrape son tibia et je commence à le pousser délicatement vers son torse. Puis j'ouvre petit à petit sa jambe vers l'extérieur avant de revenir en position initiale et de créer une légère extension. Je recommence plusieurs fois ce même mouvement quand, soudain, mon pote lâche un soupir de soulagement, et je sais que j'ai réussi à débloquer ce foutu nerf. Pour m'en assurer, je me penche vers lui, son genou contre mon épaule pour un dernier étirement en profondeur.

– Respire sur six secondes, je lui demande.

Avant qu'il n'ait le temps d'obéir, une petite voix nous déconcentre :

– Euh… je tombe mal ?

On tourne vivement la tête vers Harper qui se tient face à nous, les joues rouges, à moitié morte de rire.

– Baby H ! je m'exclame, beaucoup trop content de la voir.

– Salut, me répond-elle avec un vague mouvement de la main.

– Je finis avec Zeke, et je suis tout à toi.

– Ne te presse pas… Tu me permets de prendre une photo ?

Sans me laisser le temps de répondre, elle dégaine son téléphone et fait un cliché. Je n'avais pas réfléchi à l'image qu'on doit renvoyer. Deux mecs à moitié habillés, encore transpirants, collés l'un à l'autre… On dirait le début d'un porno, et ça me fait sourire comme un idiot.

– Mec, je suis peut-être souple, mais là, je ne tiens plus.

– Putain, ouais. Désolé, je me reprends avant de finir l'étirement.

Quand, deux minutes plus tard, il se redresse, il me tape amicalement dans le dos pour me remercier. Puis sans se soucier de la présence de Harper, il se déshabille avant d'attraper ses affaires et de se faufiler vers les douches.

Je ne sais pas pourquoi, mais ça me dérange qu'elle ait vu ça, non que j'aie des complexes, mais Zeke… Il a un corps de super-héros. Quand je regarde dans sa direction, je suis satisfait de voir qu'elle nous tourne le dos et joue distraitement avec ses pieds.

Je m'approche d'elle, ne pouvant résister.

– On t'attendait plus tôt.

Mon ton est plus accusateur que je ne l'aurais voulu, et elle semble s'en rendre compte puisque son regard se fait méfiant quand elle se retourne.

– Ouais, mais j'avais un examen à préparer et j'avais bien prévenu que cet article ne passerait pas avant mes études. Du coup j'ai préféré décaler ma venue, et puis finalement, je suis là quand même. Le coach m'a dit d'aller dans les vestiaires…

– Je crois surtout que tu avais envie de débarquer ici pour nous voir tout nus…

Elle soutient mon regard.

– Oh non… me voilà démasquée.

– Je vois ça, mais je ne peux pas te présenter l'équipe, une partie est sous la couche et l'autre est à moitié à poil en train de s'habiller.

– C'est pas grave, je peux m'adapter, dit-elle en se décalant pour essayer de regarder derrière moi.

Je m'interpose rapidement. Voilà un comportement joueur et coquin que je ne lui connaissais pas.

– Oh, Baby H… Tu n'as pas honte de reluquer comme ça ?

– Quoi ? J'ai des yeux, ils sont faits pour ça : regarder.

– Ce que tu as devant toi ne te suffit pas ? je lâche en désignant mon corps.

Elle semble se rendre compte seulement maintenant que je suis à moitié nu devant elle. Je sens son regard descendre lentement le long de mon torse, puis plus bas… C'était une mauvaise idée, car ça m'excite de la voir me mater, et je n'ai rien sous la main pour dissimuler une possible érection.

– Donc tu as pu regarder les liens que je t'ai envoyés ?

Elle cligne des paupières, surprise.

– Euh… ouais. J'ai lu les articles, mais franchement je n'ai pas retenu grand-chose, hormis que vous avez une crosse et que vous patinez derrière un galet…

– Un palet, je la corrige.

– Quoi ?

– On utilise une crosse pour guider un palet.

– Ah oui, voilà.

Je croise les bras sur mon torse. Elle ne prend pas ce sport vraiment au sérieux. Il va falloir que je remédie à ça, et vite…

– Baby H, tu as intérêt à faire mieux.

Elle imite ma position, signe de défense.

– Je t'ai dit que je n'y connaissais rien en hockey… commence-t-elle.

– Eh, mais c'est la jolie Harper !

Griffin vient se poster à mes côtés, un grand sourire aux lèvres. Il a l'air vraiment content de la voir, ce qui, pour une raison qui m'échappe, m'agace au plus haut point. Griffin utilise les meufs pour satisfaire ses besoins et basta. Et même si je suis pareil, je sais que Baby H mérite mieux. Bien mieux que lui. Que moi. Que nous…

– Et si t'allais t'habiller, Princesse ? je lâche.

– Et si t'allais à la douche, Clark ? Tu ne sens pas la rose.

L'enfoiré. Le rire de Harper m'empêche de l'envoyer chier.

– C'est toujours comme ça entre vous ?

– Ouais, malheureusement, j'avoue.

– Je trouve ça plutôt cool. Vous permettez ?

Elle fouille dans son sac pour sortir un calepin et un stylo.

– Vous êtes tous au courant que je vais réaliser une série d'articles sur l'équipe ?

– Oui, Hunter s'est assuré qu'on le sache tous. Il a dû le répéter vingt fois : « Les mecs, tenez-vous bien devant Harper ou je vous émascule ! »

Le regard qu'elle me jette fait accélérer mon cœur. J'avoue qu'il est certainement possible que sa venue m'ait un peu trop excité… Mais la voir dans mon environnement me plaît. *Beaucoup trop*. J'ai envie de lui faire découvrir énormément de choses. Pourquoi ne pas la convertir au hockey par la même occasion ?

– Je vois que notre journaliste attitrée est arrivée !

Cade se poste à ma droite. Me voilà encadré par deux mecs ne portant qu'une serviette, et Harper n'en rate pas une miette.

Putain !

– Harper, se présente-t-elle en lui tendant la main.

– Cade Reed, capitaine de l'équipe.

Ils se saluent avant qu'elle ne se remette à prendre des notes.

– J'aimerais lire tes articles avant qu'ils soient publiés, si ça te va.

– Je vais déjà les relire, mec, j'interviens.

– Deux paires d'yeux valent mieux qu'une…

– Tu n'as pas confiance, Captain ?

– Si, mais je sais que tu n'es pas totalement objectif dans la situation.

Oh. Le. Connard.

J'arrête de respirer durant un instant, ne voulant pas regarder en direction de Harper. Le sourire de Cade vaut mille mots. Il l'a fait exprès.

– D'ailleurs, tu ferais mieux de filer sous la douche, ajoute-t-il. On va s'occuper de répondre aux premières questions de Harper.

– Elle te posera les plus complexes. Comme ça, on verra si tu es un imposteur ou pas, ce qui expliquerait bien des choses, balance Griffin.

Putain, ils ont décidé de me pourrir, les enfoirés. J'étais tellement enthousiasmé par la venue de Baby H qu'ils m'ont grillé comme un putain de bleu. Sans un mot, j'attrape ma serviette. Ils ont raison, si je veux passer du temps avec elle, je ferais mieux de me grouiller. Après un dernier clin d'œil à Harper, j'enlève mes fringues, et je file vers les douches.

Je peux dire sans me tromper que c'est la première fois que je me lave aussi vite ; d'habitude, j'aime prendre mon temps pour me prélasser sous l'eau bouillante. Mais là, hors de question de laisser Harper seule trop longtemps. En à peine cinq minutes, je suis de retour dans les vestiaires, encore dégoulinant d'eau. Je les repère facilement, ils sont assis sur les bancs faisant face à mon casier. Je m'avance vers eux, heureux comme gamin le jour de Noël, quand j'entends :

– Au fait, j'adore ton compte Instagram. Il est vachement cool, Harper !

Putain, le con.

CHAPITRE 13

Believe in yourself! It's never too late to start over.
Vlad the Impaler didn't even start impaling people
until his mid-30s[11].

(Sadanduseless.com)

Harper

Au fait, j'adore ton compte Instagram. Il est vachement cool, Harper !

Je cligne des yeux plusieurs fois comme si je n'étais pas sûre d'avoir bien entendu. Il me suffit d'un seul regard vers Hunter, qui se tient quelques pas en retrait, encore mouillé de la douche, les yeux fermés.

Putain, lui aussi l'a vu ?

Après avoir prétexté un rendez-vous oublié, je ramasse mes affaires avant de faire demi-tour et de quitter les vestiaires, les mots de Griffin tournant en boucle dans ma tête. Je n'arrive pas à savoir s'il se moque de moi ou pas… Je n'ai jamais fait en sorte de cacher mon compte, mais je ne pensais pas qu'ils iraient me chercher là-bas… Je suis en train de remonter le couloir immense qui entoure le

---

11. « Soyez vous-même. Il n'est jamais trop tard pour changer. Vlad l'Empaleur n'a pas commencé à empaler les gens avant le milieu de la trentaine. »

complexe de la patinoire quand j'entends mon prénom. Hunter court dans ma direction, et la première chose que je remarque est qu'il ne porte qu'un tee-shirt bleu ciel et un jean.

– Laisse-moi t'expliquer, attaque-t-il en arrivant.

Mes yeux se posent sur ses pieds nus et mon cerveau déjà en surchauffe n'arrive pas à se focaliser sur autre chose.

– Harper…

– Tu es au courant que tu ne portes pas de chaussettes et qu'il fait à peu près – 8 000 aujourd'hui ?

À ma question, il se met à remuer les orteils sur le sol, et je remarque que même ses doigts de pied n'ont pas de défaut. Non pas que je sois fétichiste, mais qu'y a-t-il de moche chez ce gars ?

– Alors comme ça, vous avez vu mon compte Instagram ? Vous vous êtes bien foutus de ma poire ?

Je ne sais pas quoi penser de ça. Je ne suis pas en colère. Mon compte est public, alors je sais que n'importe qui peut tomber dessus, mais savoir que Hunter et ses potes m'ont vue, ça me gêne un peu. Il faut croire que Maeve a raison et que j'accorde peut-être de l'importance à ce que Hunter pense de moi.

– Foutu de toi ? s'esclaffe Hunter. Tu plaisantes ? Tu es incroyable. Comment veux-tu qu'on se moque de toi alors que tu véhicules des messages super importants ?

Je le regarde à deux reprises, tandis que nous avançons dans le couloir. Je ne sais pas vraiment quoi lui répondre. J'ai la sensation qu'il est sincère, mais comme toujours, mon instinct me rend méfiante. Je sais qu'une fille qui n'aurait pas subi mon harcèlement ne se poserait pas de questions… Mais quand on a été trahie et humiliée, il est difficile de faire confiance à nouveau. Et ce n'est pas juste parce que c'est Hunter. C'est pareil avec tout le monde. Quand je sors et que je flirte avec des gars, comme Maeve, j'assume parfaitement celle que je suis, mes courbes et mes kilos. En revanche, je n'assume pas d'être encore blessée au fond de moi, alors je ne dévoile jamais rien. Je couche, je prends mon pied et point final.

– Et Griffin aussi était sincère, sinon il ne te l'aurait pas dit. C'est peut-être un queutard mais il est franc, c'est sans doute l'une de ses seules qualités, d'ailleurs…

Ses yeux noirs m'observent comme s'ils guettaient la moindre de mes réactions pour savoir si je vais lui sauter à la gorge ou pas.

– Il le pense vraiment, Baby H, insiste-t-il. Désolé, en revanche, que cet abruti fini ait balancé ça comme ça.

Ses mots me paraissent sincères, ce qui me rassure.

– D'accord.

– J'avais envie de t'en parler, mais comme tu semblais toujours super furieuse contre moi, je me suis dit qu'il valait mieux ne pas te le dire de suite.

Je suis quand même curieuse de savoir par quel moyen il a trouvé mon profil puisque j'utilise un pseudo. Tout comme j'aimerais savoir ce qu'il pense du *body positive*.

– Comment tu as trouvé mon compte ?

– C'est Griffin… je ne sais pas comment, mais c'est le geek de la bande. Tu m'as foutu une fessée, il ne lui en fallait pas plus pour avoir envie de faire des recherches sur toi. La suite, tu la connais.

Je me surprends à rire.

– C'est une fouine. Une fouine franche… Si tu me demandes de lui en coller une pour ça, je le ferai avec grand plaisir.

– Non, ça va. Je n'ai pas honte de ce que je fais. Et mon compte est visible pour tous, qu'ils se sentent concernés ou qu'ils aient envie de se moquer.

– Je peux t'assurer que personne ne s'est moqué. Ils m'ont même dit que…

Il m'ouvre la porte pour sortir du bâtiment sportif. Une fois dehors, le froid me saisit. Je crois que je ne m'y ferai jamais. Un an que je suis là, et je me laisse encore surprendre par le temps.

– Tu ne finis pas ta phrase ? je lance, curieuse.

– Que tu étais belle.

Boum boum. Mon cœur s'active.

Je ne sais pas si c'est la buée qui s'échappe de ses lèvres ou ses mots qui m'hypnotisent soudain… Nous sommes arrêtés au niveau de la porte quand les coéquipiers de Hunter arrivent à leur tour. Cade lui balance ses affaires et il ne se fait pas prier pour les enfiler.

– Salut, Harper ! lance Griffin. T'es la bienvenue quand tu veux à la maison, ou de nouveau dans les vestiaires, si ça te branche.

Je rougis.

– Mais ta gueule, Griffin, grogne Hunter en passant son pull.

– Moi aussi, je t'aime, mon grand.

Cet échange m'amuse beaucoup, j'ai tellement l'impression de me voir avec Maeve. Le garçon dont Hunter s'occupait à mon arrivée dans les vestiaires s'approche de nous et frappe amicalement sur l'épaule de Hunter.

– Tu rentres avec nous ? lui demande-t-il.

– Non je ne pense pas, on se rejoint à la maison. Zeke, je crois que tu n'as pas encore rencontré Harper. Harper Clarke, je te présente officiellement Hezekiah Hill, numéro 66, notre second adjoint et l'un de nos meilleurs attaquants.

Après une poignée de main, il me sourit et s'éloigne en direction de Griffin.

– Harper, n'oublie pas que j'aimerais jeter un coup d'œil à ton article avant la publication, me rappelle Cade. D'ailleurs, si tu as besoin de photos pour l'illustrer, on en a des tonnes.

– Pas de souci, je te l'apporterai. Le premier ne traitera que de mes impressions initiales, comme je l'ai dit tout à l'heure, alors on ne l'illustrera pas, je pense. Je vais en parler au rédacteur en chef et je viendrai te voir si jamais on en a besoin, il se peut que pour la version en ligne, ça soit nécessaire.

– Super ! C'est vraiment une bonne idée qu'a eue Wells… Je ne pensais pas dire ça un jour, mais comme on a de réelles chances de l'emporter cette année, je veux que tout soit nickel.

– Je comprends.

Hunter se met soudain à glousser comme un enfant.

– Quoi ? lance Cade.

– Oh rien, rien du tout… on a juste inventé une expression à ton nom, mec, tellement tu es imprévisible, alors ça me fait rire que tu dises que tu veux que tout soit nickel. Tu sais très bien que ça n'arrive jamais, même quand on fait un plan. Il y a toujours une couille quelque part.

Ils se regardent comme deux idiots.

– C'est quoi cette expression ? je demande.

– « Tout part en Cade », répond Hunter. Parce que notre capitaine est le roi des idées à la con.

Je souris.

– Ne l'écoute pas, je suis le plus sensé de tous, je ne serais pas capitaine, sinon…

– Je n'en doute pas.

– Allez, on se voit plus tard.

Sur ces mots, il file vers sa voiture où Zeke et Griffin l'attendent. En grelottant, je reste là, figée, Hunter toujours à mes côtés.

– Tu veux qu'on aille manger quelque part ? Il y a un fast-food sympa pas loin d'ici, me propose-t-il au moment où je songe à me sauver.

J'hésite.

– D'accord.

Apparemment, non.

– Super, on y va, en revanche, tu pourras me déposer après ? Parce que mon moyen de locomotion vient de partir sans moi.

J'acquiesce, même si, arrivée devant mon véhicule, je pouffe devant la tronche de Hunter.

– C'est… ta voiture, ça ? lance-t-il, hilare.

– Un problème ?

– Non, c'est juste que… je ne suis pas certain de rentrer dedans. Je pourrais la mettre dans ma poche.

– C'est ça ou rien. Elle ne va pas se changer en Transformer sous prétexte que tu as des gros bras. Alors, tu montes ?

– Je serai ravi d'avoir un torticolis pour toi, Baby H.

Heureusement, le trajet jusqu'au fast-food est rapide, puisqu'il se trouve sur le campus. Cela évite à Hunter de rester trop longtemps recroquevillé sur lui-même. Nous nous installons à une table, et il me tend l'un des menus.

– Je te conseille le cheeseburger. C'est une tuerie, dit-il. Avec un thé bien frais et en dessert, le donut fourré au chocolat.

– OK, je vais prendre ça, alors.

Nos regards se croisent, et on s'observe en chien de faïence deux secondes.

– Tu vas suivre mon conseil ? lance-t-il, faussement éberlué.

– Il semblerait… je réponds, choquée. Je ne sais pas ce que j'ai, je dois couver un truc.

– Tu as baigné dans le temple de la testostérone trop longtemps, t'as plus les idées en place. Ton cerveau n'est pas habitué.

Mes yeux non plus. Tous ces corps musclés et à demi nus… Mama !

– Si, et je dis bien *si*, on continue de se côtoyer, je vais te surprendre souvent dans des positions comme celle-là ? je demande.

Il grommelle.

– Il y a des chances. Je m'occupe pas mal de la récupération physique de l'équipe quand je peux.

– Merci de prévenir, au moins, je serai sur mes gardes.

Hunter sourit.

– Je suis ravi que tu conçoives de continuer à me voir. Vu le début de notre relation, c'est un grand moment pour moi, tu n'as pas idée.

Je lève les yeux au ciel.

– Mais dis-moi, vous, les sportifs, vous n'êtes pas censés avoir une alimentation stricte ? Parce que là, c'est limite.

– Si, mais aujourd'hui, on a eu un entraînement catastrophique, alors notre taré de coach s'est vengé. Et puis quand je bouffe trop, je vais courir pour compenser. Ce corps ne s'entretient pas tout seul, Baby H, tu sais…

Je hoche la tête quand une serveuse dans un uniforme rose vient chercher notre commande. Elle pose une carafe d'eau sur la table, ainsi que deux verres et des couverts.

– Que puis-je vous servir ? demande-t-elle en souriant à Hunter.

– On va prendre deux cheeseburgers avec un thé glacé et deux donuts.

– C'est noté, dit-elle.

– Alors dis-moi pourquoi tu ne sembles pas nous porter dans ton cœur ? Moi et ceux de mon espèce.

Je soupire. Je n'ai pas tellement envie de le lui dire. Même si ça lui donnerait sans doute l'explication de mon animosité à son égard et qu'il le mérite peut-être.

– Si tu ne veux pas te confier, il n'y a pas de problème, lance-t-il en tournant la tête vers la fenêtre.

On dirait qu'il est légèrement penaud.

– C'est pas une histoire que j'aime raconter.

– Ouais, ça, j'avais compris.

Il remplit nos verres. J'ai le cœur qui bat à cent à l'heure.

– Je ne t'oblige à rien, Harper, mais si un jour t'en as envie, au moins, tu sais que je suis là pour t'écouter.

C'est étrange soudain de le trouver mature, sérieux et franchement intéressé. On dirait qu'il veut réellement savoir ce qu'il s'est passé. Peut-être que je pourrais lui dire…

Allez Harper, tu peux le faire.

Je prends une profonde inspiration.

– J'étais en deuxième année de lycée et comme j'étais une bonne élève, je faisais du rab au centre de tutorat. C'est là qu'on m'a demandé de donner des cours de rattrapage à Nate, l'un des joueurs de lacrosse les plus prometteurs, mais qui avait du mal en histoire. C'était l'une des stars du lycée. Moi qui étais… invisible au mieux ou victime de crasses concernant mon poids par toute la clique populaire, je me disais que l'aider ferait cesser les moqueries. Au début j'étais prudente, mais les semaines ont passé, et au fur et à mesure, on a sympathisé. Il était drôle, gentil et… franchement mignon. Après quelques semaines de cours de soutien, il m'a embrassée, comme ça sans prévenir.

C'était mon premier baiser.

Hunter me regarde attentivement avant de lâcher.

– Pour le consentement, on repassera…

J'ai une petite boule dans l'estomac parce que je sais qu'il a raison et, avec le recul, j'aurais dû dire quelque chose.

Je n'aime pas raconter cette histoire, et dévoiler ça à Hunter me rend vulnérable. J'ai comme l'impression de me mettre à nu… C'est pire encore que l'idée qu'il ait pu voir toutes mes photos sur mon compte Instagram. Parce que ce n'est pas qu'une impression, quand on dévoile son cœur et ses démons, on donne une part de soi et on permet à l'autre d'avoir du pouvoir sur nous.

– Bref, le temps passe, on réussit nos examens, et tout à coup il m'invite au bal de fin d'année. Sur le moment, je me sentais invincible. Les insultes et moqueries avaient cessé du jour au lendemain, et j'avais appris à vraiment savourer le lycée, ce qui n'était pas le cas avant. C'est fou comme la pression qu'on m'avait mise engluait mon quotidien. Le jour où ça a cessé, j'ai de nouveau respiré.

Quand j'en parle et que je pense au déroulement de cette soirée, j'ai toujours envie de pleurer. Mais aujourd'hui, je contiens mes larmes, je n'ai absolument pas envie de pleurer devant Hunter, et puis pour une fois, je voudrais être plus forte que la honte que j'ai ressentie ce soir-là.

– Au bal, on dansait, on s'embrassait. Bref, la soirée était parfaite, je parlais à des gens que je ne connaissais que peu et à ceux que j'appréciais avant aussi. Je me sentais finalement acceptée par tous. Puis il y a eu le couronnement du roi et de la reine, une espèce de tradition stupide, mais qui est prise vachement au sérieux dans mon lycée, tu connais ?

Hunter hoche la tête.

– Je savais pertinemment que je n'allais pas être élue. Je n'étais pas du tout populaire et entre nous, je n'avais pas le physique pour, on ne va pas se voiler la face. Et puis, j'ai toujours trouvé ça d'un niais… Nate, sans surprise, a été élu, et alors que je m'attendais à ce que l'une des filles les plus populaires du lycée soit désignée, c'est mon nom qu'on a prononcé. Le mien, Harper Clarke.

Il plisse doucement les yeux, et la boule dans mon estomac est si grosse que ça me fait mal. Même après tout ce temps, je me revois encore au milieu de ce gymnase.

– J'avais le cœur qui battait à cent à l'heure, je me sentais tellement heureuse. Et tout d'un coup, Nate a volé le micro pour s'écrier : « Regardez-la qui s'avance dans la lumière. » Mon sang s'est glacé parce que je n'avais pas bougé d'un centimètre. Les spots de lumière montraient un des joueurs de l'équipe de lacrosse et une *cheerleader* qui amenaient un énorme porc habillé d'un tutu. À son cou pendait une pancarte où il était écrit : « Harper la grosse truie ». Mon cœur battait des records de vitesse, mais moi, j'étais tétanisée, je les regardais simplement faire monter l'animal sur scène et tenter de faire tenir la couronne sur son crâne. Je ne souriais plus, je pleurais toutes les larmes de mon corps, et mes sanglots étaient littéralement bouffés par leurs rires.

– Visiblement, les élèves de ton lycée étaient de sombres merdes. C'est même une insulte pour la merde. C'est quoi, pire que la merde ?

Je me force à glousser en secouant la tête.

– Ça m'a traumatisée. J'ai perdu une dizaine de kilos, cet été-là. Ma dernière année a été un enfer sur Terre, j'ai eu droit au surnom Harper la grosse truie tous les jours, ils en ont fait des tee-shirts, l'ont peint sur mon casier. Bref, je tenais bon en me disant qu'à la fin de l'année, j'allais foutre le camp loin de tout ça, mais ça n'a pas été facile chaque jour… Et le fait que Nate se soit foutu de moi, de cette manière-là, si intime, pour m'atteindre encore plus personnellement a été la goutte de trop.

– Je suis tellement désolé, Baby H. Ça me donne envie de les démolir un à un !

Il semble sincère. J'esquisse un petit sourire en essayant de faire disparaître la boule énorme qui obstrue ma gorge.

– Je suis peut-être un queutard, un crétin qui s'amuse d'un rien, mais jamais je n'aurais pu faire ça à une fille, à personne, même. C'est tellement pitoyable. Le harcèlement, c'est une gangrène, je ne comprends même pas qu'on puisse y penser. Ça me fout en rogne que tu aies subi ça… Putain, j'aurais jamais pu regarder ma mère et ma sœur en face si j'avais fait une saloperie pareille. À raison, elles m'auraient latté la tronche à coups de savate.

– Je le sais, je souffle. Je sais que tu n'es pas comme ça.

– Alors j'ai pris pour ces connards ?

Sous la table, sa chaussure touche la mienne et ça me fait rougir. Je ne bouge pas d'un pouce.

– Oui, un peu, j'avoue. En fait, en dernière année, je suis sortie major de promo, mais je n'ai pas assisté à la cérémonie au cours de laquelle je devais faire un discours. J'étais trop honteuse, mais surtout j'avais peur qu'on m'humilie de nouveau devant tout le lycée. Ça aurait été la chance parfaite de finir leur torture avec moi. J'aurais pas supporté que ma famille soit témoin de ça, alors j'ai préféré ne pas y aller tout court… La proviseure a essayé de me convaincre de venir, mais il était difficile de faire confiance à une femme qui n'a pas bougé le petit doigt pour moi pendant l'année que je venais de subir. Je n'avais pas envie de les affronter une nouvelle fois. Aujourd'hui, je le regrette un peu car je n'ai jamais pu leur dire tout ce que j'avais sur le cœur, je n'ai jamais craché mon venin et quand tu es arrivé à poil et que tu m'as utilisée comme un bouclier, tu m'as tellement fait penser à eux.

– Merde. C'était juste un jeu pour moi…

Je secoue la tête. Étrangement, ça fait du bien d'en parler avec lui…

– Tu aurais dû aller à ta remise de diplômes et balancer leurs saloperies à la gueule de *leurs* parents. Putain, si je t'avais connue, je serais venu te chercher et j'aurais botté le cul de ces trous de balle.

– C'est trop tard maintenant… mais je ne regrette rien. C'est sans doute grâce à eux que je suis devenue celle que je suis aujourd'hui. À l'époque, j'aurais juste aimé savoir que j'avais le droit d'être ronde sans avoir honte.

– C'est pour ça que tu as ouvert ton compte Instagram ?

– Disons qu'un jour j'en ai eu marre des diktats de beauté, et je me suis lancée en disant que oui, une femme a le droit d'avoir des bourrelets, que c'est normal et que ce n'est pas forcément moche.

– Tu as raison à cent pour cent.

Il dit ça, pourtant je suis certaine qu'il ne se tape pour ainsi dire jamais de fille comme moi.

– Après, jamais je n'aurais cru que ça marcherait à ce point.

– Pourquoi pas ?

Hunter penche la tête sur le côté et me claque un sourire.

– Parce qu'on nous dit depuis des années que pour être belle, il faut être mince, grande, avoir de beaux et longs cheveux soyeux, et qu'il faut être parfaitement rasée. Alors forcément quand une fille qui fait du quarante-quatre essaye de dire que ses kilos en trop sont beaux et que ce n'est pas anormal, elle a peur de ne pas être écoutée et elle s'attend forcément à une réaction inverse. Mais tu sais, il y en a assez, des gens qui nous interdisent d'être féminines sous prétexte qu'on est rondes. Grosse ne veut pas dire moche, et rondeur ne rime pas avec laideur…

C'est vrai, on a beau vouloir changer les choses, modifier la vision de la beauté, on se bride parfois soi-même à cause de tous ces diktats qui nous ont formatés durant des années. Notre voix compte, mais on nous a si souvent dit l'inverse qu'il arrive qu'on perde la foi en nous-même alors qu'il ne le faut pas. Mais souvent, les commentaires de mes abonnés sont une source d'inspiration ; ils me galvanisent. J'aime lire des mots tels que : « Merci, grâce à toi je sais qu'en étant ronde, je peux m'habiller comme je veux ! »

Je sais que ma voix a compté, je sais que j'ai au moins touché quelqu'un et c'est tout ce qui m'importe. Je pense toujours à l'ado que j'étais quand je poste, souvent j'ai l'impression qu'elle regarde derrière mon épaule et qu'elle espère que ça touchera des filles qui, comme elle, sont moquées ou, pire, harcelées.

– Tu ne devrais pas douter de toi, ton compte est génial.

Je sens que mes joues s'empourprent. Je ne peux pas m'empêcher de me demander ce qu'il pense de moi et du corps que je dévoile. Et peut-être que je me demande aussi s'il aurait envie de coucher avec moi.

– Je sais qu'il est génial, je réponds avec fierté.

Il sourit encore.

– T'as bien raison, parce que beaucoup ont encore besoin de lire ce que tu prônes sur ton compte.

Boum boum. Boum boum. Boum boum.

Mon cœur s'affole. La serveuse nous interrompt, et je la remercie, je n'ai pas envie qu'il remarque que je suis troublée par ses mots.

– Voilà, bon appétit.

Hunter reporte son attention sur moi.

– Tu vois, ça, c'est une tuerie.

Nous mangeons en silence et il a raison, ce burger est vraiment délicieux. Je n'ai même pas prévenu Maeve que je ne rentrais pas dîner, je suis certaine qu'elle m'a déjà envoyé plein de messages. Je sors mon portable de la poche de mon manteau et bingo, j'ai déjà trois SMS :

Maeve : *Par pitié dis-moi que tu manges avec Hunter…*

Maeve : *???*

Maeve : *J'espère que tu ne réponds pas parce qu'il te fait un cunni dans les vestiaires.*

Oh, putain ! Elle est féroce, elle ne lâche rien. Cette fille est fêlée. Hors de question que je lui réponde, son imagination devra suffire.

– Tout va bien ? demande Hunter.

– Oui, juste ma tarée de meilleure pote.

Je pose mon téléphone sur la table et je continue à manger.

– Alors, tu te régales ?

– Oui, ce truc est divin…

Quand Hunter termine de manger, il commence à piocher dans mes frites.

– Vas-y, mec ! Tu te crois où ?

– J'ai encore faim, minaude-t-il, et je n'ai que ça à portée de main.

Son regard, associé à ses mots, est plus éloquent que les SMS de Maeve. À quoi il joue ?

– Bah, t'as qu'à commander autre chose, c'est à moi. La nourriture, c'est sacré, je partage que quand je n'ai pas le choix.

– Tu sais, un grand gaillard comme moi a besoin de manger pour bien grandir.

– Parce que t'es pas assez grand ? je me moque.

Il secoue la tête.

– Je suis frustré de ne pas avoir atteint le mètre quatre-vingt-dix, mais je suis encore en pleine croissance.

– Ça se voit, ça se voit…

– D'ailleurs, en parlant de croissance, on organise une fête d'Halloween, j'ai envie que tu viennes.

Ce genre de fête où l'alcool coule plus qu'à flots, et où la maison devient une vraie ruine, je ne suis pas certaine d'en avoir envie.

– Je ne vois pas tellement le rapport entre Halloween et la croissance, j'esquive.

– J'y viens… c'est aussi le jour de mon anniversaire et je voudrais que tu sois là. Tu ne peux pas refuser. En plus je fête ma majorité, alors ça va être cool.

– J'imagine bien. D'ailleurs, je suis étonnée que tu fasses la fête, vu le gamin que tu es, je pensais que tu étais du genre à partir à la chasse aux bonbons.

Il sourit comme un gosse en me piquant une autre frite. Ce mec ne tient pas à la vie, il faut croire.

– Bah en fait, avec les gars, j'y vais encore. Ils m'ont fait la surprise l'année passée… avant d'aller fêter ça avec nos potes. On avait des déguisements de la série *Stranger Things*. Griffin était déguisé en Billy, Zeke en Demogorgon, on avait convaincu Cade de se grimer en Eleven et bien sûr, j'étais Steve.

J'éclate de rire.

– Pourquoi ça ne m'étonne même pas ? je soupire.

– Il n'est écrit nulle part l'âge où on doit arrêter de chercher des bonbons.

– Tu as raison.

Il hoche vivement la tête et je trouve ça adorable. Oh, bon sang, ça ne va pas. Je deviens bien trop gentille avec lui.

– Mais tu n'as pas répondu à ma question, tu vas venir à mon anniversaire ? J'ai envie que tu sois là. Tu ne peux pas refuser. Tu n'es pas si méchante que ça et en plus, on est amis maintenant.

Je secoue la tête avec effroi.

– Amis ? Seigneur, j'espère pas.

Hunter essaye de me piquer une autre frite mais je lui frappe la main.

– Non seulement tu blesses mon pauvre cœur, mais en plus tu refuses de me donner des frites… Peut-être qu'on n'est pas amis, finalement. Le merveilleux Hunter Clark n'est pas ami avec des gens aussi méchants.

Je me retiens de sourire et je me rends compte que je commence à l'apprécier. Bon sang… je commence à apprécier Hunter.

Merde.

– Bon alors, tu viens ?

– Je verrai si je fais un tour vers chez toi… Tu vas te déguiser en quoi ?

– Cette année, je garde la surprise jusqu'au dernier moment, mais je suis sûr que ça te plaira…

Son sourire est XXL alors que je rougis. Putain, il faudrait m'expliquer pourquoi je suis passée du sarcasme intensif au flirt en quelques jours à peine…

– Je vais y réfléchir mais je ne te promets rien.

CHAPITRE 14

Chrysippus, an ancient Athenian philosopher,
died from laughing at one of his own jokes.
This is how I want to die[12]

(Vu sur Internet)

Hunter

– C'est ton tour, Griffin ! je lance en le poussant vers la porte.

– Non ! J'ai compté, j'ai encore un tour avant que ça ne soit à moi. Arrête d'essayer de m'entuber, Hunter.

– Ouais mec, c'est pas beau de mentir le jour de son anniversaire.

Le regard noir que je lance à Zeke ne lui enlève pas son sourire. Je n'ai pas du tout envie d'aller chercher des bonbons dans cette maison. Mes oreilles sifflent déjà, putain.

– Si tu pouvais te grouiller, ça serait bien, je me gèle les noix, moi !

– Quelle idée de merde aussi, de t'habiller en dieu grec… Ces mecs sont forcément à poil ou juste avec un truc rikiki leur couvrant la bite !

---

12. Chrysippus, un philosophe athénien de la Grèce antique est mort de rire à l'écoute d'une de ses propres blagues. C'est comme ça que je veux mourir.

– Pas n'importe quel dieu grec, Cade chéri, je suis Apollon ! Alors prosterne-toi à mes pieds !

– Dans tes rêves, mon mignon.

Je les observe se prendre la tête, la rue est pleine de monde, surtout des étudiants qui se précipitent vers une fête quelconque, mais certains parents ont fait le déplacement jusqu'ici avec leurs mioches. Ils n'ont pas peur de venir sur le campus, ils pourraient sortir de là traumatisés ! Cette année, Halloween tombe un samedi, une double raison de faire la fête, donc qui sait ce qu'il se cache derrière ces portes closes… Ce qui est sûr, c'est que la plupart des déguisements ne devraient pas être vus avant dix-huit ou vingt ans !

Enfin, on n'est pas mieux… Pour mon anniversaire, on a préparé notre propre soirée, déguisée bien entendu, mais elle ne commence que plus tard. Une fois qu'on aura fini notre quête de bonbons, et que mes meilleurs potes auront arrêté de me torturer.

– Tu as besoin que je t'accompagne en te tenant par la main ?

– Non, mais si tu veux y aller à ma place ça serait cool ! je grommelle.

– Allez, plus tu retardes l'échéance et pire ça sera…

Zeke a raison. Je me tourne vers l'immense maison blanche, et je prends une grande inspiration pour me donner du courage. Avec un peu de chance, grâce à mon déguisement, on ne me reconnaîtra pas. Je m'avance dans la longue allée sous les moqueries de mes potes, la grande porte rouge me fait flipper, mais je lève quand même le poing pour frapper dessus.

Et rien ne se passe.

J'attends quelques secondes avant de faire demi-tour. Je n'ai pas atteint les marches que la porte s'ouvre dans mon dos.

– Quoi ?

Tout mon corps se crispe, je vérifie que ma fausse moustache est en place avant de faire face à la personne.

– Des bonbons ou un sort ? je récite.

L'étudiante blonde en shorty et débardeur rose me détaille de haut en bas. Elle doit se demander si je suis un abruti pour quémander des sucreries à mon âge. Malgré tout, je ne me démonte pas, je plaque mon plus beau sourire, et lui tends mon panier en forme de citrouille.

– Tu… commence-t-elle.

– Qu'est-ce que tu fous, Kimberley ?

Une deuxième fille arrive, aussi peu vêtue que la première, une perruque rose sur la tête. Deux choses me passent par le cerveau au même moment : quel déguisement a-t-elle prévu ? Et, putain, quelle température fait-il dans cette baraque ? Il semble que j'ai posé cette dernière question à voix haute, puisqu'elle me remarque à son tour, sauf que je vois à son expression qu'elle me reconnaît sur-le-champ.

– OH. MON. DIEU !

– Hunter suffira, je marmonne par habitude.

Il n'en faut pas plus pour que la première me reconnaisse.

– Tiens, tiens, tiens… Hunter Clark chez les *Delta Delta Delta…*

La sororité m'a toujours fait flipper : chaque fille individuellement, ça va, mais en groupe… Tu es vite en infériorité et puis les cris… J'ai eu des acouphènes pendant deux jours après une soirée dans une fraternité qui regorgeait de ces nanas. Alors aller directement dans l'antre des *Delta Delta Delta* n'est pas le premier truc qui me fasse envie le jour de mon anniversaire. Et puis qui a besoin de répéter trois fois le même mot ? Je comprends dès le premier, personnellement…

– Jess, va chercher les bonbons, ordonne la blonde tout en jetant un regard par-dessus mon épaule.

Pas besoin d'être un génie pour comprendre ce qu'elle cherche.

– Je vois que t'es pas venu seul. Ça vous dit d'entrer ? On a prévu de venir faire un tour plus tard chez vous, de toute façon.

– Euh…

Est-ce que je peux lui dire que je veux juste récupérer ma dose de sucre et me tirer ? Genre vite fait bien fait, en tout bien tout honneur.

– Tiens, Hunter, c'est tout notre stock !

Ma sauveuse ! Miss perruque-rose me fourre dans le panier de quoi me déclencher une crise de foie, mais je ne lui en veux pas. Au contraire, je l'embrasserais… presque ! Alors que je m'apprête à me tirer fissa, la voix de Griffin m'immobilise.

– Alors les filles, on n'offre pas un petit câlin à notre *birthday boy* adoré ?

Les bouches des filles forment deux O parfaits, et puis ça commence. Les cris stridents et les petits sautillements. Et en moins de temps qu'il n'en faut à Cade pour inventer une nouvelle connerie, on se retrouve tous embarqués dans la maison des filles.

Mes oreilles sifflent encore de mon début de soirée alors que ça va faire deux heures que je suis rentré à la maison. La soirée bat son plein, les basses résonnent dans ma poitrine, l'alcool coule à flots. Bref, une bonne fête en perspective et j'ai l'impression que tout le campus s'est donné rendez-vous ici, mais je m'en moque. J'ai vingt et un ans aujourd'hui ! Je suis enfin officiellement en droit de faire ce que je veux dans ce pays !

Une énorme banderole accrochée dans le salon proclame : « *Happy Halloween and birthday, asshole !* » Pour certains, ça pourrait être offensant, mais je l'adore, et puis surtout, qu'est-ce que j'aime ces gars !

Me faire transférer ici il y a deux ans a été la meilleure décision de ma vie. D'abord, j'ai repris mes études en main, ensuite, je m'éclate avec mes potes sur et en dehors de la glace et enfin, la gent féminine est beaucoup plus charmante ici que dans l'État de l'Ohio !

L'équipe de hockey est au complet, ce qui me fait super plaisir, ils n'étaient pas obligés de venir. Du coin de l'œil, je repère Cade dans son costume de Captain America, en train de servir une bière à un mec déguisé en vampire, son bouclier depuis longtemps oublié, et Zeke est à côté de lui. Je ne peux pas me retenir de pouffer quand je remarque ses ailes d'ange blanches et duveteuses ridiculement petites dans son dos. On aura enfin réussi à le faire céder. Déjà l'année dernière, on l'avait tanné pour qu'il se déguise en « être céleste », pour citer Griffin, et il avait refusé, mais cette année on a gagné ! Il faut dire qu'on le travaille au corps depuis la rentrée pour qu'il accepte. En même temps, quand on porte le prénom d'un ange, il faut bien lui rendre honneur, parfois !

Griffin, notre Apollon d'un soir, n'est nulle part en vue, mais je ne doute pas qu'il est en train de faire le con quelque part. Je regarde tout ce petit monde s'amuser, appuyé contre la balustrade de l'étage. J'aime ce moment où les gens qui m'entourent sont en train de prendre du bon temps, et ne se rendent pas compte que je les observe. Il y a dans leur expression quelque chose de pur que j'adore capturer. C'est un rituel que j'ai depuis que je suis gamin, c'est un peu bizarre mais c'est comme ça. Voir des gens heureux me rend heureux.

– Tu te caches le soir de ton propre anniversaire ?

Je tourne la tête vers l'escalier et découvre Jess, une *puck bunny* qu'on connaît tous très bien ici. Elle continue son avancée jusqu'à se poster à mes côtés dans son déguisement d'infirmière sexy, elle est canon. Sa blouse lui arrive à mi-cuisses, ses longs cheveux bruns cascadent dans son dos et ses lèvres sont rouge sang. Elle s'accoude à la balustrade, imitant ma pose.

– T'as perdu ta langue, Hunter ?

– Non, j'admirais simplement la vue.

Ma phrase est tellement lourde que j'ai envie de lever moi-même les yeux au ciel, mais Jess me sourit, dévoilant ses dents blanches.

– Et ça te plaît ?

Mon cerveau carbure à plein régime. On n'est qu'à quelques mètres de ma piaule, voilà un cadeau qui me ferait entamer la soirée d'un bon pied. Mes yeux naviguent entre ses lèvres et son regard charbonneux.

Ouaip, elle et moi, ça a bien fonctionné la fois où on a baisé derrière la patinoire. Mais l'envie n'y est pas ce soir. Du moins, ce n'est pas avec Jess que j'aimerais passer mon anniversaire. Comme si le destin répondait à ma pensée, mon attention est attirée en contrebas vers l'entrée du salon, et mon cœur rate un battement. Malgré la foule qui se bouscule, je la repère directement et un sourire immense me mange le visage.

Harper est là. Elle est venue !

– Je dois y aller ! je crie par-dessus mon épaule en dévalant déjà l'escalier.

Je dois jouer des coudes pour me frayer un chemin vers l'endroit où je l'ai vue. Pourtant quand j'y arrive, elle n'est plus là. Je tourne sur moi-même pour essayer de l'apercevoir, mais c'est peine perdue. Il y a beaucoup trop de monde.

Fait chier, je veux la saluer avec une phrase que j'ai préparée toute la journée.

– Eh, joyeux anniversaire, mec !

On me tape dans le dos, me propose à boire et l'espace de quelques minutes, je serre des mains et balance des remerciements tout en prenant des selfies. Je mentirais en disant que je ne m'amuse pas, mais je dois trouver Harper.

– Mike, tu veux bien m'excuser, je reviens dans deux minutes.

– Bien sûr Clark, rapporte-moi une bière au passage.

Mais je n'ai pas le temps de faire plus de trois pas que je suis de nouveau arrêté par une ribambelle d'étudiantes.

– Qui es-tu censé être, Hunter ? me demande une fille déguisée en sorcière.

– Ça se voit, non ? C'est Orlando Bloom dans la série avec Cara Delevingne, *Carnival Row*.

– Ah oui !! Il est tellement sexy en plus, avec son chapeau.

Elles ne pourraient pas avoir plus tort mais je ne dis rien. Je me contente de sourire et répondre à leurs questions quand on me tape sur l'épaule. Je me retourne pour me trouver nez à nez avec celle que je voulais voir.

– Baby H ! Te voilà, je te cherchais !

Elle se penche pour regarder derrière moi avant de me jeter un regard en biais.

– Ouais c'est sûr, t'as l'air vachement dépité de pas me trouver.

J'aime qu'elle réagisse au quart de tour, mais c'est frustrant qu'elle ne me croie pas.

– J'essayais, mais mon charme légendaire attire trop de monde. Je suis victime de mon succès, que veux-tu. Le roi ne fête pas son anniversaire tous les jours.

– Tu ne crois pas que ça vient de ça plutôt ?

Elle pointe les posters qu'ont fait faire mes colocataires pour l'occasion. Je suis torse nu sur tous les clichés, sauf deux, un où je suis en train de courir à poil et l'autre pris par Griffin dans les vestiaires, la trace des doigts de Harper encore incrustée sur ma peau. Je savais qu'il avait pris une photo, ce traître. Mais je ne me laisse pas démonter car je suis absolument magnifique à chaque fois.

– Rien ne vaut l'original, tu sais. Tu l'as déjà vu en plus. Deux fois.

– Ma rétine me fait encore mal à ce propos, je devrais peut-être te coller un procès au cul, lâche-t-elle en souriant.

– Mon cul… Toujours mon cul. Tu fais une fixette sur lui, d'abord la fessée, maintenant le procès. Est-ce que je dois m'inquiéter, Baby H ?

– Si tu arrêtais de le laisser traîner partout, aussi.

Un rire franc franchit mes lèvres. Que ça fait du bien de parler avec quelqu'un qui a du répondant ! Je la détaille un peu plus minutieusement avant de comprendre en quoi elle est déguisée. Mon expression doit changer, car elle croise les bras et me toise.

– Quoi ?

– Harper Clarke !

– Quoi ? répète-t-elle en me jetant un regard en coin.

– Est-ce que tu es déguisée en scout ?

Je respire un peu plus vite, attendant qu'elle me dise que j'ai raison. Je ne vois pas d'autre explication.

– Oui, avoue-t-elle, surprise. Tu m'as fait flipper pendant un moment, j'ai cru que j'avais fait une connerie.

– Toi ? Jamais. Tu es bien trop parfaite, regarde, tu es habillée en scout ! C'est ton uniforme ? je la questionne, plein d'espoir.

– Non, je l'ai loué. Et arrête de me regarder comme ça, pervers. Franchement, j'avais douze ans quand j'étais scout, alors tu te tapes un délire un peu bizarre, là…

Touché. Mon esprit était déjà parti beaucoup trop loin. Je secoue la tête pour remettre de l'ordre dans mes pensées. Puis je me redresse de toute ma hauteur, repositionne mon chapeau melon et ma fausse moustache.

– Et toi, tu me reconnais ?

– Je devrais ?

– Si tu es vraiment aussi passionnée que je le crois, alors oui.

Ses yeux se plissent, soudain curieux. Je sens son regard se balader sur mon corps, je la laisse faire quand soudain, elle m'attrape par la main et la serre fort.

– Me dis pas que tu es… Henry Howard Holmes ?

Elle a des étoiles dans les yeux, comme si ça l'émoustillait. J'étais sûr qu'elle trouverait et je me contente de hocher la tête, fier de moi.

– J'aime beaucoup ton choix. Ça change de la douzaine de Harley Quinn et des cinquante masques de Salvador Dalí à la *Casa de Papel*.

– Tu remarqueras que j'ai fait un effort, j'aurais pu me déguiser en Freddy Krueger, mais je voulais t'impressionner.

– Waouh, tu veux un bonbon pour te féliciter ? dit-elle en en sortant un de sa poche.

Je le lui prends et je le mange en souriant comme un idiot. *Un caramel, mes préférés !*

– Je te cherchais parce que je voulais t'accueillir comme il se doit : Harper Clarke, veux-tu venir dans mon château ?

C'est à son tour d'exploser de rire.

– Tu devrais savoir que j'ai pris des cours d'autodéfense, Holmes, et que je peux te botter le cul quand je veux.

– Je n'en espérais pas moins de toi.

Quand elle se rend compte qu'elle me tient encore la main, elle me lâche soudain avant de remettre une mèche de ses cheveux derrière son oreille. Mais je la rattrape et je l'emmène dans un coin plus tranquille de la maison.

– Tu sais quand même qu'il a tué des enfants, hein ?

– Qui ?

– Holmes. Il en a découpé un en petits morceaux juste pour protéger son horrible secret…

Ah.

Non, je ne savais pas. J'ai fait le minimum de recherches, je l'avoue, en revanche, j'adore qu'elle soit capable de dire des trucs comme ça, et qu'elle en soit fière. J'aime qu'elle soit si différente des autres filles. J'ai toujours aimé m'éclater, j'ai toujours adoré la facilité, mais je crois que j'aime encore plus les filles de feu. J'ai envie de voir ce qui se cache sous le volcan Harper.

– Chacun ses passe-temps…

Elle esquisse un grand sourire.

– Passe-temps ? Ce type a tué certainement près de deux cents personnes ! Il a créé un hôtel qui ressemblait à un labyrinthe de dingue dont il était le seul à connaître les plans. Et quand je dis de dingue, c'est du genre avec des portes qui s'ouvraient sur un mur de brique ou soudain sur l'extérieur alors que tu étais au premier étage, des escaliers ne menant nulle part et une chambre de torture personnalisée !

Je l'écoute continuer à parler de ce *serial killer* et je suis encore plus content de m'être déguisé en ce gros taré, parce que je crois que l'étincelle dans son regard est plus excitante que tous les regards lourds de sous-entendus que j'ai eus ce soir.

– On ne peut pas lui enlever qu'il y avait un certain génie derrière tout ça, quand même.

– Complètement fou surtout, mais je vois ce que tu veux dire, conclut-elle.

– Du coup, mon déguisement te plaît ? Je l'ai fait juste pour toi.

– Il est dément, mais il ne fallait pas te donner tant de mal juste pour moi. La plupart de tes groupies auraient préféré que tu sois aussi peu vêtu que Griffin.

Elle me fait un signe de tête, et j'aperçois ce dernier danser sur la table basse. En effet, plusieurs filles sont devant lui à crier, et elles lui jettent des bonbons. Sérieux, la maison va être une vraie ruine demain.

– J'avais envie de te plaire ce soir, alors je me devais de faire un effort.

Ses joues deviennent rouge écarlate et elle baisse les yeux. Je pensais lui faire plaisir, mais on dirait plutôt que ça la gêne. Putain, ces enfoirés de merde l'ont tellement blessée qu'elle ne me fait absolument pas confiance. J'ai envie qu'elle me fasse confiance.

– Tu m'as apporté un cadeau ?

– Non, tu n'as pas été assez gentil pour ça. En revanche, j'ai déposé des pastilles à la menthe périmées dans ton immense citrouille à l'entrée, vu qu'on était obligé de faire une offrande ! Joyeux anniversaire, au fait !

Cette répartie. J'aime tellement ça, mais je ne peux pas la laisser s'en sortir aussi facilement.

– Mais je veux un cadeau, moi.

– Tous ces gens en train de fêter le jour divin de ta naissance et d'acclamer ton ego surdimensionné, ça ne te suffit pas comme cadeau ?

– Non, je veux quelque chose de toi, Baby H. Je peux éventuellement consentir à un doux baiser.

Elle cligne des yeux plusieurs fois, comme si elle n'était pas sûre d'avoir bien entendu.

– Tu… quoi ? Arrête…

– Bah quoi, tu n'as pas apporté de cadeau à ma soirée d'anniversaire, alors tu pourrais m'embrasser pour te faire pardonner.

– Va te faire foutre, Hunter…

Elle tente de fuir, comme toujours. Je la comprends, et je me sens presque démuni. Putain, je m'y prends comme un manche, je n'ai pas l'habitude de galérer comme ça avec une fille. Je ne sais pas quoi lui dire pour lui faire comprendre que je ne suis pas comme les enfoirés de son lycée. Alors qu'elle me dépasse à peine, je lâche :

– Aurais-tu peur d'aimer ça et de ne plus pouvoir te décrocher de mes lèvres ?

La colère qui s'empare d'elle me donne presque envie de rire. Je veux qu'elle comprenne que je ne suis jamais aussi joueur avec les filles, mais que je pourrais jouer à « balance-moi un sarcasme, je te fuis » des heures durant avec elle.

– Je n'ai pas peur de ça, mais plutôt de te vomir dans la bouche. Remarque, je suis certaine que t'as jamais testé ça avec tes plans cul.

– Y a qu'un moyen de le savoir, Baby H. Embrasse-moi.

Je lance cette dernière supplication tout en étant persuadé qu'elle va encore s'enfuir en me claquant une belle insulte, mais elle se plante devant moi, le regard fixé sur mes lèvres, puis elle se met sur la pointe des pieds et l'instant suivant, ses lèvres sont sur les miennes.

Quoi ? Putain !

Je veux l'enfermer dans mes bras quand elle recule brusquement, une main sur la bouche, comme si elle n'en revenait pas d'avoir fait ça. Il faut dire que je suis moi-même sonné, mais c'était trop peu. Je n'ai pas eu le temps de passer mes doigts dans ses cheveux comme je veux le faire depuis que je l'ai rencontrée, je n'ai pas eu le temps de la savourer comme j'en crève…

Et avant même que j'essaye de lui dire de recommencer, elle m'attrape par le revers de ma veste de costume et m'attire à elle.

Ce baiser n'a rien à voir avec le précédent. Il est explosif. À notre putain d'image. Je me penche vers elle et passe les mains dans ses longs cheveux blonds, puis mes doigts glissent sur son dos avant que j'enroule les bras autour d'elle. On se dévore l'un l'autre avec une fougue qui me rappelle les sarcasmes qu'on s'envoie à la tête. C'est tellement intense, et pas seulement parce que c'est inattendu. C'est parce que c'est elle, c'est *hot as hell*. Je me penche, je la soulève par les fesses et je la plaque contre le mur pour l'embrasser plus fort. Elle me répond en caressant ma lèvre inférieure de sa langue. J'en lâche un grognement, et notre baiser devient plus intense, plus profond.

Meilleur cadeau d'anniversaire que je pouvais recevoir.

Mon rythme cardiaque crève le plafond et s'emballe encore, et j'aimerais qu'on soit seuls. Juste elle, moi, et toutes ces étincelles prêtes à exploser quand on est à deux. J'ai envie de profiter comme il se doit de ce putain de baiser qui me perturbe beaucoup plus que de raison. Lentement, elle s'éloigne de moi et elle semble se rendre compte que je la porte, car elle noue ses mains derrière ma nuque.

– Waouh, laisse-t-elle échapper.

Je pose mon front contre le sien en appréciant ce petit mot et sa respiration saccadée. Je la mets au défi de me fuir maintenant. Je ne la laisserai plus filer.

– Tu vois que…

– Non, me coupe-t-elle. Ne gâche pas tout, enlève cette fausse moustache de travers et embrasse-moi encore !

Je ne me fais pas prier, je m'exécute et mes lèvres fondent à nouveau sur les siennes.

Bordel, elle me flingue complètement !

Au moment où cette pensée me traverse l'esprit, un bruit anormal nous fait sursauter et met un terme à mon putain de Nirvana. La musique est soudain coupée et on se tourne vers le milieu du salon où Griffin essaie de se relever maladroitement. Face à lui, il y a une fille toute menue en costume de Cat Woman, d'après ce que j'en vois.

– Oh putain ! Merde…

Harper remue dans mes bras, me forçant à la reposer et sans un mot, elle rejoint la foule. J'ai un temps de retard pour la suivre mais quand j'arrive derrière elle, elle est en train de retenir la fille par les hanches et de la forcer à s'éloigner. Je percute qu'il s'agit de Maeve quand je reconnais son visage sous son masque de chat. Je vois que Harper a du mal à contenir son amie et d'autres personnes s'interposent entre elle et sa cible. Griffin semble fou de rage, mais il se contient pour ne pas faire de scène. C'est quoi cette connerie ? Ça ne lui ressemble pas du tout ! Il crispe les poings et ses lèvres sont si serrées qu'elles forment une mince ligne. Il ne nous a jamais dit pourquoi ça a mal tourné avec Maeve…

– Je te jure que je vais finir par t'arracher les ongles durant ton sommeil, Prince !

– Calme-toi Maeve, viens, on rentre, tente de négocier Harper.

– Et laisser ce petit con gagner ? Je ne crois pas, non !

– S'il te plaît. Pour moi.

Cette dernière phrase est prononcée plus doucement, et je ne me l'explique pas, mais elle me fait mal au cœur. Elle a les joues rouges de honte, elle qui n'aime pas se donner en spectacle, elle doit être hyper-mal à l'aise. Sa pote semble soudain redescendre sur Terre, car elle jette un regard effaré autour d'elle. *Putain, mais il s'est passé quoi ?* Sans un mot de plus, elle quitte la pièce en direction de la porte d'entrée.

J'envisage un instant de courir après elle, mais la musique est remise à fond et je suis entraîné au milieu de la foule.

Merde !

CHAPITRE 15

When the vocalist of a band flirts with you, reject him. Flirt with the bassist instead. Now you've challenged their entire hierarchy. They're all confused. Chaos ensues. You've broken the system[13].

(Elle Pharaoh)

Harper

Trois jours se sont écoulés depuis que j'ai embrassé Hunter et dès que je ferme les yeux, la scène repasse dans ma tête. *Putain de bordel.* Je me revois le pousser, puis j'ignore ce qu'il m'a pris… c'est comme si l'ado de seize ans en moi m'avait jetée dans les bras de Hunter en me disant : « Pour une fois laisse-toi aller, savoure… Arrête d'avoir peur ! »

Et c'est ce que j'ai fait. J'ai foncé.

Je sens de nouveau son corps puissant contre le mien, ses bras autour de moi, ses mains dans mes cheveux et ses lèvres contre les miennes. Et je me souviens de mon « waouh » au lieu de ce « beurk » attendu. Bon sang, c'était torride, sensuel, explosif. C'était à notre image sans doute… c'était comme quand on s'envoie des sarcasmes à la tête : rempli

13. Lorsque le chanteur d'un groupe te drague, rejette-le. Drague le bassiste plutôt. Là, tu remets en cause toute leur hiérarchie. Ils sont perdus. En résulte le chaos. Tu as brisé le système.

d'étincelles. Sauf qu'on s'embrassait cette fois. Un instant, j'ai oublié qui j'étais et mes problèmes. Je ne pensais plus qu'à lui et à ce désir cuisant qui grandissait dans mes entrailles. Mais maintenant, je ne sais pas quoi penser de la suite… Il me fait complètement flipper pour être honnête, et je suis contente de ne pas l'avoir croisé hier dans les couloirs de la fac. Je suis également soulagée qu'il ne soit pas venu chez moi. Ce qu'il s'est passé était une erreur, c'était de la pure provocation entre deux grenades prêtes à être dégoupillées. Je ne veux pas parler de cette erreur, ça ne rime à rien. Lui et moi, c'est parfaitement improbable. C'est comme la mayonnaise dans la purée, ça ne va clairement pas ensemble.

Je n'ai pas cours cet après-midi, mais je dois terminer l'enregistrement de mon prochain podcast avant de rentrer et poster la vidéo que j'ai faite avec Maeve. Je pousse la porte de la radio, dépose ma veste sur la patère fixée au mur, avant de sortir les fiches de mon sac dans l'optique de me poser dans un coin. Quand je passe devant la vitre, je m'attends à trouver Winnie seule ou avec quelqu'un pour son direct de l'après-midi, mais je vois qu'elle est accompagnée de quatre armoires à glace, et je plisse les yeux. *C'est pas vrai !* Hunter se balance en arrière sur sa chaise, puis fait des grands gestes dans ma direction ; tout le monde se tourne vers moi. Les joues rouges, je tente de trouver comment me sortir de ce merdier au plus vite. Mais lorsque je fais volte-face, Hunter ouvre la porte du studio et en sort, son casque encore sur les oreilles. J'ai le cœur qui bat à cent à l'heure.

– Désolé, Winnie et chers auditeurs, de troubler ce live, mais Baby H vient d'arriver ! crie-t-il pour être sûr d'être entendu malgré la distance.

Ils sont en direct et il m'affiche tranquillement. J'en peux plus de ce type, il me fatigue.

– Viens te joindre à nous, ajoute Hunter, le sourire aux lèvres.

– Non merci, je grogne. Je…

– Harper ! Harper ! Harper ! Haaaaarper ! se mettent-ils tous à chantonner comme des Spartiates.

Je veux mourir.

– Harper ! Harper ! Harper ! Haaaaarper !

Cette fois, ils accompagnent leurs cris en frappant de manière synchronisée sur la table. Je sens que je rougis encore plus. Je suis censée faire quoi ? Je rêve que le sol s'ouvre sous mes pieds pour me faire quitter cet endroit bizarre. Pourtant, la radio, c'était mon espace à moi, il faut même croire que ça sera marqué au fer rouge d'un souvenir improbable incluant Hunter.

– Tu ne peux pas refuser après un tel accueil, s'esclaffe Winnie. Viens.

Ils sont tous de mèche. Hunter passe alors une main par-dessus mon épaule, et me guide vers la table où ils sont assis. Je lui donne un coup de coude que j'espère bien senti dans les côtes et je me dégage de son étreinte.

– On est serrés, mais on va te faire de la place, dit Winnie.

Elle est assise entre Zeke et Griffin, en face d'elle, il y a Cade qui… bon sang, on dirait qu'il rêve de la bouffer tout entière. Vêtue ou pas, ça ne ferait aucune différence.

– Il y a de la place sur mes genoux, lance Hunter.

Ils ricanent.

– Plutôt crever, je réponds.

– Ne sois pas si méchante, Baby H. Tu ne disais pas ça… Je plaque violemment les doigts sur sa bouche pour le faire taire. J'ai envie de lui sauter à la gorge pour qu'il la ferme définitivement. Moi qui avais le faible espoir qu'il ait oublié ce stupide baiser, le voilà envolé. Et cet abruti était prêt à annoncer ça en direct, l'air de rien.

– Chers auditeurs, notre Star Killer est en live avec nous aujourd'hui. Hunter vient de l'appeler Baby H et j'imagine que, comme moi, vous avez envie de comprendre pourquoi.

– Ouais, ajoute Griffin. Je veux savoir moi aussi.

– Comme on a les mêmes initiales, et le même nom de famille, à une lettre près, je la surnomme comme ça, répond Hunter, tout sourire. Et ça lui va si bien.

– Et c'est quoi ton petit sobriquet à toi, Huntounet ? demande Cade.

– Big H, bien entendu !

Ils explosent de rire. *Bon sang !* Quelles sont mes chances si j'essaie de courir tout droit vers la sortie ?

– Du coup, ça vous fait encore les mêmes initiales avec les pseudos, souligne Griffin.

– J'y avais pas pensé… avoue-t-il avec une moue concentrée.

– On se doute bien, je réponds du tac au tac.

Ce qui provoque une fois encore l'hilarité générale.

– Alors qu'est-ce que tu fais ici, et c'est quoi, Star Killer ? demande Griffin.

– Ah mais vous ne le savez pas ! s'écrie Hunter. Harper fait des podcasts à la radio. À propos de *serial killers.*

– Vraiment ? demande Zeke.

Il plante ses yeux noirs dans les miens.

– Oui, je soupire.

– Ils sont géniaux, reprend Hunter. J'en ai écouté trois depuis que je le sais. Le soir avant de dormir, c'est franchement génial, les mecs.

Il a…

Mon cœur loupe un battement et mes joues deviennent quasiment cramoisies.

Je…

Il a écouté mes podcasts ? Il dit ça le plus naturellement du monde, avec tellement de simplicité et de sincérité. Je ne sais pas bien quoi penser de ses mots. Je crois que ça me fait plaisir. Et si Hunter Clark encense mon podcast, il va faire péter les scores d'audience des prochains…

– Alors, tu dois nous raconter une histoire qui fait peur ! s'exclame Griffin.

Mais qu'est-ce qu'ils ont tous, à vouloir que je leur raconte des histoires ? Je secoue la tête.

– Non, c'est le live de Winnie en plus. Vous devez parler de vous…

– On avait presque fini, me répond-elle. Tu peux raconter ton histoire.

Solidarité féminine, mon cul. Entre elle et Maeve, je suis servie !

– Très bien.

J'en connais pleins, des petites histoires qui font peur, alors je me lance :

– Lisa est souvent seule dans sa grande maison isolée au cœur des champs de maïs. Ses parents rentrent tard tous les soirs et ont donc décidé de lui acheter un chien, pour la rassurer. Une nuit, elle est réveillée par un bruit d'eau qui goutte. Ploc. Ploc. Ploc.

Je prends le temps d'installer l'ambiance en modifiant un peu le timbre de ma voix, et je suis satisfaite de voir qu'ils sont déjà suspendus à mes lèvres.

– Elle se lève et vérifie le robinet de la salle de bains. En se recouchant, elle glisse la main de long de son lit et son chien la lèche comme tous les soirs. Cela la rassure, alors elle referme les yeux. Mais soudain : Ploc. Ploc. Ploc. Le bruit recommence. Agacée, elle se lève, mais cette fois-ci, elle serre le robinet dans la salle de bains de toutes ses forces. Satisfaite de voir que l'eau ne coule pas, elle se recouche et glisse de nouveau la main près de son lit ; son chien la lèche encore.

Je me penche en avant, comme si j'allais leur confier un secret, et je me retiens de sourire quand je vois qu'ils suivent tous mon mouvement.

– Mais ploc. Ploc. Ploc. Le bruit reprend de plus belle et Lisa perd patience car elle n'arrive pas à dormir. Sauf que ça ne vient plus de sa salle de bains, et elle a beau tendre l'oreille, il n'y a plus un bruit. Elle fait quand même un dernier tour de la maison sans rien trouver, et se recouche en glissant la main à côté du lit. Le chien la lèche de nouveau.

Il semble que mon public soit captivé. Ils me regardent tous les cinq, comme si je détenais une vérité absolue et non juste la fin d'une histoire d'horreur.

– Dans le silence rassurant de sa chambre, Lisa s'endort doucement quand tout d'un coup…

– Ploc ! Ploc ! Ploc ! lance Griffin, les yeux grands ouverts.

– Oui, le bruit est revenu et Lisa décide cette fois-ci de le localiser. Et elle y parvient : le son vient de son placard. En l'ouvrant, elle y découvre son chien égorgé, suspendu par les pattes arrière, se vidant lentement de son sang. Sur la porte du placard, un message écrit en lettres de sang : « Les humains aussi peuvent lécher. »

– Aaah, je kiffe ! s'exclame Cade. Je vote pour une autre, qui me suit ?

Les quatre autres hurlent « moi ! » en même temps. Il faut croire que j'ai vraiment un don pour conter les histoires. Je soupire même si, en vrai, j'adore ça. Quand j'étais plus jeune, il m'arrivait de faire la lecture bénévolement dans les bibliothèques. Et quand je faisais partie des scouts, je me délectais à raconter des histoires effrayantes autour du feu de camp.

– D'accord, alors, c'est l'histoire du capitaine de l'équipe de hockey et de la chef des pom-pom girls…

Les garçons gloussent comme des idiots.

– Vas-y, fais-nous peur, me dit Cade.

– Comme tous les samedis soir, ils se rendent sur la colline aux amoureux. Alors qu'ils sont en train de s'embrasser langoureusement, une annonce à la radio les informe qu'un tueur psychopathe surnommé l'« assassin au crochet » vient de s'évader de l'hôpital psychiatrique de la ville. La police appelle à la plus grande vigilance et demande aux gens de ne pas sortir de chez eux. Le capitaine ricane, et s'amuse à crier « bouh » dans le cou de sa copine tout en jouant avec sa chevelure blonde. Elle s'agace car elle a peur et lui se moque d'elle. Il arrive à la calmer en lui disant que tout va bien, qu'elle est en sécurité avec lui, mais soudain, il y a un bruit de branche qui craque. La pom-pom girl est de plus en plus stressée et mal à l'aise… Soudain, un bruit sourd résonne sur la taule de la voiture et elle hurle. Mais ce n'est qu'une branche qui vient de se détacher à cause du vent. Effrayée, la jeune fille n'a plus trop la tête aux câlins et supplie son copain de la ramener chez elle. Ce dernier s'exécute. Quelques minutes plus tard, l'adolescente sort de la voiture après l'avoir embrassé, mais alors qu'il s'apprête à redémarrer, le jeune homme entend un hurlement atroce. Affolé, il n'hésite pas et descend en trombe du véhicule pour voir ce qui a pu déclencher de tels cris. Sa petite amie est introuvable, il a beau hurler, elle ne lui répondra plus jamais. C'est au moment où il retourne vers sa voiture pour chercher son téléphone qu'il voit, accroché à la portière passager, un crochet sanguinolent avec une longue mèche blonde collée dessus…

Ma voix meurt pour leur laisser le temps d'absorber l'histoire.

– C'était Star Killer qui nous a fait l'honneur de nous raconter des histoires frémissantes. Vous pouvez la retrouver le mercredi après-midi et en replay sur rebels-radio.com. Tous les autres podcasts se trouvent là, d'ailleurs. Je vais céder ma place, j'ai vraiment été ravie de pouvoir vous interviewer, les Grizzlys de Rebel. Un dernier mot ?

– Tu ne voudrais pas donner ton numéro de téléphone à Cade ? Je crois que tu lui plais, balance Griffin, tout fier de lui.

Winnie devient rouge écarlate. *Ah ! Bienvenue au club, sister !*

J'ai toujours connu Winnie en couple avec Adam, mais je me demande ce qu'elle pense de Cade, tiens ! Du moins physiquement, car pour être honnête, il est canon. Enfin… ils le sont tous !

– Mais n'importe quoi, mec ! gueule Cade. Tu sais pas te tenir, c'est honteux ! HON-TEUX !

Elle lui plaît, ça crève les yeux. Il n'arrête pas de la regarder, et sa réaction est tellement éloquente. Dommage pour lui, Winnie est déjà prise.

– Désolée, mais je suis en couple, répond-elle poliment en glissant son regard dans celui de Cade. Un autre dernier mot ?

– Soutenez les Grizzlys ! lance Zeke.

– Ouais, soutenez-nous lors des *playoffs*, ça nous booste à mort ! ajoute Hunter. Cette année, on ne se laissera pas voler la victoire.

Alors que Winnie met fin à son live, je me précipite vers la sortie. Je vais enregistrer mon podcast à la maison, je préfère. Il faut juste que je prenne un des micros dans le stock d'Adam. Ce n'est pas la première fois que je fais ça. J'entre dans la petite remise quand la porte se ferme derrière moi. Je me retourne pour l'ouvrir quand je heurte le torse de…

– Hunter ? Qu'est-ce que… tu fous ici ?

Me retrouver coincée dans ce placard exigu avec lui, c'est… étrange, et excitant aussi. Il me lance un sourire en coin. Mon cœur bat soudain la chamade, parce que je ne pense plus qu'à ce foutu baiser entre nous. Et tout ce dont j'ai envie, c'est certainement de recommencer… C'est stupide d'avoir des idées pareilles, ce type me fait perdre les pédales, je ne vois pas d'autres raisons.

– Tu croyais pouvoir t'enfuir, Baby H ? lance-t-il d'une voix moqueuse.

– Dégage, et fous-moi la paix, Hunter !

– Pourquoi tu t'obstines à me demander des choses que je ne peux pas réaliser, Harper ? Tu sais bien que je ne partirai pas tout de suite.

Je lève les yeux au ciel.

– Qu'est-ce que tu veux ? Je suis occupée, j'ai pas le temps de jouer, contrairement à toi…

– À ton avis ?

– Je ne sais pas, je souffle. Rien n'est évident avec toi.

Il esquisse un nouveau sourire et penche la tête sur le côté, tout en me dévorant des yeux. Je rougis encore. Je me sens plus désirable que jamais, et j'ignore pourquoi je ressens ça de façon aussi intense. C'est comme quand on s'embrassait, il me regardait comme s'il avait envie de me dévorer. Ça aurait sans doute été la suite logique de notre baiser.

– C'est toi qui dis ça, Baby H ?

Il faut à tout prix que je sorte d'ici. Me retrouver seule avec lui dans cette pièce beaucoup trop étroite et minuscule pour nous deux me trouble beaucoup plus que je ne veux l'admettre. Lui, moi, ce baiser, c'est n'importe quoi. Et je ne vois vraiment pas ce qu'on pourrait se dire, en plus…

– Bon, tu t'écartes ou tu sors ? je grogne. J'ai pas la journée…

– Ni l'un ni l'autre…

Et il fait un pas dans ma direction, ce qui m'oblige à me reculer, mais je me retrouve coincée contre les étagères. Le sourire qui s'étire sur ses lèvres parfaites me donne envie de le frapper ou de l'embrasser. *Choix cornélien.* J'ignore lequel me satisferait le plus.

– Il faut qu'on parle de ce baiser. Parce que moi, je n'arrête pas d'y penser… chuchote-t-il comme si c'était notre secret.

Je souffle. Ce baiser entre nous m'a clairement vrillé les neurones. Je suis perturbée, et je n'arrive apparemment pas à l'envoyer se faire cuire un œuf. Lui qui embrasse des tonnes de nanas, qui en baise tout autant, pourquoi fait-il ça ? Pourquoi me parle-t-il de ça ? Pourquoi insiste-t-il tant ? Je me demande s'il fait ça avec les autres. J'ai juste l'impression qu'il se fout de moi ou qu'il cherche à me provoquer.

– Te fous pas de moi, je siffle.

– Jamais, Baby H. T'es bien trop importante pour que je me moque de toi.

Sur ces mots, sa bouche se rapproche de la mienne et je choisis de l'accepter. Son baiser est si intense que je me cogne contre les étagères et fais tomber quelque chose par terre. Les battements de mon cœur s'accélèrent sous le coup du plaisir. J'agrippe son pull alors que ses mains fourragent mes cheveux. *Bordel !* Il m'embrasse plus fort, ses lèvres dansent sensuellement sur les miennes et attisent le désir cuisant qui grandit entre mes jambes. Je me laisse aller à sa sensualité, je me perds dans ses bras virils… Bon sang, c'est intense.

– Puisque tu ne me crois pas, autant te montrer concrètement, souffle-t-il contre mes lèvres.

Je secoue la tête ou la hoche. Je ne sais pas bien. Il a le don de me rendre folle.

– Arrête ! Toi et moi, c'est ridicule, je réponds. Tu…

– Pourtant quand tu m'embrasses, c'est une autre histoire. Ton corps et le mien sont faits pour ça, Baby H, me coupe-t-il.

Mon cœur s'affole à nouveau. C'est comme s'il lisait en moi… Nos pensées sont connectées, pour une fois. Malgré ça, je me sens mal à l'aise. Je ne suis pas à ma place. Jouer à ce genre de jeu avec un type populaire, qui plus est un sportif, j'ai appris à mes dépens que je n'ai pas assez de force pour ça. Je prône le *body positive*, mais je reste raisonnable. Je sais pertinemment qu'un type comme lui ne s'intéresse pas aux filles comme moi. Cette façon de jouer, de flirter comme si c'était possible, c'est… ça sonne presque comme une insulte.

– Harper…

Je sors de mes pensées et plonge mon regard dans le sien. Ses yeux noirs me considèrent toujours de la même manière, comme s'il ne désirait que moi. C'est frustrant d'être si peu sûre de soi qu'on se sent plus sur ses gardes que flattée par un compliment.

– C'est ridicule. C'était juste un baiser, c'est… Tu te tapes plein de filles et tu veux me faire croire que c'est notre stupide baiser qui…

– Ouais, tu m'as littéralement cloué sur place, me coupe-t-il. Ta hargne, ta passion, toi, tout simplement. Putain, t'as rien ressenti toi ?

– Je ne *peux* pas jouer à ce genre de jeux, j'ai déjà donné…

Et il le sait. Il se rapproche de moi, l'air sûr de lui. Mon dos se presse contre les étagères alors qu'il se penche vers moi :

– Regarde-moi !

Je ne sais pas trop pourquoi je lui obéis.

– Je sais ce que tu as subi, mais regarde-moi dans les yeux et dis-moi si tu penses que je pourrais te faire quelque chose comme ça. Je suis un gentil crétin, je ne suis pas une sombre merde sans cœur. Accorde-moi au moins ça…

– D'accord, je te l'accorde.

Hunter se rapproche encore, si bien que je sens ses lèvres contre mon oreille :

– Si je le pouvais, là, je m'agenouillerais devant toi et, avec ma langue, je te donnerais l'orgasme le plus étourdissant de ta vie, puis je recommencerais, juste pour te montrer que oui, j'ai envie de toi et que je l'assume à deux cents pour cent. Quitte à m'en brûler les ailes…

Ses mots me perdent. Ils attisent mon désir autant, si ce n'est plus, que son baiser. Ma respiration est saccadée. Il faut vraiment que je sorte de ce placard. Il faut que je respire de l'air frais. *Ouais, il le faut vraiment.*

– Tu dis ça alors que tu t'es probablement tapé une fille samedi soir… Il faut arrêter, toi et moi, c'est…

Hunter secoue la tête, son regard rivé au mien.

– Tu crois vraiment que j'allais emballer une fille après notre baiser ? Putain, Baby H… La dernière avec qui j'ai couché, c'est celle du jour où t'as débarqué chez moi comme une furie.

Je ne suis pas bien certaine de l'impact de ses mots. Je crois que je suis contente, mais j'ai toujours cette réserve… et pourtant cette fois encore, c'est comme si l'ado en moi me poussait vers lui. Alors je cède, et je l'embrasse avec autant de fougue et d'assurance que possible. Hunter répond à mon baiser avec une ferveur nouvelle. Comme si lui aussi cédait maintenant, comme si c'était tout ce qui lui manquait pour se libérer. Il me presse contre son torse et nos lèvres soudées dansent lascivement. *C'est trop bon.*

– On n'entend plus rien…

– Tu crois qu'ils sont en train de se pécho ?

Je me fige, et Hunter s'écarte doucement de moi, l'air agacé et frustré. J'inspire un grand coup et, encore étourdie par ce baiser, j'attrape ce pour quoi j'étais venue, le micro, afin de sortir d'ici au plus vite.

– Bon sang, quelle bande de cons !

Il se tourne vers moi.

– Toi et moi, c'est pas fini, Baby H, ajoute Hunter contre mon oreille avant d'ouvrir le battant à la hâte.

Griffin tombe à la renverse, alors que les autres sont encore penchés vers la porte. Ils nous regardent, l'air complètement ahuris, pris sur le fait. Même si j'ai les joues écarlates, et probablement l'air aussi coupable qu'eux, je les regarde à tour de rôle dans le blanc des yeux. Winnie contient difficilement ce qui s'apparente à un bon gros fou rire.

– Venant de cette bande de primates, je comprends, mais toi Winnie, tu me déçois beaucoup, je dis d'un air autoritaire.

– On n'entendait plus rien, se justifie Griffin.

Ils se redressent tous. Je passe par-dessus Griffin, et Hunter lui fout un coup de pied dans les flancs en passant.

– Je m'en veux, soupire Cade, ils allaient se pécho quand même…

Je rougis encore plus.

– Sur ces paroles philosophiques, au revoir.

Une fois dans le couloir, j'ignore pourquoi, j'éclate de rire.

CHAPITRE 16

That's a horrible idea. What time[14] *?*

(Vu sur Internet)

Hunter

Je monte le son de la radio. Je poireaute dans ma voiture depuis plus d'une demi-heure, j'attends désespérément que Harper sorte de chez elle. Il faut que je lui parle. Qu'on mette enfin les choses au clair.

C'est fou comme en à peine quelques semaines, ce petit bout de femme a chamboulé ma tête. Depuis que je l'ai rencontrée, je n'arrive pas à me la sortir de l'esprit, elle y campe constamment, mais surtout, depuis qu'on s'est embrassés, j'ai signé mon arrêt de mort. Mon cerveau tourne en boucle sur la sensation de ses lèvres sur les miennes, du petit son sexy qu'elle a poussé quand je l'ai plaquée contre le mur le soir de mon anniversaire.

Il s'est passé plus d'une semaine depuis qu'on s'est embrassés à la radio. Avec mes entraînements de dingue, mes cours et mes révisions, impossible de trouver le temps de la voir. Alors ce matin, je me suis levé super tôt pour qu'on discute de nous.

Une vraie chance.

14. C'est une idée horrible. Je viens à quelle heure ?

Je ne suis pas sorti avec une fille depuis le lycée, donc j'ai peur de m'y prendre comme un manche, mais je me dois d'essayer. Quand je suis arrivé à la fac, je me suis dit que j'allais m'éclater ; mon transfert à Rebel n'a fait qu'accentuer cet aspect-là de ma vie. Et je pensais continuer… J'ai toujours envie de m'éclater, mais avec elle. *Juste avec elle.*

Voilà pourquoi je me pèle dans ma caisse un mardi matin alors que je pourrais être encore au chaud chez moi. Mais mes colocs ne me lâchent plus à cause de ce qu'ils ont entendu la semaine dernière. Du coup, poireauter dans mon 4 × 4 ne me semble pas si pourri que ça. Et puis, il a neigé cette nuit, et tout a été recouvert d'un fin tapis blanc qui me donne envie de faire un bonhomme de neige.

Je surveille l'heure sur mon tableau de bord, 8 h 12. Si les renseignements que j'ai eus auprès du secrétariat sont bons, le premier cours de Harper commence à 8 h 45, donc elle ne devrait pas tarder à sortir. Sauf si elle a décidé de sécher.

La porte de son immeuble s'ouvre pour la laisser sortir, accompagnée de Maeve. Elles portent toutes les deux de grosses doudounes et des bonnets. Harper est adorable, emmitouflée dans son écharpe. Je coupe le contact de ma caisse, me préparant à descendre.

– *Show time !* je lâche avant de claquer la portière et de m'avancer vers elles.

Harper me repère immédiatement, et elle se fige au milieu de son allée. Elle me regarde avec ses yeux bleus grands ouverts comme si elle hallucinait.

– Bonjour, Baby H.

– Hunter ? Qu'est-ce que tu fous ici ?

N'importe quelle fille aurait dit : « Oh, Hunter, tu es là ! », mais pas elle. Je lui claque mon plus beau sourire.

Mon plan d'attaque est solide. Je ne peux pas me rater. En fait, je ne *veux* pas me rater.

– Je suis venu te chercher pour t'amener jusqu'au campus.

Le froncement de ses sourcils n'augure rien de bon.

– Tu es au courant que j'ai déjà une voiture et que je n'ai pas eu besoin de toi jusqu'à présent ?

– Oui, je sais, mais on ne s'était pas encore percutés, toi et moi.

Après un regard en direction de Maeve qui nous observe comme si elle était au cinéma devant un film passionnant, elle se referme en croisant les bras.

– Ça ne change rien, Hunter.

– C'est là que tu te trompes, Baby H. Ça change absolument tout.

Mon ton est si sérieux que je me surprends moi-même. Je ne suis pas le genre de mec qui cherche à se caser à seulement vingt et un ans, mais Harper… elle me fait désirer des trucs que je pensais impossibles. J'ai envie de tenter avec elle, j'ai envie de connaître le volcan Harper.

– Maeve, tu vas être en retard, tu peux y aller.

Sa meilleure amie et moi sommes tous les deux sous le choc.

– Tu es sûre, ma chérie ?

– Certaine. Je te retrouve en classe.

Sans un mot de plus, Maeve part en direction de sa voiture, nous laissant seuls, au milieu d'une étendue blanche scintillante avec le soleil qui se lève lentement.

– Donc ?

– Donc… je répète, soudain mal à l'aise.

Pourquoi est-ce qu'il faut que je perde mes moyens maintenant ? Mon cœur bat la chamade, et mes paumes deviennent soudain moites. Mais bordel, j'ai rarement été aussi sûr d'un truc dans ma vie.

– T'es à court de mots, Big H ? Ça serait une première, se moque-t-elle.

Elle n'a pas tort. Allez, Clark, c'est le moment ou jamais.

– Toi et moi... Tu ne peux pas nier qu'il y a quelque chose entre nous, Baby H. Depuis qu'on s'est rencontrés, il y a cette énergie qui ne demande qu'à sortir et à exploser. Je n'ai jamais ressenti ça avec une autre fille, d'habitude, c'est une histoire de sexe. Simple et efficace. Mais avec toi, je sais pas pourquoi, c'est plus explosif, et même sans sexe. Alors imagine...

La première réaction de Harper est de lever les yeux au ciel. Non, elle doit entendre tout ce que je lui confie, et pas seulement ce qui la dérange. Je me penche pour caresser l'ovale de son visage, et je la vois retenir sa respiration.

– Tu me plais, Harper. Tu me plais vraiment.

– Pourquoi ? lâche-t-elle dans un nuage de buée.

C'est une bonne question et je ne suis même pas certain d'avoir la réponse. Alors il ne me reste qu'une chose à faire : être honnête.

– Je ne sais pas, mais tout en toi m'attire. Ton tempérament de feu, tes passions bizarres, tes convictions, et bien entendu ton sublime corps.

Au moment où je dis ça, je la sens se crisper.

– Bordel, tu es l'une des filles les plus canons que j'ai vues dernièrement.

– Tu dis ça, mais tu n'as jamais dû te taper une fille avec mes courbes !

Je ne réponds pas tout de suite car, c'est vrai, elle a raison. Je n'ai jamais couché avec une fille ronde. Les *puck bunnies* qui nous tournent autour sortent généralement toutes du même moule. Mais ce n'est pas pour autant que je n'ai pas le droit de la trouver belle.

– C'est vrai, tu as raison. Mais, les filles comme toi ne viennent pas vers nous, et c'est bien dommage…

– Arrête, vous vous moqueriez des filles rondes si elles essayaient de vous séduire.

– Dans ce cas-là, dis-moi pourquoi je ne me suis jamais moqué de toi ? Dis-moi pourquoi je suis là ? Dis-moi pourquoi je bande à chaque fois que je pense à notre baiser ?

– T'es…

– Ne me traite pas de porc, je suis juste un être humain. Tu me plais, mon corps s'éveille. Comme mon esprit carbure à deux cents pour cent quand on se balance des sarcasmes… c'est chimique.

– T'as pas vraiment envie d'être avec moi, Hunter.

– Ça, tu vois, Baby H, ça me concerne. C'est à moi d'en décider, quitte à ce que tu me réduises en miettes, quitte à ce que tu me brûles tout entier. Je n'attends que ça.

Elle baisse la tête, alors je glisse la main sous son menton pour qu'elle me regarde :

– Il va falloir que j'arrive à te convaincre jour après jour que tu es sexy à mort, et que tu me plais. Mais ça me va, j'aime les défis. Je me ferai un plaisir de te montrer que je rêve de te faire des trucs salaces dont tu n'as même pas idée, mais il est bien trop tôt pour que tes oreilles puissent les entendre. Crois-moi sur parole quand je te dis que je crève d'envie de dévorer chaque centimètre de ta peau. Et je n'oublierai aucune courbe, fais-moi confiance.

L'impact de ma tirade est visible sur son visage : ses joues se colorent gentiment, et je sais que ce n'est pas à cause du froid. Mais elle se terre dans son silence, et continue à se cacher derrière son bouclier. Et s'il y a bien une chose que je ne veux pas, c'est m'imposer ou la forcer à faire un truc qu'elle ne voudrait pas.

Je recule doucement pour lui laisser un peu d'espace. Elle cligne plusieurs fois des paupières comme si elle redescendait sur terre.

– Pourquoi tu t'en vas ?

– Je ne veux pas m'imposer. Tu n'as clairement pas l'air sur la même longueur d'onde que moi… et c'est pas grave.

– Hunter… Embrasse-moi, ordonne-t-elle en souriant.

Ma respiration reste coincée une seconde dans ma gorge. Est-ce que j'ai bien entendu ?

– Je… Tu… je bafouille.

– Il/elle, nous, vous, ils/elles. C'est bien, tu connais tes pronoms personnels, tu veux une récompense ?

Et juste comme ça, toute la pression s'envole. Harper et moi, c'est comme ça, du sarcasme à gogo et de la tension sexuelle à ne plus savoir qu'en faire. D'un geste rapide, j'enroule mes bras autour de sa taille, elle est obligée de se mettre sur la pointe des pieds pour faire de même autour de ma nuque. Je la serre fort.

– Vas-y mollo. J'ai peut-être du rembourrage, mais si tu me presses comme un citron, je vais m'évanouir…

Je ricane dans son cou, et je laisse la joie m'enivrer. Je suis heureux, putain. Tout en restant dans cette position, je pose ma dernière question :

– Toi et moi, ma Baby H. On est exclusifs à partir d'aujourd'hui et on voit où ça nous mène ?

– D'accord… un jour après l'autre. Sans prise de tête. Et t'as plutôt intérêt à être exclusif, ouais, je ne partage pas.

– Comme avec tes frites.

– Comme avec mes frites, me répond-elle en tirant un peu sur mes cheveux pour me faire me redresser.

Je m'exécute et nos regards se captent pour ne plus se lâcher. J'aperçois dans ses iris bleus des paillettes d'or que je n'avais pas remarquées avant.

– Qu'est-ce qu'il faut faire pour être embrassée par ici ? me taquine-t-elle avec une moue boudeuse.

Ce que Harper Clarke veut, Hunter Clark le lui donne. Sans plus attendre, je cède à la tentation que sont ses lèvres pulpeuses.

Quand on se gare sur le campus un quart d'heure plus tard, je n'en reviens toujours pas qu'elle soit dans ma voiture, prête à nous donner une chance. Une vraie. Je tourne la tête vers elle, et je constate qu'elle regarde nerveusement à travers la vitre.

Je ne suis pas complètement con, je sais quel statut social j'ai, ici, à Rebel. Et à partir du moment où notre relation sera officielle, elle va avoir un énorme projecteur braqué sur elle. Elle va passer du statut d'inconnue à la « nana de Hunter Clark ».

Je ne dis pas ça parce que je suis prétentieux, mais parce que c'est la réalité. Je ne compte plus les filles qui se sont servies de moi ou de mes équipiers pour augmenter leur popularité. Dans le cas présent, je sais que Harper ne désire pas toute cette attention. Elle voudrait même la fuir, mais je la protégerai. Il est hors de question que je ne vive pas pleinement ce qu'il y a entre nous à cause de quelques ragots. Pas question non plus qu'elle subisse ce qu'elle a connu au lycée. Si Rebel joue à ça, ils vont découvrir un Hunter beaucoup moins sympathique.

Rapidement je sors de la voiture, j'en fais le tour et ouvre sa portière.

– Allez Baby H, je m'en voudrais de te mettre en retard.

– Il le faut vraiment ? On pourrait sécher la première heure, non ?

– Si seulement tu disais ça pour qu'on fasse des folies.

Je penche la tête sur le côté, je serais le premier heureux si elle pensait vraiment ce qu'elle vient de dire.

– Harper ! Descends ton joli cul de mon 4 × 4, sinon je te charge sur mon dos et je t'amène de force en classe.

– Tu sais ce qui m'inquiète le plus ? lâche-t-elle, d'un air désespéré.

– Non, mais je suis tout ouïe.

– Je sais que tu vas le faire si je refuse de descendre.

– Ensemble ? je lance en lui proposant mon bras.

Elle se contente d'un hochement de tête, mais elle glisse sa main sous mon bras et elle m'emboîte le pas. On traverse facilement le parking. Lorsqu'on arrive devant l'un des parvis, l'ambiance change de manière subtile. Je repère rapidement les regards intrigués ou hallucinés. D'autres sont carrément moins discrets et nous pointent du doigt comme si on était une attraction fantastique. J'en vois une autre qui nous prend même en photo.

Bordel, je savais que ça surprendrait, mais je ne pensais pas que ça irait si vite.

Il faut dire que je n'ai jamais fait ça avec aucune autre de mes conquêtes. J'entends déjà mes meilleurs potes se moquer de moi ce soir, parce que je suis en couple, parce que j'ai rompu le pacte de rester éternellement célibataire. Pacte à l'initiative de Griffin. Mais je n'en ai rien à faire, tout ce que je veux, c'est passer du temps avec elle. Sérieux, je n'ai jamais eu envie de passer du temps avec une fille pour l'écouter parler, tout ce que je voulais, c'était baiser. Avec Harper, j'ai envie de l'écouter me parler de ses *serial killers*, j'ai envie de mater un film alors qu'elle est blottie dans mes bras. Bien sûr, j'ai aussi très, très envie d'enlever mes fringues avec elle. Tout le reste, c'est une nouveauté. Parce que parler, regarder la télé, ça me suffisait avec mes potes. Maintenant, je veux aussi le faire avec elle.

– C'est ta faute, tout ça, grommelle Harper.

– Que veux-tu ? Je suis célèbre, il faudra t'y habituer ! Mais d'ici quelques jours, ils auront une autre nouveauté à se mettre sous la dent ! On est à Rebel, n'oublie pas qu'il se passe un truc de dingue tous les jours.

– J'espère que tu as raison car cette fille vient de me regarder comme si j'avais égorgé son chat. Pourquoi les gens réagissent comme ça ? On dirait que c'est ma meuf et qu'elle me surprend en train de la tromper…

C'est plus fort que moi, je rigole, et je change notre position en passant le bras autour de ses épaules, la rapprochant encore de moi. Elle a toujours des comparaisons gores et je ne sais pas pourquoi ça me plaît autant. Certainement parce que c'est elle qui les balance comme si de rien n'était.

– Je ne sais pas, mais on s'en fout. Ce qui compte, c'est nous…

On est presque arrivés devant le bâtiment où Harper a cours, quand je commence à remarquer les regards que lui jettent les mecs qu'on croise. Certains dévisagent Harper avec envie. Ce foutu projecteur de merde vient aussi de mettre Harper sur une sorte de tableau de chasse. Il va falloir que je remédie à ça, et rapidement. Car dans leurs petits cerveaux reptiliens, ils se disent que si je suis avec Harper, c'est qu'elle doit être un coup d'enfer. Et ils en veulent un morceau.

Un mec un peu trop insistant s'aperçoit que je le fusille du regard, et il déguerpit aussi vite qu'il peut.

Ouais, c'est ça, casse-toi. Connard.

– C'est mon arrêt, me dit-elle en s'écartant légèrement. On se voit plus tard ?

Elle ne compte pas partir comme ça quand même ?

Avant qu'elle ne s'éloigne, j'attrape sa main et la fais tomber dans mes bras. Je prends son menton entre mes doigts et je l'embrasse. Au début doucement, mais je me laisse vite prendre au jeu. Et si ça peut dissuader tous ces cons qui la regardent par la même occasion…

Quand je sens une petite pression sur mon torse, je m'arrête aussitôt.

– Non pas que je m'en plaigne, tu maîtrises très bien l'art du baiser. Mais tu ne serais pas en train de marquer ton territoire ?

Grillé.

– Peut-être un peu… Mais des mecs te reluquent.

– Mais bien sûr…

– Un mâle alpha doit faire comprendre aux autres loups de dégager, tu sais.

– Mâle alpha ? Voyons, Hunter, tout le monde sait que de nous deux, c'est moi l'alpha.

Je souris comme un idiot. Elle dépose un bref baiser sur ma bouche avant de me planter là, un sourire rêveur sur le visage.

Pas de doute, cette fille est faite pour moi.

CHAPITRE 17

– Esprit de contradiction, es-tu là ?
– Non.
(Vu sur Internet)

Harper

Rebel étant une université réputée pour le journalisme, elle ne lésine pas sur les moyens pour que les membres de l'équipe puissent avoir accès au meilleur matériel, et ainsi fournir des articles de qualité. Notre local est aussi grand qu'une salle de classe. Sur la gauche il y a quatre tables, toutes équipées d'un ordinateur dernier cri, sur le mur qui fait face aux fenêtres et qui donne sur le parc de l'université, une énorme bibliothèque remplie de livres, d'essais, de documentations ; au fond à droite, un grand tableau blanc et plusieurs tables que nous avons rassemblées afin qu'on puisse se réunir tous les mois, ou y manger parfois. Dans l'autre pièce se trouve un petit espace détente avec un frigo, une télé et même un baby-foot. Et puis, il y a un petit local à archives où on stocke aussi du matériel comme des claviers ou des souris, du papier…

Le journal est un bimensuel, et nous sommes un peu moins d'une dizaine à le faire tourner. Les places ne sont vraiment pas faciles à obtenir, alors je m'y accroche. Le directeur est Brad ; il était étudiant ici, à Rebel, avant d'être embauché comme responsable. Tous nos articles passent sous son regard expert. Ensuite il y a Suzie, la rédactrice en chef. Hugh est concepteur, c'est lui qui s'occupe de l'impression et de tout ce qui touche à la mise en page. Enfin Maeve, Danny, Sarah, Aaron, Andrew et moi sommes journalistes.

– Bon, lance Brad, faisons un petit topo. Danny, tu vas pouvoir faire ton article ou pas ?

– Non, Wells refuse catégoriquement de commenter le changement de règlement vestimentaire, suite à la tentative d'agression. Et je ne peux pas écrire un papier dessus sans avoir sa vision sur le sujet.

Je suis contente de voir que Danny semble déçu de ne pas pouvoir sortir un article sur ce qui est arrivé à Mila, c'est bien de voir que les gens se sentent concernés. Des gens autres que moi ou détenteurs d'un vagin, en tout cas… Dommage, ça aurait fait un bon article.

– C'est franchement con, je râle. Je suis certaine que ça intéresserait des gens de lire ça.

Brad soupire, puis hausse les épaules.

– Wells est souvent bloquée par le comité de direction, donc si elle refuse, c'est réglé…

Comme c'est lui le responsable des choix éditoriaux et des articles qui paraissent dans le journal, je comprends qu'il se couvre et qu'il protège son job, mais quand même, parfois, il faut prendre des risques.

– Toi, Harper, tu es en train de couvrir le sport, la doyenne semble impatiente de voir ces articles… Elle veut que tout soit impeccable concernant les Grizzlys.

– Je n'ai pas tellement eu le choix, je bougonne.

L'année dernière, on avait quelqu'un qui s'occupait de couvrir le sport, mais il était en dernière année, et on n'a encore trouvé personne pour le remplacer. Le processus de recrutement pour le journal est tellement lent.

– Est-ce que tu t'en sors ? demande Brad.

– Oui et non… mais je suis aidée par un des adjoints de l'équipe de hockey, alors ça devrait aller.

Un rire brise soudain le silence. Je tourne la tête vers Sarah. Jolie blonde à lunettes, elle parle de ses lectures dans le journal, écrit des chroniques.

– Ce mec pourrait certainement t'en dire plus sur l'alcool qu'il engloutit et les nanas qu'il baise que sur le sport qu'il pratique.

Je lui lance un regard en biais. Pour un peu, j'ai l'impression qu'elle est jalouse… Je ne peux pas vraiment lui donner tort, mais elle se trompe.

– Oui, c'est ça, je réponds sèchement. Aussi queutard que soit Hunter Clark, il est passionné par le hockey, et il m'aide plutôt bien. Madame Wells veut plusieurs articles, alors le premier de la série sera sur les impressions des joueurs pour cette nouvelle année et sur les miennes sur l'équipe. Ensuite, je couvrirai les entraînements, je ferai une interview des joueurs qui veulent devenir pros et il faudra aussi couvrir quelques matchs.

Je n'en reviens pas d'être si impliquée tout à coup, ni de le défendre, d'ailleurs. Je n'avais pas prévu de faire tout ça, je voulais juste proposer quelques articles de surface, pas un travail de terrain. Bordel Sarah, pourquoi il a fallu que tu l'ouvres ?

– Bien, dit Brad, surpris par mon engouement. Très bien. Tu n'oublieras pas de prendre quelques photos, on en aura besoin pour la version numérique.

– Pas de souci. Cade Reed, je récite en relisant mes notes de la semaine dernière, le capitaine de l'équipe, se propose de nous en envoyer au besoin.

– Parfait. Donne-lui mon mail, ça sera plus rapide.

– OK, je n'y manquerai pas.

Je sors mon portable pour me faire un rappel, afin d'être sûre de ne pas zapper ce genre de tâches. Il va falloir que je pense à prendre les numéros de téléphone de Cade et Hunter.

Ma gorge se serre soudain quand je me rends compte que je n'ai pas moyen de contacter un mec que j'ai embrassé plusieurs fois, et qui m'a demandé qu'on soit exclusifs… Ça nous ressemble bien, ça, on sait déjà où on habite mais un truc aussi simple qu'échanger nos coordonnées, on l'a zappé !

– En parlant de l'équipe de hockey, tu es au courant qu'ils organisent un *car washing* pour récolter des fonds pour les gosses défavorisés ? lance Aaron.

Je relève la tête, surprise. Hunter ne m'a rien dit à ce sujet ; en même temps, on ne s'est pas vus ces derniers jours. Ce qui a eu pour effet de me faire prendre conscience du point auquel il me manque. Je n'avouerai jamais ça même sous la torture, mais nos piques sont la petite touche épicée de mon quotidien et j'ai trouvé le temps long sans lui. C'est pour ça que ce matin, je n'ai pas résisté longtemps. Il faut que j'essaie pour voir si une fois qu'on aura franchi un cap, il sortira de mes pensées. Ou pas…

– Non, je n'étais pas au courant, je finis par répondre.

Mon imagination est déjà en train de s'emballer, les images clichées que j'ai en tête se superposent avec les visages de l'équipe de hockey. Il n'en faudrait pas beaucoup plus pour me faire exploser de rire. Même si Griffin serait très bien en bikini rose, j'en suis persuadée.

– Mais ce n'est pas complètement débile de faire ça alors qu'il a neigé cette nuit encore ? C'est un coup à attraper une pneumonie, je lâche.

– C'est une tradition. Tous les ans, l'équipe fait du caritatif pour une œuvre. Si la cause change, le *car washing* reste.

Il faut dire que ça rapporte beaucoup trop pour changer. L'année dernière, ils ont récolté près de 5 000 dollars en une journée.

– Certaines voitures devaient être sacrément sales, se moque Maeve.

Je note sur mon carnet les informations que je récolte. Il semble que l'équipe a plusieurs facettes, et je m'étais arrêtée à la plus clichée de toutes. Des gros bras débiles et fêtards. Même si je ne doute pas qu'ils ont, pour certains, cela en eux.

– Puisque tu couvres l'activité de l'équipe de hockey, tu t'en occupes ? demande Aaron. Ou alors, tu veux que je le fasse ?

– Non, fais-toi plaisir. Je n'aurai pas le temps, j'ai aussi mon podcast pour la radio, et les examens de fin d'année à préparer… Mon emploi du temps est déjà trop chargé.

– Parfait. C'est réglé. Maeve ?

– Moi, j'ai déjà tout ce qu'il faut pour faire mon article, répond-elle. J'ai trouvé un petit sex-shop qui vient d'ouvrir et se prépare à faire des réductions monstres aux étudiants.

Pourquoi ne suis-je pas étonnée qu'elle ait pu dégoter ça ? Ma meilleure amie est la reine des bons plans. Elle arpente les alentours du campus pour trouver des idées de sorties, des restaurants, mais aussi des bons plans pour les étudiants en difficulté. Elle donne des tuyaux sur le tutorat par exemple. Elle parle également de ce qu'organise l'université, comme les sorties, les échanges interculturels… Maeve est cash, elle n'a pas peur d'aller au-devant des choses ni des gens. Si elle voit des types qui font du skate, elle va leur demander des conseils pour sa rubrique. J'aimerais tellement être comme elle, ou ne serait-ce que prendre un peu de sa force. J'imagine qu'après ce que j'ai vécu, ces choses-là se feront progressivement…

Lorsque nous sortons de briefing, Maeve glisse son bras sous le mien. Un petit sourire flotte sur ses lèvres. Il faut dire qu'elle vient de nous raconter en long, en large et en travers les bienfaits d'un sex-toy qui sera mis en avant dans sa rubrique. J'ai bien cru que Brad allait faire un arrêt cardiaque. Ça, c'est ma meilleure amie, toujours joyeuse, et prête à faire rire. Cela me ramène à la fête de Hunter, et à son altercation avec Griffin. Je ne l'avais jamais vue si en colère. Je ne comprends pas bien pourquoi ce type la rend aussi folle. Je crois qu'ils se plaisent et qu'ils sont juste frustrés. Un peu comme s'ils n'arrivaient pas à s'oublier. Elle n'a pas voulu m'expliquer en détail ce qu'il s'est passé ce soir-là, mais j'imagine qu'ils se sont envoyé des piques et qu'elle a explosé. Maeve est cool avec tout le monde, alors même s'ils ont eu une expérience désastreuse au pieu, je suis étonnée qu'elle soit aussi hargneuse avec lui.

Ce qui me chagrine, c'est qu'il est possible que Maeve soit un peu jalouse de l'attention constante dont a besoin le hockeyeur, et d'après ses dires, le fait qu'il ordonne à des gars de ne pas s'approcher d'elle d'une manière pas vraiment subtile relève d'une forme de jalousie également. Je crois que s'ils couchaient ensemble, ça crèverait enfin l'abcès entre eux. Même s'ils doivent d'abord passer outre leur première fois catastrophique… Je me suis sentie tellement vulnérable au milieu de cette foule qui pourtant ne me regardait pas. Heureusement, Maeve m'a suivie sans discuter.

– Bon sang, soupire-t-elle, tout le monde me regarde. J'ai tellement honte de m'être comportée comme ça avec l'autre dégénéré. Je n'aurais jamais dû le pousser. Je te jure, j'ai cru qu'il allait me tirer les cheveux pour se venger.

– Franchement, je crois pas que ce soit son genre. S'il t'avait sauté dessus, ça n'aurait pas été pour les cheveux, c'est certain.

– Non, t'as raison, il casse les ovaires autrement… et je t'en prie arrête, je vais vomir.

Je relève la tête, et je constate qu'effectivement, les gens nous regardent. Mais je n'ai pas l'impression que Maeve soit dans leur viseur. Non, je crois que c'est moi.

Bien sûr que c'est moi.

Hunter m'avait prévenue, et je pensais être prête, mais c'était sans compter son dernier baiser. Ce matin, nous étions une vraie attraction… dès lors que Hunter m'a prise dans ses bras, tous les yeux se sont braqués sur nous. Je me suis sentie si mal et si bien en même temps. Bien que sonnée, je suis contente d'être avec lui, et en même temps, le jugement des gens, leur façon de réagir font remonter des souvenirs que je préférerais oublier. Je ne comprends pas pourquoi les gens sont si intéressés par la vie des autres… C'est comme si Hunter était encore plus populaire que Harry Styles. D'accord, il est sexy, il joue bien au hockey, mais de là à être aussi curieux de sa vie privée, je pige pas…

Les filles semblent me toiser, alors que les mecs font des messes basses et me reluquent avec le sourire. D'accord, peut-être que Hunter avait raison… Je préférerais être invisible plutôt que de subir tous ces regards qui me rappellent un peu trop le début du calvaire que j'ai enduré au lycée. Hunter ne pensait pas à mal, mais une fille comme moi et un type comme lui, ça fait forcément jaser. Les gens ont un esprit encore tellement étriqué que dans leur tête, il est impossible qu'un type populaire puisse avoir envie de sortir avec une fille ronde.

– Je crois que c'est moi, je confesse quand je vois que Maeve se sent vraiment coupable. C'est sans doute à cause de ce matin…

– Oh, mais pourquoi ? Dis-moi pourquoi tu dis ça. Putain, j'ai manqué quoi ?

– C'est Hunter, ce matin, après m'avoir escortée jusque devant le bâtiment, il m'a enlacée devant l'université tout entière, avant de me rouler une pelle d'anthologie… et il m'a demandé qu'on soit exclusifs.

– Et j'ai manqué ça, putain ! soupire-t-elle. C'est génial ! C'est absolument génial ! Bordel, attends… il t'a demandé quoi ? Ouiiiiiii…

Je lève les yeux au ciel. Je me doutais de sa réaction, mais cela ne fait que relancer les regards qu'on nous jette.

– Alors t'as répondu quoi ? T'as dit oui, hein ? J'espère que tu as dit oui, sinon, je tire un trait sur notre amitié. Alors ?

– J'ai dit oui.

– Merci, mon Dieu ! s'écrie-t-elle. C'est aussi bon qu'un orgasme.

– T'es sûre de toi, là ? je me moque.

– Oui, je suis si fière et si contente…

– Ouais, mais du coup, je suis devenue l'attraction de la fac.

– Mais non.

Maeve ne voit pas le mal, elle n'imagine pas encore qu'ils sont tous en train de se foutre de ma gueule. Je souris, en baissant les yeux. Je préfère être invisible plutôt que de devenir une nouvelle fois l'attraction des gens. Mais j'imagine que je n'ai pas le choix. Puisque je sors avec lui, il faut que j'accepte sa popularité aussi. J'espère que les gens vont vite passer à autre chose, et que je ne vais pas subir la même chose qu'au lycée.

– Bah quoi ? me dit-elle. Pourquoi tu as l'air si triste ? C'est bien, non ? Ça prouve qu'il te prend au sérieux et qu'il est raide dingue de toi.

Je ne lui dis pas que j'ai encore des doutes et des craintes.

– Tu sais que les regards de la foule, tout ça, je n'aime pas. Ils sont tous en train de se payer ma tête.

Maeve secoue la tête :

– Ils sont jaloux. Les gars te remarquent plus, et les filles sont juste vertes de jalousie. Elles paieraient cher pour être à ta place.

– Jalouses ? De moi ? Arrête… c'est stupide.

Je n'ai jamais vraiment compris ce genre de rivalité, de comportement. Je ne me suis jamais mêlé de la vie de personne, j'ai beau aimer le chanteur Shawn Mendes, je me fiche qu'il ait une meuf ou un mec. Les filles me jugent certainement parce qu'elles se disent que je n'ai rien à faire avec lui. Si seulement elles savaient que je n'ai pas besoin d'elles pour me le rappeler.

– Bien sûr qu'elles sont jalouses. Hunter ne fait jamais ça avec les filles il me semble, alors elles se demandent pourquoi toi. Quant aux mecs, il suffit qu'un de leur pote se balade avec une nana à laquelle ils n'ont jamais fait gaffe pour qu'ils se rendent compte qu'ils ne l'avaient jamais vue et qu'elle est belle. Les mecs sont cons et les filles aussi, d'ailleurs…

– Si seulement j'avais une cape d'invisibilité.

Et pourtant, malgré tout ce stress, malgré cette tension, je n'ai pas envie de faire un régime, je n'ai pas envie de changer ce que je suis. Je suis moi, je suis ronde, et voilà. Mais surtout, je suis beaucoup plus qu'un simple corps. Je suis une jeune femme pleine de vie et d'ambition. Après tout, notre corps nous aide tous les jours à faire un pas de plus dans la bonne direction, celui de nos espoirs les plus fous !

– Je t'interdis de dire ça. Tu es ronde oui, et alors ? Tu es magnifique, râle Maeve. Tu as un visage magnifique. Tes yeux, tes cheveux… Et tu n'as jamais un seul bouton… Et que dire de ta paire de seins ? Si je pouvais en avoir un peu plus… Alors ne sois pas invisible, sois juste toi.

Et profite de t'éclater avec Hunter. Prends ton pied sans complexe.

– Je sais. Mais je n'aime pas qu'ils me fixent comme ça.

– Ça va passer… S'il le faut, je me battrai encore avec Prince pour détourner leur attention.

Pour qu'elle me dise ça, je sais qu'elle m'aime.

– Quoi ? s'écrie soudain Maeve. Vous voulez sa photo ou quoi ? Oui, elle sort avec Hunter Clark, faut vous y faire !

Puis, elle tire mon bras et s'avance comme la reine qu'elle est. Je ne peux pas m'empêcher de rire en me disant que sans Maeve King, je serais totalement perdue.

– N'empêche, soupire ma meilleure amie. Je n'arrête pas de penser que l'équipe de hockey va faire du *car washing* demain…

Je relève la tête de l'un des articles que m'a envoyés Hunter. Je dois avouer qu'il est assez sérieux et qu'il m'aide bien. J'ai quasiment fini le premier jet du mien, et j'en suis assez satisfaite. Il va falloir que je le montre à Hunter et à Cade aussi. Je commence à m'y intéresser un peu, en tout cas, maintenant, j'ai hâte de suivre une rencontre et de voir les Grizzlys sur la glace. Enfin, surtout Hunter, je l'avoue.

– Et alors ?

– Alors il faut y aller, c'est pour la bonne cause. On pourrait aller donner quelques billets…

– Pour la bonne cause ou pour Griffin ?

Mon imperturbable Maeve rougit. Il va falloir que j'élucide ce mystère.

– Pour le faire chier… on y va, mais avant, on dégueulasse la voiture à mort. Genre vraiment dégueulasse… un truc immonde.

J'éclate de rire.

– L'idée me plaît, mais faut vraiment qu'on sorte du lot alors. Un peu de boue ne fera pas l'affaire !

– Ah, qu'est-ce que je t'aime ! Il y a de la farine et des œufs dans le frigo, ça va être magnifique.

Je rigole de plus belle, ma fin de journée risque d'être créative !

CHAPITRE 18

We should be thankful that women want equality and not revenge[15].

(Doth sur Twitter)

Hunter

Je me dandine devant la cuisinière sur la chanson *Kiss* de Prince. La journée a été éprouvante. Si le *car washing* que nous avons organisé a été un véritable succès, je dois avouer que ça m'a vidé de toute mon énergie. Il faut dire que la queue ne désemplissait pas, on est allés jusqu'à créer un bouchon sur deux pâtés de maisons ! C'était dingue. Je crois que les combinaisons extra-moulantes que Griffin nous a forcés à porter y sont pour beaucoup. Le design de la tenue était assez intéressant, sur le devant, c'était un homme nu qui cache ses parties intimes, et l'arrière était entièrement transparent sur les fesses. Heureusement que le ridicule ne tue pas, parce que ça nous aurait littéralement achevés. Je ne sais pas combien ça lui a coûté, mais au moins, on a eu du succès et on a amassé pas mal de fric pour les gosses défavorisés.

---

15. Nous devrions être reconnaissants que les femmes veuillent l'égalité, et pas une revanche.

J'ai même cru que Dan, le propriétaire du garage qui prête son local à l'équipe tous les ans pour la session annuelle de *car washing*, allait mourir de rire.

On a explosé la cagnotte en récoltant plus de 6 800 dollars. Demain, Cade ira faire le dépôt à l'association, Griffin le mitraillera de photos et de vidéos pour que tout ça finisse sur nos comptes Instagram et TikTok. Alors après tant d'efforts, j'ai eu envie de recharger les batteries avec un de mes repas préférés : un chili con carne.

Je remue le plat en sauce pour être sûr que ça n'accroche pas, je rajoute un peu de cumin et l'odeur de l'épice me rappelle la maison. Il me tarde d'être à Thanksgiving pour rentrer voir ma famille et profiter d'elle. Même si Détroit n'est qu'à deux heures de voiture, avec mon emploi du temps, ce n'est pas évident de les visiter souvent. Ma mère comprend, mais on a toujours été très soudés depuis la mort de mon père, alors rentrer trois ou quatre fois par an, ça ne me semble jamais assez.

Je me penche au-dessus de la cocotte pour sentir les effluves qui me réchauffent le cœur. À défaut de manger le chili de ma mère, je vais au moins partager celui-là avec mes colocataires.

– Mec, dis-moi que c'est ton fameux chili qui embaume la maison, lance Cade en se laissant tomber lourdement sur un des tabourets autour de l'îlot.

– Tu présumes bien, Captain.

– T'es le meilleur ! Je me demande même comment on a fait pour survivre sans toi les premiers mois de notre première année.

– Disons que depuis que je suis arrivé, le Pizza Hut en ville doit être au bord de la faillite.

– Pas faux, avoue-t-il. C'est bientôt prêt ? Parce que je crève la dalle.

– Patience, jeune Padawan. Il ne faut pas presser le chef, sinon…

– Sinon quoi ?

– Je finis par pisser dans tes céréales, je ricane.

Il rigole avant de poser son crâne contre le marbre de l'îlot.

– Comment est-ce que je peux être encore plus fatigué qu'après un match ?

Je hausse les épaules, mais il ne peut pas le voir. Je retourne à mes fourneaux pour surveiller que tout se passe bien quand la musique passe soudain aux Backstreet Boys avec leur tube *I Want It That Way.*

– Mec, sérieux, t'as vraiment des goûts musicaux de chiottes, râle Cade.

– Ma sœur pourrait te maudire sur plusieurs générations pour oser critiquer son groupe fétiche.

– Elle peut toujours essayer, je suis immunisé !

Je mets un instant à relier les informations avant de repenser à l'anecdote par excellence le concernant. Une fille lui a jeté une espèce de poudre au visage alors qu'elle le chevauchait. Je me souviens encore du fou rire qu'on s'est pris quand on l'a vu descendre. Presque orange, et complètement halluciné. Visiblement, la nana avait acheté sur Internet une poudre pour « déclencher un coup de foudre » chez un homme. On en a rigolé pendant des semaines, mais Cade a pris ça très au sérieux, il est même allé faire une prise de sang pour s'assurer qu'il n'y avait pas de merde dedans…

En fait, je crois que Cade est le plus doux d'entre nous avec les filles, et sans doute qu'elles le voient comme une espèce de chevalier blanc. Je ne sais pas pourquoi il ne se case pas, ça serait logique en tout cas.

– Ça fait un moment que je t'ai pas vu avec quelqu'un. Petite panne ?

Il se redresse, droit comme un i, pris en flagrant délit. Et comme à chaque fois qu'on touche la corde sensible, il se passe une main derrière la nuque.

– Non… marmonne-t-il. J'ai simplement rencontré la femme de ma vie, mais elle ne le sait juste pas encore. C'est tout.

Alors que je m'apprête à le harceler, Zeke débarque à son tour, et s'assied à côté de Cade. Dans d'autres circonstances, la présence d'un autre de nos colocs ne m'aurait pas empêché de le mitrailler de questions, mais je ne sais pas, il a l'air un peu dérouté et perdu. Alors je préfère ne rien dire. Il faudra qu'on ait une discussion, lui et moi.

– Chili ? demande Zeke.

– Ouaip, je réponds. Ça sera bientôt prêt.

– Rappelle-moi d'embrasser ta mère si un jour je la rencontre.

– Tu rencontreras ma mère, mais tes lèvres resteront loin d'elle.

– Tu dis ça parce que je suis californien ?

Je lève les yeux au ciel, mais il ne se démonte pas, allant même jusqu'à me faire un grand sourire.

– Qu'est-ce qui sent si bon ?

Et voilà le dernier de la bande. Contrairement à nous, il a l'air plutôt frais. En même temps, je ne sais pas ce qu'il faut pour épuiser Griffin. Il a un générateur de secours planqué quelque part. L'endurance de ce gars m'étonnera toujours. Peut-être qu'une Maeve pourrait le mettre KO.

– Chili con carne, répondent Zeke et Cade avant que j'aie le temps d'ouvrir la bouche.

– Ah merde, je pensais que ça serait tes délicieux tacos.

– Une prochaine fois.

Je coupe le feu du piano de cuisson et attrape quatre bols pour servir des portions généreuses. Pendant ce temps, les mecs s'activent derrière moi pour mettre la table et apporter tout ce dont on va avoir besoin pour le repas.

C'est peut-être con, mais j'aime ces moments avec eux. Sans prise de tête, compétition ou enjeux. Juste quatre potes dans la vingtaine partageant un plat. Bizarrement, ça ne nous arrive pas aussi souvent qu'on pourrait le penser. Zeke et Cade font souvent des heures supplémentaires à la patinoire ou à la salle de sport pour continuer de progresser le plus possible. Griffin est souvent en train de réviser ; on ne dirait pas, mais c'est une grosse tête, et son paternel lui met une pression de dingue pour qu'il passe l'examen du barreau avec les honneurs. De mon côté, j'ai pas mal d'exercices pratiques pour mes études. On s'occupe plusieurs fois par semaine des entraînements de récupération de l'équipe de natation et de football américain.

Alors j'ai tendance à savourer le plaisir de partager un repas maison avec eux quand c'est possible. Je fais passer les bols avant de m'asseoir à côté de Cade.

– Putain mec, je pourrais te sucer tous les jours pour que tu me nourrisses de petits plats pareils.

– Merci, mais non merci, Griffin. Je ne suis plus sur le marché maintenant.

Leurs trois regards se tournent dans ma direction.

– Quoi ? je lance en reposant ma cuillère.

– T'es plutôt mordu de cette fille, hein ?

Je prends le temps de réfléchir à la question de Zeke. Je ne vois pas pourquoi je mentirais, je n'y arriverais pas, de toute façon. Elle me plaît carrément, et je ne sais pas du tout comment camoufler ça. Je crois que c'est parce que je n'en ai pas envie. J'assume d'être sous son charme.

– Ouais, Harper me plaît beaucoup. Mais on ne se prend pas la tête, on avance au jour le jour.

Griffin ricane avant d'enfourner une nouvelle portion de chili.

– On n'a pas eu cette impression, quand elle est passée tout à l'heure au *car washing*. Je me serais presque cru sur le tournage d'un porno.

– Ne parle pas la bouche pleine, je raille.

– Je suis content pour toi, lance Cade qui sort de son silence. Cette nana, c'est le feu.

– Elle est aussi fougueuse que lorsqu'elle t'engueule quand vous êtes au pieu ? demande Griffin.

– On n'a…

Je me rends compte trop tard que j'allais leur avouer qu'on n'a encore rien fait, Harper et moi. Quand je relève la tête de mon bol, je constate qu'ils me fixent tous les trois.

– On n'a encore rien fait, en fait.

– Waouh, siffle Zeke.

– Putain, le jour où ça arrivera, ça fera trembler le Michigan, les mecs ! s'esclaffe Cade.

– Sérieux ? Chauds comme vous êtes ? renchérit Griffin.

– Elle n'est pas comme les autres…

En réalité, je n'ai pas vraiment envie de leur dire ce qu'a vécu Harper. Ce n'est pas mon histoire. Si un jour elle veut leur raconter, elle le fera.

– En fait, je reprends, je n'ai pas envie de la traiter comme les autres filles. Les filles avec qui on couche, elles ont juste envie de ça, Harper, c'est différent.

– Ouais, t'es plus que mordu, soupire Zeke.

– En tout cas, moi, je l'aime bien, dit Cade. J'ai l'impression qu'elle a une bonne influence sur toi.

– Ah oui, Captain ? je demande.

– Bah déjà, t'as pas été convoqué chez Wells depuis quelques semaines, ça relève du miracle.

– Je dois lui manquer, je réponds en ricanant. Mais, c'est vrai, Harper est cool.

On se tait plusieurs minutes, en savourant un bon repas chaud. Et je repense au moment où Harper a débarqué au *car washing*. Je n'en revenais pas, je me souviens que Zeke a lâché : « Qu'est-ce que c'est que ce bordel ? » J'ai suivi son regard et les bras m'en sont tombés quand j'ai vu la voiture qui s'avançait vers notre poste. On ne pouvait pas dire qu'elle était sale, à ce stade, la caisse était juste ravagée. Il y avait de la farine partout et des coulées de jaunes d'œuf sur chaque centimètre carré de carrosserie. « Bordel, on va galérer à la nettoyer, celle-là ! »

Je me rends compte que je souris en repensant au baiser qu'on a échangé quand elle s'est avancée vers moi, une petite moue narquoise accrochée à ses lèvres pulpeuses. Cade n'a pas tort, on va provoquer un cataclysme quand on va enfin céder au désir. J'ai irrésistiblement faim d'elle. Lorsqu'elle est partie avec Maeve, elle avait un de ces sourires radieux.

– C'est quoi votre problème, à Maeve et toi ? je demande soudain.

Pas besoin de préciser à qui je m'adresse, il se tourne vers moi comme si je venais de le gifler.

– C'est vrai ça ! Entre la scène à l'anniversaire de Hunter et votre bataille de regards cet après-midi, ça devient suspect, renchérit Cade. Et puis, je ne te parle même pas de toutes les fois où tu la mentionnes !

– Sans compter que je t'ai vu la mater quand elle ne te regardait pas, l'achève Zeke. Je me demande si tu as envie de l'étrangler ou de la baiser. Ou alors les deux en même temps.

– Vous feriez mieux de vous occuper de vos culs au lieu de vous mêler de ce qui ne vous regarde pas.

– Attends, tu ne peux pas nous envoyer bouler, pas alors qu'on entend parler d'une certaine Maeve depuis bientôt un an !

– D'autant que quand je lui ai demandé si elle était *la* Maeve de Griffin, elle n'a pas démenti même si elle m'a menacé par la suite, j'annonce, fier de moi.

Je perçois l'intérêt qu'aiguise ma petite phrase dans le regard de Griffin, mais il se reprend vite, masquant toute trace d'émotion derrière une expression lisse et neutre. Je ne suis peut-être pas le seul à être sous le charme d'une fille, tout compte fait.

– Tu sais que plus tu joues à ce petit jeu et plus on va creuser, alors il vaudrait mieux pour toi que tu arraches le pansement directement. On t'a quand même laissé tranquille un moment, mais là, on veut trop savoir.

Cade ne ment pas. J'ai essayé une fois de lui cacher quelque chose, il m'a pourri la vie pendant deux semaines jusqu'à ce que je lui raconte le truc honteux qu'il m'était arrivé. En fait, on est des vrais forceurs entre nous, quand on y pense. C'est parce qu'on s'aime bien, c'est notre façon maladroite de veiller les uns sur les autres. Mais, même si on joue les bourrins, quand on voit que c'est grave, on n'insiste pas. Comme moi avec Cade plus tôt.

– D'accord… soupire Griffin.

On est tous les trois pendus à ses lèvres. J'ai limite le cœur qui bat la chamade, comme lorsque le mystère s'éclaircit enfin quand on regarde un thriller bien prenant.

– Elle m'a pété la bite, lâche-t-il comme une bombe.

On se fige tous. On attendrait presque qu'il nous balance : « Non, je déconne ! », mais à son expression et à la couleur de ses joues, je vois qu'il ne ment pas. Par réflexe reptilien, je pose les paumes sur mon propre paquet comme pour protéger les chastes oreilles de ma queue. Si je pouvais, je lui dirais de ne pas écouter !

– Attends… Quand tu dis « pété la bite », c'est une image ou… ? le questionne Cade, le plus courageux d'entre nous.

Zeke est toujours figé dans la même position, fixant Griffin comme s'il venait d'apparaître comme par magie. Ce dernier repousse son plat, vaincu, et commence à nous livrer l'horreur qu'il a vécue.

– On était pressés et chauds comme pas permis. Enfin, vous l'avez vue ? Elle est tellement canon ! Bref, on a commencé à s'allumer dans ma voiture, et on avait envie de plus d'espace pour en profiter. Alors on est montés chez elle, elle m'a poussé sur le lit et m'a fait la meilleure pipe de ma vie.

Il semble perdu dans ses pensées, comme s'il se repassait le film, et je suis obligé de me racler la gorge pour le ramener à la réalité.

– Bref, je l'arrête avant le point de non-retour, reprend Griffin, et elle me grimpe dessus. Je serais bien resté toute ma vie à la regarder me chevaucher, sérieux. C'était l'extase, brusque et rythmé. J'ai cru que mon cœur allait péter dans ma poitrine, et puis c'est là que c'est arrivé.

Je serre les dents, me préparant à ce qu'il va nous dire.

– J'ai senti une brûlure horrible au niveau du gland. Le temps qu'elle se lève, je pissais déjà le sang. Il y en avait partout, en mode *Shining*. Un putain de film d'horreur, les gars.

Je sens mon chili faire le yo-yo dans mon estomac.

– Bref, on a dû aller à l'hôpital, je vous laisse imaginer la honte que je me suis tapée. En plus, elle m'a planté là, comme une garce. Et j'étais seul, avec mon frein pété et en sang.

– T'as encore fait ta diva ? je demande.

Il hausse les épaules, signe chez Griffin qu'il n'est pas innocent, mais n'a pas envie de le reconnaître. Il n'entrera pas plus dans les détails, mais il a dû lui dire que c'était sa faute. En même temps, je n'ose même pas imaginer l'état de panique dans lequel il devait être, tout comme Maeve.

– Résultat, un frein sectionné, la frayeur de ma vie et une rancœur éternelle envers Maeve King !

Un fou rire me prend soudain au dépourvu. Imaginer Griffin à l'hôpital avec des infirmières s'occupant de son sexe est une image qui vaut de l'or. J'essaie de me retenir, mais c'est plus fort que moi. Je suis le premier à m'esclaffer avant d'être rejoint par Cade et Zeke.

– Vous êtes bien tous des enfoirés ! Je ne l'ai raconté à personne !

Des larmes dévalent mes joues et mes abdos commencent à me faire mal. Cade est obligé de quitter la table.

– C'est cool, merci du soutien !

– Putain, il n'y a que toi pour nous sortir des anecdotes pareilles, rigole Zeke.

Griffin soupire.

– C'est parce qu'elle t'a fait mal au zizi que t'es en colère contre elle, ou alors parce que t'as pas conclu ? demande Cade.

– Les deux, t'es content ? beugle-t-il.

Mon meilleur pote rit de plus belle.

– T'as cette nana dans la peau, en fait !

Je ne commente pas ce que vient de dire mon meilleur pote, car je suis totalement d'accord avec lui. Beaucoup de choses s'expliquent maintenant, alors je me contente de fixer Griffin.

– Qu'est-ce qu'il ne faut pas entendre comme conneries, ça ne vous réussit pas de nettoyer des bagnoles toute la journée.

– Bien sûr que tu l'as dans la peau, enfin dans ton cas, je dirais dans la bite. T'es frustré de ne pas avoir réussi à conclure avec elle. Tu la veux parce que je suis certain que tous tes autres coups, depuis, sont fades.

– Ta gueule !

Cade est un fin psychologue quand il le veut et la réponse de Griffin est des plus éloquentes.

– Mais comment t'as pu nous cacher ça et qu'on ne se rende compte de rien, bordel !

– Je suis très fort quand il s'agit de masquer la douleur. Vous parlez de ça à qui que ce soit, je vous jure que je quitte l'équipe de hockey.

On éclate tous de rire.

– Griffin ?

– Quoi ? répond-il en glissant un regard noir vers Zeke.

– Est-ce que c'est pour ça que tu as changé le surnom de ta bite ?

Il me faut un moment pour percuter. C'est vrai qu'avant, il nous bassinait avec son « Hulk » et que depuis un an, il s'est soudain mis à l'appeler « Tony Montana ». Il me suffit d'un coup d'œil en direction de notre gardien pour voir son sourire et comprendre que ce changement n'est pas anodin.

– Ben quoi ? C'est mérité, c'est une gangster balafrée maintenant !

Un nouvel éclat de rire, général cette fois-ci, rugit dans la cuisine. On termine le repas dans la bonne humeur et comme toujours, chacun en prend pour son grade. Ces moments font que je ne regrette absolument pas d'avoir accepté de faire partie de cette colocation.

Alors que je suis en train d'aider Cade à débarrasser la table pendant que les autres sélectionnent le film du soir, je repère son expression songeuse.

– T'es bien pensif, Captain.

Il me sourit doucement tout en remplissant le lave-vaisselle. Il met un temps fou à me répondre et je pense même qu'il ne va pas le faire quand, enfin, il me confesse doucement :

– Toi et Harper, Griffin et sa fixette sur cette Maeve... J'ai l'impression que beaucoup de choses sont en train de changer.

Je m'appuie contre le meuble en croisant les bras sur mon torse.

– Je ne suis pas sûr que le fait d'être avec Harper change quoi que ce soit... Quant à Griffin qui aime quelqu'un d'autre que son propre reflet, c'est à marquer d'une croix blanche.

– Tu dis ça maintenant, mais attends de voir dans un mois ! Elle est loin, l'époque où on a signé ce pacte à deux balles.

À l'évocation de cette soirée, je n'ai aucun mal à nous revoir, complètement bourrés, en train de mettre nos quatre prénoms sur une serviette en papier.

– On grandit. Tu devrais être fier de nous.

Il soupire longuement avant de me faire face, de me tapoter l'épaule puis de partir silencieusement. Alors qu'il a presque atteint la porte, il me jette un coup d'œil par-dessus son épaule pour me lancer :

– Je le suis.

CHAPITRE 19

I'm pretty sure Adam ate the apple and blamed Eve.
You know how men lie…
that's probably why men have
the Adam's apple stuck in their throat[16].

(Vu sur Internet)

Harper

Lorsque nous sortons de cours, Maeve et moi, elle a l'air au trente-sixième dessous, alors que moi, je me sens motivée comme jamais. J'adore étudier, j'adore apprendre. Pour certains, ça s'apparente à une corvée, pour moi, c'est un vrai plaisir parce que je suis vraiment passionnée par le domaine que j'ai choisi. Même s'il faut s'accrocher, même si c'est barbant parfois, je fais toujours mon possible pour être à fond dans toutes les matières. Il faut dire aussi que lorsque j'étais harcelée au lycée, ma seule bouée de secours, c'était de bosser comme une folle et de me terrer à la bibliothèque pour éviter au maximum ceux qui faisaient de mon quotidien un enfer.

– Je suis crevée, soupire Maeve. Je couve peut-être quelque chose, j'ai envie de pioncer.

---

16. Je suis presque sûre qu'Adam a croqué la pomme et a fait porter le chapeau à Ève. Tu sais comment les hommes mentent… C'est probablement pour ça qu'ils ont la pomme d'Adam coincé dans la gorge.

– Une flémingite aiguë, c'est une maladie très répandue du fait de sa contagiosité chez les étudiants, je lance en touchant son front à la recherche d'une fièvre imaginaire.

Aujourd'hui, nous avons étudié le journalisme audiovisuel et tout ce qui s'y rapporte, comme l'analyse et le commentaire des images, la hiérarchisation de l'info dans le flash TV, les techniques audiovisuelles ou encore l'analyse filmique.

Et c'est franchement très intéressant. J'ai hâte de faire des stages et de pouvoir plonger au cœur du métier.

– Ah ah, très drôle ! bougonne Maeve. Ce soir, on se commande un truc à manger et on chille devant Netflix ?

– Comment refuser un plan parfait comme ça ?

– Si un mec super sexy te propose un truc plus alléchant par exemple.

Je lui lance un regard du coin de l'œil alors qu'elle fait un mouvement de tête pour m'inciter à regarder devant moi. Parmi la foule d'étudiants, je le remarque avec son éternel blouson des Grizzlys de Rebel au numéro 14, avec ses boucles brunes et sa peau hâlée. Hunter esquisse un sourire, et mon stupide cœur bat la chamade.

– Salut les filles, dit-il lorsqu'on le rejoint.

– Je vous laisse, propose-lui quelque chose d'alléchant pour ce soir, me chuchote Maeve avant de m'embrasser sur la joue. Hello, Hunter. Bye, Hunter.

Je la regarde partir jusqu'à ce que les bras de Hunter me happent. Je rougis, j'ai presque le réflexe de me dégager, mais je ne fais rien. Je le laisse me guider dans un coin plus isolé.

– Que me vaut l'honneur de cette visite surprise ?

– T'embrasser d'abord, répond-il en se penchant vers moi.

Ses lèvres se posent sur les miennes avec douceur, comme s'il sondait mes réactions, comme s'il s'assurait qu'il en avait le droit. Je repousse la peur, et je tire sur les pans de sa veste pour répondre à son baiser. Mon cœur s'emballe davantage quand il approfondit son baiser. Lorsqu'il s'écarte, j'ai le souffle coupé.

– Maintenant que c'est fait, dit-il en souriant comme un enfant, je veux te demander quelque chose.

Je hoche la tête.

– Harper, je veux que tu me fasses confiance.

Nos regards se croisent, ma poitrine se comprime sous la tension. Je ne sais pas trop quoi penser de ses mots. Faire confiance ? *Lui faire confiance* ?

– En voilà, une demande compliquée…

– Alors laisse-moi te donner des arguments, me répond-il en caressant mes joues. J'ai envie de t'emmener quelque part, et je veux que tu acceptes sans connaître la destination. Tu m'as déjà accordé ta confiance en me racontant ton passé, et tu sais très bien que je ne suis pas et ne serai jamais comme ceux qui t'ont fait du mal, alors ça me donne l'espoir que tu dises oui.

Je fixe ses yeux noirs et son visage sérieux. Il me semble de bonne foi, et je me rends compte que c'est vraiment difficile de lui résister tandis que je suis blottie dans ses bras.

– Ce sont de bons arguments, Hunter Clark.

– J'ai travaillé ma plaidoirie avec Zeke, et il est en droit. Je crois que tu as une bonne influence sur moi, Baby H.

– C'est madame Wells qui serait fière de toi.

– Je t'assure que tu ne le regretteras pas. Laisse-moi juste prendre soin de toi.

Boum boum. Boum boum.

Mon cœur bat la chamade. Ce ne sont pas seulement ses derniers mots, c'est sa façon de les dire comme s'il en faisait la promesse. C'est son regard comme s'il m'incitait à lire en lui, et me défiait d'y trouver du mensonge…

– D'accord, je souffle.

Il esquisse alors son fichu sourire, celui qu'il aborde presque tout le temps, mais cette fois, il est pour moi. Peut-être que je me trompe, mais j'ai l'impression qu'il est plus généreux que d'habitude.

– Super, dit-il. Vraiment super.

Hunter se penche vers moi, ses lèvres caressent les miennes.

– Je viendrai te chercher chez toi vers 19 heures. Il faut que j'y aille, j'ai entraînement, mais j'ai hâte.

Il me vole un nouveau baiser comme s'il ne pouvait pas résister, avant de partir en courant. Je pose les doigts sur ma bouche pour savourer la sensation qui s'y prolonge. Ce mec est en train de me faire fondre un peu plus chaque jour.

Alors que j'attends Hunter, Maeve me fait la liste de tous les scénarios de films de cul possibles et imaginables. Cette meuf me fatigue.

– J'ai tellement hâte que tu me racontes.

Je lève les yeux au ciel. Elle s'obstine à vouloir qu'il se passe quelque chose, comme si, en insistant à mort, ça allait arriver.

– Bah quoi ? T'es pas curieuse ni excitée de savoir où il t'emmène ?

– Si, bien sûr, mais…

En réalité, j'ai surtout une boule dans le ventre. Je frôle même l'angoisse, ce qui m'agace au plus haut point. J'ai tellement souffert par le passé qu'au fond de moi, je ne peux pas m'empêcher de penser qu'il est possible qu'il organise quelque chose pour m'humilier. J'ai beau me rassurer, me répéter que Hunter n'est pas comme ça, j'ai quand même la trouille. Cette peur est vraiment irrationnelle.

– Ne t'en fais pas, lance Maeve en fermant la porte du frigo. Ça va être chouette.

– Mouais… je sais pas.

Je l'espère. Il avait l'air vraiment content. Bon sang, je ne stresse jamais autant quand j'ai un rencard avec un mec. C'est juste que Hunter a ce foutu point commun avec mes anciens bourreaux.

– Moi, j'en suis certaine. Alors je vais y croire pour nous deux et tu devras me remercier quand tu rentreras comblée comme jamais !

– Tu sais quelque chose ? je demande, suspicieuse.

Elle secoue la tête en ouvrant sa bouteille d'eau pétillante.

– Fais-moi le plaisir de mettre ta parano de côté même si c'est normal que tu la ressentes, et de te détendre pour t'amuser. Éclate-toi, mon bébé !

Je la prends dans mes bras. Maeve est la seule qui sache me parler et m'apaiser. J'ai tellement espéré avoir une amie comme elle au lycée… Quelqu'un qui me comprenne, quelqu'un qui me booste, une personne qui m'aime sincèrement et qui fasse ressortir le meilleur de moi.

– OK, je vais m'amuser ! je m'exclame d'une voix plus affirmée.

– Voilà, c'est ça que je veux entendre.

Mon téléphone bipe. C'est Hunter.

– Bon, j'y vais. À ce soir.

– J'attendrai que tu rentres.

J'éclate de rire.

– Cela ne m'étonne pas !

Quand je sors de mon immeuble, le vent glacial me fouette les jambes et me fait frissonner. Hunter est appuyé contre sa voiture. Il se redresse lorsque j'arrive à sa hauteur, et je rougis sous son regard qui me scanne. Je porte une robe pull grise en grosses mailles avec un col roulé et des cuissardes. Le tout couvert par un long manteau que j'ai laissé ouvert. J'aime cette tenue. C'est ma préférée pour l'hiver ici.

– Tu es canon, Baby H.

Je baisse les yeux pour me regarder, comme si j'avais besoin de vérifier ses mots, et quand il glisse un doigt sous mon menton pour me faire relever la tête, mes joues sont cramoisies. Le regard qu'il me lance est intense.

– Je me ferai un plaisir de te le dire autant de fois qu'il le faudra pour que ça rentre dans ta jolie caboche. Tu es canon, Harper Clarke.

Il m'attire contre lui, et comme à chaque fois, je ne peux pas m'empêcher de me dire que je n'ai rien à faire ici, que je ne suis pas à ma place dans ses bras. Même si, je me l'avoue enfin, il est plus que craquant et je commence à adorer son côté gamin.

– C'est ma tenue préférée, je reconnais comme si c'était un secret.

– Et à juste titre, elle te va à merveille.

Hunter s'incline, et ses lèvres caressent les miennes. Je laisse échapper un soupir. J'ai beau avoir peur, ses gestes doux, ses regards intenses me domptent, me rassurent, chaque fois un peu plus.

– On y va ?

Je hoche la tête en souriant. Je ne lui montre pas que j'ai la frousse. Je déteste avoir peur comme ça. Je voudrais sortir avec lui, sans toutes ces pensées qui m'encombrent la tête, je voudrais me laisser embrasser sans me dire que je n'ai rien à faire là…

Nous nous installons dans la voiture de Hunter. Mon cœur bat la chamade, et je sens que ma gorge se noue. J'ignore pourquoi, mais je repense à ce bal, quand après m'être fait humilier, j'attendais dehors que ma mère arrive pour me ramener à la maison. J'ai beau avoir grandi, je suis toujours cette fille apeurée. Je reste silencieuse, je me barricade derrière la force que j'ai emmagasinée depuis des années pour pouvoir me défendre s'il le faut.

– Tout va bien ?

Je sursaute quand je sens la main de Hunter sur mon genou.

– Quoi ?

– Baby H, pourquoi tu stresses comme ça ?

– Je… rien. C'est juste une vieille habitude.

Pour la première fois, je n'ose pas le regarder. Je me sens mal et j'en suis la première perturbée. Je voudrais être plus cool, moins prise de tête, mais c'est difficile…

– Il va falloir qu'on travaille ça, en plus de tes nombreuses lacunes en hockey.

– Mes lacunes ? N'utilise pas de mots trop compliqués pour toi, Clark !

– Je ne sais pas ce qui m'a pris de dire à Wells que l'œil d'une novice serait bien, parce que tu es vraiment nulle.

– Mais va te faire voir !

Il ricane, et je jette un coup d'œil dans sa direction. Il est parfaitement concentré sur la route, le sourire aux lèvres. C'est là que je comprends ce qu'il fait. Il essaie de me faire sortir de mes gonds, et pour cela, il me balance des sarcasmes, parce qu'il sait que comme ça, je me sens forte. Que je redeviens moi dans ce genre de situation.

– S'il y avait un tueur en série qui se baladait avec une crosse ou je ne sais quel accoutrement de hockey, tu serais au courant, ajoute-t-il.

– Et comment ! Remarque, ça aurait fait un chouette parallèle comme podcast pour la radio.

– Je suis certain qu'il aurait sévi en Floride et qu'il aurait zigouillé une bande de connards dans un lycée de banlieue.

Je suis touchée qu'il dise ça. Je suis vraiment folle, ce mec est en train de me parler de plusieurs meurtres et j'ai envie de sourire.

– Ton histoire me plaît beaucoup. En tout cas, il aurait été mon super-héros.

Après quelques secondes d'hésitation, je pose la main sur la sienne, sur ma cuisse. Il entortille ses doigts aux miens.

– Ça me tue que tu sois stressée alors que je veux juste t'emmener quelque part. Détends-toi, Baby H.

Ça me bouffe aussi…

– Je vais changer la donne, c'est pas grave. Je t'ai déjà dit que j'aimais les défis.

Je ne réponds rien, et Hunter finit par se garer sur le parking du complexe sportif de l'université. Nous descendons de la voiture.

– Qu'est-ce qu'on fait ici ? je demande.

– Viens, répond-il, en me prenant par la main.

La patinoire est vide quand nous arrivons. Il n'y a pas âme qui vive, que ce soit sur la glace ou dans les gradins. Je laisse Hunter me conduire à bon port sans vraiment comprendre ce qu'on fait ici.

– Il me semble que tu n'as jamais mis un pied sur la glace.

– Jamais.

Il me regarde par-dessus son épaule, le sourire aux lèvres.

– On va changer ça.

– Comment ça ? On va faire du patin, mais… je ne sais pas en faire, et je n'ai pas de patins et je n'ai pas du tout la tenue appropriée…

– Ne t'en fais pas, j'ai tout prévu. J'ai des patins de ta pointure, et je serai avec toi pour t'apprendre.

Je ne sais pas trop quoi penser, si ce n'est que je vais avoir l'air ridicule.

– Je me suis dit que tu aimerais ça, et sincèrement, j'ai très envie de te faire danser sur la glace, Baby H.

Je frissonne. Je mettrais bien ça sur le compte du froid qu'il fait ici, mais je ne peux pas me faire d'illusions.

– D'accord.

Il m'entraîne jusqu'au banc des joueurs, où il s'arrête. Il pose son sac à dos et en sort deux paires de patins à glace. Je m'installe à ses côtés.

– Comment as-tu obtenu ma pointure ? je m'enquiers.

– J'ai demandé à Maeve.

Alors cette petite pimbêche savait ce qu'il préparait. Je retire mes cuissardes et j'enfile les patins. Je ne sais pas pourquoi, mais je sens que c'est une très mauvaise idée, tout ça… Il m'aide à lacer ces engins de torture et je le regarde faire, comme hypnotisée.

– Tu es prête ?

– Pas du tout…

– Ça va aller, me rassure-t-il en m'aidant à me redresser.

– Dit-il d'un air sûr de lui, je me moque.

Sur la glace, j'ai le cœur qui tambourine comme un malade. Hunter me regarde en souriant.

– Détends-toi, Baby H.

– Plus facile à dire qu'à faire…

Il m'entraîne, et en à peine deux secondes, je manque de tomber. Je me rattrape je ne sais comment grâce à Hunter. J'ai envie de mourir.

– Ça glisse, je râle. Pourquoi ça glisse autant ?

– C'est le but, dit-il en se plaçant derrière moi. Tu es beaucoup trop raide.

– J'ai peur de chuter.

– Je sais. C'est naturel, cette tendance à raidir son corps quand on commence, c'est par peur de tomber. Mais tu dois au contraire rester souple sur tes patins pour garder l'équilibre. Il faut que tu fixes l'horizon, et que tu évites de regarder tes pieds.

Je hoche la tête alors qu'il me contourne pour se placer face à moi. J'inspire profondément pour appliquer ses conseils.

– Tu te sens plus à l'aise ?

– Un peu, oui.

Son sourire vaut bien plus que la peur de me rétamer.

– Bien, maintenant, pour avancer, il faut que tu t'appuies sur ta jambe la plus faible et que tu donnes de l'impulsion avec ta jambe la plus forte. Ensuite, tu mets tes deux jambes côte à côte et tu te laisses simplement glisser sur la glace. Puis tu recommences…

– Ça semble si simple quand tu le dis.

– Donne-moi tes mains, je vais t'aider.

Je lui obéis, presque ébahie par l'étincelle qui brille dans ses yeux. Il est différent sans l'être vraiment… On dirait qu'il est heureux d'être là, qu'il est content de m'apprendre tout ça, et ça me rend encore plus joyeuse et ravie d'avoir accepté d'être ici avec lui.

– Vas-y, essaye. Je te tiens.

Je m'exécute, j'applique ses conseils. Un pas devant l'autre, je m'appuie sur ma jambe et je m'élance avec l'autre.

Ça fonctionne, pas à pas, j'avance sur la glace. C'est probablement chaotique pour un pro comme lui, mais il ne se moque pas. Au contraire ; il a l'air heureux. Il se met à patiner en arrière, et moi, je continue à prendre de l'assurance en le suivant.

– Tu fais du patin depuis longtemps ?

– Oui, depuis tout gosse. C'est ma mère qui m'a appris, d'ailleurs. Quand j'étais petit, je la voyais s'émerveiller devant les compétitions de patinage artistique, et au contraire hurler à s'en casser la voix quand elle regardait le hockey.

– Tu tiens d'elle ta passion alors ?

– Ouais. Elle m'a appris à patiner, et tous les ans, on regarde les compétitions de sports de glisse ensemble. Je me suis mis au hockey naturellement, en fait. Et j'ai hâte de te voir assister à un match.

– T'as intérêt à envoyer du lourd, que je ne vienne pas me geler les ovaires pour rien.

– Baby H, si tu es là, ça va être le feu sur la glace, susurre-t-il en beau parleur qu'il est.

Je le détaille en lui faisant comprendre que je ne suis pas dupe.

– Dis-moi, Hunter Clark, combien de filles tu as amenées ici ?

Il sourit.

– En te comptant toi, ça fait… une.

Boum boum. Boum boum.

– Tu n'as jamais fait venir de filles ici ?

– Crois-moi, je suis le premier à être perturbé, mais tu es à des galaxies des autres nanas, et c'est pour ça que je suis là avec toi. Je crois que j'aime beaucoup les femmes de caractère. En tout cas toi, je te laisse volontiers me réduire en cendres.

Boum boum. Boum boum.

– Tu te brûles déjà les ailes.

Avec un sourire en coin, il hoche la tête et m'attire vers lui. Je m'accroche à sa veste, de peur de tomber alors que lui est parfaitement à l'aise, dans son élément.

– J'avais envie de partager un moment avec toi, c'est con mais je me suis dit que ça rattraperait peut-être ceux que tu n'as pas eus au lycée.

Boum boum. Boum boum.

Les larmes me montent aux yeux. Il n'a pas idée du point auquel ça me touche et du bien-être que ça me procure. Ça ne change rien à ce que j'ai vécu, mais ça soulage les maux qui sont encore présents parfois. Et je crois que je lui fais confiance.

– Ce n'est pas con du tout, je souffle.

Hunter se penche vers moi.

– Tu mérites d'être heureuse tous les jours, Harper. Tu mérites de rire, de sourire, de pleurer de joie. Je ne peux rien changer à ton passé, je ne peux pas effacer ta peine, mais je peux au moins venger chaque jour difficile que tu as eu en t'offrant des moments comme celui-là. Tu sais, tu es la seule à avoir la solution pour passer outre. Toi seule peux avoir ce déclic et aller mieux. Si tu as besoin d'un coup de pouce, de temps en temps, je serai là. En revanche, le principal, c'est que *toi*, tu te sentes bien et belle dans ton corps.

– Merci…

Il déplace une mèche de cheveux avant de m'entraîner plus loin sur la glace. Je le laisse me guider, estomaquée par son aisance, par sa prestance. C'est comme s'il avait patiné toute sa vie, comme s'il était fait pour glisser. Ses gestes sont précis, ses mouvements me semblent parfaits, et bien que je me sente comme le pire des boulets, il ne semble pas s'en plaindre. Je n'ai jamais posé un pied sur la glace, mais

surtout je n'ai jamais passé de moment comme celui-ci avec un homme. J'oublie mes peurs et mes névroses, ce soir, je me sens heureuse, je me sens libre.

– Tu veux que je te lâche ? demande Hunter.

Oui et non…

– Je vais tomber si tu me lâches.

– Mais non, aie confiance en toi et si tu tombes, c'est pas la fin du monde. Tu crois que je ne suis jamais tombé ?

– J'aurais l'air moins idiote sans doute si tu tombais…

Il éclate de rire en secouant la tête, puis il me lâche les mains. J'inspire profondément et j'applique ses conseils alors qu'il patine sur la piste et autour de moi. Il y a trois choses que je ne peux décemment pas retirer à Hunter Clark : il est sacrément sexy, il manie à la perfection l'art de la crétinerie, et enfin, il patine comme un dieu.

Alors que je tente de ne pas me ramasser tout en étant parfaitement immobile, les gestes de Hunter sont vifs, rapides, maîtrisés. Et alors qu'il patine en arrière en faisant une espèce de *moonwalk*, il tombe.

– Tu vois, ça arrive à tout le monde et ce n'est pas grave. Il faut s'y attendre quand on est sur la glace. Si tu savais ce qu'on se prend lors d'un match…

– Tu l'as fait exprès ? Pour moi ?

Je le regarde se redresser tandis que je suis toujours figée.

– Allez Baby H ! Tu viens ?

Cet idiot file à l'opposé de la patinoire. Quelles sont mes chances de patiner avec classe jusqu'à lui sans me rétamer ? Zéro. Ce n'est pas grave, je m'élance maladroitement, et j'avance dans sa direction. *Putain, qu'est-ce que ça glisse !* Malgré tout, je tiens bon.

– Ne regarde pas tes pieds, regarde-moi ! Tu te débrouilles super bien.

Je n'arrive pas à cacher mon sourire, quand j'arrive près de lui. Lorsque je perçois le sien, joyeux, je ne peux pas m'empêcher de penser à mon passé. Je ne comprends pas pourquoi mon poids m'a empêchée de vivre ça. Mon enveloppe charnelle est certes enrobée, mais je ne suis en rien différente des autres. Et c'est injuste qu'on m'ait privée de joie de vivre et de bonheur juste pour ça.

– Embrasse-moi, je souffle.

Il se penche vers moi, mais me contourne.

– Et si tu venais le chercher ? me répond-il.

– Tu ne paies rien pour attendre, Clark.

– Pour une fois que c'est moi qui te mène en bateau, Clarke avec un « e ».

Le sourire aux lèvres, je tente de le suivre, mais je m'emmêle dans mes gestes et *paf*... La chute est rude, la glace qui m'accueille est gelée et dure. *Aïe, mes genoux !* Hunter se laisse tomber près de moi.

– Pas de mal ? demande-t-il.

Il m'aide à me redresser.

– Si, la cheville un peu...

– Viens, je vais regarder ça.

Tout en me soutenant, il me ramène sur les bancs des joueurs où sont nos affaires. Il me fait asseoir sur la surface en bois.

– Laisse-moi faire.

Silencieuse, je l'observe. Il retire mes patins avec précaution.

– C'est bien cette cheville ?

Je hoche la tête, incapable de parler alors qu'il descend délicatement ma chaussette haute. J'essaye d'ignorer les petits picotements que me provoquent ses doigts qui effleurent ma peau. J'essaye aussi d'ignorer le désir qui naît en moi de le voir agenouillé ainsi. Mais ce n'est pas facile, il me fait de l'effet. Beaucoup d'effet.

Ses doigts sont gelés sur ma cheville mais je m'en fiche, ça soulage l'élancement. Délicatement ses doigts pressent ma peau. Ses mains parcoururent mon pied pour vérifier que tout va bien.

– Ça me semble correct. Tu auras peut-être un peu mal ce soir… Désolé, Baby H.

Je secoue la tête, visiblement incapable de parler alors que ses mains sont toujours posées sur mon corps.

– Peut-être que je peux t'embrasser maintenant, propose-t-il.

– Oui, je dis sans réussir à réprimer un frisson.

Toujours à genoux, il se redresse et ses lèvres épousent les miennes dans un baiser aussi doux qu'intense. Mon corps entier s'éveille. J'ai un peu froid, mais là, maintenant, je m'en moque. Pour une fois, je crois que je préfère le froid du Michigan au soleil de ma Floride. Et tandis que nos lèvres dansent sensuellement les unes contre les autres, je sens ses mains, qui doucement remontent vers mes genoux, puis mes cuisses.

– Ma cheville est plus bas, je souffle.

Il sourit contre mes lèvres.

– Désolé, déformation professionnelle. Ces mains veulent pratiquer, et s'assurer que tu ne t'es pas blessée ailleurs…

Alors qu'il les fait redescendre, je frissonne. Bien que je me sente mal à l'aise, je ne peux m'empêcher de me sentir vivante. Parfois quand je sors avec des garçons, je ne ressens même pas la moitié de ça…

– Tu as froid ?

– Un peu, oui…

– Et si je les remonte ? dit-il en joignant le geste à la parole.

Ses doigts glissent sur ma peau nue.

– Ça va mieux, je réponds. Mais ne fais pas ça parce que tu te sens redevable…

Je ne sais pas ce qui m'a pris de balancer ça, c'est sorti tout seul, sans même que j'y pense. Il faut croire que malgré tout, je doute encore et encore, et que j'ai peur. Son regard assombri plonge dans le mien.

– Redevable ? lâche-t-il, blessé.

Il baisse la tête, le temps de prendre une grande inspiration comme pour ne pas s'énerver.

– Je te jure que si un jour je croise les enfoirés qui t'ont fait assez de mal pour que tu puisses penser ça… Sérieusement, Baby H, tu parles de *body positive* avec ferveur, tu balances des sarcasmes à la pelle, tu me trottes dans la tête depuis que je t'ai rencontrée. Et si tout ce que je te dis ne te convainc pas, il te suffit de me toucher pour comprendre combien j'ai envie de toi. Tu me plais, va falloir t'y faire.

Si j'émets encore des craintes, mon cœur fond littéralement. Je tire sur le col de son pull.

– Je vais essayer.

Il semble rassuré, même si son regard continue à sonder le mien.

– Tu as toujours froid ? demande-t-il prudemment.

Je secoue la tête, son corps est trop près du mien pour que je ressente le froid et le fait qu'il soit toujours agenouillé entre mes jambes a tendance à me faire oublier le reste. La température négative de la patinoire, le fait qu'on puisse nous surprendre dans cette position, tout ça me passe au-dessus de la tête. Pour une fois, je laisse tomber mes défenses, le sang pulse dans mes oreilles.

Je ne sais pas ce qu'il lit sur mon visage, mais son expression change du tout au tout. Ses yeux foncés semblent s'assombrir davantage, comme si le désir les voilait.

– Tu me fais toujours confiance, Baby H ?

J'essaie de parler, mais je n'y arrive pas, alors je hoche la tête. J'observe chacun de ses gestes, pressée de voir ce que sera son prochain mouvement. Sans que je m'y attende, il fond sur ma bouche. Son baiser n'a rien à voir avec les précédents. Celui-ci a un goût d'urgence et de désir trop longtemps refoulés. Alors qu'on se rend fous l'un l'autre, il me prend dans ses bras, pressant nos deux corps.

Waouh, j'ai le cœur qui va lâcher. Je sens son érection se presser tout contre moi. Je crois que c'est à ce moment-là que mon cerveau se déconnecte et que je ne deviens plus que sensations. Ses mains descendent lentement le long de mon corps, touchant, explorant. Soudain il se recule, les lèvres rouges et gonflées, ce qui me fait sourire. J'aime laisser une trace sur lui. Ma respiration se bloque dans mes poumons quand je le vois retourner entre mes jambes.

Le désir grandit dans mon ventre alors que sa bouche se pose sur ma cuisse en un baiser humide. Puis il en dépose un autre, et un autre. Il parcourt ma peau comme si c'était la meilleure chose qu'il ait jamais goûtée. J'ai l'impression d'être en fusion, mon rythme cardiaque n'a plus aucun sens, et la pulsion au creux de mon ventre manque de me faire perdre la tête. Je reste silencieuse quand ses doigts crochètent ma culotte et qu'il la fait glisser jusqu'à mes chevilles.

Le regard que l'on échange pourrait suffire à me faire éclater en mille morceaux. L'air crépite entre nous, on sait ce qui va suivre et on en crève d'envie tous les deux. J'ai le souffle coupé quand sa langue glisse délicatement le long de mon sexe pour la première fois. Comme s'il me testait.

– Oh putain, oui ! je lâche, pantelante.

Comme si c'était le signal qu'il attendait, ses mouvements se font plus décidés, assurés, il semble soudain affamé.

Seigneur.

C'est pire qu'intense, je suis en feu. Je glisse les doigts dans ses cheveux alors qu'il caresse inlassablement mon clitoris. Lui, cet endroit, ce moment… c'est le meilleur cocktail que j'aie jamais goûté. Oubliés les complexes, tout ce qui compte maintenant, c'est lui et ce désir cuisant qu'il anime en moi.

Je ferme les yeux, je me laisse guider par ses caresses intenses, et ce désir qui se transforme à vitesse grand V en orgasme. Mon corps, mon cœur et mon désir sont en parfaite symbiose et je me nourris de cette sensation incroyable. Il arrive souvent que je souhaite être quelqu'un d'autre, mais aujourd'hui, je suis heureuse d'être moi.

– Hunter…

Mes hanches s'agitent d'elles-mêmes pour danser avec lui, et la jouissance se décuple. Les mains de Hunter passent alors sous mes fesses et, aussi fou que ça puisse paraître, il me dévore plus fort, plus intensément. Ma poigne se resserre dans ses mèches soyeuses tandis que je sens l'orgasme me ravager de part en part. J'explose en milliers d'étincelles tout contre sa bouche.

– Oh, merde… je gémis.

Il reste contre moi, jusqu'à ce que les spasmes cessent. Il embrasse le creux de mes cuisses, me faisant frissonner tout entière.

– *Hot as hell*, je soupire quand il m'embrasse en se redressant.

Hunter sourit en m'entendant répéter ses mots. Ses mains caressent mes joues avant de se perdre dans mes cheveux.

– Et encore, la partie vient juste de commencer.

CHAPITRE 20

Je viens de vérifier mon compte bancaire
et j'ai calculé que je peux vivre confortablement sans
travailler le reste de ma vie tant que je meurs mercredi.

(Seb.erson sur Instagram)

Hunter

Je lève le nez de mon manuel, épuisé, la nuque raidie d'être resté trop longtemps dans la même position. La fin d'année est toujours synonyme d'examens, et avec les qualifications pour les *playoffs* qui commencent début décembre, il faut que je prenne de l'avance, sinon je ne vais pas tenir la cadence. Me voilà comme un crétin un samedi après-midi à bûcher à m'en déclencher une migraine. J'attrape mon portable pour regarder l'heure.

18 h 18.

– Bordel !

Le temps est passé beaucoup plus vite que je ne l'imaginais. Il faut dire qu'une fois plongé dans mes cours, j'ai toujours du mal à en ressortir tellement je trouve ça passionnant. La mécanique du corps humain me fascine. Tout est comme une machine bien huilée, et ça ne cesse jamais de m'impressionner. Je m'étire avant de me bouger jusqu'au rez-de-chaussée. Deux choses me frappent quand j'arrive dans le salon. La première est qu'il est plongé dans le noir ;

la seconde : il n'y a pas un bruit. Ce qui veut dire qu'aucun de mes colocataires n'est présent. C'est trop beau pour être vrai, ça ne m'est pas arrivé une fois en deux ans !

– Les mecs ? je hurle pour être sûr de ne pas me tromper.

Je tends l'oreille, mais aucune réponse, pas un bruit. Un sourire niais me mange soudain le visage, et je rejoins ma piaule en montant les marches quatre à quatre. Je déboule comme un fou dans ma chambre, et me jette sur mon portable. Je sélectionne le numéro que je cherche et colle l'appareil à mon oreille. La tonalité fait battre mon cœur plus vite.

– Je savais que c'était une mauvaise idée de te donner mon numéro…

Je ricane.

– Quel accueil, Baby H ! Je suis sûr que tu peux mieux faire.

– Dans le genre : « Oh, Seigneur, Hunter Clark des Grizzlys, quel honneur ! » ? Tu serais tellement déçu si je me la jouais comme ça.

– Tu as raison. J'aime que tu m'appelles Seigneur, mais « dieu des cunni » aurait été plus approprié, je la taquine.

Le silence qui me répond me fait sourire. Je sais qu'elle repense à notre petit tête-à-tête improvisé. Moi, je n'arrête pas d'y penser, ça tourne en boucle dans ma tête, et je n'ai qu'une envie : recommencer.

– Alors, qu'est-ce que tu veux, ô dieu de la connerie ?

Son ton est sec, signe chez elle qu'elle est perturbée. Un point pour moi.

– T'inviter chez moi ce soir.

– Si c'est un subterfuge pour me mettre dans ton pieu…

Je lève les yeux au ciel, ce qu'elle ne peut pas voir. C'est bien dommage, il paraît que je suis super mignon quand je le fais.

– Harper. J'ai la maison pour moi, ce qui n'arrive jamais, et je voulais qu'on en profite pour passer un peu de temps ensemble.

– En quoi c'est censé me rassurer ? Et puis pour ta gouverne, je ne couche pas avant le cinquante-deuxième rendez-vous, tu sais…

Elle ment. Je n'ai pas besoin qu'elle soit en face de moi pour savoir que ses joues rougissent en ce moment même. Je commence à savoir comment elle fonctionne.

– Tu es une petite coquine, je t'invitais seulement à regarder un film. En tout bien tout honneur.

– Un film ? lance-t-elle, surprise.

– Oui, un film. Tu sais, le septième art, tout ça, tout ça…

– Un vrai film ? Avec un vrai scénario ? Des acteurs ? Ou un film avec de très mauvais comédiens et tellement peu de budget qu'ils sont toujours à poil ?

J'éclate de rire.

– Tu crois que je t'inviterais à mater un film porno ?

– Tu es tellement imprévisible que je préfère être parée à toute éventualité.

– Après, si c'est ce que tu veux qu'on regarde, Baby H, ça me va. Je peux largement te trouver ça. Ça ne gâchera pas notre soirée…

Je serre les lèvres pour m'empêcher de rire. Je la laisse peser le pour et le contre, ça serait bête que je détruise tout en sortant une connerie.

– C'est quoi, le piège ? demande-t-elle, soudain suspicieuse.

– Je vois que tu apprends à me connaître…

– Question de survie.

J'aime tellement ce ping-pong verbal entre nous. En fait, j'adore ça. D'habitude, il n'y en a pas, je dis n'importe quoi, et les filles s'en amusent. Ça ne m'avait jamais dérangé, jusqu'à Harper. Mais aujourd'hui, j'ai besoin de ma dose quotidienne.

– Je choisis le film.

– Oh pitié… Si c'est sur le sport, c'est sans moi ! Sauf si c'est *High School Musical.*

– Il y avait du sport dans ce truc ? Première nouvelle, je m'esclaffe.

– Un peu de respect, Clark ! Troy est le capitaine des Wildcats, et c'est un joueur de basket hors pair.

– D'accord, désolé.

– Je préfère ça ! répond-elle, un rire dans la voix.

– Donc si on résume : tu aimes ce genre de films alors que tu voues un culte aux *serial killers* ?

– HSM, *Camp Rock*, bien sûr ! Je les connais par cœur, ils n'ont aucun secret pour moi.

J'éclate de rire. Bon sang, j'aime tout ce que dit cette nana.

– Sinon, je te promets que ce n'est pas un film sur le sport. Fais-moi confiance, tu vas aimer.

Elle met tellement de temps à me répondre que je vérifie qu'elle ne m'a tout simplement pas raccroché au nez.

– La dernière fois, tu m'as fait confiance et tu as aimé, non ?

Je l'entends prendre une brusque inspiration, comme si elle manquait soudain d'oxygène.

– D'accord.

Cette réponse murmurée fait exploser ma poitrine.

– Je t'attends pour 19 h 30, ne sois pas en retard !

– Ne me le fais pas regretter, lance-t-elle avant de couper la communication.

Ma bonne humeur étant impossible à ternir, je m'amuse à la pousser un peu plus loin en lui envoyant un texto qui, je le sais, la fera réagir :

Hunter : *J'ai hâte ! 🍆🍑 (Ceci est de l'humour, Baby H)*

Sa réponse ne se fait pas attendre :

Harper : 🔪⚰️ *(Je sais !)*

Je range mon portable dans la poche arrière de mon jean, satisfait, et jette un coup d'œil autour de moi. Mon coin bureau est un bordel sans nom, et je ne parle même pas des fringues éparpillées. Zeke nous force à garder les parties communes plus ou moins rangées, mais je ne suis pas du genre ordonné. Un soupir à fendre l'âme franchit mes lèvres, mais Baby H vient et je ne peux pas l'accueillir dans ce bazar.

Je m'active donc à ranger ma piaule, et j'étends même mon ménage approximatif au salon où je compte nous installer pour qu'elle ne doute pas de mes intentions. Si elle est prête à monter dans ma chambre, je ne dirai pas non. Mais c'est Baby H qui donne le rythme, pas moi. Quand il est presque l'heure de notre rendez-vous, le salon est métamorphosé, j'ai allumé seulement une lampe pour une ambiance tamisée, un bol de pop-corn trône sur la table basse, des bières et boissons gazeuses sont au frais. Je suis prêt à la recevoir chez moi, et je ne sais pas pourquoi, j'ai l'impression de stresser.

Putain, c'est une première.

Lorsque mon portable vibre dans ma poche, je me dépêche de l'attraper, m'attendant à un nouveau message de Harper. En voyant l'expéditeur, mon cœur rate un battement avant de s'emballer soudainement. Melvin.

Ça fait deux ans que je n'ai pas eu le moindre contact avec lui, et je m'en portais très bien… J'hésite à consulter le message, car je sais que ça risque de me foutre en l'air. Mais la tentation est trop grande.

Melvin : *J'ai appris que ta nouvelle équipe de losers retente sa chance pour* *le Frozen Four. Vous feriez mieux de vous éviter une nouvelle honte, et toi, tu devrais laisser tes patins au vestiaire. Tu ne sers à rien sur la glace, tu déshonores le jeu, trouduc !*

Je mets un certain temps à me rendre compte que ma main tremble à force de serrer mon téléphone. Je déteste ce mec, il a fait de ma première année de fac en Ohio un enfer ! C'est à cause de lui et de ses sbires que j'ai dû changer d'université. Ce mec combine à lui tout seul le racisme, l'homophobie et la misogynie ! Je ne sais même pas comment c'est encore possible d'avoir un tel spécimen en vie de nos jours.

Fait chier !

Je n'avais pas prévu de repenser à tout ça un jour, et certainement pas maintenant alors que Harper est en chemin pour passer la soirée avec moi. Je passe une main dans mes cheveux comme pour chasser toutes les émotions qui remontent en moi. Tout ça, c'est derrière moi.

La sonnette de la porte d'entrée me fait sursauter, mais je traverse le salon et le vestibule comme si j'avais des ailes. Lorsque j'ouvre, elle est emmitouflée sous un attirail : bonnet, écharpe, gros manteau, boots. *Sacrée Harper.* Je me pousse pour qu'elle puisse entrer et ne pas rester dans ce froid glacial de novembre. Elle ne se fait pas prier mais s'arrête à peine, me jetant un regard appuyé.

– Tout va bien ?

D'abord surpris, je me reprends vite en souriant :

– Maintenant que tu es là, tout va pour le mieux.

Je ne lui laisse pas le temps de réfléchir, je l'aide à enlever ses affaires pour les accrocher au portemanteau. Quand elle est enfin débarrassée du superflu, je me rends compte qu'elle porte un pyjama en pilou et des grosses chaussettes.

– Tu aimes ? T'as parlé d'une soirée film alors j'ai prévu ma tenue de combat ! me balance-t-elle en tournant sur elle-même.

Je lève les deux pouces en l'air.

– Tu as bien fait, Baby H ! C'est la première fois que je te vois comme ça et j'aime beaucoup. En revanche, je suis carrément jaloux de tes chaussettes, tu aurais pu m'en apporter une paire.

Je la contourne pour aller à la cuisine afin de mettre une pizza au four. Heureusement qu'on a toujours des surgelés ici, ce soir, ça va me sauver la mise. Ce n'est pas aujourd'hui que Harper va tester mes talents de cuisinier.

– J'espère que tu aimes les pizzas aux quatre fromages, il n'y a que ça. C'est la préférée de Griffin, alors il en remplit le congélateur, je lance par-dessus mon épaule.

– Ça ira très bien. Tu as besoin d'aide ?

– Non, ça devrait aller.

Je me dépêche de tout lancer pour revenir le plus vite possible à mon invitée qui s'est faufilée au salon. Elle s'est déjà assise sur l'immense canapé, les jambes recroquevillées sous elle. Elle fait tellement petite que c'en est inquiétant, j'ai l'impression qu'elle va être engloutie par les coussins. Il faut dire qu'on a pris une taille XXL pour supporter quatre grands gaillards.

– Est-ce que je peux te proposer un truc à boire ? J'ai de la bière ou du Coca au frais.

– Un Coca serait super.

Quand je reviens m'asseoir à côté d'elle, muni de nos boissons, elle semble encore plus gênée que d'habitude. J'aimerais tellement lui faire oublier tout ce qu'elle a vécu pour qu'elle ne pense qu'à nous, plutôt qu'elle soit engluée dans ses peurs. Je lui attrape la main pour la serrer gentiment, ce qui a pour conséquence de lui faire relever la tête. Nos regards s'accrochent pour ne plus se quitter. Je lis tellement, tellement de choses dans ses yeux. Son inquiétude, mais aussi le feu qui vit en elle et ne demande qu'à s'exprimer.

– Est-ce que tu as une idée du film qu'on va regarder ?

– Non. Mais tu as une sacrée collection ! dit-elle en faisant signe vers la bibliothèque remplie de DVD.

– Ce n'est pas la mienne. La plupart appartiennent à Cade, c'est lui le grand cinéphile de la bande. Il est incollable sur les films qu'il adore. Lance-le sur *Harry Potter*, et tu en as pour deux semaines !

Son éclat de rire spontané me fait plaisir. Je préfère ça, tout son corps semble se détendre un peu, comme si elle en avait besoin. La sonnerie du four interrompt ce moment agréable. Je me redresse pour aller à la cuisine.

– Bon, ce n'est pas de la grande gastronomie, mais ça va nous permettre de vivre un jour de plus.

– La pizza, ça fonctionne toujours. J'adore.

Je l'observe croquer dans une part, le fromage s'étirant entre sa bouche et la pâte ; elle va même jusqu'à pousser un petit grognement de satisfaction. Mon cerveau bloque sur cette image, et bon sang, elle est sexy. J'ai envie de l'embrasser, là, sur-le-champ, mais je suis presque sûr qu'elle me repousserait. Si les pizzas sont comme les frites pour elle, j'y risquerais même ma vie. Alors tout en déglutissant difficilement, je lance le film. Il ne lui faut pas plus de trente secondes pour comprendre ce qu'on va regarder.

– *Sweeney Todd* ! Sérieusement, tu as prévu un film sur un *serial killer* ?

Elle semble tellement contente que je ris de son enthousiasme.

– Surprise ?

– Agréablement surprise ! J'avais peur que ça soit une espèce de vieux traquenard, mais en fait, tu étais sérieux, et j'en suis heureuse.

– Je ne suis pas que déconne, je sais aussi tenir parole, je lui dis sur un ton sérieux.

– Je vois ça, Clark. Je vois ça…

Après un dernier regard, on se concentre sur le film et notre repas. Durant le visionnage, on échange quelques mots et anecdotes qui viennent pimenter notre soirée. Elle souligne les détails qui auraient pu être encore plus flippants s'ils avaient tenu compte de tel ou tel critère. Quand le générique de fin défile devant nos yeux, j'arrête le lecteur.

– J'avais oublié à quel point ce film était cool.

– Je ne l'avais vu qu'une fois, mais j'en gardais un souvenir flou. Je suis content de l'avoir revu avec une experte en la matière. Je ne suis pas près d'oublier certains détails sanguinolents.

Je fais semblant de me retenir de vomir, ce qui la fait sourire.

– Merci, Hunter.

Je l'interroge du regard.

– Pour ?

– Disons que je ne savais pas que j'avais besoin de cette soirée avant de la vivre.

– Avec plaisir, Baby H.

Après un silence agréable, elle se tortille sur le canapé pour se mettre à genoux et me regarder. Surpris, je me recule un peu, ne sachant pas ce qu'elle prépare.

– Est-ce que je peux te poser une question à laquelle tu répondras sans détour ?

– Comme toujours, je réponds sans une seconde d'hésitation. Allez, Baby H, je t'écoute, je rajoute comme elle reste silencieuse.

– Pourquoi est-ce que tu ne m'as pas embrassée de la soirée ? Tu n'en as pas envie ?

Je reste bouche bée. Je ne voulais pas la brusquer, ni qu'elle se méprenne sur mes intentions, et voilà qu'on dirait qu'elle m'en veut. Si j'en ai envie ? Putain, si elle savait combien j'ai envie de l'embrasser, et pas seulement…

– Je… euh… j'ai juste voulu te laisser un peu d'espace pour que tu te sentes bien.

Elle hoche la tête avec un sourire taquin.

– Et tu comptes me donner de l'espace encore longtemps ? Parce que là, j'en ai très envie, alors…

Je ne lui laisse pas le temps de finir sa phrase pour me jeter sur elle. Avec l'élan, je m'allonge sur elle, ce qui la fait rigoler dans mon cou.

– Voilà, quelque chose comme ça, me taquine-t-elle.

– Je ne voulais pas que tu t'imagines que je voulais juste te baiser, même si, je ne vais pas te mentir, j'en ai très envie. Je voulais juste me conduire en gentleman.

– Avec moi, j'aimerais que tu sois juste toi, Hunter. C'est déjà très bien.

Je ne sais pas pourquoi ses paroles me touchent autant. Il me semble que personne ne m'a jamais dit ça. Mais je n'ai pas envie de trop y réfléchir, j'incline la tête jusqu'à cueillir ses lèvres. Ce que j'aime avec Baby H, c'est qu'il n'y a pas de mode *crescendo* entre nous, tout est tout de suite explosif. Rapidement, l'ambiance dans le salon est ponctuée de bruits de baisers, de gémissements et de respirations haletantes.

Putain, que c'est bon de l'embrasser.

J'ai l'impression que tout mon corps prend feu à son contact alors qu'on s'embrasse juste. Je me demande ce que ça sera le jour où je lui ferai l'amour. *Putain de merde, j'ai tellement envie d'elle*. Soudain, on entend du bruit au niveau de la porte d'entrée, et la voix de Cade brise notre cocon. En l'espace de deux secondes, je bondis du canapé pour m'éloigner de Harper. Quand Cade et Griffin débarquent dans le salon, on a l'air de deux ados pris sur le vif par leurs parents.

– On n'interrompt rien, j'espère ? lâche Cade.

– Captain, ça se voit comme ma bite en érection qu'ils étaient en train de se peloter, raille Griffin.

– Oh putain, lance Harper avant d'enfouir son visage dans ses mains.

Le regard noir et plein de promesses que j'adresse à Griffin lui fait passer l'envie de sourire. Mais soudain, Harper éclate de rire. On la regarde tous les trois, attendant qu'elle nous défonce.

– Jolie expression, Griffin, lance-t-elle.

– Je fais ce que je peux.

– Dis-moi, si tu cherches encore à attirer les foudres de la tempête Maeve, chercher des poux à sa meilleure amie, ça fonctionne bien.

Cade et moi éclatons de rire, alors que Griffin reste silencieux. Je crois que je n'aurai pas besoin de défendre Harper finalement.

– Mec, je crois que ça se voit comme ta bite en érection que tu viens de te faire chambrer.

Sur ces mots, j'attrape la main de Harper pour l'entraîner en direction de ma chambre. Avant que j'aie pu refermer la porte cependant, Griffin nous crie depuis le rez-de-chaussée :

– Soyez sages, les enfants !

Je me retourne pour vérifier qu'elle va bien, et je la surprends à inspecter les photos au-dessus de mon bureau.

– Ici c'est ma sœur, là ma mère et mon neveu, j'explique en les pointant du doigt à tour de rôle.

– Vous avez l'air tous tellement heureux sur ces photos.

– C'est parce qu'on l'est, je dis en la prenant dans mes bras pour la ramener à moi et au moment qu'on partageait.

Désolé pour Griffin, il ne sait jamais quand la fermer, mais ta réponse était parfaite.

– Je trouve aussi.

– Il va le payer, ne t'inquiète pas.

Je ris doucement avant de passer ses bras autour de ma nuque.

– C'est peut-être un stratagème que vous avez mis en place tous les deux pour m'attirer dans ton lit.

– Oh, Baby H…

– Dis-moi que vous n'avez jamais fait un truc comme ça !

Je lui caresse le visage doucement avant de lui murmurer à l'oreille :

– Je n'ai jamais eu besoin de plan pour attirer une fille dans ma chambre.

Elle me repousse, ce qui me fait rire, mais je la laisse s'éloigner.

– T'as toujours eu confiance en toi comme ça ?

– Ouais, je suis craquant, et je le sais, c'est tout.

J'énonce ça simplement et ça a le don de la faire bouillir. Ses yeux me lancent des éclairs et elle va jusqu'à croiser les bras.

– Tu sais que tout mon charme ne vise qu'une personne depuis des semaines, pas vrai ?

– Si tu le dis, soupire-t-elle.

– Harper ! Depuis qu'on s'est rencontrés, les autres filles me paraissent sans saveur, tu dois me croire.

Elle semble peser le pour et le contre pendant trois plombes, mais elle finit par se rapprocher de moi et se hisse sur la pointe des pieds pour me voler un baiser.

– T'as plutôt intérêt, je sais comment me débarrasser d'un corps sans être soupçonnée.

– Je n'en doute pas une seule seconde.

Après une tape sur l'épaule, elle se détourne pour continuer son inspection de ma chambre. J'essaie de la voir à travers ses yeux : un lit *king-size* au milieu de la pièce, un bureau sous la fenêtre, la porte de la salle de bains ouverte sur le mur opposé et un méga-drapeau des Grizzlys à côté de la porte d'entrée. Ouais, c'est ma piaule et je m'y sens bien, ça n'a pas été simple de m'y faire au début, je me sentais comme un intrus. Et puis, les gars m'ont intégré et en moins de deux semaines, je me suis senti chez moi.

– Où vit ta famille ? demande Harper.

– À Détroit.

– C'est cool, ce n'est pas si loin ! Tu rentres pour Thanksgiving ?

– Oui, je n'ai qu'un peu plus de deux heures de voiture. Et oui, ma mère me tuerait si je ne rentrais pas. Et toi ?

– Je ne retourne à la maison que pour Noël, c'est trop loin. Je vais profiter de ces vacances pour réviser à fond, Maeve rentre dans sa famille aussi.

Et elle me balance ça comme si ce n'était pas grave !

– Baby H ! je m'exclame.

Elle se retourne, surprise par mon ton.

– Quoi ?

– Tu vas passer Thanksgiving toute seule ?

Soulagée, elle souffle comme si ce n'était pas grave.

– J'ai l'habitude. Je ferai un FaceTime avec ma famille et ça sera très bien.

– Hors de question ! Tu viens avec moi, ma mère sera super contente d'avoir une bouche de plus à nourrir. Elle fait toujours à manger pour un régiment.

Elle semble surprise par ma proposition, et pour être honnête, je le suis moi aussi. Mais ça me semble inconcevable qu'elle reste seule sur le campus alors que tout le monde sera en famille. Même Griffin rentre à New York !

– Je ne peux pas accepter, Hunter, je ne veux pas m'imposer…

– Ah, ce n'était pas une question, c'était une affirmation. Tu n'as plus le choix, je lance en prenant mon portable pour taper un message.

– Qu'est-ce que tu fais ? me demande-t-elle en se mettant sur la pointe des pieds pour essayer de voir.

Quand mon SMS est envoyé, je lui claque un grand sourire.

– Je préviens ma mère que j'amène ma copine pour Thanksgiving !

– Quoi ? hurle-t-elle au moment où ma sonnerie retentit.

Je regarde mon téléphone avant de lui mettre sous le nez la réponse de ma mère.

Maman : *Super ! J'ai hâte de la rencontrer !*

– Tu n'as plus d'excuses, tu ne voudrais pas détruire le petit cœur de ma maman, si ? Je ne te laisserai pas faire, je l'aime trop pour ça.

– T'es pas croyable, putain !

– Mais c'est pour ça que tu m'aimes tant.

– Que je te tolère, ne t'emballe pas.

– Petite insolente, tu ne perds rien pour attendre !

En représailles, je la charge comme une mule sur mon épaule sous ses protestations avant de la jeter sur mon lit. Elle rebondit dessus, morte de rire, c'est alors que je mets ma vengeance à exécution. Je lui chatouille les côtes, elle se débat en riant doucement, mais lorsque je frôle son aine, c'est une autre histoire. Elle essaie de me donner un coup de pied que j'esquive facilement. OK, cibles repérées. Durant les cinq minutes qui suivent, ce ne sont que rires et cris.

– Pitié, stop ! STOP ! Tu as gagné !

– VICTOIRE !

Je me laisse tomber à côté d'elle sur le lit, aussi essoufflé que si je venais de courir dix minutes. Elle me regarde, ses magnifiques cheveux blonds étalés sous elle, les yeux brillants de larmes à force d'avoir rigolé.

– Ne bouge surtout pas.

Curieuse, elle m'obéit, le temps que je me tortille pour attraper mon portable. Je tends le bras au-dessus de nous pour prendre un selfie. Aucun de nous ne regarde l'objectif, mais c'est aussi bien comme ça. J'appuie sur le bouton, et elle se rapproche de moi pour regarder le résultat. Le cadrage n'est pas parfait, mais on nous y voit nous dévorer sans pour autant nous toucher. Cette photo devient instantanément ma préférée.

– Tu peux me l'envoyer, s'il te plaît ?

– Yep, je dis en m'exécutant.

Je la vois pianoter rapidement à son tour sur son écran. Je suis surpris de me rendre compte qu'elle est en train de la publier sur son compte Instagram.

– T'es sûre de toi, Baby H ?

– Non, mais je préfère le faire tant que j'en ai le courage.

Je souris, fier d'elle.

– Alors c'est parti !

J'ouvre l'application pour charger l'image à mon tour.

– À trois, t'es prête ?

– Oui, elle souffle.

– Un, deux, trois !

On clique ensemble sur « Partager », puis on oublie nos portables, trop occupés à nous embrasser.

CHAPITRE 21

I wasn't born to work a 9-5,
I was born to play the Sims[17]*.*

(Trash jones sur Twitter)

Harper

Je me regarde dans le miroir. Au début, j'avais opté pour un jean avec un pull et une paire de Vans, mais je me suis dit que ça ne faisait pas assez festif. Alors j'ai jeté mon dévolu sur une robe patineuse verte, en velours. Sauf que maintenant, j'ai l'impression que c'est un peu trop guindé. Et si dans la famille de Hunter, ils étaient tous en jean ou dans une tenue décontractée ? J'aurais l'air parfaitement idiote…

Mais je me sens jolie dans cette robe et vu l'heure, je n'ai plus trop le temps de traîner. Ne pas avoir Maeve sous la main pour lui demander de valider mes fringues me stresse. Ma meilleure amie est toujours de bon conseil. Elle est partie ce matin en direction de Chicago, sa ville natale, et elle me manque déjà. Alors que j'enfile une paire de Dr. Martens noires pour casser le côté trop classe de ma tenue, des coups contre la porte m'annoncent l'arrivée de Hunter. Je traverse l'appartement et inspire profondément avant de lui ouvrir.

---

17. « Je ne suis pas fait pour bosser de 9 heures à 17 heures. Je suis fait pour jouer aux Sims. »

– Waouh, soupire-t-il en me dévorant du regard.

Ses yeux noirs m'électrisent littéralement, j'ai l'impression de sentir leur caresse sur mon corps. Je me demande soudain s'il baise aussi intensément qu'il regarde les filles. *Bon sang, c'est pas le moment de fantasmer.* Depuis la patinoire, je pense pas mal à lui. En même temps, comment pourrais-je effacer ce putain d'orgasme de mon esprit ? C'était fou et tellement bon…

– Moi qui hésitais à me changer, je dis en rougissant.

Je ne crois pas que je m'habituerai un jour à ses compliments. Je m'en veux d'avoir toujours cette crainte au fond de moi, mais c'est viscéral. J'ai toujours une petite appréhension que tout ça ne soit que de la poudre aux yeux.

– Faut pas, tu es sublime.

Je l'observe alors qu'il se penche et qu'il m'embrasse doucement sur le front. Je ne sais pas pourquoi ce geste pourtant si simple fait accélérer à ce point mon cœur. Il y a une sorte d'intimité dans ce baiser, à laquelle je ne m'attendais pas. Quand il recule en souriant, je le dévore des yeux à mon tour. Il porte une chemise bleu nuit sous son manteau noir, ainsi qu'un jean et des chaussures marron. Je crois que j'aime beaucoup le voir en chemise, ça lui donne un petit côté sexy. Il est plutôt classe, ce qui me rassure, je ne vais pas détonner avec ma tenue !

– Quand tu es prête, on y va.

– Oui, laisse-moi enfiler mon manteau et c'est bon.

– Si j'ai vraiment le choix, je préférerais que tu te déshabilles, tu sais.

Il esquisse un sourire.

– Première blague de merde, deux minutes que tu es là… tu es en forme.

– C'est toi qui m'inspires. En plus, je crois que tu l'aimes, ma connerie.

Je lève exagérément les yeux au ciel et m'emmitoufle dans mon manteau cape. Nous montons dans le 4 × 4 de Hunter, et il se dépêche de mettre le chauffage. Je me sens un peu stressée de passer Thanksgiving avec sa famille. Je suis rentrée chez moi l'année dernière, mais ça fait beaucoup de trajet pour si peu de temps sur place, alors cette année, j'ai préféré ne pas y aller. En revanche, j'ai hâte de rentrer à la maison pour les fêtes de fin d'année, de retrouver ma famille, ma grand-mère, et me gorger du soleil de la Floride. Bon sang, quand je vais dire à ma mère et à ma grand-mère que j'ai un copain, elles seront ingérables. Enfin, on verra, il peut s'en passer, des choses, en un mois… La preuve : je suis dans la voiture de l'une des vedettes de Rebel !

– Il y aura qui chez toi ?

– Ma mère, mon beau-père, ma sœur, son mec, leur fils et nous deux. C'est en petit comité, ne t'en fais pas. Tu n'auras pas à subir les oncles bien lourds qui jettent des regards de braise malsains et qui sortent des blagues de beauf, ni les tantes qui demandent sans arrêt quand arrive le bébé…

C'est partout la même chose. J'espère juste ne pas être comme ça dans trente ans.

– La famille, hein… Si je te présentais à la mienne, ma grand-mère endosserait son rôle de détective, et elle t'inspecterait sous toutes les coutures. T'aurais aucune chance !

– Sachant que je suis un sportif, ils me détesteraient *illico*, j'imagine.

Je réfléchis quelques secondes pour savoir si je vais me livrer à lui. En fait, personne n'a jamais su ce qu'il s'était passé au lycée. Ni ma mère, ni ma grand-mère. Je ne leur ai jamais dit que j'avais été harcelée tout au long de mon année de terminale, sans parler de l'humiliation au bal en première. Je me refermais sur moi-même et, tous les jours, j'enfouissais ce sentiment en moi. Et si mon père l'avait appris, il aurait été capable d'aller se battre avec les parents des responsables. J'en frissonne rien que d'imaginer la catastrophe que ça aurait pu être !

– En fait… avec Maeve, tu es le seul à savoir que j'ai été humiliée au lycée.

– Tu… Comment ça ? Pourquoi ? bafouille-t-il en me jetant des regards incrédules.

– Concentre-toi sur la route, j'ordonne.

Je ne pensais pas devoir lui dévoiler autre chose de moi aujourd'hui… Mais j'en ai trop dit, maintenant il est temps d'aller jusqu'au bout.

– J'avais tellement honte d'être moi, j'avais honte d'être dans ma peau, chaque jour, je me haïssais… Parfois, ils réussissaient à me convaincre que j'étais réellement une grosse truie et que j'étais moche. Et que peut-être ma famille aurait été d'accord avec eux.

La voiture freine d'un coup, dans un horrible crissement de pneus. Un cri de surprise m'échappe, je me retiens au tableau de bord.

– Bordel ! Qu'est-ce que tu fabriques ? je lâche en regardant dehors pour trouver la raison de cet arrêt en urgence.

N'obtenant aucune réponse, je tourne la tête vers lui ; il me lance un regard noir.

– Tu te fous de ma gueule ? grogne-t-il.

Je le regarde, interdite.

– Comment as-tu pu laisser ces connards t'atteindre comme ça ?

Je lutte pour ne pas laisser mes barrières remonter d'un coup. C'est Hunter. Il ne dit ça que parce qu'il se sent concerné par ce qu'il m'est arrivé. J'essaie de trouver les bons mots pour lui expliquer qui j'étais il y a deux ans.

– Quand on se moque de toi jour après jour, quand tu entends que tu es une grosse truie, que tu es moche… bah tu finis par le croire. Et surtout, ils font en sorte que tu n'oublies pas. Jamais. Dès que je baissais la garde, ils trouvaient le moyen de m'humilier un peu. Donc j'ai fini par avoir honte d'être moi… Mais je ne voulais pas leur laisser la satisfaction de savoir à quel point ils me blessaient. Alors je n'ai rien dit, j'ai terminé mes années de lycée en serrant les dents un peu plus chaque jour. C'était la seule arme que j'avais à ma disposition, mon indifférence feinte.

– Tes parents n'ont rien vu ?

– Non. Je sais très bien cacher certaines émotions. J'ai eu de l'entraînement… Mais je suis sûre qu'ils vont remarquer un changement quand je rentrerai pour Noël. Je suis heureuse en ce moment, et je commence à refaire confiance, ils ne passeront pas à côté de ça, j'avoue à demi-mot.

– C'est vrai que tu es heureuse, Baby H ? demande-t-il, le visage rayonnant soudain.

Alors que sa question fait rosir mes joues, je lui lance un regard en coin.

– Redémarre, Clark, on est au milieu de nulle part.

En ricanant, il m'obéit.

– Mais oui, en ce moment, je me sens bien, je souffle.

Hunter pose les doigts sur ma cuisse, je glisse la main sous la sienne, et il me vient l'idée de prendre une photo. Je prends nos doigts enlacés et après y avoir mis un petit filtre, je les poste dans ma story Instagram et je note : « *Happy Thanksgiving* ». Qui aurait pensé que je passerais cette fête avec Hunter, vu nos débuts assez houleux ? Si Maeve était là, elle répondrait certainement : « moi » en faisant une petite danse de la victoire.

On roule un long moment en discutant de tout et de rien. Les kilomètres défilent sans que je m'en rende compte.

Pourtant, quand je vois le panneau Détroit, je repense aux gens que je vais rencontrer dans peu de temps.

– Et ton père ? Tes parents ont divorcé ?

– Non, mon père est mort quand j'étais gosse.

Un frisson dévale mon échine, et je me sens affreusement mal à l'aise.

– Hunter, je suis désolée. Je ne savais pas…

– C'est pas grave, tout va bien. J'avais huit ans quand c'est arrivé et tu ne pouvais pas savoir.

Ça me rend si triste pour lui.

– Je peux te demander comment c'est arrivé, si ce n'est pas indiscret ?

– Il est mort en fonction. Il était pompier. Lors d'un énorme incendie, une petite fille s'est retrouvée coincée, et il y est allé parce que c'était critique, elle était là depuis trop longtemps. La gosse s'en est sortie parce qu'il lui a donné son masque respiratoire, et malheureusement, on n'a pas réussi à le réanimer.

Ma gorge se serre violemment en l'écoutant parler. Je n'imagine même pas ce qu'il a dû ressentir en sachant que son père s'est sacrifié pour un autre enfant.

– C'est un héros, je souffle. Je suis vraiment triste pour vous.

– Carrément, c'est un héros. Ma mère nous a élevés, ma sœur et moi, et c'est pour ça que je suis aussi proche d'elles. Je me souviens que les premières nuits, on dormait ensemble dans le lit de mes parents. Ç'a été triste de le perdre, mais en même temps, je me souviens qu'on riait beaucoup. En fait, ma mère faisait ça pour qu'on ne souffre pas trop, ma sœur et moi… Avec le recul, je me dis qu'elle a eu beaucoup de courage.

– C'est une héroïne, elle aussi.

– Wonder Woman peut aller se rhabiller ! Franchement, elle nous gérait, ma sœur et moi, alors qu'elle bossait et qu'elle faisait son deuil.

J'aime la manière dont il parle de sa mère. Il ne cache absolument pas qu'il l'aime, au contraire.

– Ta mère a trouvé quelqu'un d'autre, puisque tu as un beau-père.

– Oui, elle est en couple avec un type depuis cinq ou six ans maintenant…

Je tourne la tête pour le regarder.

– Et tu ne l'aimes pas ?

Hunter hoche la tête en souriant.

– Si, il est cool. On s'entend bien et ma mère est heureuse avec lui. Alors ça me va.

Je souris à mon tour, je suis contente qu'il soit heureux.

– Ils vont tous être ravis de te rencontrer. Ma mère m'a appelé quinze fois pour vérifier que tu venais et que ça n'était pas une blague.

– Ah bon ?

– Ouais, je ne lui présente jamais personne. Ça serait une vraie maison de passe si je lui présentais toutes les filles…

Sa voix s'éteint tout d'un coup, et il tourne la tête vers moi avec un air coupable. Je ne peux m'empêcher de rire.

– Tu peux terminer ta phrase, je sais que ta queue a vu plus de vagins qu'un gynécologue en trente ans de métier.

– Harper Clarke ! s'offusque-t-il. Cette phrase est vraiment dégradante, et je suis quasi sûr qu'elle est fausse.

– C'est ta faute, Casanova !

– Enfin, me coupe-t-il en haussant le ton, tout ça pour dire que c'est la première fois depuis que je suis à la fac que je ramène une fille chez moi.

Je rougis.

– Et j'ai hâte de te présenter Jamie, mon neveu.

En fait, il est littéralement gaga de sa famille. Il est totalement différent de celui que j'ai rencontré. Combien de personnes savent qu'il est si attaché à ses proches, qu'il n'est pas juste un hockeyeur à succès ?

– J'ai hâte aussi.

– Ça tombe bien, parce qu'on est presque arrivés.

Je regarde à travers la vitre. Il a encore neigé cette nuit, alors les arbres, les toits des maisons et des voitures sont recouverts d'un épais manteau blanc brillant. Les habitations de ce quartier sont toutes très jolies. Hunter ralentit devant une bâtisse avec un portillon blanc.

– Et voilà ! Bienvenue chez moi, Baby H !

Il pointe le bâtiment du doigt avant de descendre de la voiture et de faire le tour pour ouvrir la portière. Le jardin est couvert de neige, certains arbustes sont décorés de guirlandes de Noël. Au milieu, un chemin qui a été déneigé mène jusqu'à l'escalier du porche qui semble m'inviter à entrer. La maison est magnifique. Blanche, sur deux étages, avec des grandes fenêtres à petits carreaux. Les grands volets en bois sont orange clair à l'étage et vert pastel au rez-de-chaussée. Je fixe la balancelle et la table blanche qui se trouve à côté. C'est tellement charmant que ça m'étonne que Hunter ait grandi ici. Il me prend la main et m'entraîne à sa suite.

Il ne prend pas le temps de frapper pour signifier notre présence, il nous fait entrer directement.

– C'est nous ! annonce-t-il.

Une délicieuse odeur de nourriture embaume les lieux, et la chaleur nous enveloppe. Sur le tapis, il y a plusieurs chaussures, alors j'imite Hunter lorsqu'il les retire. Je souris quand il met des pantoufles qui semblent être des pattes de Chewbacca. Sans se démonter, il arque un sourcil et me sourit. Puis, d'un petit casier collé au mur, il en sort une paire pour moi.

– Merci.

– Allez, viens !

Il me semble impatient. Il a l'air heureux d'être chez lui, et peut-être que j'y sois aussi. Nous longeons un couloir, et nous arrivons dans la cuisine où une magnifique brune à la peau mate nous sourit.

– Salut, Mam !

Il va vers elle sans me lâcher la main. Il l'embrasse sur le front, puis il s'éloigne.

– Maman, je te présente Harper. Harper, ma magnifique maman.

OK, il est trop chou. Je souris alors qu'elle m'étreint de manière spontanée.

– Je suis enchantée, Harper. Tu peux m'appeler Salina.

Je hoche la tête, légèrement intimidée.

– Votre prénom est très beau. Il a une origine particulière ?

– Merci, ma jolie. Oui, c'est argentin, une grande partie de ma famille y vit encore d'ailleurs, m'informe-t-elle en retournant à ses fourneaux. Nous y passons souvent nos vacances d'été.

Hunter retire son manteau, et je prends feu quand il tire sur les lacets qui retiennent ma cape. Il me la retire et pose nos affaires sur une des chaises de la cuisine. Je joins nerveusement les mains.

– Le trajet s'est bien passé ?

– Oui, les routes sont déneigées, mais comme toujours, il y a du monde, répond Hunter en piquant une noix.

Hunter ressemble à sa mère ; ils ont la même forme de nez et d'yeux.

– John n'est pas là ?

– Il nous manquait des petits pains, alors il est parti les chercher avec Mike.

– Bonjour ! s'écrie une voix derrière nous.

Je me retourne, et je croise un regard identique à celui de Hunter. Sauf qu'il appartient à une magnifique brune. Il ne fait aucun doute qu'il s'agit de sa sœur. Le genre de femme qui te file des complexes lorsqu'elle sourit.

– Salut petit con ! dit-elle en étreignant Hunter.

– Salut, grande conne !

– Vous ne pouvez pas arrêter les jours de fêtes ? demande Salina.

– Tu sais très bien que non, ricane Hunter. Et c'est elle qui a commencé.

– Hunter, personne n'aime les balances. C'est amusant quand tu as trois ans, mais à ton âge…

Je ne peux pas m'empêcher de rire alors, subitement, leur attention se tourne vers moi.

– Harper, voici ma grande sœur Holly. Holly, je te présente Harper, ma copine.

Elle me serre dans ses bras. Ce geste semble tellement naturel pour eux ; je comprends un peu mieux pourquoi Hunter est si tactile.

– Ravie de te rencontrer, dit-elle. Sache qu'on est de tout cœur avec toi pour supporter ce crétin et que toutes nos pensées te sont destinées.

Je souris et je pose une main sur mon cœur.

– Merci, parfois, j'en ai besoin…

Ils éclatent de rire.

– Tu veux de l'aide, maman ?

– Non, c'est bon.

Elle secoue vivement la tête. Je me sens un peu mal à l'aise de la laisser cuisiner alors qu'elle m'invite chez elle, mais je sens la main de Hunter se glisser dans la mienne.

– Super, alors je vais voir mon champion.

– Il est dans le salon, lance Holly.

Hunter m'entraîne hors de la cuisine. Je regarde autour de moi pour me familiariser avec la maison. Sur l'un des deux divans du salon, un petit garçon est assis.

– Salut, mon petit gars ! lance Hunter.

Le gosse tourne la tête vers nous et ses yeux brillent de mille feux. Je fonds de voir qu'il y a les mêmes étincelles dans ceux de Hunter.

– Tonton Hunter !

Je le regarde s'avancer vers lui, et il se pose à ses côtés pour lui faire un câlin. Quand je penche un peu la tête, je vois ce qui s'apparente à une prothèse de jambe posée par terre. Je regarde plus attentivement et remarque la jambe coupée du bonhomme qui repose sur le canapé. *Seigneur !*

– Il faut que je te présente à quelqu'un.

Jamie, si je ne me trompe pas, se penche vers moi et me sourit.

– Salut, mon grand. Je m'appelle Harper, et toi ?

– Jamie.

Il est adorable. Je m'avance et je m'installe à côté de lui. Gêné, il remonte le plaid pour cacher sa jambe.

– Harper ne va pas se moquer de toi, champion. Tu n'as pas besoin de te cacher.

Il me regarde, comme pour demander mon approbation, alors je lui souris.

– Tu veux que je te montre une cicatrice en échange ?

Jamie hoche vivement la tête :

– Oui.

Je retire mon gilet noir, et je lui montre une grande cicatrice qui court sur mon avant-bras mais qui, avec le temps, est presque invisible.

– Trop cool. Comment tu t'es fait ça ?

– C'est pas très glorieux, je réponds.

Je sens le regard de Hunter sur moi également.

– J'avais ton âge je pense. Je jouais au ballon avec ma cousine et on l'a envoyé trop loin. Il a atterri dans le jardin de ma voisine. Mais elle avait un chien super méchant. Quand on a regardé par-dessus la haie, on a vu qu'il dormait dans sa niche, alors elle m'a aidée à l'escalader, et je suis allée récupérer mon ballon, mais il s'est réveillé et il m'a sauté dessus.

– C'est pas vrai ! T'as dû avoir trop peur !

– Oui… il m'a chopé le bras et il l'a mordu. J'ai crié, je me suis débattue et je l'ai frappé au museau pour qu'il me lâche. J'ai envoyé mon ballon par-dessus la haie, et j'ai sauté comme une folle dans mon jardin. Voilà comment je me suis fait ça.

– Trop cool, dit-il.

– Et toi, qu'est-ce qui t'est arrivé ?

– On a eu un accident, papa et moi. Une voiture qui a foncé dans la nôtre en grillant un feu rouge. Et ma jambe est restée coincée, on a dû la couper.

Mon Dieu. Pauvre petit ange, c'est bouleversant.

– Je crois que tu es le garçon le plus courageux que je connaisse. Tu as dû réapprendre à marcher, alors ?

– Oui, on a fabriqué une prothèse juste pour moi. Ça fait mal parfois, mais au moins, j'arrive à marcher normalement. Et tonton Hunter, quand il vient à la maison, il me fait des massages comme mes kinés. Et c'est pour moi qu'il veut devenir médecin.

Mon cœur a un petit raté.

– Tu as un super tonton alors.

– Oui, c'est le meilleur. C'est mon héros.

Je croise le regard de Hunter à qui je souris. Il a l'air si fier. Comment ne pas craquer pour ça ? Tu m'étonnes qu'il aime rentrer chez lui et qu'il soit si passionné. Aujourd'hui, je me rends compte que je ne connais pas vraiment Hunter Clark. Et ce que je découvre petit à petit me fait fondre.

– Ça te fait mal en ce moment ? demande Hunter.

– Oui, un peu.

– C'est à cause du froid. Les articulations font mal parfois à cause de la température qui change. Attends, je vais chercher de l'huile, je vais te masser un peu.

Hunter s'éclipse.

– Tu crois que je vais trouver une amoureuse comme tonton avec toi ? demande Jamie d'une petite voix.

Je rougis.

– Pourquoi tu n'aurais pas d'amoureuse ?

– Bah tu sais, il y a une fille à l'école qui m'a dit que j'étais moche parce que j'ai une jambe coupée. Je l'ai dit à personne mais ça m'a rendu triste.

Je veux dégommer cette sale petite peste. Qu'est-ce qu'on peut être idiot et insensible quand on est plus jeune.

– Les filles sont stupides quand elles sont petites, mais elles changent en grandissant. Mes camarades d'école se moquaient de moi parce que j'étais grosse, mais maintenant que les gens sont plus grands, ils ne le font plus.

– Mais tu es jolie.

– Tu es adorable. Ne t'en fais pas, tu auras une amoureuse, peut-être même plusieurs. En plus, il y a des mangas et des films de science-fiction avec des gens qui ont des prothèses comme toi, et c'est super cool.

– C'est vrai ?

– Oui, dans le manga *Fullmetal Alchemist* par exemple. Le héros, Edward, a perdu une jambe et un bras. Alors il a des *automails*[18], qui sont des prothèses métalliques. Il est super drôle et intelligent. Tu te débrouilles déjà comme un chef à ton âge, alors ça va aller, bonhomme.

Jamie me regarde comme si je venais de lui annoncer la plus merveilleuse nouvelle. Il faut que je pense à lui envoyer les premiers tomes, si Holly est d'accord. Hunter revient à cet instant. Je l'observe alors qu'il commence à masser la jambe amputée de son neveu. Il est particulièrement concentré, pendant que Jamie lui parle de ce qu'il voudrait à Noël. Je crois que peu de personnes ont pu assister à un moment pareil et je suis heureuse qu'il m'ait choisie pour ça.

– Tu es bien là ?

– Oui, je réponds.

Nous sommes assis dehors, sur la balancelle, blottis l'un contre l'autre et emmitouflés dans un gros plaid rouge aux motifs de Noël. Je n'ai pas froid, et je profite de la magnifique vue enneigée. D'accord, peut-être que le froid a de bons côtés. Hunter me prend la main sous le plaid. Ce geste si simple me fait rougir. Je crois que je ne me suis jamais sentie aussi apaisée qu'à cet instant. Il me semble que je commence à me détendre un peu.

– Je veux un porche et une balancelle comme ça dans ma maison plus tard. Je pourrais y travailler mes articles, lire des documentaires sur les *serial killers*.

– Tu mérites d'avoir un porche, Baby H. En attendant, tu peux venir ici quand tu veux.

18. Les automails sont les prothèses en acier blindé utilisées dans l'univers du manga *Fullmetal Alchemist*.

Je souris.

– On va bientôt y aller, dit Hunter. Vu le ciel plombé, il risque encore de neiger.

– Je ne suis pas pressée, Maeve n'est pas à la maison et ne reviendra pas avant lundi.

– Comme tu veux, répond-il en m'embrassant doucement dans le cou.

Je revois les quelques heures qui viennent de passer, et je suis encore étonnée de la facilité avec laquelle ils m'ont acceptée. J'ai l'impression de faire partie de leur famille, et c'est franchement dingue.

– Alors comme ça, tu as décidé d'être kiné après l'accident de ton neveu ?

– Oui, l'équipe médicale qui l'a soutenu dans ce qu'il traversait était incroyable. Je ne savais pas vraiment ce que je voulais faire avant, mais quand j'ai vu ces gens aider leurs patients à réapprendre des gestes du quotidien, je me suis dit que je serais quelqu'un de bien si j'en faisais moi aussi mon métier. Et j'avais envie de soigner Jamie et d'aider les gens comme lui. Donc je donne tout dans mes études pour réaliser ce rêve, le mien et le sien. Je ne voudrais le décevoir pour rien au monde.

– Alors tu n'es pas juste un queutard invétéré, Hunter Clark ?

Il me sourit.

– Je t'avais dit que je n'étais pas un abruti. Quand il y a eu l'accident, j'ai eu deux déclics : profiter de mon temps sur Terre et faire quelque chose de ma vie.

– Tu es son héros, tu as déjà accompli quelque chose.

– Il faut que je devienne le tien, maintenant.

– Ça relève du miracle, ça.

Il ricane.

– C'est vrai que pour t'intéresser, il faut tuer des gens. Ça t'excite si je te dis que quand j'étais gosse, je caillassais les gros cons du quartier avec ma fronde ?

J'éclate de rire et je me penche vers lui pour l'embrasser.

– T'as passé une bonne journée ? demande Hunter alors que j'enfonce ma clé dans la serrure de mon appartement.

Je souris en voyant quelques flocons de neige accrochés dans ses cheveux. Je passe la main dedans.

– Super, en plus, ta famille est vraiment adorable.

Il hoche la tête, comme un enfant.

– Tu vas faire quoi ?

Je ne suis pas certaine de bien comprendre cette question.

– Comment ça ?

– Maintenant, tu vas faire quoi ?

– Je ne sais pas, travailler, regarder la télé…

C'est moi ou il y a un super malaise soudain ? C'est comme s'il voulait me dire quelque chose, mais qu'il n'osait pas.

– Enfin, peut-être qu'avant, tu vas m'embrasser.

– C'est certain, grogne-t-il.

Ses lèvres fondent sur les miennes et son corps musclé me plaque contre la porte avec empressement. *Bon sang !* Je me hisse sur la pointe des pieds pour l'embrasser plus fort et répondre à son baiser. Je sens déjà la flamme réchauffer mon corps tout entier, alors que ses grandes mains prennent mon visage en coupe, puis s'enfoncent dans mes cheveux.

– Hunter ?

Ses lèvres se perdent dans mon cou, et je ferme les yeux quelques secondes pour en apprécier les sensations.

– Harper ? murmure-t-il contre ma peau.

– Je n'ai pas tellement envie que cette journée se termine… mais avec toute cette neige qui tombe, tu te retrouverais coincé ici…

– Ce serait tellement dommage… d'être coincé dans un appartement avec toi et ce désir tellement intense qu'il est presque palpable…

Je soupire, il redresse la tête.

– Si dommage…

Il me plaque une nouvelle fois contre le mur. Il est affamé, il est déterminé. Il me domine de toute sa taille, ses mains m'enferment dans une prison humaine, puis il guide mon visage comme il le souhaite pour m'embrasser. Son baiser est aussi passionné qu'impatient. Je me laisse aller à son désir alors qu'il me consume presque. Je n'ai pas envie qu'il s'en aille…

– Hunter ? je répète.

– Harper ?

J'esquisse un petit sourire, tout en caressant sa mâchoire. Il me plaît, ce nouveau jeu.

– Tu vas me faire l'amour ici ou alors on entre chez moi ?

CHAPITRE 22

– Quelle confiance as-tu en la race humaine ?
– Je regarde des deux côtés dans une rue à sens unique !
(100pourcentadrenaline sur Instagram)

HUNTER

Oh putain !

Putain de bordel de merde !

Harper…

Elle me rend complètement dingue. J'ai pourtant déjà entendu mille et une choses de la bouche de filles, mais là… Je suis soufflé par ses mots et par son aplomb. Je suis esclave de ses doigts qui caressent ma mâchoire, et carrément subjugué par ses yeux qui cherchent une réponse dans les miens. Alors que mon cerveau carbure à plein régime pour savoir quoi dire, quoi faire, où la toucher en premier, je vois le doute s'infiltrer sur son beau visage.

– Ou pas. Laisse tomber, c'était une question idiote.

Elle se retourne pour ouvrir sa porte et alors qu'elle s'apprête à me la claquer au nez, sans un regard, je retrouve enfin l'usage de la parole. C'est d'une voix grave, chargée de désir, que j'énonce distinctement :

– On attend que ça arrive et quand c'est le cas, on reste là, figé comme un con…

Elle se raidit avant de lentement me faire face, les yeux brillants d'une lueur que je ne lui connais pas. *Pas encore.* Je m'avance d'un pas vers elle, puis je me penche jusqu'à son oreille.

– Je vais te dévorer tout entière. Chaque parcelle de ton corps se souviendra de ce qu'il va se passer ce soir, je t'en fais la promesse.

Je la sens frissonner contre moi, et je ne peux me retenir d'inspirer l'odeur de son parfum dans le creux de son cou.

– Viens, souffle-t-elle.

L'instant suivant, elle m'attire à elle, puis j'entends la porte claquer dans mon dos. On se retrouve dans l'obscurité de son appartement, et je n'entends plus que sa respiration rapide. Ce qui, bizarrement, m'excite.

– Baby H ?

– Oui ?

– Même si je n'ai rien contre l'idée de faire ça dans le noir une autre fois, ce soir, je veux pouvoir te contempler. Allume !

Je distingue sa silhouette qui se déplace dans le couloir, et soudain, la lumière chaude d'une petite lampe me permet de savoir où mettre les pieds. C'est la première fois que j'entre dans l'appartement de Harper, et malgré la situation, je ne peux pas m'empêcher de jeter des coups d'œil à droite et à gauche.

Le corridor débouche sur un salon cosy avec une cuisine ouverte sur la droite. La décoration est féminine et surtout, il y a des plantes partout.

– Passionnée par les trucs à feuilles en plus des *serial killers* ? je lance en m'approchant d'elle.

Elle ne bouge pas d'un pouce, m'observant en enlevant sa cape pour la laisser tomber à ses pieds. J'attrape son menton, la forçant à relever la tête. Du pouce, je caresse sa bouche.

Quand elle l'entrouvre, je l'y glisse lentement. Je m'attends à ce qu'elle me morde, mais elle me surprend en refermant ses lèvres dessus. Ma queue réagit au quart de tour et se met à tendre le tissu de mon pantalon.

Cette fille est un volcan en éruption, et je suis plus que prêt à me laisser brûler par elle.

– Tu me rends fou.

Elle se recule d'un pas, libérant mon doigt, un sourire démoniaque plaqué sur le visage.

– Ce n'est pas moi, c'est Maeve.

Je fronce les sourcils, perdu. Que vient foutre sa meilleure amie dans un moment pareil ?

– Les plantes, explique-t-elle en s'avançant vers ce qui ressemble à un autre couloir au fond de l'appartement.

J'en déduis qu'il doit y avoir sa chambre un peu plus loin, mais une seule pensée me traverse à ce moment-là : *Oh non, ma belle, pas aussi facilement.*

En deux enjambées, je l'ai rattrapée, et je l'entoure de mes bras, l'empêchant d'aller plus loin. Il n'y a plus aucun espace entre nous, son dos contre mon torse, et je sais qu'elle sent combien j'ai envie d'elle. Les paumes de mes mains glissent le long de ses bras, puis du haut de ses cuisses. Nos corps bougent ensemble et je suis excité comme jamais. Si j'en crois sa respiration chaotique et sa main crispée dans mes cheveux, Baby H est sur la même longueur d'onde. Mais il m'en faut plus, beaucoup plus. Je la fais pivoter entre mes bras, et je ne sais pas qui de moi ou elle fonce en premier sur l'autre, mais la collision est puissante. Nos bouches se dévorent. Nos langues se mêlent dans une danse sensuelle qui me fait tourner la tête. Je ne saurais expliquer pourquoi ses lèvres pleines me font cet effet, je sais juste qu'elles sont mon Nirvana. Et j'aurai tout le temps de m'y consacrer plus tard, parce que là, c'est tout son corps, toutes ses courbes que j'ai envie d'embrasser.

Mes mains sont partout sur elle, je ne peux pas me retenir de la toucher. Comme si je voulais m'assurer que ce moment est réel.

Soudain elle me repousse, me prenant par surprise.

– Ne t'inquiète pas, Big H, j'ai juste envie d'en voir plus.

Avant que je n'aie le temps d'ouvrir la bouche, elle passe les paumes sur mes épaules et fait tomber mon manteau au sol. Elle ne s'arrête pas là, elle s'attaque dans la foulée aux boutons de ma chemise. À chaque nouvel obstacle qui disparaît, mon cœur tambourine un peu plus. Je peux sentir le bout de ses ongles effleurer la peau nue de mon torse, et putain, ça m'excite comme jamais. Tout est décuplé avec elle, je n'ose même pas imaginer ce que ça va donner quand je vais être en elle.

Putain.

Rien que d'y penser, mon sexe devient encore plus dur.

Un courant d'air frais me ramène au moment présent, quand ma chemise tombe à nos pieds. Ses yeux parcourent mon torse, et elle se lèche les lèvres. Un sourire en coin m'accueille quand enfin elle rencontre mon regard.

– Tu aimes ce que tu vois ? je lance, goguenard.

– C'est plutôt pas mal, répond-elle sur le même ton. Et on te le dit bien trop souvent.

– Tu verrais des choses à améliorer ?

Cette discussion fait écho à notre rencontre, quand elle a critiqué mon précieux trio.

– On va bientôt le savoir.

En un instant, elle est devant moi, belle comme jamais, à me défier par son expression et ses paroles. L'instant suivant, elle est à genoux devant moi, en train d'ouvrir le bouton de mon jean. Mon cerveau a un court-circuit. Je sais ce qu'elle compte faire, il n'y a pas trente-six possibilités quand une fille se met dans cette position. Mais rien n'est évident avec elle, et quand je la vois comme ça, j'ai une irrésistible envie de sentir sa langue et ses lèvres sur ma queue.

– Tu… n'es pas obligée de faire ça, je souffle en immobilisant ses mains.

Ses beaux yeux bleus remontent vers les miens. Elle m'observe à travers ses cils, et prend une grande inspiration avant d'annoncer distinctement :

– Tu crois que tu serais ici ou que je m'agenouillerais pour te sucer si j'en avais pas envie ?

Interdit, je reste silencieux. Putain, elle a tellement raison.

– Non…

Sur ces mots, elle se libère et s'active à nouveau. Je la regarde faire, hypnotisé par ce qui est en train de se passer. Une fois mon jean ouvert, elle n'hésite pas une seconde à baisser mon boxer noir. Merde, cette vision d'elle à genoux est érotique à souhait.

Je déglutis soudain quand elle attrape la base de mon érection, et mon regard reste accroché à elle. Je crois que j'ai encore du mal à comprendre que ce volcan de femme est en train de me caresser. Doucement d'abord, comme si elle me testait, elle me branle. Ses doigts vont et viennent sur mon sexe comme si elle étudiait mes réactions pour découvrir ce qui me plaît le plus. Rapidement, elle augmente la pression et la cadence.

Je laisse tomber la tête en arrière, complètement perdu dans les sensations que me donne Harper avec une simple branlette. J'ai de plus en plus chaud, et ma respiration s'accélère drastiquement quand, soudain, sa bouche se referme autour de ma queue.

La sensation est si nouvelle que j'ouvre les yeux d'un coup pour m'agripper à ses cheveux.

– Bordel, Harper !

Pour toute réponse, elle laisse échapper un petit gémissement, ce qui me rend encore plus dingue. Sa bouche coulisse le long de ma bite et je perds pied. Je la laisse faire ce qu'elle veut de moi… Putain, elle est douée.

Je serre les mâchoires autant pour m'empêcher de bouger et la laisser maîtresse de la situation que d'agacement quand je m'interroge sur ce qui lui a donné une telle expertise. Je me déteste de l'imaginer à ce moment précis avec un autre mec, mais c'est plus fort que moi. Comme pour me prouver que j'ai raison, elle joue du bout de la langue avec mon gland, avant d'aller porter une attention particulière à mon frein. Putain, je n'ai jamais été aussi excité par les lèvres d'une fille. Tellement que je sens que l'orgasme n'est pas loin. Il est hors de question que ça se finisse comme ça, j'ai envie d'être en elle.

– Tu vas avoir raison de moi si tu continues et moi, je crève d'envie de me perdre inlassablement en toi, Baby H.

Elle se redresse, les lèvres rosées et légèrement entrouvertes, le regard voilé par le désir. Je crois qu'elle n'a jamais été aussi belle. Avec un grognement, je me jette sur elle pour dévorer cette bouche que j'aime tant. Le petit cri qu'elle lâche quand on percute le mur derrière elle meurt sur ma langue. Elle crochète ses bras autour de mon cou, ce qui nous rapproche un peu. Mon érection se retrouve plaquée contre son ventre, et le moindre mouvement envoie des décharges dans mes reins.

Nos gestes sont impatients. Je n'ai jamais connu un tel feu avec une autre fille. Généralement, il s'agit d'un besoin de baiser, mais là, c'est un tout… Des semaines de sarcasmes, de filtres et de baisers passionnés ont fait de moi un mort de faim. Je le sens dans chaque fibre de mon corps et ça me rend dingue. Ma bouche quitte la sienne pour dévorer son cou puis je descends lentement vers sa poitrine, qui dépasse de sa jolie robe. J'empoigne ses seins à travers le tissu avant de poursuivre mon chemin. Je remonte l'ourlet de sa robe sur ses cuisses jusqu'à pouvoir atteindre sa culotte. Je lui jette un regard pour solliciter une autorisation qu'elle me donne avec un sourire langoureux. Alors sans plus attendre, je m'accroupis pour lui enlever le sous-vêtement. Puis je me relève pour la détailler encore avec sa tenue complète jusqu'à ses Dr. Martens noires.

– Tu ne m'enlèves rien d'autre ? me demande-t-elle quand je reviens contre son corps.

– Non, t'es trop bandante comme ça, et je nous ai imaginés ainsi une bonne partie du chemin du retour.

Son rire joyeux et magnifique ricoche autour de nous. Merde, je suis le connard le plus chanceux de la planète ! Alors que ma bouche la dévore de nouveau, une de mes mains taquine ses superbes seins, l'autre se faufile entre ses cuisses. Mes doigts glissent lentement le long de son intimité humide alors que les siens se referment sur mon érection. Je ne m'arrête pas en si bon chemin, je glisse un doigt en elle. J'en crève d'envie depuis la patinoire.

– Oui, souffle-t-elle comme si elle attendait ça depuis toujours.

Sous ses encouragements, j'en ajoute un deuxième, et de mon pouce je masse son clitoris. Harper, les lèvres entrouvertes, affalée contre le mur, me laisse lui donner du plaisir, c'est… c'est mon cadeau de Noël avant l'heure ! Elle est si belle. De ma main encore libre, j'attrape son menton et je l'embrasse. Après de longues secondes d'un baiser langoureux, elle s'écarte. Tandis que ses hanches dansent contre ma main, ses gémissements se font de plus en plus forts, et puis soudain, elle éclate. Son orgasme nous surprend tous les deux, et je ne perds pas une miette de la jouissance qui transcende son visage. *Putain, Baby H !* Je sais que c'est une image que je n'oublierai pas de sitôt. *Voire jamais…*

Quand elle redescend enfin de son extase, le regard qu'elle me lance en dit long. Pourtant, la phrase qu'elle prononce ensuite me flingue complètement :

– Encore, Hunter. J'en veux encore.

Bordel, cette fille est faite pour moi. Sans plus attendre, je sors un préservatif de mon portefeuille.

– Laisse-moi faire, lance-t-elle en me l'attrapant des mains.

Elle déchire l'emballage avec les dents avant de le dérouler lentement le long de ma bite. Elle reprend ses caresses, et je sens que mes limites ne sont pas loin d'être atteintes.

– Il va falloir que tu arrêtes de me chauffer, Baby H, sinon on n'ira pas bien loin…

– À toi de me prouver le contraire.

Le regard plein de défi que l'on échange fait entrer mon sang en ébullition. Je me rapproche d'elle au maximum, et sans lui laisser le temps de me provoquer encore une fois, je la soulève et la maintiens contre le mur. Ses mains s'agrippent à mes épaules alors que ses jambes se referment sur mes hanches.

– Tu es prête pour moi, Baby H ?

– Toujours.

Ce simple mot est lourd de signification, on le sait tous les deux. Et sans plus attendre, je me positionne afin de la pénétrer. Je m'enfonce centimètre après centimètre jusqu'à la garde. Quand enfin je suis au plus profond d'elle, on pousse ensemble un soupir de bien-être.

– T'es… tellement… je balbutie à travers mes dents.

– Si tu finis cette phrase par un « serrée » ou « étroite », je t'égorge sur place, Hunter…

Je ricane contre son cou, avant de la mordre délicatement à cet endroit si sensible. Elle pousse un petit cri, et c'est comme ça que j'entame un lent va-et-vient. Je me contrôle afin de ne pas laisser libre cours aux pulsions qui me brûlent les reins. Si je m'écoutais, le rythme ne serait pas celui-là. Harper me force à relever la tête en tirant sur mes cheveux. Elle s'assure que nos regards se croisent avant de lancer :

– Plus fort.

Je ne me le fais pas dire deux fois. Je m'accroche à ses hanches avant de m'enfoncer d'un mouvement rapide. Nos peaux claquent l'une contre l'autre et c'est le paradis. Je nous impose une cadence frénétique, la transpiration recouvre peu à peu mon torse, mais pour rien au monde je ne m'arrêterais. Je suis trop bien là où je suis, et je sais que je pourrais faire ça tous les jours avec elle. D'un mouvement fluide, je me retire d'elle, la repose et la fais tourner entre mes bras. Elle me jette un regard par-dessus son épaule et je ne résiste pas à l'embrasser avant de remonter sa robe sur son bassin. Ses fesses rebondies sont magnifiques et surtout, elle les tend vers moi, sachant pertinemment ce qui l'attend.

Alors j'obéis. Je me glisse de nouveau en elle, et dans cette position, je la sens encore mieux. J'attrape de nouveau ses hanches pour avoir une prise et je reprends soudain sur le même rythme que précédemment.

– Oh bordel, oui !

Je m'enfonce d'un mouvement ample en elle jusqu'à la garde, nous faisant gémir tous les deux.

– Penche-toi un peu plus, je lui ordonne.

Elle s'exécute sans poser de questions, n'étant plus que sensations et cherchant elle aussi la délivrance. Les mains plaquées sur le mur devant elle, elle tend son bassin dans ma direction, ce qui me permet de mieux m'enfoncer en elle. Je me penche sur elle, embrassant le haut de sa nuque et glissant jusqu'à son intimité. Je caresse son clitoris en rythme avec mes poussées en elle, et soudain tout s'accélère : ses cris, mes pénétrations et mes caresses sur son sexe.

Une brûlure familière remonte le long de mes reins. Ce qui me perd une bonne fois pour toutes est le nouvel orgasme de Harper. Elle se referme violemment sur ma queue en un cri rauque et sexy. Je m'enfonce une dernière fois en elle et l'orgasme qui me fauche est puissant et dévastateur. Il me coupe la respiration durant plusieurs secondes, et me plonge dans les abysses du plaisir. Je crois que je n'avais jamais atteint ce palier, d'ailleurs.

Puis de longues secondes plus tard, je me rends compte qu'elle doit supporter mon poids sur son dos, et dans cette position, cela ne doit pas être agréable. Je me relève comme je peux, et la vue de ses fesses encore tendues vers mon corps me fait sourire. Je suis en train de lui caresser le dos quand une envie soudaine me prend.

Je lui donne une petite fessée qui la fait sursauter. Elle entrouvre un œil pour me regarder en souriant.

– C'était en quel honneur ?

– En souvenir du bon vieux temps. Un partout, Clarke.

Son rire explose dans l'appartement, très vite rejoint par le mien.

CHAPITRE 23

I like to play this game called nap roulette.
I take a nap and not set an alarm. Will it be 20 minutes
or 4 hours ? Nobody knows. It's risky and I like it[19].

(Proudteacherlike sur Instagram)

HARPER

J'ignore quelle heure il est lorsque je me réveille, mais j'ai l'impression de ne pas avoir aussi bien dormi depuis des années. Blottie contre Hunter, je me suis endormie comme une masse. Je crois qu'on était en train de parler, et plus rien… C'était le meilleur de tous mes Thanksgiving. Je me retourne dans le lit, mais je constate que Hunter n'est pas là. Avant que j'aie le temps de me demander s'il a pris ses jambes à son cou, je me rends compte qu'une délicieuse odeur de bouffe flotte jusqu'à moi et qu'il y a de la musique dans le salon.

Curieuse, je repousse les couvertures. Je m'étire en me redressant, et j'enfile mon kimono satiné avant de sortir de la chambre. Quand j'arrive dans la cuisine, je roule des yeux alors que Hunter, dos à moi, est en train de

19. J'aime jouer à un jeu qui s'appelle la roulette sieste. Je me couche et je ne mets pas de réveil. Cela va-t-il durer vingt minutes ou quatre heures ? Mystère. C'est risqué et j'aime ça.

se dandiner sur la chanson *Dynamite* du groupe BTS. Complètement nu.

Seigneur, ce cul !

Je ne sais pas quoi penser de lui, si ce n'est qu'il m'étonne à chaque fois. Je le reluque sans vergogne, alors que je me perds légèrement dans nos souvenirs d'hier. C'était particulièrement intense. Ses mains, ses doigts, ses lèvres, qui montrent à mon corps que je suis belle... Je ne sais pas comment expliquer cette intensité. Il m'a libérée. Peut-être que j'avais besoin de ce rapprochement charnel entre nous pour apaiser mon anxiété. Le fait que je sois ronde n'est même pas entré dans l'équation, les complexes que je pouvais avoir se sont envolés et je n'ai jamais autant pris mon pied avec quelqu'un.

Je reviens à la réalité, le sourire aux lèvres. Bien que je n'aurais jamais cru cela possible quelques semaines auparavant, je suis contente de le voir évoluer dans mon univers, plus particulièrement chez moi. C'est vrai qu'on vit notre truc au jour le jour, mais plus ça va et plus j'aime passer du temps avec lui. Il n'a rien en commun avec ceux de mon passé, et maintenant, je crois que je m'en veux un peu de l'avoir mal jugé lors de notre rencontre. Je suis pourtant bien placée pour savoir qu'on ne se fie pas seulement à la couverture d'un livre. Je m'avance vers lui en découvrant qu'il est en train de préparer un festin. À côté de lui, il y a un saladier de pâte liquide et une assiette dans laquelle s'empilent des pancakes. On dirait qu'il a pressé des oranges également.

– Bonjour.

Il tressaille comme si lui aussi était perdu dans ses pensées. Est-ce que, comme moi, il pense à hier soir ?

– Bonjour, Baby H.

Il tourne la tête vers moi et me dévore du regard, tout sourire. Étonnant qu'il parvienne à me faire rougir après la nuit que nous avons passée ensemble.

– Bien dormi ?

– Très bien, je ne sais même pas quelle heure il est.

– Presque midi.

J'hallucine ! Ça faisait longtemps que je n'avais pas fait une telle grasse matinée.

– Du coup, on va bruncher. Ça te va ?

– Grave, mais on a de quoi bruncher ?

Le frigo n'était pas tellement rempli, je devais faire des courses aujourd'hui.

– Je suis sorti, et j'ai acheté ce qu'il manquait.

Il pointe du doigt la table sur laquelle il y a des œufs, des fruits, du bacon.

– Tu es allé faire des courses ? je répète, légèrement pantoise.

– Oui.

– T'es sorti le cul à l'air ? J'espère que tu n'as pas croisé madame Smith, du deuxième, la pauvre dame en aurait fait un arrêt cardiaque, à son âge.

Hunter éclate de rire.

– Je me suis déshabillé quand je suis rentré. Je ne voulais pas te priver de cette vue magnifique. C'est mon cadeau pour toi.

Je me retiens de pouffer comme une gamine.

– Je ne sais pas si ce qui m'étonne le plus, c'est de te voir faire à manger ou être complètement à poil dans ma cuisine.

– Détrompe-toi, je fais très bien à manger. Et en bon Samaritain que je suis, je t'ai préparé un vrai festin.

– Tiens donc, je raille.

Hunter se dandine en fredonnant le refrain de la chanson, insensible à ma pique. Pour être honnête, je crois que je pourrais facilement me faire à cette vue. N'importe qui aurait l'air parfaitement ridicule, mais pas lui. Ou alors, le ridicule lui sied à merveille.

– Et toujours en musique, ajoute-t-il. Les ingrédients adorent le rythme.

Je souris en me mordillant l'intérieur de la lèvre :

– Et toujours nu également ?

– Non, ça, c'est ton petit bonus perso.

Je le regarde se dandiner, des étoiles plein les yeux.

– Avant que je n'oublie, il va falloir qu'on discute un jour des posters dans ta chambre. Je n'imaginais pas que tu dormais dans un sanctuaire dédié aux fêlés. J'avais l'impression qu'ils m'observaient la nuit.

– C'est pas une impression, je lance en piquant un raisin. Ils t'observaient bien fixement, Big H.

– T'es dingue. Ces types sont cinglés, enfin, j'aime savoir que tu es fascinée par ce genre de mecs, ça m'évite de trop m'en faire pour la concurrence à Rebel…

Je me retiens de couiner comme une folle. En revanche, je n'arrive pas à réprimer mon sourire qui s'élargit davantage, ce qui ranime le désir dans son regard. Je crois qu'on devrait prescrire des Hunter à toutes les filles mal dans leur peau. Je ne me suis jamais sentie aussi belle qu'à travers son regard. Qui aurait parié sur ça il y a encore quelques semaines ? Certainement pas moi !

– Tu es trop sûr de toi.

– Je m'inquiéterai lorsqu'il y aura un tueur fou sur le campus.

Je ris.

– Je peux t'aider à quelque chose ? je demande en me dandinant.

– Non, profite juste de la vue.

– Je n'en perds pas une miette.

Et c'est vrai…

Il ricane. Quand je pense à nos débuts, et à cette hostilité que j'éprouvais pour lui… Pourtant, je ne regrette absolument pas. En fait, ça n'aurait peut-être pas été aussi génial entre nous sans mes craintes, son humour moisi et nos sarcasmes.

Je m'efforce de rester de marbre, mais je dois dire qu'il me fait de l'effet. *Beaucoup d'effet.* Voire carrément craquer. Je crois que je ne m'étais jamais sentie aussi émoustillée par un mec, mais lui… Hunter est différent. Il est queutard, il s'amuse d'un rien, mais il n'est pas méchant. C'est très différent de ce que j'ai connu au lycée où tout n'était que manipulation, méchanceté et traumatisme. Hunter, lui, est simple, naturel, sans prise de tête. Je lui plais, et pour lui, c'est aussi facile que de dire bonjour. Ça ne s'explique pas, et ça ne mérite pas non plus d'explications. Il a raison, en fait, je regrette juste qu'on m'ait autant brisée et de ne pas être capable de m'appliquer des choses aussi simples. Peut-être que s'il continue, ça viendra, avec le temps.

– Alors comme ça, tu sais faire la cuisine ? je lance pour me changer de ces idées beaucoup trop sérieuses.

– Eh oui, répond-il en hochant la tête. Ma mère m'a appris à faire à manger, à laver mon linge et à le ranger pour « que ta future femme ou ton futur mari ne soit pas ta boniche ni que j'aie honte de mon boulet de fils ».

Pour avoir rencontré Salina, je suis certaine que ces mots sont vrais.

– Ta mère est vraiment super !

– Grave, en plus, elle m'a toujours incité à être celui que je voulais être.

Je hoche la tête, le sourire aux lèvres.

– J'ai adoré rencontrer ta famille hier. Ils ont tous été tellement gentils, j'avoue.

– Que veux-tu, dans la famille Clark, on est tous plutôt sensas', balance-t-il tout en faisant sauter en l'air deux pancakes sans en faire tomber un seul.

– Bah dis donc, quel homme !

– Le tout te plaît, Baby H ? me questionne-t-il, l'air charmeur.

– Oui, Big H ! Quelle chanceuse je suis ! je réponds en lui faisant une moue émerveillée.

– Je suis tout à fait d'accord ! s'exclame-t-il.

J'éclate de rire. Dire qu'on a cette charmante conversation alors qu'il est complètement à poil en train de nous préparer des pancakes. Enfin, avec Hunter Clark, plus rien ne m'étonne. Mais je crois que c'est justement ça qui me plaît.

– Tu es presque un homme à marier.

– Presque ? répète-t-il en pointant sa spatule vers moi. Pourquoi « presque » ?

– Tu sais faire à manger, tu es sexy, tu as de l'humour, bon, il est nul, mais c'est de l'humour quand même. Alors en fait, il ne manque plus que tu saches faire correctement l'amour et tu serais le mec idéal.

– Que je sache… faire correctement l'amour ? Je suis redoutablement doué pour ça, et tu le sais.

Je soupire exagérément, alors que ses yeux me transpercent.

– Mouais, c'était peut-être juste un coup de bol…

Il ajoute deux nouveaux pancakes sur la pile, puis éteint la gazinière avant de s'avancer vers moi, l'air déterminé. Maintenant que le comptoir n'est plus entre nous, je constate avec délice que le recto est tout aussi appétissant que le verso. Bien que je l'aie largement provoqué, je rougis lorsqu'il me coince contre le plan de travail. Hunter plonge son regard dans le mien. Toujours aussi silencieux qu'intense, il m'attrape les fesses et m'assied sur le meuble.

Il est passé maître dans l'art de la séduction et du savoir-faire, car je brûle déjà de lui. Ses grandes mains attrapent mon visage en coupe, et ses lèvres se posent doucement sur les miennes. Alors que je m'attendais à un baiser brutal et dévorant, il m'en offre un aussi doux que délicat. Je me perds dans sa tendresse.

Hunter lâche mon visage, et pose ses mains par-dessus les miennes sur le plan de travail. Notre baiser se poursuit, encore et encore. Et plus fort, beaucoup plus fort. Sa langue rencontre la mienne dans une danse sensuelle, et bientôt, il me force à ployer sous le joug de son baiser. Il s'éloigne lorsqu'il s'estime satisfait. Son regard brûlant rencontre alors le mien.

– Pas faire correctement l'amour… Moi ? Hunter Clark ?

Son visage disparaît dans mon cou qu'il dévore de baisers farouches. Je ferme les yeux, pour laisser les sensations qu'il fait naître en moi imprégner mon être tout entier. Ses mains lâchent les miennes, alors que l'une se glisse derrière ma nuque, l'autre se fraye un chemin entre mes cuisses. Comme je suis aussi nue que lui sous mon kimono, ses doigts frôlent mon sexe. Il grogne tout contre ma peau, comme s'il s'attendait à ce que je sois habillée, puis il me caresse plus intensément et profondément sans quitter mon cou. *Seigneur*. Mes mains agrippent le bord du plan de travail sous le coup du plaisir. *C'est si bon.*

– Il te suffit de dire : « Hunter, fais-moi l'amour », et je rapplique aussitôt, mais non, tu es Harper. Ma Baby H.

Je vibre des pieds à la tête alors qu'il suspend ses caresses.

– Et alors ? je halète.

– Alors toi, tu es dans la provocation, parce que ça te brûle la langue d'avouer que tu en crèves d'envie. Je veux que tu le dises, dit-il.

Je frissonne sous son regard et lorsqu'il retire ses doigts de mon sexe pour caresser lentement mon clitoris, je retiens mon gémissement. *Seigneur* !

– J'ai envie de toi, Hunter, j'ai envie que tu me fasses l'amour. J'en ai envie comme jamais encore. Tes mains, ta bouche, ton corps, ta queue, je veux tout. Je veux que tu me consumes comme tu l'as si délicieusement fait jusqu'à maintenant, et que tu me donnes envie de te taquiner à nouveau pour qu'on recommence.

J'ai la sensation que le maître du jeu s'avoue vaincu. Son regard devient encore plus intense.

– Putain, siffle-t-il.

Hunter se jette littéralement sur mes lèvres, et après quelques secondes d'un baiser passionné, il tire sur la ceinture qui retient mon kimono ; ce faisant, il me dévoile tout entière. Il me scrute, un sourire malicieux sur les lèvres, puis il m'embrasse en enfonçant les doigts en moi. Le combo de ses baisers et de sa main qui va et vient en moi est incroyable. Alors que je le touche à mon tour, sa langue caresse le galbe de mon sein. Mes doigts parcourent son torse musclé, avant d'empoigner son sexe et de le caresser. Bien qu'il soit en train de me faire du bien, je rougis de le sentir aussi dur.

– Tu as un préservatif ? souffle Hunter contre ma peau.

– Oui, je réponds, dans la salle de bains.

– J'arrive. Ne bouge surtout pas. Reste comme ça.

Alors qu'il me tourne le dos, mes yeux parcourent mon corps. Ma poitrine est généreuse, mon ventre n'est pas plat, mes cuisses se touchent et ne sont pas lisses à cause de la cellulite. Malgré tout, je ne me suis jamais sentie aussi belle que ce matin.

Il revient au pas de course et se presse contre moi, reprenant sa place, tout en me dévorant du regard.

– Tu es si belle.

– Parle pour toi.

– Qui aurait cru que courir à poil sur le campus et foutre en rogne Wells serait une si bonne idée ?

– Je n'irais pas jusque-là.

Il adopte une moue contrariée, soudain.

– Je dirais plutôt que c'était une putain de bonne idée. La meilleure qu'ait eue Cade, je confesse en déposant un rapide baiser au coin de ses lèvres.

Le sourire de Hunter est adorable.

– Waouh, Baby H ! Tu viens d'admettre que notre relation est aussi géniale que brûlante ?

– C'est possible, je souffle en glissant les doigts sur la ligne entre ses abdos. Et j'assume…

Il colle son front contre le mien et m'embrasse. Je me laisse faire, je m'enivre de lui, de son odeur, de la sensation de son corps contre le mien. J'imprime chacune de ces sensations, chaque seconde de nos souvenirs. Parce qu'ils me font du bien, parce qu'ils sont mille fois plus puissants que ceux de mon passé. Et que je veux pouvoir m'imprégner de ce bonheur si jamais un jour je n'ai plus confiance en moi. Mais soudain, impatiente et affamée, j'attrape le préservatif qu'il a posé sur le plan de travail. J'ouvre l'emballage et je le déroule sur son sexe.

– T'as pas peur d'être déçue ? lâche-t-il en me mordillant la lèvre.

– Non.

Je voulais le taquiner, pourtant je ne sais pas pourquoi, le « non » m'a échappé si vite. Mais lorsque je vois la lueur qui brille dans son regard et son sourire, ça m'importe peu. Tout ce qui compte, c'est lui, nous. Hunter s'enfonce en moi d'une seule poussée et je m'accroche à lui. Les flammes qui brûlent dans mes entrailles sont la plus intense et merveilleuse des sensations. Perdue dans son regard, je me laisse aller à ses premiers va-et-vient. Sa bouche se perd dans mon cou, sur mes seins, mon visage.

Ses mains fourragent dans mes cheveux, glissent sur mes hanches, sur mon corps entier. Je m'embrase sans avoir l'impression de lui rendre la pareille. Pourtant à la façon dont il me regarde, la manière dont son visage est crispé par le plaisir, je comprends qu'il ressent autant que moi cette vague brûlante qui nous dévore. Tout ce qu'il m'offre, tout ce qu'il donne, il le fait sans la moindre retenue. Il me ravage, il me consume. Ses caresses, ses baisers, il me donne sans limite et ça m'enivre littéralement. C'est comme si mon corps et mes complexes l'avaient attendu et qu'il leur rendait enfin hommage. Et je me rends compte au moment où un gémissement m'échappe que c'est le seul aphrodisiaque dont j'aie besoin.

– Hunter, je gémis à nouveau.

Il relève lentement la tête de mon cou, et pose son front contre le mien. Ses yeux sont rivés sur l'endroit où nos corps se rejoignent.

– Regarde-nous, souffle-t-il.

Le voir s'enfoncer en moi et ne faire qu'un avec moi fait enfler le désir dans mon bas-ventre.

– Vas-y, je murmure contre ses lèvres. Hunter…

Il serre ses mains sur mes cuisses, et on se perd dans le rythme effréné de ses hanches. L'orgasme nous secoue en même temps, et je tremble contre lui en criant mon plaisir. Je reste de longues secondes les bras crochetés autour de ses épaules avant que Hunter ne se redresse, encore essoufflé.

Alors qu'il ouvre la bouche, son estomac se met à gargouiller. J'éclate de rire quand le mien fait un bruit similaire.

– C'est moi ou ton estomac vient de répondre au mien ? s'esclaffe Hunter.

– J'ai l'impression.

Il me caresse la joue.

– Ça te dit qu'on prenne une douche avant d'entamer ce festin ?

– Rapide alors, parce que je meurs de faim.

– Si tu veux, j'ai…

– Si tu me dis que tu as une saucisse pour moi, je te la coupe.

Il éclate de rire et part en courant vers la salle de bains. Bon sang, je dois être mordue pour le suivre en rigolant.

CHAPITRE 24

Do y'all remember, before the internet, that people thought the cause of stupidity was the lack of access to information ? Yeah. It wasn't that[20].

(Prettybitches92 sur Instagram)

HUNTER

– Allez Clark ! Tu ne vas pas craquer maintenant !

Je retiens de justesse l'insulte qui manque de franchir mes lèvres. Tout mon corps me crie d'arrêter cette torture, surtout mes bras qui tremblent alors que je force dessus pour finir mon dernier développé-couché. Je ne suis pas un grand fan des entraînements intensifs que nous prépare toujours le coach la veille d'un match. Mais je sais aussi que c'est en ayant un corps en béton armé qu'on évite le mieux les blessures une fois sur la glace, alors je la ferme et je souffre en silence.

Quand enfin je dépose la barre d'haltères dans ses encoches, je lâche un cri de guerrier, ce qui m'attire les ricanements de certains de mes coéquipiers. Je voudrais leur montrer mon majeur dans un *fuck* majestueux, mais je ne suis pas en état.

---

20. Vous vous souvenez qu'avant Internet, on pensait que la cause de l'idiotie, c'était le manque d'accès à l'information ? Eh bien, ce n'était pas ça.

Toujours couché sur mon banc, j'aperçois Zeke en train de soulever des poids, tout en étant à moitié couché sur un ballon de yoga ; Griffin est aux élastiques et Cade, aux cordes. Pendant un instant, j'ai envie de rire en voyant leurs visages rouges et transpirants avant de me rappeler que je suis très certainement dans le même état.

Je me redresse péniblement alors que l'assistant de notre coach, Pierce, vient vers moi. J'attrape ma serviette pour m'éponger le visage.

– C'était un bel effort, Clark, me dit-il en comptant le nombre de kilos que j'ai soulevés.

– Alors, le verdict ?

– Cent trente. Tu as déjà fait mieux, mais après avoir passé la moitié de la journée assis dans un bus, c'est plutôt pas mal.

Après une tape sur l'épaule, il se dirige déjà vers quelqu'un d'autre. Je regarde la salle d'entraînement high-tech dans laquelle se trouve l'équipe au grand complet. Demain après-midi, on affronte l'équipe de la fac de Columbus, donc on est logés dans un hôtel grand luxe pour la nuit. Tout le monde prend ce match très au sérieux puisque c'est celui qui va donner le ton pour notre qualification ou non pour les *playoffs*. Et qui dit *playoffs* dit Frozen Four, et pas question qu'on le loupe. On sait qu'on a toutes nos chances de le remporter cette année, alors on va se donner à fond même pour les matchs amicaux.

– Bordel ! Rappelle-moi encore une fois pourquoi on fait ça.

Je me tourne vers Griffin qui se vautre littéralement sur le sol à côté de moi. Ses cheveux bouclés lui collent aux tempes et sa respiration est chaotique.

– Pour foutre une branlée à Colombus demain ?

– Pas suffisant.

Je ricane devant son expression épuisée. C'est vrai que là, on a juste l'impression de s'être fait passer à tabac.

– Pour être musclé et sexy comme jamais et faire tomber les *bunnies* de Colombus à tes patins ?

Un immense sourire éclaire soudain son visage écarlate.

– Voilà, c'est ça… Je savais que tu trouverais les bons mots, mon pote ! C'est pour ça que t'es le meilleur. Elles vont toutes se jeter à mes pieds et comme t'es plus sur le marché, ça en fait plus pour moi.

– C'est pas beau de mentir, Griffin, je le nargue. En plus, c'est pas comme ça que tu vas oublier Celle-dont-on-ne-doit-pas-prononcer-le-nom.

– Avec deux ou trois nanas dans mon lit, faut voir. Et s'il te plaît, ne gâche pas mon trip avec cette furie, répond-il en frissonnant. Putain, Cade et Zeke y vont à fond aujourd'hui…

– Tu sais qu'ils jouent plus gros que nous. S'ils remportent le Frozen Four, ça leur ouvrira certainement les portes d'une sélection chez les professionnels dans deux ans. Pour toi et moi, il y a moins de pression et plus de fun pour l'amour du hockey.

– Ouais, je suppose que t'as raison.

Je le regarde attentivement. Il a l'air perdu dans ses pensées comme s'il réfléchissait vraiment à ce que je viens de dire. Griffin a toujours su quel destin l'attendait : bosser dans l'un des plus gros cabinets d'avocats de New York, celui de son père. Il n'a jamais laissé entendre que ça lui posait problème, mais il faudrait que j'arrive à le coincer pour en discuter sérieusement un jour. Il ne mérite pas d'être enfermé dans une vie qu'il ne désire pas. Alors que je m'apprête à lui poser la question, un coup de sifflet puissant me fait grincer des dents.

– Allez, ça suffit pour ce soir ! Traînez-vous dans vos chambres pour vous doucher et je veux vous voir à 18 h 30 précises dans le hall pour le repas ! crie le coach Meyer.

Des râles de soulagement se font entendre dans toute la salle, je regarde l'énorme horloge digitale au-dessus de la porte. Bon, ça nous laisse une heure trente pour faire ce qu'on veut et je compte bien appeler Harper pour prendre de ses nouvelles. Depuis Thanksgiving, on n'a pas eu trop le temps de passer du temps ensemble et ça me frustre plus que de raison. Sa compagnie me manque, son humour aussi pourri que le mien me manque, son corps me manque… Bref, je l'ai dans la peau, et il me tarde de la revoir. Même si je sais qu'avec le tournoi qui arrive et les examens de fin d'année, ça va être compliqué, je ne perds pas espoir, ce n'est pas mon genre.

D'un mouvement souple, je me lève avant de tendre la main à Griffin qui est toujours couché sur le sol. Je l'aide à se relever, et on se traîne vers les nombreux ascenseurs qui vont nous monter à notre étage. Griffin appuie sans cesse sur le bouton comme si cela allait faire venir plus vite la cabine. Ce mec n'a aucune patience.

– Tu crois que c'est comme ça qu'il caresse le clito d'une meuf ? En mode si je continue à appuyer dessus il se passera bien un truc ?

La voix moqueuse de Cade derrière nous nous fait nous retourner. Zeke se tient à ses côtés, à moitié mort de rire.

– Je suis trop crevé pour trouver une bonne répartie tout de suite, grommelle Griffin.

– Oh allez, Princesse… Tu dois bien avoir un truc en réserve juste pour moi, insiste notre capitaine alors que les portes de l'ascenseur s'ouvrent et qu'on s'engouffre tous les quatre à l'intérieur.

– Même pas. Pierce s'est acharné sur moi et je vais m'écrouler sous la douche pour oublier ma douleur.

– Si cet entraînement t'a vidé à ce point, heureusement que Meyer t'a fait la misère ! On doit être au top demain, on n'a pas le droit à l'erreur, lâche Zeke avec sérieux.

– T'inquiète, mec, on va les éclater demain, j'interviens avant que la situation ne parte en vrille.

Le silence se fait alors que la cabine commence son ascension. C'est toujours comme ça la veille du premier gros match, on ne sait pas qui aura les nerfs assez solides pour tenir bon. Je ne doute pas que Griffin sera au meilleur de sa forme demain, mais je peux aussi comprendre son besoin de décompresser de temps en temps. Parce qu'après tout, comme pour moi, le hockey n'est qu'un passe-temps pour lui, même s'il s'y donne à cent pour cent. Il ne nous a jamais fait défaut, d'ailleurs, il a même déjà fait un *shutout*[21] lors d'une rencontre, ce qui lui a valu une teuf d'enfer à la maison. Alors que la tension se cristallise entre nous, je me fige. Je tourne le visage si vite vers Griffin que mes cervicales protestent. Son petit sourire innocent m'indique qu'il est bien le coupable, et je ne sais pas si j'ai envie de le frapper ou de l'embrasser.

– Putain, mais c'est quoi cette odeur ? balance Cade.

– De quoi tu… commence Zeke. Bordel, Griffin ! Je reconnais ton odeur de pet pourri !

C'est trop pour moi. Très vite rejoints par les autres, j'explose de rire, même si cela me fait prendre une grosse bouffée d'air. Nos problèmes s'envolent. Rien de tel qu'un pet pour faire redescendre la pression.

On arrive à notre étage et avant d'entrer dans sa piaule, Griffin s'arrête pour lancer :

– Ne me demande plus jamais si j'ai un truc en réserve pour toi, Captain…

---

21. Désigne le fait qu'aucun but n'est entré dans les cages du gardien durant le match (blanchissage en français).

C'est avec un grand sourire que je pénètre dans la mienne. Il n'y a pas à dire, Rebel sait nous chouchouter, on a tous une chambre individuelle, et pas un truc tout petit et miteux. Non, non. À rester des heures à se vautrer dans les draps et faire venir le room-service plusieurs fois par jour. Je balance la carte magnétique sur le bureau avant de me diriger vers la douche. Il est grand temps de me décrasser !

Quand vingt minutes après, je m'étale de tout mon long sur le lit, j'ai l'impression d'être au paradis. J'attrape mon téléphone, et l'écran de verrouillage me met du baume au cœur. Il s'agit de la photo qu'on a prise, Harper et moi, quand elle est venue faire la soirée cinéma à la maison. Je sais que ça fait cucul, mais je n'ai pas résisté à avoir la preuve sous les yeux qu'entre nous, c'est bien réel. Sans plus attendre, je tente de l'appeler pour entendre sa voix. Les sonneries s'enchaînent jusqu'à ce que je tombe sur sa messagerie. Je raccroche, dépité, mais avant que je puisse poser mon portable, il vibre dans ma main.

Harper : *Pas dispo. Réunion au journal.*

Hunter : *J'espère que la réunion est pour parler de moi et de ma super équipe de hockey ? Sérieusement, tu as eu mon mail avec mes retours sur ton premier jet ?*

Harper : *On parle effectivement de mon article et merci pour ton aide, c'est super !*

Je souris en l'imaginant taper discrètement sous la table pour me répondre. Je ne résiste pas à l'idée de l'embêter un peu. Je me lève pour me prendre en photo dans le miroir sur pied de la salle de bains. Je ne porte qu'une serviette blanche sur les hanches et mes cheveux sont encore humides de la douche. Je lui envoie la photo avec pour seule mention : « Je me sens seul sans toi. »

Fier de moi, je me rallonge sur le lit et j'allume la télévision pour zapper sur la chaîne sportive. Je regarde à moitié l'écran quand elle me répond.

Harper : *MAIS ÇA VA PAS !*

Hunter : *Quoi ?* 😇

Harper : *Je suis en RÉUNION ! Et toi, tu m'envoies une photo de toi à moitié à poil alors que tu es à des centaines de kilomètres de moi ! C'est petit, Big H… Très petit* 😠

Je ris franchement en visualisant ses joues rouges et son expression gênée. J'aimerais être là-bas pour voir ça de mes propres yeux. Je tente un dernier texto tout mignon avant de la laisser tranquille.

Hunter : 😘

Sa réponse m'arrive dans la seconde.

Harper : 🖕

Sacrée Baby H… Même par texto elle a de la répartie. Il me tarde déjà de rentrer pour foncer chez elle, et peu importent nos plannings de fou, je veux la serrer dans mes bras. Le reste de mon temps libre passe rapidement, et je me retrouve presque à la bourre pour m'habiller et être à l'heure au rendez-vous dans le hall de l'hôtel.

À table, je suis entouré de mes colocataires et les discussions fusent dans tous les sens, mais on parle surtout stratégie pour demain. Alors que Cade et Zeke débattent des points forts de nos adversaires à venir, mon portable vibre dans la poche de mon jean. Je le déverrouille rapidement quand je vois qu'il s'agit d'un message de Harper.

La bouchée que je suis en train d'avaler se coince dans ma gorge lorsque je vois la photo qu'elle vient de m'envoyer avec le message : « Tu en penses quoi ? Je pensais la mettre sur mon compte Insta demain. »

Une quinte de toux me secoue alors que j'essaie de faire passer de l'air dans ma gorge. Les discussions s'interrompent autour de la table, l'attention se focalisant sur moi en train d'agoniser.

– Ça va, Clark ? T'as besoin que je te tapote le dos ? se moque Cade.

Trop occupé à ne pas m'étouffer, je continue à tousser quand Griffin, qui est assis à côté de moi, essaie de m'arracher mon téléphone de la main.

– Attends, c'est parce qu'il a reçu un texto ! Sois gentil Hunter, donne ton portable à ton Grigri préféré.

Je me débats pour lui échapper.

– Va... te... faire... foutre...

– Oh, s'il est sur la défensive comme ça, le message ne peut venir que d'une personne...

– Harper ! balancent Cade et Zeke en même temps.

– Et s'il nous cache son écran, c'est que la petite Harper lui a envoyé un truc cochon...

Dans un effort désespéré de les envoyer se faire cuire un œuf, mes poumons me brûlent en prenant une inspiration. Bordel que ça fait mal d'avaler de travers. Quand, après plusieurs minutes, j'arrive enfin à respirer sans m'étouffer, je reviens à mon écran.

En effet, il s'agit d'une photo de Harper, nue. Comme sur tous ses clichés, on ne voit rien, tout est dans la suggestion, mais je connais parfaitement son corps et je sais ce que ses mains ou les ombres dissimulent. Et putain, c'est sexy. Cela fait des jours que je n'ai pas pu caresser sa peau, alors la voir comme ça... C'est trop.

Hunter : *La photo est magnifique et si tu veux la publier sur ton compte, je serai le premier à la liker. MAIS sache que je me suis étouffé (littéralement 😭) en la voyant et que mon esprit s'emballe à l'idée de ce que je vais te faire en rentrant. Prépare-toi 👌👈*

Je pose mon téléphone à côté de mon assiette avant de recommencer à manger, prudemment cette fois-ci. Je n'écoute plus du tout ce qu'il se dit autour de moi, je suis enfermé dans une chambre avec Harper, et on joue au docteur. Il va falloir que j'arrête de m'exciter tout seul comme un con, car je vais avoir du mal à expliquer pourquoi je bande comme un taureau en mangeant un plat de pâtes carbonara. Quand un nouveau texto me sort de mes pensées, je prends le temps de finir ma bouchée avant de retourner l'écran.

Harper : *Je suis plus que prête 🍑🍆*

Hunter : *C'est ce que tu crois…*

Harper : *Ne me prends pas pour une petite chose fragile, je peux encaisser ce que tu auras à me donner.*

OK. Cette fille va avoir ma mort sur la conscience si elle n'arrête pas bientôt.

Hunter : *Me dire des choses pareilles alors que je suis à des centaines de kilomètres, ce n'est pas cool…*

Harper : *Bienvenue au club des frustrés, Big H.*

La vilaine fille. Elle s'en amuse, en plus.

Hunter : *Comment je vais faire maintenant pour ne pas montrer l'Empire State Building qui déforme mon jean alors que je suis au restaurant avec TOUTE l'équipe ?*

Harper : *Pas mon problème* 😘

Avant que je n'aie le temps de dégainer une réponse, un nouveau message apparaît.

Harper : *Mais je suis sûre que tu vas trouver une solution. Tout seul. Comme un grand.*

Harper : ✋

Harper : 🥜

Harper : 🍆

Harper : *Courage ! J'ai foi en toi !* 💥

Je rêve ou en plusieurs émoticônes, elle vient de décrire une branlette ? C'est plus fort que moi, j'explose de rire sans en expliquer la raison à mes colocataires. Ils me regardent comme si j'étais atteint d'une maladie bizarre qu'ils ne souhaitent surtout pas attraper. Si seulement ils savaient à quel point c'est génial de partager ce niveau d'intimité avec quelqu'un !

Hunter : *Je vais faire de mon mieux, ma capitaine ! Je ne vous décevrai pas* 💂

Un peu plus tard, alors que l'on remonte dans nos chambres, un nouveau SMS arrive.

Harper : *Je n'en doute pas. Pense à moi.* ♡

Putain. De. Merde.

Cette fille, c'est le feu.

CHAPITRE 25

Les 5 symptômes de la paresse :

1. …

(vu sur Internet)

Harper

J'ai toujours aimé l'école. Je ne me suis pas plongée à corps perdu dans les études quand je me faisais harceler, non, j'étais déjà studieuse avant. Mais on peut dire que ça a renforcé cet aspect de moi. Je voulais avoir les meilleures notes possibles pour pouvoir partir vite… et loin. Assise en tailleur sur mon lit, je relis ma fiche pour la énième fois. J'ai beau la connaître par cœur, je ne peux pas m'empêcher de la parcourir encore et encore. C'est presque du bourrage de crâne et j'en aurai probablement oublié la moitié le jour des examens.

Les partiels sont pour bientôt et comme toujours, j'angoisse à mort.

Maeve est plus sereine en général. Je dis souvent qu'elle a le bon stress, et que moi je traîne le mauvais, celui qui te ravage le ventre et te fait bafouiller comme jamais lors d'un oral par exemple… J'ai hâte que les examens se terminent pour pouvoir être de nouveau plus tranquille. Entre les examens, les emplois du temps, les cours, les évaluations et le reste, j'ai l'impression qu'on passe notre vie à stresser alors qu'on n'est pas encore dans la vie active. Et dire qu'il y a des étudiants qui ont un job… Je me sens pourtant plutôt prête et en confiance, mais ces derniers temps, j'ai eu la tête ailleurs avec Hunter, et je n'ai pas envie de me planter.

Je ferme les yeux en penchant la tête sur le côté et une douleur me picote la nuque. Bon sang, il est temps de faire une petite pause. Je m'étire en frictionnant la zone sensible.

– Tu veux que je te masse ?

Je souris avant même de relever la tête. Je n'ai pas l'habitude d'être distraite lorsque je révise. Hunter, assis à mon bureau, me regarde en souriant. *Et quelle sacrée distraction !* Comme les examens avant les fêtes de fin d'année sont pour bientôt et que nous sommes pas mal occupés par nos activités respectives, c'était plutôt compliqué de se voir, alors Hunter a voulu qu'on bûche ensemble. J'étais assez sceptique au début, mais il s'est montré très studieux. En rencontrant sa famille et Jamie, son neveu, je me suis rendu compte que les cours étaient importants pour lui, alors je suis contente de le voir se donner à fond pour ses études. Je crois que je pourrais lui botter les fesses moi-même s'il flanchait, d'ailleurs. Il *doit* devenir kiné, il est fait pour ça.

– Hum, pourquoi pas ? C'est si gentiment proposé.

Le sourire qu'il esquisse en entendant ma réponse est aussi adorable que redoutable.

– Tant mieux, j'ai besoin d'une pause parce que j'en peux plus d'ingurgiter tous ces trucs.

Il se redresse et vient vers moi.

– C'est difficile ?

Le matelas s'affaisse lorsque Hunter s'installe derrière moi alors que je réunis mes fiches et mes cours pour ne pas les abîmer.

– Non, et en vrai, c'est passionnant, j'adore ça… la mécanique du corps humain, la façon dont on peut le réparer, ça me fascine. C'est juste qu'on révise depuis des heures, des jours même, et j'en ai marre.

– Tu étais bon élève avant de vouloir devenir kiné ?

– Pas vraiment, m'avoue-t-il, un sourire dans la voix. Mais dès que j'ai su que je voulais faire ça, je me suis donné les moyens d'y arriver. Et toi ? Je parie que tu es du genre à stresser alors que tu as toujours des bonnes notes.

Maeve se moque parfois de moi quand je panique d'avoir raté un devoir ou un examen, exactement comme vient de le faire Hunter. Parce que la plupart du temps, je réussis mes examens, c'est vrai, mais je stresse toujours. C'est comme ça, je ne changerai pas maintenant !

– Bingo, je suis l'intello qui stresse de ne pas réussir… Je suis surprise que tu fasses partie de ces gens qui ne cherchent pas à comprendre qu'on a le droit de flipper pour quelque chose d'aussi futile qu'une note. La plupart des gens ne se doutent pas de la pression qui pèse sur les épaules des « intellos ». Ni même de celle qu'ils se mettent involontairement parfois pour y arriver… Ma mère était d'ailleurs assez exigeante avec mes notes, ce qui m'a poussée à viser toujours le haut du tableau.

– Elle était méchante, ta mère ? demande-t-il d'une petite voix.

Je secoue la tête en ricanant.

– Pas du tout, elle voulait juste que j'aie des bonnes notes pour que je puisse avoir autant d'opportunités que possible, et elle m'a toujours motivée à devenir celle que je voulais. Quand je lui ai dit que je souhaitais bosser dans le journalisme, elle m'a encouragée.

– Ta mère est cool aussi, alors.

Un petit sourire étire mes lèvres. J'ai tellement hâte de rentrer à Noël ; je n'ai pas vu ma famille depuis août. Je vais pouvoir décompresser et profiter de ma grand-mère. Même si le froid de l'hiver me semble plus supportable, je sens déjà les rayons du soleil sur ma peau.

– Retire ton gilet, ça te fera plus de bien, lance Hunter.

– T'as l'air si sûr de toi… je raille.

– Forcément, puisque je suis doué. Désolé, mes mains sont un peu froides.

Je frissonne quand ses doigts se posent sur ma peau. Passé quelques secondes, je ferme les yeux alors qu'il me masse tendrement les épaules. C'est agréable. Il y a de bons côtés à faire des révisions avec un type sexy et doué de ses mains. N'empêche que j'apprécie de plus en plus de me retrouver là avec lui. Juste nous deux.

– Ça te fait du bien ? demande-t-il.

– Oui, mais n'aie pas peur d'y aller plus fort, je ne suis pas en sucre.

– Sortie de son contexte, cette conversation pourrait prêter à confusion, ricane Hunter.

Je pouffe alors qu'il presse ses paumes plus fort contre mes épaules.

– Je devais réviser la pratique, de toute façon.

– Qui t'assiste dans tes révisions d'habitude ? Une jolie fille ?

– Je n'irais pas jusqu'à dire que Griffin est une jolie fille, mais c'est vrai que c'est une vraie Mariah Carey parfois.

J'éclate de rire.

– Le plus souvent, je révise avec Cade puisqu'on suit les mêmes cours, et je m'entraîne sur les gars.

– Cade veut être kiné aussi ?

– Son rêve et son ambition, c'est de jouer en pro, mais il est terre à terre, il s'assure d'avoir un diplôme si jamais il n'arrive pas à faire carrière. Ce dont je doute d'ailleurs puisqu'il est vraiment bon et passionné.

– Je le lui souhaite, c'est vrai qu'il m'a semblé vivre et respirer « hockey ».

– D'ailleurs, puisqu'on parle de hockey, notre premier match à domicile est pour bientôt. Tu vas venir nous voir jouer ?

– Oui, je dois écrire un papier dessus.

J'espère d'ailleurs pouvoir retranscrire correctement l'ambiance, le match et mes impressions. Maeve va m'accompagner, alors je pense qu'on va passer un bon moment.

– Tu viens juste pour ton papier, lance Hunter d'une voix bougonne.

– Pour quelle autre raison je viendrais ?

Je ne le vois pas, mais j'imagine sa moue. Je crois que je ne me lasserai jamais de le taquiner. Je vais assister à ce match pour mon article, mais avant tout, j'y vais pour le regarder jouer. J'ai d'ailleurs particulièrement hâte de le voir évoluer sur la glace avec ses coéquipiers.

– Pour admirer ton mec en train de défoncer l'équipe adverse.

– Mon mec ?

Hunter déplace mes cheveux et l'instant d'après, il mordille ma peau. Je frissonne des pieds à la tête, je crois que je pourrais le taquiner longtemps s'il continue comme ça.

– Je ne suis pas ton mec ? demande Hunter.

Ses lèvres prennent le relais, remontent dans mon cou et me caressent la peau. J'ai la sensation d'être aussi belle que délicieuse.

– Si, mais toutes tes groupies ne te suffisent pas ? Il faut en plus que je vienne ?

– C'est toi que je veux voir dans les gradins. Je veux t'impressionner, marquer pour toi, et ça me plairait assez que tu sois là, Harper.

– Alors je serai là.

Je bascule la tête en arrière pour le regarder. Son sourire craquant m'accueille, et il m'embrasse la joue. Cet acte parfaitement mignon me donne du baume au cœur. Hunter a beau graviter autour de moi et de mon monde depuis quelques semaines, je crois que j'ai encore du mal à y croire.

– Tu révises toujours la pratique ? Je ne savais pas que les kinés embrassaient leurs patients. C'est quel genre de thérapie ?

Je sens qu'il sourit contre ma peau.

– C'est une pratique de relaxation que j'utilise avec les patientes très *très* privilégiées.

– Tu offres tes services avant chaque examen ? je demande.

– Quand tu veux, je te déstresse, Baby H. Tu appelles et je rapplique aussitôt.

– C'est bon à savoir.

Je veux l'embrasser quand mon téléphone bipe et vibre sur le matelas. On souffle tous les deux, dépités par cette interruption.

– Regarde, me dit-il.

Je déverrouille mon portable et je vais dans mes mails. Je tique sur l'intitulé du message : « Conférence sur le *body positive* », puis sur le nom de la personne qui me l'envoie. Joelle Isaac. Joelle Isaac ?! C'est une blague ? C'est… la proviseure de mon ancien lycée. Mes doigts tremblent alors que j'ouvre le mail.

« Bonjour mademoiselle Clarke,

J'espère que vous vous portez bien.

Je me permets de vous envoyer un mail pour solliciter votre présence lors d'une conférence sur le body positive. À la suite d'un harcèlement au sein de notre établissement, nous avons décidé d'organiser une conférence afin de sensibiliser nos élèves à ce mouvement.

Votre compte Instagram regorge de messages encourageants et positifs. De plus, vous semblez influencer et donner de l'espoir aux gens qui suivent vos posts, et nous aimerions que vous preniez la parole. Le fait que vous soyez une ancienne élève de notre établissement est un gros plus.

Qu'en dites-vous ?

Cordialement,

Joelle Isaac. »

Je fulmine, je… n'en reviens pas de recevoir un mail pareil.

– Tout va bien ? Tu es… Harper ?

– Ça va, oui, je lâche par automatisme.

– Qu'est-ce qu'il se passe ?

– R…

– Ne me réponds pas « rien », tu t'es crispée en une seconde… Tu ne veux pas me dire ?

Je me défais de son étreinte et je me redresse. Je me sens perturbée, troublée par ce message à la con parce qu'il ravive une blessure que je préfère oublier, parce que je me sens minable à chaque fois que je pense à mon passé.

– J'ai reçu un mail merdique, et je…

La tendresse et l'inquiétude dans son regard me prennent aux tripes, et je ne résiste pas à l'envie de tout lui raconter.

– C'est la proviseure de mon ancien lycée qui me l'a envoyé. Elle me demande de parler du *body positive* parce qu'il y a eu de nouveau du harcèlement dans son bahut de merde.

– C'est super !

Hunter a l'air vraiment ravi. Je ne comprends pas bien son enthousiasme… enfin, je le comprends un peu, mais la douleur que j'ai pu ressentir autrefois occulte toute pensée positive.

– Super ? je raille. Tu te fous de moi ?

Hunter écarquille les yeux et prend un air peiné. J'entortille nerveusement mes doigts avant de me mettre à marcher dans ma chambre.

– Cette femme n'a pas levé le petit doigt pour moi quand j'ai été harcelée malgré mes nombreuses visites à son secrétariat, et elle ose me demander de parler de *body positive* ? C'est n'importe quoi…

– Tu devrais le faire, ne serait-ce que pour la jeune qui a été harcelée. Parce que ce sont les valeurs que tu défends d'ordinaire, et que je te connais assez pour savoir que tu aiderais quelqu'un qui en a besoin.

– C'est injuste. Personne ne m'a jamais aidée, et surtout pas cette conne de proviseure. Quand je me faisais insulter dans les couloirs, elle savait que quelque chose clochait, mais elle faisait mine de ne rien voir.

– Je sais et je suis désolé, mais…

– Je n'irai pas, je le coupe.

Il en est hors de question. La colère me fait haleter, trop de choses remontent d'un coup. Ajoutez à ça le stress des partiels, et vous obtiendrez une Harper prête à exploser.

– Elle peut se la mettre où je pense, sa conférence. Franchement, elle ne manque pas de culot.

Je sens que je fulmine. C'est vrai, quoi ! Me demander à *moi* de venir, alors qu'elle m'a snobée pendant que je me faisais harceler. Et puis… je n'ai pas envie de retourner dans ce foutu bahut. Je crois que je n'en aurai pas la force.

– Tu ne veux pas y réfléchir ? insiste Hunter.

Je lui lance un regard en coin. Je suis surprise par son insistance.

– T'es dans quel camp, toi ? je râle.

Hunter ricane et se redresse. Il s'avance vers moi et enroule ses bras autour de ma taille.

– Je suis avec toi, Baby H, mais il n'y a pas de camp.

– Hunter, tu peux comprendre que c'est au-dessus de mes forces ? Que je n'ai pas envie de retourner dans ce lycée.

– Je le comprends oui, parfaitement. Mais je pense que tu te trompes quand tu dis que tu n'en as pas la force. C'est vrai que tu as un compte Instagram engagé, tu dégommes tous ceux qui sont injurieux envers toi.

– Et alors ?

– Alors tu as parfaitement la force d'y aller et de leur sortir un tel pamphlet que la proviseure s'en souviendra toute sa vie. En commençant par avouer clairement que tu étais harcelée, toi aussi, dans ce lycée, que personne ne t'a aidée.

Il prend mon menton entre ses doigts.

– Tu peux dire que tu avais peur et que maintenant, ce n'est plus le cas, tu es au-dessus de tout ça… Tu peux leur dire que tu es contente de voir que le harcèlement est enfin pris en compte. Tu as la force de tout accomplir, même d'affronter tes démons. Je serai là, je t'accompagnerai si tu le souhaites. Je serai celui qui scandera ton nom dans le public.

Je secoue la tête :

– Elle n'a rien fait pour m'aider, elle les a laissés faire… Je me souviens d'une fois où j'étais quasiment en train de pleurer dans les couloirs du lycée, et eux, ils se fichaient de mon « gros cul ». Elle est passée à ce moment-là, elle a demandé si tout allait bien. D'accord, j'ai répondu par l'affirmative, mais j'avais les yeux rouges, elle a bien compris que ça n'allait pas et elle a choisi de ne pas le noter. Alors je n'ai pas envie de le faire, et je ne vois pas pourquoi je le ferais.

– Parce que tu es une femme extraordinaire, Harper Clarke, et que tu as soif de justice et d'équité. Parce que tu ne veux pas que des gamines de seize ans se sentent comme toi à l'époque.

Ses mots me prennent au dépourvu et même si je n'en ai pas envie, ce crétin m'arrache un sourire. Malgré tout, je ne veux pas y aller, je ne peux pas.

– Peut-être, mais j'ai ma fierté. Je n'irai pas.

– Comme tu veux, soupire Hunter. Mais souviens-toi que tu ne me laisses pas le choix…

Hein ? Le temps que je comprenne, il m'arrache mon téléphone des mains et sort de la chambre en courant.

– Hunter !

Il se passe une seconde dans mon esprit avant que ça ne fasse tilt. Putain, le connaissant, il va… Je m'élance à sa poursuite et je le percute de plein fouet. On bascule sur le fauteuil puis sur le tapis du salon. Je croise son regard particulièrement fier.

– Qu'est-ce que tu as fait ? je crie, paniquée.

Il me donne mon portable. Il a répondu au mail :

« Bonjour,
Je serai ravie de participer à votre conférence.
Cordialement,
Harper Clarke. »

Comment a-t-il pu écrire aussi vite, cet abruti ? Je me sens en colère et perturbée par les vieux démons que je ne veux pas combattre.

– T'as… pas fait ça ?

Hunter embrasse le bout de mon nez avant de me sourire tendrement et de caresser ma joue.

– Si, mais tu verras, tu en sortiras grandie. Fais-moi confiance, ma Baby H.

J'ignore pourquoi, mais je me sens apaisée. J'ignore pourquoi, mais je le crois…

Il va quand même me le payer. Tout de suite.

CHAPITRE 26

Je suis à un âge où mon esprit pense que j'ai 25 ans,
mon humour suggère que j'ai 12 ans
et mon corps se demande si je suis encore en vie…

(Les crieuses du Web)

HUNTER

– Je suis tellement soulagé que ça soit fini pour cette année ! s'exclame Cade.

Je suis en train de garer ma voiture devant La Taverne, le seul bar où on aime tous se retrouver. Il est un peu en dehors du campus et on peut y décompresser sans trop de regards curieux.

– J'avoue que ces derniers jours ont été intenses, mais bordel, on va pouvoir souffler ce soir ! je lance en éteignant le moteur.

– Je ne t'ai pas entendu te plaindre de tes « révisions intensives », on ne t'a pas beaucoup vu à la maison, d'ailleurs.

– *Primo*, arrête de m'observer et *deuzio*, Harper a été super, elle s'est montrée d'un grand soutien.

Je ne peux empêcher un sourire niais de naître sur mon visage. Dès que je pense à elle, mon ventre se serre et je n'ai qu'une envie : aller la retrouver. Je ne sais pas pourquoi je me lasse des autres mais pas d'elle.

– Elle t'a surtout servi de cobaye…

On éclate de rire, car ce n'est pas totalement faux. Il a en partie raison mais Harper, c'est plus que ça. *Beaucoup plus que ça, en réalité.* On a pu savourer des moments doux ou drôles qui nous permettaient de ne pas laisser le stress prendre trop le dessus.

– Zeke et Griffin sont déjà dedans, annonce Cade en regardant son téléphone. Allons les rejoindre avant qu'ils n'épuisent la réserve de bouffe !

Au moment de sortir de la voiture, mon portable sonne, je m'arrête pour l'attraper et regarder le SMS. Je perds ma bonne humeur à mesure que je lis les mots dégueulasses qui défilent sous mes yeux :

Melvin : *Tu aurais mieux fait de te concentrer sur ton jeu... Cette grosse vache causera ta perte, loser !*

En copie se trouve une photo de Harper et moi, celle que nous avons publiée sur nos comptes Instagram. Mes mâchoires se serrent, mes poings aussi, mais je parviens, je ne sais comment, à ne pas balancer mon téléphone à l'autre bout du parking. Le message a beau avoir été envoyé depuis le portable de Melvin, je sais très bien qu'il n'est pas seul derrière. Il y a toute sa bande de sombres raclures avec lui, et ça me colle la gerbe. Ces mecs sont des connards de première et je n'ai pas besoin de chercher bien longtemps pour savoir qu'ils vont continuer jusqu'à ce que j'explose. Ils veulent me déstabiliser, me foutre en rogne avant le match. Qu'on s'en prenne à moi, je m'en moque, mais qu'ils mêlent Harper à leur machination débile, ça, je ne le supporte pas. Elle a assez souffert par le passé, je ne veux pas que mes casseroles s'ajoutent à ses problèmes.

– Ça va, Hunter ?

La voix de Cade me fait revenir dans le monde réel. Je range mon téléphone sans lui accorder plus d'importance.

Il y a un temps pour tout, et si je commence à parler de tout ça avec l'équipe, ils vont monter des plans plus fous les uns que les autres. Et ce soir, j'ai envie qu'on célèbre notre libération des partiels et l'arrivée imminente des *playoffs*.

– Ouais, tout va bien ! Allez, rentrons, on va finir gelés sur place, sinon.

Au regard qu'il me jette, je vois bien qu'il n'est pas dupe, mais il me suit sans faire d'histoires. À peine nous franchissons la porte que le bruit nous assaille. Il s'agit d'un mélange de musique, de discussions animées et de bruit de plusieurs télés retransmettant différents sports. La Taverne, c'est notre antre. Elle est pour nous ce que le *Central Perk* est à la bande de *Friends*.

– Eh, les deux têtes de nœuds, par là !

L'accueil chaleureux de Griffin ne nous surprend pas et les gens doivent avoir l'habitude, car personne ne se préoccupe de nous. Nos deux colocataires nous attendent avec assez de bouffe sur la table pour nourrir l'équipe entière.

– Vous essayez de vous faire éclater le ventre ? je les nargue en m'asseyant.

– On noie notre bonheur dans la meilleure sauce fromagère de la ville, voilà ce qu'on fait ! réplique Zeke en y trempant une frite.

L'expression de leur visage montre à quel point on a tous besoin de ce moment et de lâcher prise. D'un point de vue extérieur, on pourrait croire qu'on a une belle vie, et c'est en partie vrai. Mais on attend de nous la perfection sur la glace et aussi en dehors, nos entraîneurs exigent au minimum un B – à nos partiels pour qu'on puisse continuer de jouer. Donc les enjeux sont super élevés. On doit se surpasser.

Mais je ne changerais rien, j'aime trop ma vie, et si je peux réussir mes études tout en m'éclatant sur des patins, je serais fou de ne pas le faire. Même si parfois, ça impose un rythme soutenu et des nuits très courtes pour faire face aux révisions ou aux entraînements.

La serveuse qui s'approche de notre table me sort de mes pensées.

– Qu'est-ce que je vous sers ce soir, les garçons ?

– Une autre tournée ? nous demande Zeke avec un grand sourire.

Je regarde son verre vide avant d'acquiescer.

– Quatre Coca, c'est parti !

– Le fait de ne pas pouvoir boire durant la saison est le truc le plus dur du monde ! râle Griffin avant de fourrer une poignée de chips dans sa bouche.

– Est-ce que je dois te rappeler qu'on est censés suivre un régime alimentaire strict et sain aussi ? je me moque.

– Ch'est ckon fé !

– Je t'ai déjà dit de ne pas parler la bouche pleine, Princesse.

Le regard noir qu'il me jette me donne envie de lui faire un gros câlin. Ce mec n'est pas crédible lorsqu'il essaie de jouer les énervés. Il avale difficilement sa bouchée avant de reprendre :

– C'est ce qu'on fait tout le reste du temps. J'ai l'impression de ne pas avoir mangé gras depuis des années !

– Tu sais qu'on va le payer lors de l'entraînement demain matin ? Quand ton cul n'arrivera pas à arrêter mes palets ?

J'aime emmerder Griffin. Je crois que c'est un peu mon deuxième sport préféré. Quoique maintenant, il y a les sarcasmes avec Harper. *Putain, je kiffe mes potes, ma vie et ma nana.*

– J'arrête tes tirs les yeux fermés, mec, et tu le sais. Je pourrais le faire avec les yeux bandés, et bourré.

– Tu as bien trop confiance en toi, Griffin, raille Zeke.

– Quoi ? Toi aussi tu doutes de moi, Zeke ? Je t'ai payé à bouffer ce soir ! Tu ne mérites pas mon amitié, rends-moi les frites que t'as mangées !

– D'ici plusieurs heures, tu pourras venir les récupérer. Dans une forme altérée, mais tu pourras si tu veux.

Il me faut un temps d'arrêt pour comprendre ce que vient de suggérer Zeke. Malgré moi, je fronce le nez comme si j'étais présent dans cette scène dégueulasse. Il faut quelques secondes de plus à Griffin pour percuter.

– Mec… Je savais que tu avais des préférences étendues, mais je ne te croyais pas attiré par la matière fécale. Je ne juge pas, hein, chacun fait ce qu'il veut, mais ce n'est pas mon délire…

– Forcément, vous parlez d'un truc crade…

La voix féminine qui s'élève derrière nous nous surprend tous. Je la reconnaîtrais entre mille. Je me retourne et mes yeux se posent sur la nana la plus délicieuse que je connaisse. Elle est accompagnée d'ailleurs, puisque Maeve est avec elle. J'ignorais que Harper avait prévu de venir ici, ce qui enchante encore plus ma soirée. Pas question qu'elle aille ailleurs, même si sa pote et Griffin ne peuvent pas se voir.

– Baby H ! je lance.

Elle me claque un foutu sourire qui me donne envie de la dévorer. Griffin manque de s'étouffer et lâche un « putain » en remarquant Maeve tandis que Zeke et Cade attendent que quelqu'un se décide à leur expliquer ce qu'il se passe.

– Les gars, vous connaissez déjà Harper. Et je vous présente sa meilleure amie : Maeve.

Mon annonce provoque un blanc. J'ai l'impression que Cade cherche où il a déjà entendu ce prénom, alors que Zeke la regarde comme si un fantôme venait d'apparaître devant nous.

– Maeve… Pourquoi ce prénom m'est familier ? lance notre capitaine avant de jeter un coup d'œil à Griffin, qui a les pommettes étrangement rouges. Oh putain ! Tu es *the* Maeve ? *La* Maeve de Griffin ?

– Ce n'est pas *ma* Maeve.

– Je ne suis pas *sa* Maeve.

C'est alors que Zeke se lève brusquement, fait le tour de la table et attrape Maeve par les épaules, il la soulève même du sol. *Sérieux, mais il fout quoi ?* Et tandis qu'ils se font face, il la secoue gentiment avant de lui dire :

– Donne-moi tous tes secrets, pitié. Tu as su dompter un mec comme Griffin, tu dois avoir des pouvoirs !

– Eh mec, va chier ! râle l'intéressé.

La copine de Harper semble interdite alors que Zeke la repose enfin. Elle lève la tête vers lui.

– Je ne comprends pas, dit-elle.

– Il faut pardonner les manières un peu bizarres de Zeke, lance Cade en montrant le tabouret libre en face de Griffin. Il est légèrement ému de te rencontrer enfin.

– D'accord, mais ça ne m'explique toujours pas pourquoi vous êtes contents de me rencontrer *enfin* ?

Zeke tire galamment le tabouret pour que cette dernière s'y asseye. Puis tous les deux se réinstallent à côté de Maeve et commencent à la bombarder de questions. Harper, qui se faufile dans mes bras, pose un rapide baiser sur mes lèvres avant de prêter de nouveau attention à la scène incroyable qui se joue devant nos yeux.

– C'est fascinant, chuchote-t-elle.

– Attendons de voir comment ça évolue, je réponds dans son cou.

D'un côté, Maeve est prise en sandwich par les deux plus grosses armoires à glace de l'équipe de hockey, de l'autre côté, Griffin, Harper et moi.

– Griffin nous casse les couilles à longueur de temps, et toi, tu nous as tous vengés de lui sans même vraiment essayer…

Je crois que sur l'instant, Griffin comme Maeve rêveraient d'être ailleurs.

– C'est-à-dire ?

– Enfin tu sais, le truc qui vous est arrivé ! Ne me force pas à le dire, ça me fait mal rien que d'y penser. Tu as en quelque sorte vengé tout le monde. Je ne te remercierai jamais assez pour ça.

– Merci du soutien, les mecs, siffle Griffin.

– T'as raconté ça à tes potes ? grommelle Maeve, visiblement morte de honte. Tu m'as encore fait passer pour la méchante succube qui se délecte de rompre le frein des gros cons ?

Cette conversation est fabuleuse. Je me délecte du spectacle. Ils échangent enfin un regard. Si la tension pouvait se matérialiser à l'instant, elle emplirait la pièce d'étincelles et d'éclairs. Ils ont l'air de se détester autant qu'ils se désirent. C'est fascinant de voir Griffin mordu d'une nana. Parce que malgré la haine qui se reflète dans son regard, je me souviens de ses mots la dernière fois que nous avons parlé. Pourquoi ils ne règlent pas ça au pieu ? Il y aurait sûrement des lattes pétées, des draps froissés et des vêtements arrachés, mais ça réglerait probablement certains soucis. Enfin, c'est comme ça que je procéderais, personnellement.

– Parce que t'as rien dit à ta copine, toi ? répond Griffin sur le même ton.

– C'est pas la question. Enfin, je suis ravie d'avoir été utile à tes potes, au moins, je n'aurai pas perdu mon temps pour rien.

– Oh, je suis sincèrement désolé que tu aies perdu ton temps avec moi. Moi, j'ai juste perdu ma bite ! Pouf, envolée !

Elle s'humidifie les lèvres avant de lui adresser un sourire machiavélique.

– Du coup quoi, tu crois que t'es une meuf, maintenant ? C'est pour ça que tu te comportes comme une vraie Nelly Olson ? Bravo le stéréotype ! Mais c'est vrai qu'avec tes jolies boucles blondes, on pourrait confondre.

– Ne sois pas jalouse de ma beauté, il est difficile d'arriver à mon niveau.

– Ça serait une héroïne trop *badass*, lâche soudain Harper. La nana qui venge les infidèles en leur rompant le frein. Imagine ce que ça donnerait en film ou en série !

– Toujours des idées aussi terribles, je soupire.

Maeve éclate de rire.

Putain Griffin, mais qu'est-ce que t'attends pour mettre le grappin sur cette nana sérieux ?

Dès lors qu'on s'installe, l'atmosphère se détend malgré mes craintes initiales. Mais je crois que tout le monde a envie de passer un bon moment et d'oublier ces dernières semaines qui ont été dures.

– Tu as réussi tes derniers examens ? je demande à Harper.

– Les doigts dans le nez. Tu devrais le savoir, Big H, que tu sors avec une intello.

– Je le sais, mais je préférais vérifier.

Au bout d'une heure, l'ambiance est carrément cool et la quantité de nourriture encore présente sur la table est hallucinante.

– Bordel, Harper, comment est-ce que tu peux manger plus que moi et être aussi canon ? lance Cade, admiratif.

– C'est un art, Captain. Un art que je pratique à la perfection.

Je me penche pour l'embrasser sur la tempe. J'aime son sens de la répartie, et le fait qu'elle ne se laisse pas démonter.

– D'ailleurs, j'ai oublié de vous en parler, mais j'ai une surprise pour fêter la fin des examens.

– Tu vas faire disparaître la sorcière ? crache Griffin.

– Fais gaffe, la sorcière pourrait te botter le cul, Prince.

– OK ! Donc voilà la surprise !

D'un geste pompeux, elle plaque plusieurs feuilles au milieu de la table. Le titre m'attire l'œil immédiatement : « Les Grizzlys de Rebel, ma surprise de l'année ! »

– Tu as fini ton article, je lance, fier d'elle.

– Oui, il a été validé et il sortira demain.

– Mais je n'ai pas eu le temps de faire la dernière vérification, panique Cade.

Harper prend le temps de le regarder dans les yeux, ce qui, étonnamment, le fait rougir.

– Tu ne me fais pas confiance, Captain ?

– Euh… si ?

– Je préfère ça, lance-t-elle. Mais pour ta gouverne, je peux t'assurer que tu vas l'adorer, et que ça va vous faire une super promo. Surtout toi, ajoute-t-elle à mon égard.

– Pourquoi surtout moi ?

– Hunter… T'es celui qui a le cul sur le siège éjectable de notre chère doyenne. Je dois vraiment te rappeler ce détail ?

– Oh. Ça…

– Oui, *ça*. Ce détail de rien du tout, dit-elle en levant les yeux au ciel, sous les rires de mes coéquipiers.

Je me penche vers elle pour être sûr qu'elle seule m'entende.

– J'aime l'idée que tu prennes ma défense devant le campus entier. Tu es tellement mordue de moi, Harper Clarke ! Reconnais-le.

Elle se recule un peu pour pouvoir me détailler.

– Si tu en doutais, c'est que tu es moins perspicace que je ne le pensais. Je devrais peut-être modifier deux trois lignes de mon article, lance-t-elle en faisant mine de récupérer ses feuilles.

Je l'en empêche, en attrapant sa main pour embrasser ses doigts.

– Je te connais bien mieux que tu ne le penses, Baby H.

Le regard qu'on échange me fait regretter qu'on ne soit pas seuls chez moi.

– Vous allez me faire dégueuler si vous continuez comme ça, soupire Zeke.

Ouais, je le regrette vraiment.

CHAPITRE 27

Il vaut mieux se taire et passer pour un con plutôt que de l'ouvrir et de ne laisser aucun doute à ce sujet.

(Pierre Desproges)

Harper

L'ambiance et l'effervescence autour de moi sont si intenses que je me demande si je ne suis pas passée à côté de quelque chose depuis tout ce temps. Les joueurs ne sont pas encore sur la glace, alors j'imagine que ça va être le feu quand ils vont enfin arriver. Et c'est tant mieux, car il fait – 8 000 dans cette fichue patinoire. Malgré mon manteau, je frissonne sur mon banc. J'ai déjà assisté à quelques matchs de NBA avec mon père et je ressens cette même excitation dans le public. C'est assez exaltant. Je n'avais jamais fait attention au fait que les matchs universitaires étaient aussi suivis, voire carrément populaires… En même temps, quand je pense à Hunter et à ses acolytes, je me dis qu'ils ne sont pas aussi célèbres pour rien.

– J'espère qu'ils vont les écraser, lance Maeve. Et que Griffin va se faire défoncer la gueule au passage…

– Ça m'étonnerait, il est gardien, je remarque.

Maeve sourit d'un air particulièrement sadique. Ses joues ont pris les couleurs des Grizzlys de Rebel, les miennes aussi, d'ailleurs, j'ai même ajouté un petit « 14 » discret. On arbore fièrement nos couleurs jaunes et noires. En fait, tout le public est aux couleurs des nôtres. Tee-shirts, écharpes, banderoles, fanions… Pas étonnant qu'ils aient tellement la grosse tête. Comme le match se joue chez nous, il n'y a pas beaucoup de couleurs de l'autre équipe.

– Il faut s'attendre à tout au hockey. Je garde espoir qu'il souffre. Affreusement.

– Comme ça, tu pourras souffler sur ses blessures.

Elle me lance un regard en biais.

– Ne commence pas.

J'éclate de rire quand, soudain, quatre arbitres se mettent à patiner sur la glace, ce qui provoque les cris du public. Alors qu'ils se mettent en place, les Pioneers de Denver, l'équipe adverse, arrivent sur la glace. Ils sont en blanc et rouge, et ils évoluent de leur côté de la patinoire pour s'échauffer sans doute, avant de se mettre à tester quelques tirs avec leur gardien. Nos Grizzlys ne se font pas désirer longtemps, et quand ils entrent, ils sont acclamés comme des guerriers spartiates. C'est une *standing ovation*. Je n'imaginais pas que nos étudiants étaient si passionnés, je vois même tous les âges autour de moi. Les gens de la ville viennent sur le campus pour supporter l'équipe locale, et je trouve ça super cool. Je repère Cade qui reste à la porte, et laisse passer tous ses coéquipiers en leur tapant sur le casque au passage, avant de se mettre à patiner à son tour. C'est impressionnant, je dois le reconnaître, Cade a une certaine aura sur la glace. On sent que c'est lui qui dirige les vingt-deux bonshommes présents sur la feuille de match de ce soir. Je repère rapidement Hunter qui file sur la glace comme si c'était son élément. Mon cœur bat plus vite une fois que je l'ai repéré.

– Enfin ! s'écrie Maeve. Allez les Grizzlys !

Elle hurle à s'en péter la voix. Je suis un peu surprise, je n'imaginais pas qu'elle serait aussi enjouée, étant donné que j'ai dû la traîner pour venir.

– Tu supportes les Grizzlys ?

– Je ne t'ai jamais dit que j'adorais le hockey ?

– Tu aimes le hockey en tant que sport ou tu rêves de serrer le cou du gardien titulaire pendant que tu le chevauches ?

Elle roule des yeux, alors je dirais qu'elle pourrait valider les deux réponses.

– J'aime le hockey. Ma famille est méga-fan, et mon père joue au poste de défenseur dans un club.

– Mais pourquoi je ne savais pas ça ? je hurle pour me faire entendre.

– Parce qu'on n'a jamais eu une bonne raison de parler de hockey ensemble avant l'arrivée fracassante de Hunter dans ta vie.

– Ton père est pro ?

– Pas du tout, il joue dans un club local avec quelques-uns de ses collègues de boulot. Mais mon grand-père était un pro. Il a remporté plusieurs championnats, d'abord à la fac, puis après.

Elle a l'air si fière que j'ai l'impression d'être une mauvaise amie de ne pas l'avoir su plus tôt. Il faut dire qu'on ne parle pas vraiment sport ensemble, si ce n'est du sport en chambre… Je soupire à cause de la lourdeur de ma propre pensée, puis je souris, persuadée que Hunter l'aurait appréciée. Ce mec déteint un peu trop sur moi.

– Vraiment ?

– Oui, répond Maeve en hochant la tête. Il était ailier droit chez les Blackhawks de Chicago. Bobby King est une légende dans le milieu. Il était tellement bon que son numéro a été retiré pour qu'aucun autre joueur ne puisse le porter.

– Waouh, c'est fou…

– Oui.

– Si tu disais ça aux garçons, ils seraient dingues… Peut-être qu'ils connaissent ton grand-père ! T'en as même pas parlé à Griffin ?

– Pourquoi j'aurais dû lui en parler ?

Je hausse les épaules.

– Concentre-toi sur le match et le papier que tu dois pondre… Je n'en parle pas, parce que je n'ai pas envie d'attirer l'attention sur moi, et je n'ai pas non plus envie qu'on parle de « la petite-fille de », ce genre de choses. Je n'avoue ça qu'aux gens que j'adore.

Je la comprends un peu. Je n'imagine même pas la pression que ça doit ajouter d'avoir une étiquette qui colle à la peau, et la crainte de décevoir. Même si cela permet d'ouvrir des portes… C'est bien le genre de ma meilleure amie, d'envoyer tout ça bouler pour laisser sa propre trace.

– Je t'adore aussi.

J'ai soudain un éclair de lucidité. Un peu tard, c'est vrai, mais la révélation qui me percute est fulgurante.

– Mais… j'y pense, espèce de vile traîtresse.

Ma meilleure amie tourne la tête vers moi.

– Quand je galérais à faire mon article, quand j'ai dû revoir Hunter pour le hockey… enfin, tu t'y connais en hockey ! Tout ce temps, tu aurais pu m'aider ?

Elle bat exagérément ses paupières.

– Et j'ai tellement eu raison puisque vous sortez ensemble maintenant. Mais on réglera nos comptes après, le match va commencer.

En effet, beaucoup de joueurs quittent le terrain pour n'en laisser que six de chaque côté, gardien inclus. Lorsque la partie commence, je fixe la glace avec attention et ferveur. Je me sens aussi excitée que le public, on se prend vite au jeu de l'exaltation. J'essaye de regarder tout le monde et de graver dans mon esprit ce que je vois. Mais cela se passe beaucoup trop vite pour mes yeux de novice. Je perds rapidement le palet des yeux avant de l'apercevoir une nanoseconde plus tard. C'est un sport de fou !

Cade, au centre, joue comme un dieu, accompagné de Zeke et d'un autre dont je ne connais pas le prénom, ils montent dans le camp d'en face comme des flèches en guidant le palet comme s'ils le maîtrisaient mentalement. Quand Cade marque le premier point, c'est l'euphorie dans le public. Maeve crie également en se levant et en m'entraînant avec elle.

Le palet est vite remis en jeu, et l'autre équipe avance vers notre zone défensive comme des boulets de canon. Je sursaute quand Hunter plaque un des attaquants contre les vitres en plexiglas. L'impact me paralyse un instant. Le choc a été brutal, pourtant les deux joueurs sont déjà repartis. Hunter envoie le palet dans la crosse de Cade comme si de rien n'était. Il est incroyable ! Mon regard reste accroché à lui, et je l'observe évoluer sur la patinoire comme s'il était né pour ça. Malgré son équipement, il glisse sur la glace comme si c'était un don inné.

Au début, je pensais que le défenseur n'avait pas un rôle très important, je comprends maintenant que toutes les positions le sont. Et que le poste de Hunter est crucial : il évite que l'équipe adverse ne s'approche trop de la cage. Griffin est probablement celui qui est le plus sous pression et il doit avoir un mental d'acier. Il faut faire confiance aux défenseurs pour bloquer les attaques, mais aussi être prêt à tout instant pour intercepter un palet. Les postes sont un tout, et ils ne sont rien sans les autres. Alors que le match se joue sous mes yeux, je comprends que Hunter doit récupérer le palet, défendre son but, bloquer les attaques, mais aussi coordonner ses actions avec celles de l'autre défenseur, et surtout qu'il doit prendre des décisions rapides pour être efficace. Sans parler des contacts brutaux. Je comprends un peu mieux pourquoi ils doivent à ce point se muscler.

Un premier coup de sifflet me surprend, on n'est même pas à cinq minutes de jeu.

– Je croyais que ça se jouait à coups de vingt minutes, je lance en me penchant vers Maeve.

– Ce sport est tellement physique qu'il faut changer régulièrement les joueurs, qu'ils puissent se reposer. Ils ne tiendraient pas la distance, sinon.

En effet, sous mes yeux, deux joueurs de notre équipe sortent, un défenseur et un attaquant ; trois font de même parmi les adversaires. Je remarque avec fierté que Hunter et ses amis sont toujours sur la glace, prêts à en découdre. Ils se rassemblent rapidement avec les deux nouveaux pour faire le point avant que Zeke file vers une zone de remise en jeu.

Juste avant le coup de sifflet, la tension entre les deux équipes est à son comble, on peut le voir depuis les gradins, alors je n'ose imaginer ce que c'est sur la glace. Les crosses s'entrechoquent rapidement et une fois de plus, l'action est trop vive pour que j'arrive à suivre précisément. Ils se déplacent derrière la cage des Pioneers, et soudain, j'aperçois Hunter faire une remontée folle. Dans un moment de flottement, je le vois foncer sur un des membres adverses et le renverser. Le pauvre vole un instant dans les airs avant de chuter lourdement. Le mec ne va jamais pouvoir se relever, ce n'est pas possible, et Hunter va se faire virer aussi sec !

– Putain ! je hurle. Il a le droit de faire ça ?

– Ouais ! C'est la beauté de ce sport.

Je me rends compte qu'elle a raison puisqu'aucun des arbitres ne siffle pour interrompre le jeu, et surtout, les autres joueurs continuent la partie. La « victime » de Hunter est déjà debout et se mêle de nouveau à la partie.

– Hunter a le palet, s'excite Maeve.

Je remarque qu'elle a raison, et j'ai l'impression de retenir mon souffle en même temps que toute la patinoire quand il arrive devant la cage et tire. Dans un premier temps, la lumière qui clignote me donne l'information qu'il a réussi, puis un bruit assourdissant emplit soudain les lieux. Je me lève en criant ma joie à pleins poumons ! Je tape dans mes mains quand je le vois faire une espèce de courbette ridicule qui lui correspond à merveille. Puis il envoie un baiser dans ma direction. Approximativement. Mais l'intention est là et mes joues deviennent cramoisies, et pas à cause du froid polaire.

Lorsque Hunter me rejoint dehors, j'ai le cœur en vrac. Comme dans les loopings. Cette sensation tellement grisante et intense, je ne pensais pas ou plus la ressentir pour un garçon… pas à ce point, pas aussi fort.

– Tu es seule ? demande-t-il, surpris.

– Maeve a filé, oui…

Elle n'avait pas envie de tenir la chandelle, ni même de voir Griffin. Je voulais rentrer avec elle pour qu'elle ne soit pas seule, mais elle a insisté en disant que c'était normal que je reste avec Hunter. Et entre nous, j'avais envie de partager un petit moment avec lui pour fêter cette victoire méritée.

– Félicitations, je dis alors qu'il m'attire à lui.

Il s'est lavé, ses cheveux humides sentent le shampoing. Je me blottis contre lui, profitant de sa chaleur.

Je commençais à grelotter dehors. Il se penche sur le côté et me caresse la joue.

– Ça me plaît assez de voir nos couleurs sur tes joues, mais encore plus mon numéro.

– Il fallait bien que je joue le jeu. Et puis j'ai la classe, en jaune et noir.

– Tu as des peintures ailleurs sur le corps ?

– Si je te réponds sur les fesses, tu fais quoi ?

– Je te kidnappe pour la nuit, répond-il le plus sérieusement du monde.

Je perçois dans son regard une étincelle que je connais très bien, et je rougis.

– Alors, ton premier match de hockey, ça t'a plu ? demande Hunter.

– C'était incroyable, oui. J'ai adoré.

Son sourire est si large, si sincère qu'il me prend au cœur. Hunter se penche et m'embrasse. Je me laisse aller à ce baiser fougueux et langoureux. Je me sens absolument grisée et… un peu perdue aussi par les sentiments qui se mêlent dans mon cœur et dans ma tête. Je crois que je tombe amoureuse. Non, je crois que je suis déjà amoureuse de lui. Je le ressens partout. C'est dans mon cœur, dans mes entrailles, dans mon esprit et j'ai la sensation étrange que ça ne me perturbe pas plus que ça, parce qu'au fond de moi, voilà peut-être quelques jours que je craque sur lui. Et ça me semble si naturel… après tout, il m'est littéralement tombé dessus le jour de notre rencontre !

– Ça m'a tellement plu de te savoir dans les gradins pour me soutenir. Je me suis donné à fond. Je n'ai jamais aussi bien joué.

– J'ai vu ça, tu étais incroyable, même si je suis sûre que tu joues aussi bien à chaque fois. C'est quelque chose, les matchs de hockey, quand même. Tu…

Je me tais quand je me rends compte que je suis en train de chanter ses louanges. Il ne va jamais me lâcher avec ça. Enfin, foutue pour foutue…

– Je ? Tu ne finis pas ta phrase, Baby H ? me taquine-t-il en me mordillant rapidement le cou.

– Rien, vous étiez incroyables. Je suis contente que vous ayez gagné.

Il me caresse la joue.

– Nous aussi, on est contents, on a bossé comme des fous, mais on est en forme cette année, on a toutes nos chances de remporter le championnat.

Il rayonne littéralement. Je ne sais pas si c'est l'effet que lui procure chaque après-match, mais il dégage quelque chose en plus. Et c'est terriblement attirant. Bordel, qu'est-ce qui n'est pas sexy chez ce mec ? Je suis sûre que les lobes de ses oreilles pourraient me faire de l'effet. Discrètement, j'essaie de les apercevoir, mais les boucles de ses cheveux m'en empêchent.

– Au fait, t'as noté que je t'ai dédicacé mon but ?

– Désolée, mais non…

– Comment ça ? J'ai envoyé un baiser dans ta direction, la patinoire entière l'a vu, et toi non !

– Tu l'as dédicacé au type qui était assis derrière moi. Il a hurlé comme un dément en disant que tu l'avais regardé, et je n'ai pas voulu le détromper, il avait l'air tellement heureux. Il s'appelle Steve ou Stan, je n'ai pas très bien compris, sa femme criait trop fort.

Je glousse comme une idiote quand les camarades de Hunter sortent de la patinoire en riant et en chahutant. En arrivant vers moi, Griffin passe son bras autour de mes épaules. Zeke me salue brièvement avant de poursuivre sa route lorsque son téléphone se met à sonner, et Cade nous rejoint quelques instants plus tard.

– Salut, jolie Harper ! lance Griffin. Alors, t'es fière de nous ?

– Mec, ôte tes sales pattes de Baby H !

Personne ne prête attention à la remarque de Hunter car tout le monde sait qu'il n'est pas sincère, il proteste plus pour la forme qu'autre chose.

– Sympa, le dessin sur ta joue, remarque Cade. Merci d'être venue nous soutenir, c'est cool !

– Ouais, je deviens fan. Et bien sûr Griffin, je suis très fière. Vous êtes contents d'avoir gagné ?

Ils esquissent un grand sourire.

– Carrément !

– Mon papier sur le match sortira dans la semaine, je te l'enverrai pour que tu puisses le lire, Captain. Je comprends maintenant pourquoi ce rôle te va si bien.

S'il ne faisait pas déjà si noir dehors, je jurerais que les joues de Cade se colorent, mais il se dérobe à mon inspection. Je me demande bien ce qu'il peut cacher derrière son masque.

– Super, j'ai hâte !

Je les regarde tous les trois en me disant que c'est un peu bizarre d'être là, au milieu d'eux, et de me sentir bien. Ces garçons sont adorables, en fait. Aussi beaux soient-ils, je me rends compte qu'ils ne sont pas identiques… ils sont différents de Hunter. Cade est plus massif, plus grand, mais ses grands yeux en amande donnent une touche de douceur à son visage. La beauté de Griffin est plus douce, ses traits plus fins, presque lisses. Je comprends que Maeve soit réceptive, il ressemble réellement à un dieu grec, et il le sait. Il semble chercher quelqu'un du regard, sans doute ma meilleure amie.

– Tu viens à la maison, on va fêter ça ? demande Griffin.

J'interroge Hunter du regard.

– On ne fait pas la fête, on va juste s'amuser chez nous, un soda ou deux, un jeu vidéo et voilà. Pas d'excès. Impossible avant les prochains matchs.

– Disons qu'on pourrait, mais on a décidé d'être des gentils garçons, renchérit Griffin. Pour que notre Captain soit fier de nous.

Je lui souris alors qu'il enlève enfin son bras de mes épaules.

– Je vais y réfléchir.

Alors qu'ils s'éloignent en criant leur joie aux étoiles, Hunter me prend de nouveau dans ses bras.

– Tu veux venir à la maison ? Je n'ai pas envie de te quitter maintenant, j'ai *vraiment* envie que tu viennes.

Alors que je retiens le « oui » qui veut désespérément franchir mes lèvres, je me rends compte que j'ai changé, et ça me rend particulièrement heureuse. Il y a quelques semaines, j'aurais été incapable d'être là, j'aurais été incapable de dire oui sans que mes complexes et mes névroses resurgissent. Aujourd'hui, ce n'est plus la peur qui domine. Je crois que Hunter m'a fait évoluer. Je me dresse sur les pieds.

– D'accord, je souffle contre ses lèvres.

CHAPITRE 28

Prochaine connerie en cours de chargement…
(Vu sur Internet)

HUNTER

Je suis tiré brusquement de mon sommeil par des hurlements. Alors que je me passe une main sur le visage, les cris de joie retentissent encore. Ça vient d'en bas. Les gars ont l'air en forme ce matin. J'ai l'impression que tout le monde est descendu, sauf nous. Je bascule sur le côté pour me blottir contre Harper, mais il y a un truc qui cloche. Je tâtonne la place à côté de moi, avant de me rendre compte qu'elle n'est pas là. Mon cœur bat un peu plus vite quand je prends conscience que les draps sont froids, donc que ça fait un moment qu'elle n'est plus à mes côtés.

La déception creuse un sillon perfide dans mon esprit, et je me couvre le visage de la couette, dépité. La soirée était vraiment parfaite. Notre victoire déjà, puis on a fêté ça entre nous devant un film avec une montagne de pop-corn et des sodas. Et puis, comme elle était fatiguée et que je n'avais pas envie qu'elle parte, Harper est restée. Je n'arrive pas à croire qu'elle ait pu se barrer comme ça sans me réveiller, ça ne lui ressemble pas. Elle est peut-être partie aux toilettes. J'allume la lampe de chevet, mais son sac, ses fringues, il n'y a plus rien. *Merde !* Je me redresse et m'étire en bâillant.

Puis j'attrape mon téléphone dans l'espoir qu'elle m'ait envoyé un message, en vain. Je reste figé comme un con durant quelques secondes avant de me décider à l'appeler. Je serre les mâchoires quand je tombe directement sur sa messagerie.

– Fait chier, je lâche en jetant mon téléphone sur la couverture.

Je ne suis pas le genre de mec à cogiter quand une nana part sans me dire au revoir. En fait, la plupart du temps, ça m'arrange, car ça m'évite de la mettre à la porte. Mais là, c'est différent, je n'avais pas envie qu'elle me laisse seul. Je continue à broyer du noir pendant plusieurs minutes avant de me lever pour de bon et de foncer dans la salle de bains attenante.

Ma douche est rapide, mais elle me réveille et me fait un bien fou. Je suis de meilleure humeur quand je saute dans un jean propre. Je reste rarement énervé, je n'aime pas m'apitoyer sur mon sort ni ressasser des idées noires qui ne servent à rien. Je tente d'ignorer l'absence de Harper même si la petite voix sadique dans ma tête ne me quitte pas.

Je m'approche de l'escalier ; l'ambiance semble festive dans le salon. Alors que je m'apprête à les descendre, une voix me fige. En jetant un regard par-dessus la balustrade, je me rends compte qu'elle est bien là. Coincée entre Griffin et Cade, habillée, les cheveux attachés en une queue-de-cheval. Ils ne m'ont pas encore remarqué, ce qui me permet de les observer.

– Merci pour le sweat, Cade.

Quoi ?

– Si je peux te rendre service et faire chier Hunter, ça me va.

Elle rit aux éclats, et j'ai un nouveau pincement au cœur. Différent de celui que j'ai ressenti quand je me suis rendu compte qu'elle n'était plus dans mon lit. J'ai envie de les rejoindre, de la prendre dans mes bras, mais je reste figé, je ne veux pas les interrompre, je veux la voir évoluer dans mon monde sans moi. De là où je suis, je sais déjà qu'ils s'entendent bien, qu'ils sont même devenus amis.

– Il te va mieux qu'à Cade, remarque Griffin.

– Merci, j'ai l'art et la manière de sublimer les vêtements, répond-elle avec aplomb. D'ailleurs, je pourrais aller dans ton dressing pour chiner deux ou trois fringues ?

– Hunter va péter un câble, s'esclaffe Griffin.

– Mettre votre pote en rogne, c'est ma came.

Je reste dans mon coin comme un voyeur, le sourire aux lèvres. Il va quand même falloir que je surveille cette amitié qui ne me dit rien qui vaille. Manquerait plus qu'ils se liguent contre moi pour faire des conneries.

– Pas de souci, lance alors Cade. C'est notre came à nous aussi. Bon, prête pour une nouvelle partie ?

– Allez, je vais vous rétamer !

Cade lance une course sur *Mario Kart*. Tous trois se redressent légèrement, concentrés sur la télé. Je ne bouge toujours pas, je les observe tranquillement. Cade est premier, la deuxième place se joue entre Harper et Griffin, qui se chamaillent, se bousculent, puis s'envoient des carapaces sur le circuit.

– Bordel, Cade avait raison, t'es vraiment mauvais à ce jeu, Griffin !

– Je te laisse juste prendre de l'avance pour mieux te voler la victoire.

– Ouais, ouais… Tu disais déjà ça de mes quatre premières victoires !

– Ah ! Un point de plus à Harper, juste pour la répartie, se marre Cade.

– Ne l'encourage pas, toi !

Je me retiens de ricaner, mais mon sourire est immense. J'adore le spectacle qui se joue sous mes yeux.

– 3… 2… 1… T'as perdu, mon pote ! hurle Harper en se levant du canapé.

Énervé, Griffin balance la manette avant de recevoir un coup dans l'épaule de la part de notre capitaine.

– À notre prochain tournoi de jeu vidéo, je te veux dans ma team, lance Cade en balançant son poing vers Harper.

Elle checke avec lui.

– La dextérité des doigts est super importante, et disons que j'en ai une bonne maîtrise.

– Tu…

Cade et Griffin semblent choqués par l'allusion de Harper.

– Pardonnez-moi de vous avoir offusqués, les garçons, j'avais oublié que j'avais affaire à des Saintes-Nitouches…

– Princesse, tu sais ce qu'il te reste à faire pour t'améliorer à ce jeu, enchérit Cade.

Ils éclatent de rire tous les trois.

– J'espère que je ne bouscule pas trop votre routine, soupire Harper après quelques secondes.

– Absolument pas, répond Griffin en souriant. De toute façon, on n'a pas vraiment de routine, surtout un lendemain de match.

– D'accord, mais je dois vous avouer que je m'attendais à trouver une partouze dans le salon ou un truc comme ça…

– Il y a pas mal de circulation, s'esclaffe Cade.

– Mais les *bunnies* sont juste de passage. Les nanas permanentes sont plutôt du genre exceptionnel, ajoute Griffin.

Harper ne répond rien, mais j'imagine non sans mal ses joues écarlates.

– T'es la bienvenue quand tu veux, mais je suppose que la masse inconsciente qui me sert d'adjoint en haut te l'a déjà dit.

– C'est gentil.

– Bon, je vais faire des pancakes, ça vous dit ? demande Griffin.

– Et comment, répond Cade. J'ai la dalle et après la victoire d'hier, c'est un minimum.

Harper hoche la tête.

– Je peux t'aider.

– Je comptais sur toi, commis !

Harper qui sympathise avec Griffin et Cade, Harper dans mon univers… c'est aussi étrange que bon. J'aime ça.

– T'es franchement une nana géniale, en fait, le seul truc qui cloche chez toi, c'est ta meilleure pote.

Harper donne un coup d'épaule à notre gardien.

– Ne dis pas de mal de ma meilleure amie, ou ça va chauffer pour ton matricule. Enfin, si un jour tu veux la reconquérir, viens me voir, je te donnerai quelques astuces.

– Cette conversation est close, lance Griffin en se redressant.

Il me repère alors, et je n'ai pas vraiment le temps de feindre de venir d'arriver, alors je me grouille de descendre pour les rejoindre.

– Tiens, la Belle au bois dormant arrive enfin, me salue-t-il. Bien dormi ?

– Comme une masse.

Cade et Harper se tournent vers moi. En deux pas, ma jolie blonde me rejoint pour se fondre dans mon étreinte. Je la serre contre moi. Qui aurait cru ça possible quand elle a débarqué comme une furie le jour où j'ai manqué une heure de colle ? Pas moi. Encore maintenant, je crois que je n'ai pas pris conscience de tous les changements. Je murmure à son oreille :

– Je pensais que tu m'avais abandonné…

– Pourquoi ça ?

– Je me suis réveillé seul dans mon lit tout froid, et je suis tombé directement sur ta messagerie.

Elle recule un peu pour me regarder droit dans les yeux.

– Je ne serais jamais partie comme ça, et mon téléphone n'a plus de batterie.

Je glisse une mèche rebelle derrière son oreille avant de l'embrasser doucement.

– Tu viens toujours m'aider à la cuisine Harper, ou alors tu as changé tes plans pour Hunter ?

– Je viens, dit-elle.

Elle quitte mes bras pour rejoindre Griffin, le sourire aux lèvres. Cette vision me réjouit plus que je ne peux l'exprimer. Elle est différente, elle a changé… Elle évolue dans mon univers comme si de rien n'était, comme si elle n'avait jamais eu peur des gars comme nous. Ses craintes qui l'ont trop souvent emprisonnée semblent loin aujourd'hui et ça me rend vraiment heureux. Cade me rejoint, le sourire aux lèvres.

– Quoi ?

Je suis sur mes gardes. C'est vrai que la présence d'une fille dont on n'a pas envie de se débarrasser, c'est nouveau pour nous. En général, on n'est pas vraiment potes avec les filles, souvent, ce n'est pas ce qu'elles cherchent en nous côtoyant.

– C'est une sacrée nana que t'as là, dit-il simplement.

– Je sais…

Il ne semble pas ironique. C'est vrai que je n'en parle pas trop avec les gars, avec Cade non plus d'ailleurs. Mais en ce moment, je suis simplement heureux. Tout roule. Les potes, les cours, le championnat de hockey, et surtout Harper… Je ne pensais pas qu'une fille embellirait à ce point ma vie, et pourtant… pourtant c'est le cas.

– Tant mieux alors. Tu me remercies quand tu veux, d'ailleurs.

– Quoi ?

– Pour t'avoir fait courir à poil, mon pote.

J'éclate de rire et je le suis dans la cuisine. Je me délecte de voir Harper en train de rire avec Griffin, et que mes potes l'ont acceptée. Dans la cuisine, Griffin et Harper s'activent, alors que Cade et moi nous asseyons.

– Zeke n'est pas là, au fait ? je remarque.

– Non, il est parti courir pour éliminer les pizzas d'hier.

Je hoche la tête.

– Alors les garçons, c'est quoi, la pire blague que vous ayez faite entre vous ?

– Ton mec a pissé dans mon bol de céréales, lance Griffin.

Elle tourne la tête vers moi, choquée.

– Tu… Non ?

Il n'en faut pas plus pour faire rire tout le monde, sauf Griffin et Harper. En vrai, les jours qui ont suivi, on a flippé qu'il nous fasse la même chose.

– J'ai honte de toi, Hunter Clark, gronde Harper.

Griffin sourit.

– Il ne s'est jamais excusé, en plus, ajoute-t-il en minaudant.

Harper me fait les gros yeux, du moins elle essaye.

– T'es pas sérieux, Hunter ! Salina t'a mieux élevé que ça, je pense.

Touché.

Avec une petite moue, je place la main sur mon cœur et déclare :

– Je suis désolé d'avoir pissé dans ton bol de céréales, Princesse. Mais franchement, tu crois que l'idée vient de qui, au départ ?

Cade me donne une accolade, tandis qu'on rigole encore.

– Vous êtes vraiment fous, les mecs. Comment on peut pisser dans le bol de son pote ?

– Comment les idées de cons affluent par centaines dans le cerveau de Cade ? la questionne Griffin en retour.

– Ça restera un mystère, comme le triangle des Bermudes, j'ajoute.

Elle souffle, et puis nous lui racontons toutes les crasses qu'on a pu se faire. Comme quand on avait recouvert de Post-it la bagnole de Zeke, ou encore les fois où on s'est fait la fameuse blague du seau d'eau au-dessus de la porte.

– Bon, je demande ma revanche à *Mario Kart*, lance Griffin. Qui est avec moi ?

– Moi ! répond Harper, mais avant, j'aimerais défier Big H.

Je ne peux m'empêcher de lui adresser un sourire carnassier, super confiant.

– Tu ne sais pas dans quoi tu te lances, Clarke, je la préviens.

– Ah non ?

– Ouais, sans vouloir m'immiscer dans votre mini-bataille, Hunter est le champion invaincu de cette baraque. Il est imbattable à ce jeu.

Je bombe le torse, pas peu fier le temps que Harper sonde Cade pour vérifier s'il se moque d'elle. Quand elle se rend compte que non, elle se retourne vers moi, hausse les épaules et déclare :

– On verra bien. Il y a un début à tout.

On se rue alors au salon pour un tournoi sans merci. Les parties s'enchaînent et aucun de nous ne se laisse faire.

Je sais que si je devais faire semblant et la laisser gagner, elle le verrait et ne me le pardonnerait jamais. Alors je joue comme à chaque fois : en étant le meilleur. Quand, inéluctablement, je remporte le championnat, Harper manque de jeter la manette à son tour.

De mon côté, je me retiens de rire, elle est tellement mignonne quand elle s'énerve. Mes potes essaient de la rassurer, mais elle ne les écoute plus, elle me détaille comme si j'étais un nouvel adversaire à abattre.

– Tu sais, Clark, un jour, je vais te vaincre à ce jeu. Et je vais imprimer des *flyers* que je placarderai dans tout Rebel. Peu importe que je me fasse renvoyer pour ça.

– Waouh ! Tu ne rigoles pas avec *Mario Kart*, se moque Griffin.

– Je ne suis pas bonne perdante, je te l'accorde.

– Sans déconner…

– La ferme, Princesse.

Et juste comme ça, je me rends compte que je suis en train de tomber amoureux de Baby H. La voir aussi naturelle avec moi et mes colocs me semblait impossible il y a encore quelques semaines. Et pourtant, la voilà en train de les chambrer et de les ridiculiser à leur jeu vidéo préféré.

Elle semble remarquer que mes pensées sont soudain beaucoup plus sérieuses, puisqu'elle lève un sourcil dans ma direction. Je lui souris simplement, et elle laisse tomber. Elle reviendra à l'attaque, comme toujours, mais pour le moment, on profite d'une matinée détente.

Ouais, je suis définitivement amoureux.

CHAPITRE 29

Just overheard my 54 year old dad tell my 58 year old aunt "don't tell mom". So apparently that's a lifelong thing[22]*.*

(Bekah sur Twitter)

Harper

Noël approche à grands pas.

La neige est tombée avec une telle abondance ces derniers jours qu'elle a recouvert la ville d'un blanc brillant et immaculé. Si ce n'était pas aussi froid et aussi galère, je pourrais avouer que c'est beau quand un épais manteau blanc recouvre les arbres, les trottoirs et les routes, et qu'il donne un tout autre aspect à la ville. Mais comme je me suis cassé deux fois la figure depuis, je suis assez réfractaire. Des photos du lac Michigan gelé inondent les réseaux sociaux, il faut dire que c'est hyper-impressionnant.

– J'espère qu'il va neiger jusqu'à Noël, lance Hunter.

Il a les yeux brillants tandis qu'il regarde la neige à travers la vitre de mon cabriolet. C'est vrai qu'il a raison, il n'est pas vraiment taillé pour cette voiture. On dirait

22. Je viens juste d'entendre mon père de cinquante-quatre ans dire à ma tante de cinquante-huit ans : « Ne le dis pas à maman. » Donc, apparemment, ça dure toute la vie.

qu'il a du mal à respirer tellement il a les jambes pliées sous le volant.

– Tu veux que je me casse une jambe, c'est ça ? je raille.

Hunter ricane et tourne la tête vers moi.

– Moi, j'ai hâte de retrouver mon soleil, j'ajoute.

– Pourtant tu ne m'as pas perdu, je suis là.

Il me dit ça avec un grand sourire. Bon sang, il faut bien avouer qu'il est irrésistible quand il fait ça.

– Bien tenté, je riposte, mais désolée pour toi, je parlais de la Floride.

– Je suis pourtant bien plus attrayant que la Floride, Baby H.

– Dis ça à mon bronzage et à mon corps en manque de vitamine D.

– C'est pas bon de trop s'exposer au soleil tu sais, il vaut mieux prendre une cure de Hunter, il n'y a aucun risque pour la santé, en tout cas.

– Ma santé mentale n'est pas d'accord sur ce point.

Son sourire sûr de lui se transforme en moue boudeuse.

– Tu dis ça alors que tu adores passer du temps avec moi.

– C'est ce que tu crois, je réponds pour le taquiner. Plus sérieusement, j'ai hâte de rentrer et de retrouver ma famille, ma maison, la chaleur… J'en ai marre des températures négatives tous les jours…

– Le froid a des avantages.

– Comme toi, tu veux dire ?

– Par exemple.

Je hausse les épaules sans rien ajouter. J'aime tellement le taquiner. Je ne veux pas que cette dynamique change entre nous.

– C'est vrai, j'approuve finalement.

Alors qu'on patiente à un feu rouge, je me penche par-dessus le levier de vitesses pour l'embrasser sur la joue.

– Tu pars tout de suite après la fin des cours ? demande Hunter en tournant la tête vers moi.

– Oui, j'ai un avion lundi matin de très bonne heure. Je veux profiter de ma famille le plus possible. J'ai l'impression que ça fait une éternité que je ne suis pas rentrée à la maison, ça me manque.

– Ça va être la folie quand on va se retrouver à ton retour.

J'arque un sourcil et retiens un sourire moqueur. Je trouve adorable qu'il fasse des plans pour les semaines à venir alors qu'on a dit qu'on voyait au jour le jour… Peut-être qu'on regarde dans la même direction, après tout, peut-être qu'il ressent la même chose que moi. J'essaye de ne pas trop penser aux sentiments que j'éprouve pour Hunter, de les mettre de côté parce que j'ai peur qu'ils ne soient pas réciproques et qu'il me brise le cœur. Je ne voulais pas tomber amoureuse de lui, je ne pensais pas que c'était possible et pourtant, j'en suis là. Je ne l'ai même pas dit à Maeve encore, je garde ça pour moi. Comme si l'annoncer à quelqu'un le graverait définitivement sur mon cœur.

– Comment ça ? je dis en faisant mine de ne pas comprendre.

– Deux semaines sans rien faire, plusieurs semaines sans se voir, je vais être super collant. Je vais te couvrir de câlins, de baisers et j'aurai un nouveau stock de blagues juste pour toi.

– Tu vas réussir à être plus collant que tu ne l'es déjà ?

– Sois sarcastique tant que tu veux, Baby H, on verra bien qui aura le plus envie de l'autre. Je suis certain que tu m'enverras un « tu me manques » la première.

– Tu rêves !

– D'ailleurs, qui m'a appelé à la rescousse pour que je la reconduise chez elle, ce soir ? Qui avait besoin de *son* Hunter ?

Sur ce dernier point, il a raison. Il neigeait fort et ça glissait énormément, alors je n'étais clairement pas à l'aise derrière le volant, et je l'ai appelé pour qu'il ramène ma voiture chez moi.

– Tu veux une médaille ou un chèque pour le dédommagement ?

– Franchement, je mérite une médaille, déjà pour avoir réussi à entrer dans ta voiture miniature. Je pourrais la mettre dans le coffre de la mienne. Sérieux, dès que je bouge un muscle, j'ai peur qu'elle ne tombe en ruine. Ensuite, parce que j'ai réussi à conduire un foutu cabriolet sous la neige et pour finir, j'y suis parvenu tout en étant toujours aussi sexy ! Si après ça, tu me dis que je ne mérite pas un trophée, je ne sais pas ce qu'il te faut. Vous voilà arrivée à bon port, mademoiselle Clarke !

J'éclate de rire.

– C'est vrai que la place est plutôt restreinte quand tu es là…

– Enfin, je ne me plains pas, les petits endroits restreints, avec toi, j'adore ça, tu sais bien…

Il me sourit encore et se penche vers moi pour m'embrasser. Des frissons glissent le long de mon échine. Quand j'y pense, je n'avais pas ressenti autant d'alchimie avec quelqu'un avant lui. Enfin si, en amitié, avec Maeve. Mais dans une relation de couple, jamais. Avec Hunter, ce n'est pas seulement physique, ce n'est pas juste le sexe qui crépite, c'est un tout. Et je suis vraiment accro à ce tout. Nos sarcasmes, nos rires, notre désir… Il était pourtant la dernière personne avec qui j'aurais cru avoir autant d'atomes crochus. Je frissonne davantage, quand une de ses mains caresse ma joue avant de se glisser sur ma nuque. Bon sang, je ne devrais pas penser à ça maintenant. Je rouvre les yeux alors qu'il éloigne ses lèvres des miennes, et je constate qu'il neige de nouveau.

– Dire que je vais être privé de tes lèvres pendant des jours.

– On dirait que tu es accro à moi, Hunter Clark.

– C'est seulement maintenant que tu t'en rends compte ?

Mon cœur flanche carrément. Je cherche quelque chose à lui répondre, un sarcasme à lui balancer, mais je suis encore pétrifiée par ses mots. Alors que les secondes passent, je me sens vulnérable. Je crois que j'ai besoin d'exprimer mes sentiments. Après ce que j'ai vécu, je sais que ce serait un grand pas pour moi, si j'osais le dire. Mais j'ai tellement galéré, j'ai tellement eu mal que ça reste coincé dans ma gorge. Pourtant, je sais que les mots sont juste au bout de mes lèvres.

– Je fais souvent cet effet-là, je dis plutôt.

Il ricane.

– Alors, tu as eu une réponse pour la conférence ? Tu vas y aller ?

– Oui, elle m'a donné quelques infos supplémentaires, mais je ne sais pas encore si je vais m'y rendre. Je n'en ai pas envie et en même temps, tes arguments de l'autre jour ont fait mouche.

– C'est toi qui décides. Mais si tu choisis d'y être, je serai avec toi par la pensée ou même physiquement, si tu le veux.

La façon dont il me soutient et la manière dont il se sent concerné me mettent du baume au cœur. Je suis heureuse qu'il prenne mes convictions au sérieux et qu'il m'aide à les défendre. Ce mec est une perle rare, au fond.

– Merci.

Il sourit encore.

– Attends, j'ai reçu un message, c'est peut-être Zeke qui me dit qu'il arrive.

Je hoche la tête. Comme il m'a raccompagnée chez moi, son copain doit venir le chercher ici. Je regarde la neige tomber tandis que Hunter pianote sur son téléphone. Comme il ne dit rien depuis quelques secondes, je tourne la tête vers lui. Il semble captivé par son écran et a les traits crispés, alors je pose une main sur sa cuisse pour le ramener à la réalité. Hunter sursaute.

– Tout va bien ? je demande.

– Je… oui. Désolé, je devais gérer un truc.

Quand il s'empresse de verrouiller son portable puis de le ranger, mon ventre se barbouille un peu. Il pose sa main sur la mienne, mais j'ai la sensation que quelque chose ne va pas.

– On en était où ?

– Ça va ? T'as reçu une mauvaise nouvelle ?

Il secoue la tête en plantant son regard dans le mien.

– Non, ne t'inquiète pas. Rien qui mérite qu'on s'y attarde.

Je ne peux pas m'empêcher d'être déçue, mais je hoche simplement la tête et détourne le regard sans trouver la force de parler. Ce n'est peut-être rien, après tout… Soudain, je sursaute quand le froid et le vent s'engouffrent tout autour de nous. Je lève la tête et une nuée de flocons se pose sur mon visage. J'observe alors Hunter qui vient d'ouvrir le toit de mon cabriolet. Il m'adresse son éternel sourire de gamin et regarde autour de lui, les yeux grands ouverts. On dirait qu'il découvre la neige, et c'est presque attendrissant.

– Je savais que c'était une mauvaise idée de te montrer où était ce bouton, je soupire.

– Mais reconnais-le, c'est magnifique !

Il fixe le ciel gris dans lequel dansent des centaines de milliers de flocons. C'est vrai que c'est plutôt joli quand on se laisse prendre par la magie. Hunter tourne la tête vers moi au moment où un flocon se pose sur ma lèvre. Son regard s'agrandit et s'assombrit. Le désir que je lis dans ses yeux me coupe le souffle. Je parle beaucoup du regard sur soi, je dis souvent qu'il est le seul qui compte et je le pense… alors pourquoi, quand il m'observe comme ça, j'éprouve autant de sensations ? Pourquoi, quand il me fixe de cette façon, je me trouve si belle ?

– Non, ne l'enlève pas, dit-il en se penchant vers moi. Laisse-moi ce privilège.

Sa bouche capture doucement ma lèvre inférieure, puis il la suce tendrement pour faire disparaître le flocon. Mon corps est pris d'un violent frisson. Froid ou désir, je ne suis pas certaine. Les deux sans doute…

– Délicieux, dit-il en frottant son nez contre le mien.

D'accord, il y a de très très bons côtés à la neige et ce démon en est un. Les flocons continuent à tomber dans la voiture, mais je ne m'en préoccupe plus. Il absorbe mes pensées, il s'immisce dans mon monde, et il me happe. Il rayonne tellement que je n'ai pas envie de penser au reste.

– Je suis certain que je pourrais te faire aimer la neige. Je suis même prêt à le parier.

– Dis ça au bleu sur ma fesse.

– Je le lui dirai.

J'éclate de rire, et je caresse sa joue avant d'y poser un baiser. C'est son regard profond qui me force à redevenir sérieuse.

– Quoi ?

– Rien, je viens de prendre conscience d'un truc…

– Quoi ?

– Je sais pas. Ça s'est figé d'un coup. La neige, le monde, toi. Pendant quelques secondes, il n'y avait que toi et ton rire. Je ne sais pas, ça peut paraître con, mais on dirait que mon cœur ne m'appartient plus, comme si maintenant, il était à toi.

En écho à cette déclaration, mon palpitant s'arrête une brève mais intense seconde, puis redémarre à une cadence effrénée. Ses mots… me ravagent. On ne m'a jamais rien dit d'aussi beau. Je plante mes yeux dans les siens. J'y cherche une once de moquerie, de sarcasme… mais il n'y a rien de tout ça. Il est sincère et une explosion de sentiments crépite en moi.

– Co… Comment ça ? je bafouille.

– Pour la faire simple, je t'aime, Harper Clarke. Je suis amoureux de toi. Tu avais raison, à force de te côtoyer, je me suis brûlé les ailes… J'ai ressenti ça quand tu jouais avec les garçons l'autre jour et là, je l'ai ressenti à nouveau, mais en plus fort.

– Quoi donc ?

– Cette sensation que tu as pris toute la place dans mon cœur.

– Hunter…

Sa déclaration me fait chavirer et me coupe le souffle. Il y a très longtemps que je n'avais pas éprouvé de sentiment aussi positif. Je suis tellement heureuse que je me sens invincible. J'avais tellement envie que mes sentiments soient réciproques, que je laisse cette sensation s'imprégner totalement dans mon cœur.

– Harper, tu…

– On est mal barrés parce que je pense que je t'aime aussi, je le coupe avant qu'il n'aille plus loin.

Sa bouche s'écrase férocement sur la mienne avant que je puisse terminer, et nous nous embrassons voracement. Je veux ressentir cette sensation d'apaisement le plus longtemps possible. C'est tellement bon d'être à la fois sereine et surexcitée… Je ne sais même pas comment décrire les sentiments qui se bousculent en moi.

– Voilà qui promet, souffle-t-il contre mes lèvres.

Je souris, et je hoche la tête. La neige tombe toujours dans la voiture et sur nous ; je suis frigorifiée, mais je m'en moque, je vis le plus beau moment de ma vie. J'ai mal aux joues à force de sourire, je dois avoir l'air à moitié folle, mais tant pis. Je suis beaucoup trop heureuse.

– Mais tu abuses quand même, je n'avais pas envie ni prévu d'être amoureuse…

– Tu crois que j'avais prévu quoi que ce soit ?

– Franchement, je ne suis qu'en deuxième année, je suis belle, jeune, et me voilà amoureuse. T'as pas honte de toi ?

Il sourit de toutes ses dents en secouant vivement la tête.

– Putain non ! Meilleure idée du siècle que d'aller courir à poil et de percuter une magnifique blonde.

– Elle ne venait pas de Cade, cette idée ?

– Si, il faudra que je lui roule une pelle pour le remercier.

J'éclate de rire.

– Une seule alors, je pourrais être jalouse, sinon.

Il s'empresse de fermer le toit de la voiture quand j'éternue trois fois de suite, et il me prend contre lui. Hunter enferme mes mains dans les siennes et souffle dessus.

– Une cure de Hunter pour te réchauffer ?

– Et comment, je souffle avant de le laisser m'embrasser.

CHAPITRE 30

My bestie be like "this made me think of you" and send me the most messed up thing I've ever seen in my life[23].

(Sarcasm_only sur Instagram)

HUNTER

L'ambiance dans le bus est survoltée. Même si ce soir on joue à domicile, le coach a pour habitude de nous réunir à l'extérieur de la ville pour nous faire prendre le bus. Au début, je trouvais que c'était une perte de temps, mais finalement, ce moment entre nous, cette bulle dans laquelle il nous plonge avec ce petit rituel, nous aide déjà à resserrer les rangs. On est tous ensemble, en équipe.

Pourtant aujourd'hui, j'ai du mal à me mêler à l'excitation de mes coéquipiers, je ressens même un étrange tiraillement qui n'a rien à voir avec le stress ou l'exaltation. Je savais que ce jour allait arriver, mais je ne m'attendais à ce que ça me fiche en l'air à ce point. Ce soir, on rencontre les Silver Knights, mon ancienne équipe. Ce sont eux qui font le déplacement depuis l'Ohio, et si je n'ai pas eu de nouvelles depuis le SMS que j'ai reçu dans la voiture de Harper, j'ai un mauvais pressentiment.

---

23. Mon meilleur ami, en mode « ça me fait penser à toi », m'a envoyé le truc le plus déglingué que j'aie jamais vu.

En temps normal, ça aurait déjà été une rencontre explosive car les mecs savent plus ou moins pourquoi je suis parti de mon ancienne fac. Les commentaires racistes que j'ai dû subir, et les comportements limites dont j'ai été témoin, m'ont fait péter un câble et j'ai été renvoyé. Mais c'était pour le mieux, puisque j'ai fini ici, et on voit où cela m'a mené. Cependant, on n'a pas le droit de déconner, car on joue la qualification pour les *playoffs* qui nous offriront ensuite les portes du Frozen Four si on donne tout, et c'est le rêve de beaucoup trop de gars, dont Cade et Zeke qui abordent ce match comme si c'était le plus important de leur vie. Alors il n'y aura pas de quartier, ce soir, c'est l'équipe qui compte, c'est la glisse et la victoire qui nous tendent les bras. Je dois maîtriser mes émotions et mon putain de tempérament s'ils continuent à mêler Harper à tout ça. Putain, j'ai réussi à me contrôler jusqu'à maintenant, mais je sens qu'un simple mot de plus va dégoupiller la rage que je contiens depuis des semaines.

– T'es où exactement, là ?

Je tourne lentement la tête vers Cade qui se tient à mes côtés.

– À côté de toi, je réponds avec un demi-sourire.

– Nan. Tu serres les poings depuis qu'on est montés dans le bus et t'as pas décroché un mot. Physiquement, OK, mais pas là-dedans, dit-il en se tapant la tempe. Tu stresses ?

J'hésite à lui parler de ce qui me tracasse. Je ne suis pas du genre à tout garder pour moi. En général, quand quelque chose ne va pas, j'aime étudier le problème et en discuter pour éviter de ruminer, mais je ne sais pas pourquoi, je n'arrive pas à me confier sur ces intimidations. Peut-être parce que ça touche à Harper et que j'exècre plus que tout ce genre de méthodes. Ou alors je protège mes potes, car je sais qu'ils seraient prêts à tout envoyer bouler pour aller leur casser la gueule s'ils savaient les saloperies que j'ai reçues…

– Je suis plus stressé que d'habitude, mais ça va aller, Captain.

Il me fixe quelques secondes avant de poser sa main sur ma cuisse pour la frictionner avec force.

– Ouais, je le sais, c'est normal. Une fois sur la glace, tu pourras leur prouver que tu as trouvé ta place, que tu as *ton* équipe, et on va leur foutre une raclée magistrale, parce qu'on la mérite depuis l'année dernière, cette qualification, et qu'on est prêts. Griffin te dirait même qu'on va leur en foutre plein la vue, ils ne vont rien comprendre !

Cade, ce type qui est devenu mon meilleur pote, est fait pour être capitaine, pour être leader. Il n'y a qu'à voir son visage fier et la flamme dans son regard pour comprendre qu'il ne laissera jamais tomber personne, et ce soir, surtout pas moi. Ce qui me rend encore plus coupable de ne pas réussir à lui parler des SMS. Cade, c'est un pilier et je veux croire que ses mots suffiront à me canaliser.

– Mec, je ne laisserai pas ces minables t'insulter comme ils l'ont fait avant. Aucun des mecs ne le permettra.

– Ils ne vont pas se gêner pour essayer…

– Ce soir, toi et moi, on va leur montrer ce que c'est de se prendre une raclée façon Grizzlys de Rebel, et je leur ferai payer toutes les insultes qu'ils ont pu te lancer en les fracassant sur la glace. Les vitres de protection risquent d'être vachement sollicitées durant la rencontre.

Je ne sais pas si c'est le stress, mais ce con arrive à m'émouvoir. Je suis tellement heureux de faire partie de cette équipe.

– Je crois que c'est les plus beaux mots qu'un mec m'ait jamais dits, je réponds.

Il esquisse un sourire.

Quelques minutes plus tard, nous arrivons au complexe sportif qui abrite notre patinoire et d'un coup, l'agitation se calme. Lorsqu'on descend du bus, on pourrait entendre une mouche voler. Le temps de récupérer nos sacs et on s'avance en file indienne dans le bâtiment que je connais sur le bout des doigts tellement j'y ai passé de temps. Je suis perdu dans mes pensées quand je sens une lourde main s'abattre sur mon épaule.

– Continue à avancer jusqu'aux vestiaires.

La voix de Zeke me ramène au présent, et je lève malgré moi les yeux. Pourtant je sais ce que je vais trouver, mais c'est plus fort que moi. Devant la porte de leur propre salle se tiennent Melvin et sa bande. Mes doigts se resserrent sur l'anse de mon sac et un muscle sur ma mâchoire se met à pulser.

J'avais presque oublié à quoi ils ressemblaient, et les revoir me fait prendre conscience du point auquel je suis chanceux d'avoir trouvé ma place ici, à Rebel.

– Tiens, tiens, tiens… Ne serait-ce pas notre déserteur national, Hunter Clark ?

Ses mots m'atteignent plus que je ne le laisse voir. La poigne de Zeke s'intensifie sur mon épaule, pourtant je n'ai pas besoin de lui pour me rappeler que je n'ai pas le droit de déconner. Alors je redresse la tête, et je passe devant eux sans leur accorder mon attention.

– Eh, p'tite bite ! Prépare-toi à rentrer chez toi en chialant dans les jupes de ta môman !

Je me retourne pour voir que Griffin n'a pas pu s'empêcher de la ramener. Il se tient, seul, devant toute la bande des Silver.

– Tu envoies tes petits toutous maintenant, Clark ? C'est mignon, attaque Josh, un des adjoints de Melvin.

– T'appelles qui « toutou », connard ?

Je peux voir que notre gardien est à cran et n'hésiterait pas à se battre, là, dans le couloir. Il faut que je fasse quelque chose avant que ça ne dégénère, je peux encaisser leur merde. Tout se réglera durant le match avec la déculottée qu'on va leur infliger. Au moment où je m'apprête à ouvrir la bouche, une porte s'ouvre dans mon dos.

– Griffin ! J'espère que t'es en train de présenter tes respects à l'équipe adverse ?

Ce dernier nous observe.

– Bien sûr, Coach ! Je leur disais qu'on n'allait pas leur faciliter la tâche sur la glace ce soir.

– Maintenant que c'est fait, vous trois, allez vous changer. Et je suppose que tu es le capitaine des Silver Knights ? demande-t-il en s'adressant à Melvin.

– Ouais, ça pose un problème ?

– Pas le moins du monde. Mais fais dégager ton équipe de mon couloir avant que je ne vous y oblige.

Je retiens difficilement le rire qui se fraie un chemin dans ma gorge. Zeke cache le sien avec une quinte de toux ridicule et Griffin ne dissimule même pas son sourire niais. Néanmoins, cela n'empêche pas Melvin de lancer une ultime menace en me regardant droit dans les yeux :

– On réglera ça sur la glace.

– J'y compte bien.

Sans un regard pour mon ancienne équipe, je pénètre dans les vestiaires où règne une énergie lourde et électrique.

– Bon, les mecs, je vais aller droit au but. Ce soir, on joue gros : notre chance pour le Frozen Four. On travaille ça depuis des mois, voire des années, et je sais que vous avez la rage de vaincre. Mais on va devoir être plus malins que l'équipe adverse, qui va forcément vouloir nous pousser à la faute, explique Cade.

Après le discours du coach Meyer, notre capitaine aime nous parler avant notre arrivée sur la glace. Nous portons notre équipement, et je sais que je vais pouvoir être sur le terrain les premières minutes de jeu, ce qui me remplit d'excitation et d'appréhension en même temps.

– Je sais aussi que vous avez envie de partir pour un mois de vacances bien mérité après les examens de fin d'année. Mais, vous vous devez et vous devez à cette équipe de donner le meilleur de vous-mêmes. Ne laissez pas les Silver Knights vous atteindre avec des attaques mesquines, car il va y en avoir. L'ancienne équipe de Clark ne supporte pas de voir qu'il est bien meilleur ici qu'avec eux.

Un rire collectif secoue l'équipe et j'esquisse même un demi-sourire.

– Alors les mecs, allons leur botter le cul dans les règles de l'art du hockey !

Des exclamations de joie retentissent dans les vestiaires, et l'équipe s'avance petit à petit vers le couloir qui nous amène à la patinoire. On peut percevoir l'ambiance folle qui y règne au bruit de la foule venue voir le match. Savoir que Harper est dans les gradins me réchauffe le cœur, et je sais que ça va m'aider à tenir bon durant ces quatre-vingt-dix minutes.

– Hunter, attends deux secondes.

Mes colocs forment un barrage devant les portes.

– Ça va, les mecs, ne vous inquiétez pas…

– T'es sûr ? insiste Zeke.

– Ouais, je mens.

– Mec… T'as oublié ta crosse, lâche Griffin.

Je fronce les sourcils avant de regarder mes mains vides. *Bordel, où est ma crosse ?*

– C'est normal que tu sois perturbé, commence Cade, mais on n'a pas le droit à l'erreur, tu le sais ?

– Oui. J'ai juste eu la tête ailleurs quelques instants, mais ça va aller. Allez-y, j'attrape ce qu'il me manque et je vous rejoins.

– Grouille-toi, il est hors de question que je foute un patin sur la glace sans mes meilleurs potes.

Je leur souris avant de retourner à mon casier. En effet, ma crosse est dedans. Je secoue la tête, dépité par mon manque de concentration, et l'agrippe. Au moment où je me détourne, la sonnerie de mon téléphone retentit. J'hésite le temps de plusieurs vibrations, mais la tentation est trop forte, je l'attrape.

La première chose que je vois est un SMS de Baby H :

Harper : *Parées pour le grand soir ! Il me tarde de pouvoir finaliser mon deuxième article sur vous par une victoire écrasante ! Ne me décevez pas, mon cher Big H ! ILY* ♡

ILY. I Love You.

Putain, lire ses mots est si puissant. Son texto contient en plus une photo d'elle et Maeve. Elles sont toutes les deux en tribune, aux couleurs de l'équipe, et le message aurait pu être composé d'un simple cœur, il m'aurait quand même donné l'énergie dont je manquais jusqu'à présent.

C'est dingue le pouvoir qu'a cette fille sur moi. Je pourrais déplacer une montagne pour la voir sourire. Je regarde machinalement la liste de mes messages non lus. Ils sont toujours nombreux lors d'un match, entre la famille, les amis et les *bunnies*, c'est un vrai festival. Mais un seul nom a retenu mon attention : Melvin.

Je ne résiste pas une seule seconde, je clique dessus.

Melvin : *Une bouche pareille, je vais me faire un plaisir de la combler après notre victoire de ce soir…*

Une photo provenant probablement du compte Instagram de Harper est jointe. Elle y porte un rouge à lèvres rouge qui met en valeur sa magnifique bouche. Les pensées s'entrechoquent dans mon esprit, et je perds pied. J'étais prêt à supporter les crasses qu'ils allaient me balancer. Les mêmes merdes que j'ai dû encaisser quand j'étais dans leur équipe, mais toucher à Harper de cette manière, c'est plus que hors limite.

Des flashs d'elle et Melvin m'assaillent, les imaginer s'embrasser ou baiser me donne envie de vomir et de tout exploser autour de moi.

Et juste comme ça, je deviens fou.

Sans plus réfléchir, je balance mon portable dans mon sac avant de foncer comme un malade hors des vestiaires. Je remonte le couloir au pas de charge avant de me mêler à mon équipe. Je sais que plusieurs de mes coéquipiers essaient de me parler, mais je ne les entends pas, mes oreilles bourdonnent, je n'ai plus qu'un objectif : faire ravaler ses paroles à Melvin. Je note les regards inquiets de mes amis, mais je les ignore, je ne veux pas les entraîner dans ma merde, ils doivent rester en dehors de tout ça, si jamais je dérape trop.

Quand enfin le présentateur nous annonce, les cris de nos supporters me galvanisent et lorsque j'entre dans la lumière, je regarde directement vers l'endroit où je sais que se tient Harper. Je ne peux pas la voir, car il y a trop de monde et les spots m'aveuglent après l'obscurité du couloir. Mais ça ne m'empêche pas d'avoir l'impression qu'elle sait que je la cherche et qu'elle m'envoie son énergie pour être le meilleur.

Pourtant, en posant un pied sur la glace, je me fais une promesse : ce soir, le sang va couler, et ça ne sera pas le mien.

CHAPITRE 31

Mon temps de gentillesse a expiré,
merci d'aller vous faire foutre.
(Vu sur Internet)

Harper

Je sais que Hunter est stressé, mais je ne doute pas qu'il va jouer comme un dieu et montrer à ses anciens coéquipiers ce qu'il sait faire. J'ai vu la tension grimper en lui ces derniers jours. J'espère secrètement qu'il va les massacrer, et que nos Grizzlys vont malmener cette équipe de gros cons.

On me bouscule dans le dos, et je manque de perdre l'équilibre, mais je me rattrape au dernier moment. La patinoire est en feu. C'est l'euphorie générale. Le public est littéralement en transe et c'est exaltant, même si je dois faire abstraction de toutes les fans de Hunter qui brandissent des pancartes avec des phrases plus provocantes les unes que les autres. Il va falloir que je m'habitue à ça, bien que ce ne soit pas évident.

Je crois que toute l'université est présente pour assister au match des garçons. Tout le monde essaye de leur donner des forces pour qu'ils accèdent aux qualifications du Frozen Four. Ils sont prêts, et je ne doute absolument pas de leur victoire, je sais que rien n'arrêtera Cade et son équipe. Ils ont trop bossé pour se planter ce soir, j'ai assisté aux derniers entraînements pour mon article, et j'ai été impressionnée plus d'une fois qu'ils arrivent à marcher après coup. Ces mecs sont des super-héros !

L'intensité monte d'un cran quand les joueurs font leur entrée sur la glace, j'ai l'impression d'être dans une autre dimension. Les cris de joie, d'encouragement redoublent et emplissent la patinoire. Les yeux grands ouverts, je scrute partout autour de moi pour voir Hunter. Il se retourne pour patiner à reculons et il regarde dans ma direction. Mon cœur s'emballe un instant et, comme une adolescente, je lui jette un baiser, même si je suis persuadée qu'il ne peut pas me repérer au milieu de cette foule. Mais je m'en fous, j'ai besoin de lui envoyer mon soutien. L'ambiance est incroyable, chaque visage que je croise oscille entre la joie et l'excitation de voir les hockeyeurs en découdre. Même ma meilleure amie à mes côtés semble plus heureuse que jamais, si je me fie à son adorable sourire.

Les deux équipes se saluent succinctement, puis elles se mettent en retrait pour laisser entrer les *cheerleaders*.

– C'est nouveau, ça ?

– Ça dépend de l'équipe ou de l'importance du match. Là, c'est plus pour le show qu'autre chose, m'explique Maeve.

Je continue à fixer Hunter, j'ai tellement hâte de le voir jouer. Les cris du public se calment alors que *Blurred Lines* de Robin Thickes explose autour de nous et que les lumières se focalisent sur les filles. Quel choix pourri quand on sait tout ce qui entoure cette chanson…

– Oh non, souffle Maeve, super choix, les meufs…

On se jette un regard qui en dit long avant de regarder la prestation. Franchement, je leur tire mon chapeau d'arriver à se dandiner comme ça avec des patins aux pieds. Je me briserais le coccyx, à coup sûr ! Au milieu de la chanson, l'ambiance change sur la glace quand les *cheerleaders* attrapent des pancartes qu'elles brandissent fièrement. Des exclamations montent des premiers rangs, mais je suis trop loin pour distinguer quoi que ce soit, hormis qu'on dirait des photos et des écrits.

– Putain, c'est pas vrai.

Je regarde vers ma meilleure amie pour savoir ce qui ne va pas, mais elle fixe le grand écran au-dessus de la patinoire avec effroi. Je tourne à nouveau la tête, et je deviens livide tout d'un coup alors que les pom-pom girls s'agitent encore plus. Grâce au zoom de la retransmission, je comprends ce que j'ai sous les yeux, ainsi que l'entièreté des gens présents. Il s'agit des photos en gros plan de mon compte Instagram. Celles où je suis le plus dénudée, exposant ce qui m'a le plus longtemps complexée. Mes bourrelets, mes défauts, mon corps sans artifice, tout y passe… et les affiches sont accompagnées de commentaires insultants et dégradants comme « Gros tas », « T'es moche », « Pourquoi nous imposer *ça* ? ». Sur la plus grande pancarte, c'est moi tout entière, mais à la place de mon nez, on a mis un groin. En une fraction de seconde, j'ai la sensation d'être dans la salle de bal de mon ancien lycée. En une fraction de seconde, j'ai l'impression de perdre toute l'assurance que j'ai durement gagnée. En une fraction de seconde, je prends de plein fouet ce que j'ai essayé d'oublier.

Ça ne peut pas être vrai, je dois rêver. Ça ne peut pas m'arriver une nouvelle fois, mais à plus grande échelle. Je ne peux pas revivre ça…

– Harper…

Je sens que les bras de ma meilleure amie m'entourent, mais ils ne me protègent pas des rires qui se font entendre. Il y a bien des gens dans le public qui scandent que c'est honteux et qui sifflent en guise de protestation, mais je ne vois plus que ces filles qui continuent à danser et à exposer mes photos à la vue des centaines de personnes entassées dans cette patinoire.

– Putain, arrêtez ça ! hurle Maeve. C'est pitoyable.

Des regards se braquent sur nous et les gens ne tardent pas à me reconnaître. Bientôt, j'entends des messes basses du genre : « C'est la fille de la photo », « La honte », « Fallait pas s'exposer comme ça. » À cet instant, je donnerais tout pour disparaître, pour être ailleurs plutôt qu'ici… Mes jambes me lâchent soudain et je tombe sur mon siège.

Ma gorge est nouée et mes yeux me brûlent. Je ne veux pas pleurer, je ne veux pas craquer, leur donner cette satisfaction, et pourtant… mon corps lâche prise sans m'écouter. Maeve me serre contre elle alors que d'autres personnes dans le public crient en écho à la supplique de ma meilleure amie pour leur demander d'arrêter cette humiliation en règle. Je me sens tellement honteuse, tellement sale. Il y avait longtemps que cette impression ne m'avait pas collé à la peau et ça ne m'avait pas manqué… Je n'aurais jamais cru vivre ça aujourd'hui, ni plus jamais d'ailleurs. Je pensais que c'était derrière moi.

– Putain, ça chauffe sur la glace, lance une voix derrière nous.

– Le 14 est hors de contrôle, lance une autre personne.

Je prends alors conscience que tout ça avait certainement un seul et unique but : faire enrager Hunter. J'ai tout ramené à moi à cause de mon vécu, sans penser aux dommages collatéraux que ça pouvait provoquer.

Hunter…

À la seconde où je pense à lui, je le vois se débattre dans les bras de Cade et de Griffin, qui tentent comme ils peuvent de le retenir. Il parvient, je ne sais comment, à se débarrasser de ses amis, et il fonce vers l'équipe adverse.

Sans réfléchir une seconde, il se jette sur un des joueurs et ils tombent tous les deux sur la glace. Les coups pleuvent tellement vite que c'en est effrayant. Tandis que Cade, de son côté, semble contenir ses coéquipiers avec une autorité implacable pour qu'ils ne rejoignent pas Hunter, l'équipe adverse paraît appliquer la même règle. C'est entre les deux joueurs.

J'ai mal de le voir se battre avec un homme que je ne connais pas. J'ai mal de le voir se battre pour moi, pour mon honneur… J'ai mal de lui infliger ça. Je ne peux pas m'empêcher de croire que si je n'avais pas ce compte, ses anciens coéquipiers n'auraient pas pu l'atteindre de cette façon. La tension est palpable même dans le public, et je me sens triste et dévastée quand les arbitres arrivent enfin à séparer Hunter de son adversaire. Mon cœur crie et se brise lorsque, bien qu'il soit retenu de force, il cherche à y retourner. Sans que j'en comprenne réellement le sens, on siffle plusieurs fois au visage de Hunter, qui semble enfin revenir parmi nous. L'arbitre sort un carton rouge avant de siffler une nouvelle fois. L'équipe des Grizzlys se met à hurler et tous les arbitres sont obligés de les menacer pour que l'ordre revienne plus ou moins sur la glace.

Je prends conscience de ce qu'il se passe quand, la tête basse, Hunter est forcé de sortir de la patinoire. Mes jambes bougent d'elles-mêmes. J'entends Maeve qui m'appelle, mais je ne l'écoute pas, je continue à descendre l'escalier pour atteindre Hunter. Je veux lui dire que ça va, ou que ça ira… Les gens me regardent, les gens parlent quand ils me reconnaissent, et bien que certains mots soient insultants, je n'y prête pas attention. Je dois être forte pour ne pas montrer à quel point je suis fragile à cet instant. Hunter est reconduit vers les vestiaires, suivi de près par son coach qui semble lui murmurer vivement à l'oreille avant de le pousser dans le couloir. Je cours presque pour rattraper ce dernier.

– Attendez, Coach Meyer ! Je peux lui parler ?

Il me regarde d'abord étrangement, je sais pourtant qu'il me reconnaît. J'ai passé du temps avec lui pour mes articles. J'imagine que ce sont mes yeux rouges et ma probable humiliation qui le font hocher la tête, sinon il m'aurait certainement envoyé bouler. Petite amie de Hunter ou pas. Victime ou pas.

– D'accord. Mais vite. J'ai la remontée de bretelles du siècle à faire à ce petit con.

Sans plus attendre, je franchis les barrières et cours dans le couloir, et je le rattrape enfin.

– Hunter… je murmure.

Je veux apaiser son cœur et tenter de dompter sa colère, malgré le chagrin et la rage qui me bousillent de l'intérieur. Malgré l'humiliation que je viens de subir devant une patinoire remplie de monde, tout ce qui m'importe, c'est de calmer l'homme que j'aime et lui dire que tout ira bien, que tant qu'on est ensemble, tout ira bien…

– Hunter !

Cette fois-ci, je vois à la crispation de son dos qu'il m'a entendue.

– Casse-toi ! hurle-t-il soudain à s'en briser la voix. Casse-toi, je veux être seul.

Ses mots me heurtent de plein fouet. Je ne sais pas bien ce que j'imaginais en lui courant après, mais je ne m'attendais pas à ce qu'il soit si rude avec moi. Je crois que je voulais bêtement qu'il me serre contre lui et qu'on s'apaise mutuellement. Mais peut-être pense-t-il la même chose que moi. Peut-être se dit-il que cela aurait pu être évité si nous n'étions pas ensemble… Je chasse loin de moi cette pensée horrible.

Non, on est plus que ça…

– Non attends, je veux…

– C'est ta faute, tout ça ! beugle-t-il à nouveau en me lançant cette fois un regard assassin. Ta putain de faute, Harper.

– Je…

Je ne parviens pas à refouler le sanglot qui me prend à la gorge, et je n'arrive pas non plus à contenir les larmes qui coulent sur mes joues. Cette façon de me regarder, comme si j'étais une épine dans son pied, suffit à m'achever. Il est en colère, il est enragé, il n'y a pas une once d'amour ni de compassion dans son comportement. Bien au contraire, il semble si blessé, en colère, que je me sens minable.

On n'est peut-être pas « plus que ça », finalement…

– Ma faute ? je dis en me battant contre mes pleurs.

– Ouais, c'est toi, putain ! Si je suis là, si je suis expulsé de ce match, que mon équipe se retrouve dans la merde, c'est ta faute ! Et toi, tu te pointes là, comme une fleur. Tu veux quoi, bordel ?

– Je…

Les mots me manquent cruellement, je ne sais pas pourquoi ils restent coincés dans ma gorge. *C'est ma faute ?* Ses mots me font mal, plus mal que les images que j'ai encore devant les yeux… Certainement parce qu'ils font écho à mes propres pensées et que j'espérais qu'il les démente avec véhémence, comme à son habitude.

– Si on n'était pas ensemble, rien de tout ça ne serait arrivé, je ne serais pas sur le point de me faire virer de Rebel, avec une inscription dans mon dossier qui m'empêchera de devenir kiné ! Je vais briser le cœur de Jamie à cause de cette merde. À cause de *toi.*

Un océan d'émotions toutes plus violentes les unes que les autres me ravage de part en part. L'entendre me dire ces mots-là précisément me paralyse. Il n'a jamais été aussi virulent.

– Donc ouais, on peut dire que c'est ta faute si j'ai pété un câble, ils savaient comment m'atteindre et ils ont parfaitement réussi. Résultat, j'ai très certainement jeté mon avenir à la poubelle pour toi. Sans compter que là, tout de suite, j'ai abandonné mon équipe et qu'à cause de ça, la qualification va certainement nous passer sous le nez. Ça fait beaucoup de vies gâchées, tu ne trouves pas ?

Il y a des mots qui font plus de mal qu'un coup de poignard. Il y a des moments, des conversations qu'on ne voudrait jamais avoir. Et certaines personnes, quand on les estime un peu trop dans notre cœur, ont le don de nous bousiller. C'est exactement ce qui est en train de se passer avec Hunter, à qui j'ai tout donné sans concession. Je sais que tout est en train de s'effondrer pour lui, pour moi, pour nous. Pourtant je n'arrive pas à lui en vouloir, car au fond, une part de moi me dit qu'il a raison, sans moi, tout ça ne serait pas arrivé.

– Je suis désolée, je voulais…

J'ignore pourquoi je m'excuse, mais je ressens le besoin de le faire.

– Tu voulais quoi, au juste, Clarke ? T'espérais que je te réconforte ? Je ne suis pas ton pote, d'accord, alors fais-moi le plaisir de me foutre la paix, crache-t-il avant de disparaître derrière une porte qu'il claque violemment.

Je reste muette face à ses mots, paralysée dans le couloir durant de longues minutes jusqu'à ce que j'arrive à mettre un pied devant l'autre.

Et tandis que je quitte ce lieu maudit, je meurs à petit feu, le cœur détruit.

– Mademoiselle Clarke !

La doyenne m'attend dans le couloir. Nous avions convenu d'un rendez-vous pour que je puisse lui rendre mon deuxième article avant la pause des vacances de Noël. Elle porte un jean, des cuissardes et un pull noir à col roulé. C'est étrange de la voir en tenue décontractée. Aussi étrange que d'errer dans les couloirs entièrement vides de l'université, puisque la totalité des élèves sont en vacances. Elle me regarde avec prudence lorsque j'arrive près d'elle.

– Vous allez bien ?

Elle me prend par les épaules pour me réconforter. Même si ses gestes sont maladroits, ça me fait du bien de ressentir un peu de soutien.

– Oui, je réponds poliment avec un demi-sourire.

Pour être franche, je suis sortie de mon appartement, car je savais que j'allais rentrer chez moi pour presque un mois, sinon, je crois que j'y serais restée. J'ignore comment je fais pour ne pas pleurer à ce moment précis. Je crois que j'ai tellement chialé sur l'épaule de Maeve une partie de la nuit que j'ai vidé mon stock de larmes pour l'année à venir, et même les prochaines.

Entre l'humiliation et les mots de Hunter, je me sens comme la pire des merdes. Maeve devait partir directement après le match des garçons, mais elle est restée pour moi. Elle va même m'accompagner à l'aéroport tout à l'heure. Si elle n'était pas là, je serais encore plus bas qu'au trente-sixième dessous. Elle est ma putain de bouée de secours. C'est cliché à mort et pourtant, c'est vrai. Quand on m'a humiliée au bal du lycée, je n'avais absolument personne. Aujourd'hui, j'ai une Maeve et je bénis la vie de l'avoir mise sur ma route.

– Harper ? Vous m'écoutez ?

– Oui, désolée… Je suis un peu ailleurs.

– Jeune fille, il serait étrange que ça ne soit pas le cas. Je n'ose imaginer la douleur que vous ressentez, mais vous allez me faire le plaisir de profiter de vos vacances pour reprendre du poil de la bête. L'étudiante déterminée qui a négocié avec moi quand je lui ai imposé une série d'articles sur le hockey, je veux la retrouver à la rentrée. Vous êtes, à n'en pas douter, une personne remarquable, Harper.

Je me nourris de ses mots, bien qu'ils ne calment pas la douleur oppressante dans ma poitrine, ils m'aident à me sentir moins mal.

– Merci.

Elle me lâche une fois dans son bureau. Au lieu d'aller s'asseoir à sa place habituelle, elle prend place sur l'une des deux chaises qui sont d'ordinaire attribuées à ceux qui viennent la voir.

– Je suis vraiment désolée pour l'humiliation que vous avez subie hier soir. Croyez-moi, je ne laisserai pas cet acte impuni. Je vais me battre pour que les *cheerleaders* soient sévèrement sanctionnées pour ce qu'elles ont fait. Bien que la défaite des Silver Knights soit une punition en soi, les membres de l'équipe qui ont participé à cette sombre mascarade subiront le même sort, je vous le garantis. Aussi intransigeante que je sois, je prends soin de mes étudiants.

Madame Wells me semble sincère.

– Je dois déjeuner avec le doyen de l'autre université, croyez-moi quand je dis que justice vous sera rendue.

Encore une fois, il me semble qu'elle dit vrai, alors je hoche la tête. Au stade où j'en suis émotionnellement, je me fiche complètement de tout ça. J'ai juste envie de rentrer chez moi, de retrouver ma famille et le soleil de ma Floride.

– J'ai l'article sur les Grizzlys. Il est assez particulier, mais... je l'ai entièrement réécrit cette nuit, alors j'espère que vous l'apprécierez.

Je le sors de ma pochette en carton et je le lui tends.

– Madame...

– Oui ?

Elle lâche l'article des yeux et le pose sur son bureau pour m'observer.

– Qu'est-ce qu'il va se passer ? Je... Je voulais vous demander de ne pas expulser Hunter, de ne pas le sanctionner pour ce qu'il a fait.

– Comment ça ?

– Quand vous nous avez punis ensemble, Hunter et moi, vous avez dit qu'à la moindre erreur, vous le mettriez à la porte. Ne le faites pas. Il a défendu mon honneur et c'est assez noble quand on se fait humilier devant une salle comble... Je sais que c'est interdit, je sais qu'à cause de lui, l'équipe a dû jouer avec un gars en moins, mais devenir kiné, c'est tout pour lui et...

– Je vais vous arrêter là, mademoiselle Clarke. Je ne sais pas encore ce qu'il va arriver à Hunter, mais je vais être honnête avec vous, et vous parler comme si je n'étais pas la doyenne de cette université. J'aime beaucoup cette tête de mule. Il est exaspérant, gamin, mais il est terriblement humain. Hunter a un passé compliqué avec son ancienne équipe et quand il est arrivé ici, il avait envie d'en découdre, il avait envie de trouver sa place. Deux universités ont refusé son dossier avant qu'il n'arrive ici. J'ai vu en lui un grand potentiel. D'un point de vue tout à fait personnel, je suis plutôt fière de constater que mes élèves s'insurgent face aux injustices.

– Vous...

– J'aurais simplement aimé que vous n'en subissiez pas les conséquences. Vraiment, je le regrette.

– J'ai l'habitude…

Je réprime un sanglot et je retiens mes larmes.

– Votre ancienne proviseure m'a appelée pour me demander votre adresse mail afin de vous proposer de faire un discours sur le *body positive* dans votre lycée. Je trouve l'idée vraiment intéressante car depuis hier soir, j'ai découvert votre compte Instagram et vous êtes la personne parfaite pour ça.

Je secoue la tête.

– Je ne sais pas si je vais le faire, je…

– Faites-le, Harper. Faites entendre votre voix, et exposez votre courage au monde. J'aurais aimé avoir votre force à votre âge, cela m'aurait évité des déconvenues…

Je l'observe sans rien dire et je prends conscience que pour être au poste qu'elle occupe, elle a dû se battre elle aussi à sa manière.

– Vous savez comment je me suis retrouvée sur la route de Hunter ? À cause de la décision de la direction de cette université, à la suite de l'agression de Mila, je lance d'une petite voix. Je vous en ai beaucoup voulu parce que vous êtes le visage de cette fac et que je ne comprenais pas comment une femme pouvait prendre une telle décision, mais maintenant, je prends conscience que vous n'y êtes pour pas grand-chose.

Elle me regarde longuement avant de choisir soigneusement ses mots :

– Disons que si je n'étais pas intervenue, les sanctions auraient été plus… misogynes. La lutte contre le patriarcat a encore beaucoup de progrès à faire…

Elle n'a pas besoin d'en dire plus pour que l'on se comprenne.

– Je ne vais pas vous retenir plus longtemps. Je vais lire votre article et le transmettre au capitaine des Grizzlys, ainsi qu'au rédacteur en chef du journal. Nous le publierons sur le site internet en avant-première et en version papier à la rentrée.

– D'accord. J'y vais…

– Essayez de passer de bonnes vacances, Harper, et ne vous laissez pas atteindre par ces cloportes de Silver Knights, ils n'en valent vraiment pas la peine…

– Promis, je réponds avant de quitter son bureau.

Je me dépêche de traverser le bâtiment pour quitter, pendant plusieurs semaines, cette fac de malheur. J'ai toujours du mal à assimiler ce qu'il s'est passé avec Hunter. J'ai encore tellement de sentiments pour lui, même si mon envie première est de le trucider avec une petite cuillère.

Tombez amoureux, qu'ils disent…

C'est perdue dans mes pensées que je pousse plus violemment que prévu une porte, et percute rudement quelqu'un.

Et pas n'importe qui.

Mon cœur s'arrête et l'air dans mes poumons semble devenir solide.

– Harper, lance Hunter doucement.

Dans sa bouche, mon prénom sonne faux, je n'aime pas ça. J'ai fini par m'y faire, à son surnom débile. Je le détaille, comme si je voulais me gorger de lui. Dire qu'il a une mine de déterré serait un euphémisme et une part de moi espère que sa souffrance est à la hauteur de ma peine. Ses yeux sondent les miens, et je sens ma gorge se nouer. Il faut que je me barre d'ici avant d'exploser en sanglots. Alors que je tente de le contourner, il attrape mon poignet. Bêtement, je le regarde et je peux lire la tristesse sur son visage.

– Je suis désolé. Tellement désolé, chuchote-t-il.

Pourquoi est-ce que les mots que je rêvais d'entendre n'ont pas l'effet escompté ? Tout en lui me dit qu'il est vraiment navré, mais pour autant, mon cœur saigne encore, et je ne suis clairement pas prête à lui pardonner. Et puis tout ça, ce ne sont que des mots, encore et toujours des paroles. Des putains de faits, voilà ce que je veux.

– Baby H…

– Non. Stop.

Comme toujours, il s'arrête à ma demande et la douleur explose dans ma poitrine. Putain, que c'est dur de nous voir comme ça, l'un à côté de l'autre, pourtant séparés par un gouffre infranchissable. Dans quelques semaines, peut-être que je serai en capacité de l'écouter, mais là, c'est au-dessus de mes forces.

– Il faut qu'on parle, on ne peut pas rester comme ça.

– Je n'en peux plus des mots, Hunter. Ils ne cessent de me blesser…

Après un dernier regard qui bousille le peu de self-control qu'il me reste, je laisse derrière moi le froid du Michigan, mais aussi une part importante de mon cœur.

CHAPITRE 32

When girls are in a good mood, they go to their block list and release one or two prisoners[24].

(Sarcastic_us)

Hunter

« Si on n'était pas ensemble, rien de tout ça ne serait arrivé, je ne serais pas sur le point de me faire virer de Rebel, avec une inscription dans mon dossier qui m'empêchera de devenir kiné ! Je vais briser le cœur de Jamie à cause de cette merde. À cause de toi. »

La ferme !

Mais non, mes putains de pensées ne veulent pas se taire.

Mon crâne me fait un mal de chien…

Si seulement c'était dû à un trop-plein d'alcool après une bonne soirée, mais même pas. J'ai juste une migraine d'enfer qui a décidé d'élire domicile dernière mes yeux. Alors je croupis dans mon lit.

Je m'en sers d'excuse pour ne pas sortir de ma chambre. Je ne pensais pas être le genre de mec à se morfondre dans son coin, il semblerait que je me sois bien planté. Mes colocs

---

24. Quand les filles sont de bonne humeur, elles vont vérifier leur liste de bloqués et relâchent quelques prisonniers.

m'ont laissé tranquille, mais je les connais trop bien ; ça ne va pas durer. Ils vont finir par débarquer dans ma chambre et me tirer par les cheveux pour qu'on s'explique.

Je n'en ai pas la force. Les mots dégueulasses qui ont franchi mes lèvres tournent en boucle dans ma tête.

« Donc ouais, on peut dire que c'est ta faute si j'ai pété un câble, ils savaient comment m'atteindre et ils ont parfaitement réussi. Résultat, j'ai très certainement jeté mon avenir à la poubelle pour toi. Sans compter que là, tout de suite, j'ai abandonné mon équipe et qu'à cause de ça, la qualification va certainement nous passer sous le nez. Ça fait beaucoup de vies gâchées, tu ne trouves pas ? »

Putain. Je me colle la gerbe.

Quel gros connard j'ai été. Je ne pensais même pas ce que j'ai dit, j'étais dans un état second à ce moment-là. Tout s'est passé si vite. La rage qui m'animait avant même de monter sur la glace. Et puis les pancartes… J'ai complètement perdu pied, en lisant ces horreurs sur Baby H. Mais le pire a été l'expression de jubilation de Melvin. La joie mauvaise qui l'animait d'être une pauvre merde. C'est ça qui a signé mon expulsion du match et peut-être de cette fac. Tout ce qui comptait était de lui retirer ce sourire, et si possible de lui péter la gueule.

J'avais perdu de vue notre qualification en tant qu'équipe jusqu'à ce que l'arbitre me colle sous les yeux un carton rouge. Mon cœur m'a donné l'impression de chuter de plusieurs mètres. Je venais de tout foutre en l'air, et les regards de mes coéquipiers me l'ont confirmé. Sans compter les mots que m'a glissés le coach en quittant la glace : « Si tu es renvoyé, je t'étripe moi-même ! » C'est alors que la menace de Wells a refait surface en plus de tout le reste. Le visage de Jamie, mon neveu, en surimpression. La déception que j'allais représenter pour lui a manqué de me faire gerber sur le coach.

Ma vie foutue en l'air. En deux putains de minutes.

Tu parles d'un héros.

Alors quand Harper m'a trouvé, j'étais déjà au fond du gouffre, mais je n'avais pas perdu cette envie de faire du mal à quelqu'un pour expulser la rancœur qui m'animait. Et j'ai tout déversé sur elle alors qu'elle ne le méritait pas.

Bordel, elle encore moins que n'importe qui.

Je plaque un oreiller sur mon visage pour étouffer le cri de rage qui me monte le long de la gorge. Et pour m'achever, il y a eu notre brève rencontre hier, où elle m'a tout simplement brisé le cœur. Il existe une énorme différence entre savoir que l'on a blessé une personne et le voir de ses propres yeux. Ceux de Harper étaient hantés, j'ai vu qu'elle était au bord des larmes, mais en battante qu'elle est, elle les a ravalées avant de sortir de ma vie. Elle me manque à en crever, mais je ne saurais même pas par quoi commencer pour m'excuser, puisque les mots ne lui conviennent pas. Alors à la place je ne fais rien, je reste là comme un pauvre con, à me plaindre et espérer qu'elle reviendra vers moi. Putain, je rêve ! Si elle me pardonne, ça sera après m'avoir fait ramer sur des kilomètres, et ça sera plus que mérité.

Alors que je suis perdu dans l'élaboration d'un plan improbable pour reconquérir la fille que j'aime, la porte de ma chambre s'ouvre brusquement, me faisant sursauter. Cade se tient dans l'encadrement, le visage dur.

– En bas dans cinq minutes. Ne me fais pas remonter, tu n'aimerais pas le résultat.

Sans un mot, il tourne les talons et disparaît dans le couloir.

Ouais. Ça va être ma fête. En même temps, c'est déjà beau qu'il m'ait laissé autant de temps. Comme un prisonnier montant à l'échafaud, je vais me rafraîchir dans ma salle de bains avant de descendre. Quand j'arrive au rez-de-chaussée, j'entends des voix dans la cuisine. Chouette, on dirait que toute la bande est réunie…

Une fois que je suis arrivé dans la pièce, mes colocs s'arrêtent de parler et me fixent.

– Je commençais à me demander si tu n'étais pas crevé, mon pote.

– Voyons, Griffin, tu n'as pas entendu les gémissements qui sortaient de sa chambre ? rétorque Zeke en attrapant une pomme avant de mordre dedans.

– Je ne gémis pas, connard.

– Non, c'est vrai, tu *couines*, balance notre gardien.

Mon regard noir ne l'émeut pas le moins du monde. Au contraire, il me décoche un sourire éclatant qui accentue ma migraine. Pendant une minute qui semble durer une éternité, on se regarde tous sans parler. Je croise les bras sur mon torse, sur la défensive, car je mérite d'entendre ce qu'ils ont à me dire.

Je m'attends à toutes les insultes du monde…

– Tu as consulté tes mails récemment ? me demande Cade.

… mais certainement pas à ça !

– Quoi ?

– Tes mails. Tu sais, ce truc qui sert à communiquer avec le monde extérieur.

– Je sais ce qu'est un mail, Griffin ! je crache. Je ne comprends pas ce que tout ça vient foutre là…

Sans me répondre, Cade sort son propre téléphone de sa poche arrière, et cherche quelque chose avant de commencer à lire :

– « *Vous auriez vu ma tête quand on m'a dit que je devais faire une série d'articles sur le hockey. Je ressemblais à un vrai même, j'étais blasée… Si on m'avait dit que j'allais aimer le hockey, j'aurais ri. Je me passionne d'ordinaire pour les serial killers… Mais je crois que c'est pour ça que je suis tombée sous le charme des Grizzlys, parce qu'ils ont la rage de vaincre, parce que ce sont des vrais tueurs sur la glace. Petit à petit, cette équipe m'a charmée et j'ai découvert que derrière ces montagnes d'équipement et de muscles se cachent des mecs en or.* »

La mâchoire m'en tombe presque. Harper… Son article.

– Attends, laisse-moi lui lire mon passage préféré, s'interpose Griffin en arrachant le portable des mains de son propriétaire. C'est où déjà ? Ah oui voilà : « *Je me dois d'être franche avec vous, je pensais que pour la plupart, ils étaient le stéréotype même du sportif, plusieurs m'ont prouvé le contraire, et à de nombreuses reprises. Ces joueurs m'ont appris à quel point on peut vivre passionnément l'amour d'un sport et être prêt à tout donner pour être le meilleur dans une discipline. Et ça m'a inspirée. Moi aussi, je veux donner le meilleur de moi, et pouvoir le crier fièrement sans être jugée. Aujourd'hui, je peux vous écrire que l'université John Rebel a de la chance d'avoir une telle équipe, et qu'on devrait tous s'en inspirer un peu plus. L'un d'entre eux m'a vraiment changée et j'ai envie de vous en parler davantage : Hunter Clark.* »

Mon cœur tambourine si fort que je ne suis pas sûr d'avoir entendu tout ce que vient de lire Griffin. Je ne sais pas si je suis prêt pour la suite, je préférerais être seul, dans ma chambre par exemple. J'ai déjà suffisamment les boules de savoir que plusieurs personnes ont lu ces lignes avant moi.

– À ton expression horrifiée, je pense que tu as compris ce qui t'attend dans tes mails, espèce de crétin. Non, je t'adoube même Sa Majesté des Réactions Pourries. Fais comme tu veux maintenant, lis l'article ou non, mais tu dois être chez la doyenne dans une demi-heure. Le coach sera là et je t'attendrai dans le couloir. On va enfin connaître les conséquences de ce qu'il s'est passé dimanche.

J'avale difficilement ma salive avant de tourner les talons et de remonter en trombe dans ma piaule. Lorsque je trouve enfin mon smartphone, je serre les mâchoires en me rendant compte que je n'ai plus de batterie.

– C'est pas vrai !

Je me rue vers mon bureau pour ouvrir mon ordinateur. Je dois m'armer de patience pour ne pas l'exploser le temps qu'il charge mes mails et, enfin, je peux cliquer dessus. Je parcours des yeux le début pour reprendre ma lecture là où Griffin s'est arrêté :

« *Je sais que tout le monde ici connaît Hunter, il a fait une entrée fracassante dans l'équipe, mais aussi dans ma vie. En seulement quelques semaines, il m'a permis de devenir une meilleure version de moi-même et rien que pour ça, je lui en serai toujours reconnaissante. Il m'a montré à quel point les actes ont plus d'impact que les mots.*

C'est un jeune homme plein de vie, de rêves, d'humour, mais surtout de gentillesse. Alors je tiens à vous demander d'oublier ce que vous avez vu lors du dernier match. Ce n'est pas le Hunter que vous connaissez tous et, surtout, que vous aimez. Gardez plutôt en tête la joie qu'il vous procure à chaque match. Ça, c'est le vrai Hunter.

Et si vous n'y arrivez pas, c'est bien dommage, car il y a toujours deux versions d'un récit. Et si vous vous êtes dit que c'était une histoire de rivalité, je peux vous certifier que vous faites fausse route. Si Hunter a agi comme il l'a fait, c'est en partie pour moi. Il a voulu me défendre face à tout ce qui a pu être montré et dit de moi.

Rebel a besoin des Grizzlys et les Grizzlys ont besoin de leur second adjoint pour gagner le Frozen Four cette année. Car croyez-moi, on va gagner cette saison, avec l'équipe au grand complet… »

La fin de l'article rappelle les grands matchs à venir ; je n'y prête pas grande attention. S'il y a une chose à laquelle je ne m'attendais pas, c'était au soutien de Baby H… Cette fille me surprendra toujours. J'ai été odieux avec elle, et pourtant elle se bat pour moi, pour que nos fans soient de mon côté et se battent à leur tour pour que je ne sois pas mis sur la touche trop longtemps, voire expulsé de Rebel…

Ma gorge se serre douloureusement quand je relis certains de ses mots. J'ai l'impression de ne pas la mériter, mais je n'arrive pas à empêcher la petite flamme d'espoir de renaître en moi. Peut-être que tout n'est pas perdu entre nous, mais j'ai intérêt à assurer sacrément pour me faire pardonner. Et si elle veut des actes, je n'en vois qu'un que je peux faire tout de suite. Je me rue sur mon portable, le mets en charge et, dès que je peux l'allumer, je sais que ce que je m'apprête à faire est la meilleure solution.

Je suis assis dans le couloir avec Cade à mes côtés, qui a décidé de rester aussi muet qu'une tombe. C'est sa manière de me punir pour mon comportement sur la glace. Car il ne sait pas exactement ce que j'ai dit à Harper, sinon je serais en train de me vider de mon sang dans un coin à l'heure qu'il est. Les mecs l'adorent, ils sont en colère après ce qu'il s'est passé à la patinoire, et en d'autres circonstances, ils se seraient joints à moi pour péter la gueule de ces connards. Mais s'ils avaient appris ce que j'ai dit à Harper, ils ne m'auraient pas raté…

Ma jambe tressaute nerveusement, et je ne peux m'empêcher de penser à la première fois que je me suis retrouvé ici avec Baby H. Si j'avais su à ce moment-là que cette nana serait si importante dans ma vie… En fait, quand elle a brandi une paire de ciseaux pour me menacer, je l'ai su.

C'était le bon vieux temps.

La porte de la doyenne s'ouvre et Meyer me fusille du regard.

– On se bouge, Clark !

Après un échange de regards avec Cade, j'entre en terre hostile. Wells me scrute derrière son imposant bureau en bois et mon coach se tient en retrait sur sa droite. Je me sens tout petit, pourtant j'essaie de ne rien laisser paraître, mais ce n'est pas simple. Je flippe complet. Je n'ai pas envie d'être viré de l'équipe. Pire, je ne veux pas être viré de la fac, or Wells m'a dit qu'à la moindre connerie, c'est ce qu'elle ferait.

– Asseyez-vous, Hunter.

Je m'exécute, n'osant pas ouvrir la bouche, et je fais bien car l'attaque arrive de manière frontale.

– Je ne vais pas y aller par quatre chemins : vous avez commis une grossière erreur. Ce qu'il s'est passé dimanche est inacceptable, votre comportement n'est pas digne de Rebel, j'espère que vous en avez conscience.

Je me contente de hocher la tête. Je ne vois pas ce que je pourrais dire pour argumenter en ma faveur, elle a parfaitement raison.

– Cependant, j'ai pu m'entretenir avec mademoiselle Clarke avant son départ et la lecture de son article m'a permis d'y voir un peu plus clair sur la situation.

Je relève le visage à la mention du nom de Harper. Wells a toute mon attention et elle le sait. Je peux le voir à son petit sourire en coin.

– Sachez que j'ai déjeuné avec le doyen de votre ancienne université, M. Spike, et nous sommes tombés d'accord sur le fait que votre réaction était certes violente, mais motivée par une volonté de défendre votre amie…

– Désolé de vous interrompre, madame Wells, mais ce n'était pas que pour la défendre…

– Bordel, Clark, ferme-la !

Je sursaute en entendant la voix grave du coach Meyer. C'est la première fois qu'il me parle sur ce ton et son expression m'intime de suivre à la lettre son ordre. Alors je m'enfonce dans mon fauteuil, attendant de savoir quelle sentence va me tomber dessus.

– Monsieur Meyer, ici présent, a également évoqué les SMS que vous avez reçus… Vous auriez dû lui en parler, ou à vos camarades, avant et non après le match… Ils auraient pu vous aider à vous canaliser.

Machinalement, je hoche la tête pour lui donner raison. Quand je pense à la manière dont j'ai éclaté sur la glace, je me dis que j'aurais peut-être dû le dire à Cade et aux autres. Je pensais pouvoir gérer.

Tu parles !

– Pour autant, ce que Harper a subi n'aurait jamais dû arriver, reprend la doyenne. Je ne le tolérerai pas sur mon campus et le doyen Spike était entièrement d'accord avec moi. C'est pourquoi nous avons réuni les entraîneurs des deux équipes ainsi que les arbitres présents lors du match, et nous avons pris une décision.

Je bois ses paroles, je retiens même ma respiration, comme si cela pouvait m'aider à mieux encaisser ce qu'elle va me dire.

– L'équipe des Silver Knights, pour avoir déclenché cette histoire, se retrouve interdite de matchs jusqu'à la fin de la saison. Quant à vous, vous écopez d'une suspension de deux matchs pour avoir été assez stupide pour riposter de la manière dont vous l'avez fait. La rencontre de dimanche compte dans la sanction.

– Je ne comprends pas... je murmure, abasourdi.

– Tu vas chauffer le banc de touche seulement lors du prochain match, voilà ce que ça veut dire, champion, m'explique le coach avec un demi-sourire au coin des lèvres.

Je suis sonné. Je n'en reviens pas. Comment est-ce possible ? Je m'attendais à être viré de la fac et on me donne juste une tape sur la joue. Je ne dis pas que ne pas chausser les patins ne sera pas dur, mais pas aussi éprouvant que de tout devoir quitter. Putain, j'ai intérêt à sortir mon meilleur jeu lors des prochains matchs.

– Comment ? je demande.

– Même si j'étais déjà prête à vous défendre, l'article de Harper que j'ai transmis aux personnes concernées a su toucher sa cible. Elle m'a demandé personnellement de ne pas vous renvoyer. Vous lui devez beaucoup, Hunter.

Putain, voilà que je culpabilise de nouveau.

– Bien plus que vous ne l'imaginez, madame.

Elle hoche la tête, comme si elle comprenait.

– En revanche, je ne veux plus vous voir dans mon bureau avant un long, très long moment. Est-ce clair ?

– Comme de l'eau de roche.

– Parfait. Laissez-nous maintenant.

Je quitte le bureau, abasourdi, je ne prends même pas la peine de les saluer ni de les remercier.

– Alors ? Hunter ?

Je sors de mes pensées, et je trouve mon meilleur pote dans le couloir, en train de me regarder comme si j'étais dingue.

– Quoi ?

Il saute sur ses pieds, sa nervosité prenant le pas sur sa colère.

– Alors ? Ils ont dit quoi ?

– Je suis juste suspendu pour le prochain match, je…

– Quoi ? crie-t-il.

À son expression, je comprends que lui aussi s'attendait à autre chose. Quelque chose de plus sérieux compte tenu de mon comportement. Mais une personne veille sur moi. Qu'est-ce que j'aimerais pouvoir la prendre dans mes bras en cet instant !

– Mais c'est génial. On va… *Yes* !

Il ne contient pas son exclamation de joie et je souris vraiment pour la première fois depuis plusieurs jours. Si je ne suis pas complètement heureux, je suis content de ne pas être expulsé de l'université. Maintenant, il faut que j'espère que ce que j'ai fait tout à l'heure dans ma chambre suffise pour que Harper accepte de me parler.

– Comment ça se fait ? Qu'est-ce qu'ils t'ont dit ? Dis-moi…

– C'est… C'est Harper. Elle m'a défendu.

Il me balance un regard noir avant de secouer la tête, l'air désespéré.

– Je ne sais pas ce que tu lui as dit ni fait, mais t'as intérêt à ramper fissa. Bouge-toi le cul pour la reconquérir, mec.

– Je sais.

Je n'ose pas lui dire, de peur de me porter la poisse, que j'ai déjà mis mon plan à exécution.

CHAPITRE 33

Favorite high school memory[25] *?*
Leaving.
(Meme_tures sur Instagram)

Harper

Vingt-quatre degrés. Le bonheur.

Allongée sur l'un des transats du jardin, je laisse le soleil me réchauffer le cœur et le corps. Je me gorge de sa chaleur, ça me fait tellement de bien. Être à la maison m'avait tant manqué, et cela m'aide à oublier un peu le trou dans ma poitrine.

– Harper, tout va bien, chérie ?

Je me tourne vers ma mère. Je la soupçonne de savoir que je ne vais pas très bien, mais elle ne demande rien. Je crois qu'elle attend que je me confie à elle. Il y a tant de choses à dire… Il faudrait que je trouve le courage de lui parler, pour une fois. Peut-être que ça me libérerait un peu. Bien que j'essaye d'occulter mes pensées et de ne pas penser à ce qu'il s'est passé à la patinoire, c'est difficile. Surtout la nuit, quand je suis seule dans ma chambre et que je me repasse en boucle cette soirée.

Je pense à ces pancartes, aux rires des spectateurs présents, à leurs regards curieux, puis je pense à Hunter et à la façon

25. Mon meilleur souvenir du lycée ? Le quitter.

dont on s'est quittés… Mais surtout, je pense à ce courage que j'ai emmagasiné ces dernières années, qui est devenu poussière en une fraction de seconde.

– Je vais faire des courses, tu veux m'accompagner ? me propose-t-elle.

– Oui, je lui réponds avec un sourire.

Il faut que je me fasse un peu violence et que j'arrête de m'isoler. J'ai besoin de profiter aussi de ma famille pour aller mieux. Alors que ma mère traverse la ville, un sourire plane sur mes lèvres. L'ambiance de Noël en Floride est tellement différente de celle du Michigan. Là-bas, la neige habille la ville et les décorations également. Ici aussi, on a des sapins et des guirlandes, mais à la place de la neige, du soleil et des palmiers s'élèvent fièrement. Le ciel bleu et la douceur des températures m'avaient tellement manqué. Enfiler une robe sans y ajouter trois couches de collants ou de manteaux, c'est si agréable. Je n'ai pas hâte de reprendre les cours rien que pour ça. Mais le reste me manque déjà…

Je suis ma mère à travers les rayons du magasin. Elle est tellement heureuse de m'avoir à la maison qu'elle dévalise la supérette et dépose dans le Caddie tout ce que j'aime. Alors qu'elle prend son temps devant les légumes, je croise le regard d'un jeune homme qui me dévisage.

Il me faut y regarder à deux fois, mais lorsque je le reconnais, mon sang se glace. Mon cœur bat si fort que j'ai la sensation que tout le monde l'entend et qu'il va jaillir hors de ma poitrine.

– Harper ? lance-t-il. C'est bien toi ?

Ma mère me regarde avec un petit sourire. Si elle savait combien elle interprète mal cette rencontre.

– Je…

Nate.

Bon sang, je n'avais plus vu ce connard depuis le lycée. Il est… Il n'a pas changé. Il est toujours aussi beau, et il transpire la confiance en lui.

– Tu vas bien ?

Visiblement, il est toujours aussi con.

C'est une blague, franchement ? Il me demande comment je vais. C'est une horrible blague ? Ma vie est un putain de sketch en ce moment. Pourquoi faut-il que je tombe sur lui ? C'est dingue comme tout s'aligne parfois pour te mettre plus bas que terre.

– Je vais vous laisser discuter, dit ma mère, rejoins-moi quand tu as fini, ma puce.

Je veux la suivre, mais mes pieds restent figés et mon regard ne parvient pas à dévier de lui. Ma mère tourne dans le rayon suivant, et c'est comme si une main invisible me poussait vers lui. Je m'arrête à sa hauteur.

– T'es resplendissante. T'es…

– Va te faire foutre, Nate. Profondément.

Waouh, ça, ça fait tellement de bien ! Après des années de silence, de refoulement, je peux enfin le dire, et je suis étonnée que ce soit si bienfaisant. Les yeux de mon ancien harceleur s'écarquillent comme s'il s'attendait réellement à ce que je lui parle calmement de la pluie et du beau temps.

– Je…

– Je sais que je suis jolie, je n'ai pas besoin qu'un connard comme toi me le dise. Surtout pas après tout ce que tu m'as fait subir. Je dirais même que lorsque c'est toi qui le dis, ça ne vaut rien, c'est presque insultant.

– Harper, je le pense. Je suis…

– Quand je te vois, je l'interromps, je me revois au lycée et je déteste ça. Quand je te vois, tout ressurgit comme un geyser. Le bal, les moqueries et autres insultes dont vous m'avez gratifiée, toi et ta team de gros connards. Quand je te vois, je pense à ces angoisses, et à tout ce dont vous m'avez privée égoïstement avec le harcèlement que vous m'avez fait subir.

J'ai besoin de parler, de vider mon sac. De donner enfin une vraie place à la Harper que j'étais à l'époque. De lui donner une voix, tout simplement.

– On fait tous des conneries quand on est au lycée, lance-t-il un peu maladroitement.

– Oui, c'est vrai, je raille en souriant. Certains boivent des bières ou sèchent les cours et d'autres prennent en grippe une petite grosse et décident de faire de sa vie un enfer.

J'ai besoin de cracher mon venin.

– Tu sais quoi ? Je pensais que t'étais la personne que je détestais le plus, je crois qu'en fait, je me déteste plus que je te déteste… Je suis en colère contre moi, de t'avoir donné tellement d'importance, d'avoir cru que vous aviez raison, toi et les autres. Qui se renie comme ça ? Qui laisse des enfoirés la rabaisser plus bas que terre ? Au point qu'elle n'entend plus sa propre voix ? En fait, c'est toi qui es insignifiant, j'aurais simplement aimé le comprendre avant…

Je n'imaginais pas combien j'avais besoin de dire tout ça. Je gardais ça pour moi depuis longtemps et le fait que ça sorte enfin me rend plus légère et me libère la poitrine.

Waouh ! Cette révélation me rend heureuse.

– Tout ça m'aura rendue plus forte, mais j'espère que tu auras compris maintenant à quel point tu as pu affecter ma vie, et pas en bien, Nate. Si vous m'aviez donné une chance d'exister, vous vous seriez rendu compte qu'il y avait une fille super sous ses rondeurs. Si vous m'aviez laissé souffler, j'aurais compris plus tôt que « grosse » est un adjectif, pas une insulte…

Sur ces mots, je fais volte-face. Je me fous de ce qu'il pense, je me fous qu'il veuille s'excuser ou pas, il n'a plus d'importance. Ce qui compte, c'est moi, et moi seule. Je prends conscience de cette légèreté qui danse dans mon cœur et que les derniers mots que j'ai dits à Nate, je dois les dire à ceux qui ont besoin de les entendre.

Il semble que je souris quand je rejoins ma mère, car elle me regarde avec étonnement et amour.

– Tout va bien ?

– Oui, quand on sera à la maison, il faudra que je te parle.

J'ai toujours pensé que garder les choses pour moi et les refouler serait mieux. J'ai toujours cru que je devais dompter mes démons toute seule. Comme j'avais tort. On ne devrait pas garder ce qui nous blesse pour nous, on devrait pouvoir en parler pour se soulager et tenter de trouver une épaule réconfortante. Il n'y a aucune honte à avoir besoin de se confier, et à avoir besoin de soutien.

– Mon Dieu, Harper !

Tout avouer à ma mère m'a coûté, mais m'a aussi libérée. Je n'arrive pas à croire que me confier allait me faire autant de bien. Avec le recul, je pense que j'essayais de protéger mes parents, je ne voulais pas qu'ils aient honte de moi. Pourtant, c'était leur job de me prendre dans leurs bras et de me dire que tout irait bien.

– Tout va bien, maman.

Elle essuie les larmes qu'elle a aux coins des yeux. Je la prends contre moi en souriant. La tristesse et la compassion qu'elle éprouve à mon égard sont aussi curatives que la chaleur du soleil.

– Ne pleure pas.

– Mais enfin, mon bébé m'apprend qu'elle a été harcelée et que… je n'ai rien vu. Enfin si, je savais bien que ça n'allait pas, mais j'ai mis ça sur le compte de la crise d'adolescence. Comment j'ai pu être à ce point ignorante ?

– Je suis forte, c'est tout, je dis en regardant l'immensité du ciel bleu.

– Harper…

– Je ne te dis pas ça pour que tu t'en veuilles, mais parce que j'ai besoin de me libérer de tout ce que je garde pour moi depuis des années. Et surtout, aujourd'hui, ça va beaucoup mieux.

Elle se redresse sur sa chaise et elle me serre contre sa poitrine. Je puise dans son amour, je me fonds dans ses bras autant que je le peux.

– Je vais aller chercher des cookies et de la citronnade maison.

– Bonne idée.

Alors qu'elle s'éloigne, je m'allonge dans l'herbe. Elle est chaude dans mon dos et les rayons du soleil me caressent la peau alors que je fixe le ciel dépourvu de nuages. Je me sens bien. Étrangement, je prends encore plus conscience que j'ai le droit de vivre, que j'ai le droit d'être qui je suis.

– Tu sais qu'il y a des transats, se moque ma mère quand elle revient.

J'ouvre un œil et lui tire la langue.

– Le froid du Michigan a failli me tuer. Je suis en manque de chaleur.

– Quelle idée aussi, de partir là-bas !

– Rebel est une super faculté pour le journalisme, je ne regrette pas.

Je n'ai pas peur de retourner à l'université. Parce que j'ai Maeve, et parce que j'ai foi en ces personnes qui ont hurlé leur indignation lorsque les *cheerleaders* ont brandi leurs pancartes. Ce qui me fait le plus peur, c'est lui. J'essaye de repousser l'inévitable, de me dire qu'il ne me manque pas. Pourtant c'est le cas, c'est indéniable. Je l'aime beaucoup trop pour arriver à combler le trou qu'il a laissé dans mon cœur. Peut-être que j'aurais dû le laisser s'exprimer l'autre jour, en fin de compte…

– Quand je pense que ce garçon t'a valu une autre humiliation…

– Il n'y est pour rien, je l'interromps, c'était pour l'atteindre, ça, c'est sûr.

– Tu sais, tu peux changer de fac, tu…

Je me redresse et je m'assieds en tailleur.

– Tu sais bien que ce n'est pas si simple et je n'ai pas envie de fuir ni de quitter Rebel. La doyenne va se battre pour qu'ils soient tous punis et je la crois, c'est une sacrée femme.

– Tu es certaine que tu vas bien ?

Je n'ai pas envie de lui mentir, alors je lui dis la vérité.

– Pas tout à fait, mais ça ira, maman. Promis.

CHAPITRE 34

– The Flat Earth Society has members all around the globe.
– Say that again, but slowly[26].

(Physics-astronomy.com)

HUNTER

Je suis un gros abruti…

Je n'ai toujours pas eu le courage de contacter Harper. Depuis quand j'ai perdu tout courage, moi ? J'aimerais savoir si elle a vu ma vidéo ou pas. Si cela change quelque chose ou pas. Si elle m'aime toujours. Ou pas. Rien que quand je pense à cette dernière option, mon ventre me fait un mal de chien. Sans compter qu'aujourd'hui, je vais chez moi et que je n'ai pas parlé à ma famille depuis le soir du match. Je suis attendu pour fêter Noël avec elle. Et je me liquéfie sur mon siège.

Ma mère et ma sœur ont beau être douces et adorables, elles ont aussi un franc-parler qu'il faut arriver à encaisser. Et je les évite depuis le lendemain du match, donc elles doivent m'attendre de pied ferme pour que je m'explique. Mon téléphone sonne à ce moment précis comme pour me

---

26.– L'association de la Terre plate a des membres partout autour du globe.

– Répète ce que tu viens de dire, mais lentement.

dire de me bouger. Je l'attrape pour lire le SMS de mon meilleur pote :

Cade : *Alors Sa Majesté des Réactions Pourries s'est déjà mise à pleurer devant sa maman ?*

Malgré l'insulte, je ne peux pas m'empêcher de rigoler. Il connaît très bien ma mère pour être venu plusieurs fois à la maison, et il sait ce qui m'attend. C'est un peu plus détendu que je lui réponds :

Hunter : *Sa Majesté te fait un doigt et cherche encore le courage d'aller affronter la big boss ! Joyeux Noël, Captain ;)*

Comme par réflexe, j'ouvre Instagram et vais sur mon profil. Je clique sur le dernier post et me voilà, assis dans ma chambre, en train de parler tout seul. J'ai une sale tronche, mais cela n'a pas empêché la vidéo d'être vue près douze mille fois. Je monte le son et ma voix emplit l'habitacle : « *J'ai déconné, il n'y a pas grand-chose de plus à dire. Je tenais dans un premier temps à m'excuser auprès des Grizzlys parce qu'ils ne méritaient pas de jouer un match si important dans de telles conditions. Promis les mecs, je serai de corvée de rangement lors des entraînements. Et sans broncher en plus. J'aimerais ensuite demander pardon à tous nos supporters. On sait que la baston fait partie du plaisir dans le hockey, mais sur la glace, durant un match, pas comme ce que j'ai fait. C'était moche et puéril… et pour ça, je présente mes excuses. Mais pas d'avoir défendu Harper. Ça, j'peux pas. Parce que oui, la femme sur les pancartes dont vous vous êtes moqués a un prénom, des sentiments et une sacrée détermination à faire arrêter les conneries de ce genre. J'admire ma Baby H pour son dévouement à sa cause, je porterai haut et fort le même message qu'elle parce que j'ai les mêmes convictions. On est tous beaux, peu importe notre taille – Griffin, par avance, ta gueule –, notre couleur de peau – Zeke, ta gueule aussi –, nos formes – Cade, toi aussi, parce qu'il n'y a pas de raisons que je ne te tacle pas… – On est tous des putains de canons. Baby H, si par inadvertance tu tombes sur ma vidéo, sache que je suis désolé, qu'avec le recul, je sais que je n'avais pas besoin de me battre pour toi, tu lui aurais botté le cul toute seule, le tout en talons aiguilles s'il l'avait fallu, à ce gros con. Alors je te demande pardon encore une fois, tu mérites un homme qui te soutient coûte que coûte et j'ai failli dans ce rôle. J'espère que tu me laisseras une chance de te montrer que je peux apprendre de mes erreurs. Je t'aime.* »

J'ai mis mes tripes dans cette vidéo, m'exposer de la sorte sur les réseaux n'est pas dans mes habitudes, mais cela m'a semblé naturel et logique. Parce que je devais m'excuser auprès de tout le monde, dire à Baby H à quel point je l'aime et combien ma réaction était pourrie. La vidéo est en ligne depuis plusieurs jours, et je n'ai aucune nouvelle d'elle, ce qui me mine plus que je ne l'avais imaginé. Mais elle a le droit de me laisser dans le vent, j'ai été un connard de première. Je suis prêt à sortir les rames s'il le faut, mais d'abord, j'ai un premier combat à mener.

Après avoir soufflé un bon coup, je sors de ma voiture et me dépêche de remonter l'allée pour me réfugier dans la chaleur réconfortante de ma maison d'enfance. Une délicieuse odeur flotte jusqu'à moi à peine le seuil franchi. J'ai tout juste le temps d'enlever mon manteau et mes chaussures que ma mère me prend dans ses bras. Me retrouver dans cette étreinte desserre un peu le nœud qui comprime ma poitrine depuis plusieurs jours maintenant.

– Mon fils, j'espère que tu as une bonne excuse pour ne pas avoir répondu à mes appels, me lance-t-elle sans me relâcher pour autant.

– Juste que je suis un fils indigne et que je n'osais pas te parler…

– Tu devrais savoir que tu peux tout me raconter. Tu as de la chance que je t'aime, imbécile.

Je recule pour regarder ce petit bout de femme, et je l'embrasse sur le front, déjà plus serein à l'idée d'être là. On se dirige vers le salon où le reste de notre petite famille nous attend. John et Mike sont en train de regarder un truc à la télé pendant que ma sœur et Jamie font un jeu de cartes.

– Salina, viens voir ça, lance mon beau-père. Salut, mon grand ! Tu vas bien ?

– Oui, je réponds avec un sourire.

Ma mère s'éloigne pour aller les voir, alors je m'approche de ma sœur, pas sûr de l'accueil que je vais recevoir.

– Oh regarde, Jamie, un inconnu s'approche de nous. Tu sais quelle est la règle ?

– Ouais, on ne parle pas aux gens qu'on ne connaît pas !

Je passe la main dans les cheveux de mon neveu pour les ébouriffer.

– Touché, je réponds. Joyeux Noël à vous aussi. Dis, petit, j'ai des sucreries dans ma voiture, tu en veux ?

Les yeux de Jamie s'illuminent et ma sœur le fusille du regard.

– N'accepte jamais les sucreries d'un inconnu, c'est clair ?

– Mais c'est tonton, maman !

– Traître ! lance-t-elle en lui tirant la langue.

Durant l'heure suivante, je profite de ma famille et j'oublie un instant que mon cœur n'est pas pleinement heureux. Harper me manque beaucoup trop, mais je n'ai toujours pas trouvé la bonne façon de revenir vers elle. Même si ramper me paraît envisageable à ce stade précis.

Avant de passer à table, je sors sur le porche pour profiter du calme extérieur. La nuit est tombée et la neige me donne l'impression d'assourdir tous les autres bruits. Je reste seul peu de temps puisque Holly me rejoint.

– Alors, tu comptes me dire pourquoi tu m'as ignorée depuis dimanche dernier ?

– Honnêtement ?

– Toujours entre nous, dit-elle en me donnant un coup d'épaule. Même si ta vidéo m'a permis, en partie, de comprendre le problème.

J'hésite à tout lui raconter, mais sans m'en rendre réellement compte, je vide mon sac. Et au fur et à mesure, je sens le poids se lever un peu sur mes épaules. Je lis la déception dans son regard quand je lui explique ce que j'ai dit à Harper, mais elle ne répond rien. Elle me laisse aller au bout de mon histoire. Lorsque, enfin, je n'ai plus rien à lui raconter, elle se contente de me taper derrière le crâne.

– Tu aurais dû savoir qu'on était derrière toi ce soir-là. On voulait nous aussi détruire ce connard de Melvin, personne ne t'en a voulu pour ça. On était fâchés que tu ne nous tiennes pas au courant de la sanction que tu as reçue. En revanche, tu mérites une vraie remontée de bretelles façon Salina pour ce que tu as dit à Harper. Cette fille est une perle rare, va savoir pourquoi elle t'aime, abruti. Tu ne trouves rien de mieux que de cracher ta bile sur elle… Les mecs, vous êtes tellement cons, parfois.

Je sais qu'elle a parfaitement raison, mais je ne retiens qu'une chose de sa tirade.

– Comment tu sais qu'elle m'aime ?

– T'es sérieux, là ? Ça se voyait déjà comme le nez au milieu de la figure que vous étiez amoureux à Thanksgiving. Parce que tu l'aimes, toi aussi, pas vrai ?

Je me contente de hocher la tête, puis après un moment, j'ose enfin sortir la peur qui me broie le ventre.

– Et si elle ne me pardonne pas ? Si elle ne veut plus avoir affaire à moi ?

Holly m'attrape l'épaule pour me réconforter, mais ses mots enfoncent un peu plus le couteau que j'ai dans la poitrine.

– Je t'avoue que je ne sais pas ce que tu fais là, ni pourquoi tu n'es pas déjà en train de la reconquérir. Mais il va falloir que tu prennes ton courage à deux mains pour le faire, car elle en vaut la peine. Les actes comptent plus que les mots, il me semble que Harper a essayé de te le faire comprendre plusieurs fois. Tu vois, par exemple, elle a promis à Jamie de lui envoyer une série de mangas, et elle l'a fait. Depuis, il est un vrai fan de *Fullmetal Alchemist.* Jamie a compris à travers cet acte qu'elle tenait à lui.

Sur ce, elle me laisse à mes pensées, et c'est encore plus perdu que je lève les yeux vers le ciel étoilé en espérant y trouver la solution miracle pour arranger tout ça. Et c'est en entendant le rire de mon neveu à l'intérieur de la maison que ça me frappe.

Je sais ce que je dois faire.

CHAPITRE 35

One day you will tell your story of how you overcome
what you are going through now,
and it will become part of someone else's survival guide[27].

(Theopeninvite)

Harper

Dix jours plus tard…

Un seul être vous manque et tout est dépeuplé.

Je n'aime pas donner raison à ce genre de citations, je trouve ça trop cliché, mais ma grand-mère dit qu'il faut toujours un peu de clichés pour faire une bonne histoire d'amour. J'aimerais dire que Hunter ne me manque pas, mais c'est faux. Bon sang, je m'en veux de penser à cet abruti, mais c'est plus fort que moi. Même si cela fait précisément quinze jours qu'on ne s'est pas vus, et que je lui en veux toujours à mort, je me languis aussi de lui. De nous. Je continue bêtement d'espérer qu'il va surgir dans mes messages ou venir comme dans les films s'excuser avec des fleurs, ou quelque chose d'aussi niais. Pourtant, en grande courageuse que je suis, je l'ai bloqué sur les réseaux pour ne

27. Un jour tu raconteras comment tu as surmonté ce que tu traverses aujourd'hui, et cela deviendra une partie du manuel de survie d'une autre personne.

pas le voir s'éclater sans moi, je crois que je ne le supporterais pas. Lorsque mon téléphone vibre dans ma main, je m'en veux de croire, une nouvelle fois, que c'est lui, et je m'agace d'être un peu déçue quand je vois que c'est ma meilleure amie.

Maeve : *Meuf, tu ne devineras jamais qui j'ai croisé à New York.*

Harper : *Celui dont on ne doit jamais parler, mais dont tu parles tout le temps, aka Prince Griffin ?*

Maeve : *Jure !! Comment c'est possible alors qu'on est à des milliers de kilomètres de Rebel ? J'allais me garer quand ce connard m'a barré la route et m'a volé ma place de parking.*

Harper : *Vous en avez profité pour conclure ?*

Maeve : …

J'éclate de rire.

Harper : *Tu lui as crevé les pneus ?*

Maeve : *Disons que je lui suis gentiment rentré dedans.*

Harper : *T'ES PAS SÉRIEUSE ?*

Maeve : *Absolument. Je me suis barrée quand il est sorti de sa bagnole et je lui ai fait un fuck ma-gis-tral.*

Je sais qu'elle en est tout à fait capable, ce qui me fait rire de nouveau. Elle est vraiment intenable. J'ai hâte de la retrouver, elle me manque.

Harper : *Bon sang, je te laisse quelques jours et voilà ce qui arrive, tu es intenable.*

Maeve : *Oups, je n'ai pas fait exprès… #menteuse*

Harper : *Tu sais qu'à force de lui rentrer dedans et de le provoquer comme ça, il va finir par te tomber dessus… vraiment… VRAIMENT.*

Je la cherche un peu. La connaissant, elle doit rouler des yeux et fulminer.

Maeve : *Tu as des nouvelles de Hunter ?*

Outch.

Harper : *C'est un coup bas.*

Maeve : *Je sais. Alors ?*

J'hésite à la laisser mariner et à lui répondre. Mais elle serait capable de me harceler pour me tirer les vers du nez. Autant abdiquer tout de suite.

Harper : *Non.*

Maeve : *Si je le vois aujourd'hui, je vais me faire un malin plaisir de lui défoncer la gueule, à ce connard. Ou sa bagnole, au choix.*

Harper : *T'es en forme, ma parole.*

Maeve : *Je t'aime et je lui avais promis de lui en faire baver s'il te faisait du mal. Putain, j'ai hâte de te voir. Tu me manques, blondie !*

Harper : *J'ai hâte de rentrer rien que pour toi.*

Maeve : *Tu es prête pour ton discours ? Tu m'envoies un message quand tu as fini, d'accord ?*

Mon ventre se serre à l'évocation de mon intervention imminente.

Harper : *Je ne suis pas certaine d'être prête, mais je peux plus reculer. Oui, je te dirai.*

Je pose mon portable sur mon lit, puis je me regarde dans le miroir. En seulement quinze jours, ma peau a bronzé, et mes cheveux blonds se sont éclaircis. Être en robe ou en tee-shirt tous les jours m'a fait beaucoup de bien, et mon moral est légèrement remonté. J'ai profité chaque jour du soleil, me gorgeant de son énergie pour retrouver la mienne. Savoir que demain, je retourne dans le froid du Michigan me déprime un peu. J'ai hâte de retrouver Maeve car on a encore quelques jours de repos avant la rentrée. Mais pour le reste, je suis un peu dubitative… Savoir que je vais croiser Hunter ou même les autres gars ne m'enchante pas vraiment. J'ai encore des articles à rendre sur l'équipe, avec le Frozen Four qui va commencer. Mais je ne vais pas me gâcher la journée en pensant à ça. Chaque chose en son temps.

Mon portable sonne de nouveau. C'est un nouveau message de Maeve. Il n'y a rien d'écrit, juste des photos. Mon cœur se serre quelques secondes. Sur le premier cliché, je remarque que l'entrée de la fac est couverte de banderoles aux couleurs des Grizzlys : « Harper, t'es magnifique ! » ou encore : « Harper, on t'aime ! » Sur la seconde, c'est un énorme tableau d'affichage probablement installé par les étudiants. Parmi tous les clichés, je remarque que les gens ont mis des photos d'eux, de ce qu'on appelle des « imperfections » depuis toujours, mais qui, dans ce pêle-mêle, ressemble à de l'art. Ça me fait monter les larmes aux yeux. Je suis tellement émue que je fixe les photos une éternité.

Maeve : *Tu verrais ça, c'est si beau, meuf ! <3*

Je ne réponds pas, mais je me nourris de cette sensation délicieuse qui me lèche la peau et qui guérit mon cœur. Ce bougre n'est pas vraiment guéri, il est encore épris de Hunter. Je n'arrive pas à l'oublier ni à effacer la dernière conversation que nous avons eue. Je suis aussi triste qu'en colère, mais ce que j'ai sous les yeux me montre qu'un futur différent mais beau m'attend à Rebel. Même s'il doit advenir sans l'homme que j'aime. Avant que les larmes ne coulent, je me secoue mentalement. Plus le temps de se lamenter, il faut que je me mette en route.

C'est OK, tout va bien.

Je n'avais pas revu les lieux depuis que j'ai passé mes examens de fin d'année il y a plus de deux ans. Je fixe cet immense bâtiment aux murs jaune pastel qui s'élève fièrement. Étonnamment, mon cœur ne bat pas aussi vite que je l'imaginais, je n'ai pas aussi peur que je le pensais. J'ai écrit mon discours, puis je l'ai réécrit et encore et encore. Ça a duré des jours, et alors que je suis sur le point d'entrer dans mon ancien lycée, je ne suis pas certaine qu'il soit le meilleur, mais je ne peux plus faire machine arrière. Ma mère et ma grand-mère voulaient m'accompagner, mais je leur ai dit que ça irait, parce que c'est vrai, je pense que ça va aller. Je dois affronter mes vieux démons, je ne peux pas totalement guérir de ce que j'ai vécu, mais je peux maintenant en tirer de la force. Seule. Pour me prouver que j'en suis capable et surtout, si je le peux, à mon échelle, inspirer d'autres personnes au passage.

C'est OK, tout va bien.

Mon cœur bat comme un malade. Je me demande si les nombreuses personnes en face de moi peuvent le voir à travers le fin tissu de ma robe.

– Maintenant, je vais laisser la parole à Harper Clarke, militante pour le *body positive* et ancienne étudiante ici.

J'inspire longuement avant d'expirer, puis j'avance jusqu'à l'estrade, avant de me placer derrière le pupitre. Je suis troublée de voir tous ces regards braqués sur moi. C'est presque une habitude maintenant… Ce qui me fait le plus chaud au cœur, c'est le nombre de personnes présentes pour cet événement, je ne m'attendais pas à autant de monde. C'est franchement intimidant, mais je dois le faire pour moi et pour tous ceux qui passent encore malheureusement par le même traumatisme que moi. Un jour, je l'espère, le harcèlement n'existera plus.

Allez, lance-toi !

J'ai presque le réflexe de regarder derrière moi, car cet encouragement me semble venir de mon passé. Comme si la Harper de seize ans était là et qu'elle voyait depuis son époque que tout va bien se passer pour nous, pour elle. Si j'avais le pouvoir de lui dire de ne pas s'en faire, qu'elle ne va pas simplement devenir une nana extraordinaire, mais qu'elle l'était déjà à ce moment-là, et qu'en plus elle va s'entourer de gens incroyables…

Il est temps de montrer de quel bois je me chauffe.

– Comme l'a dit madame Isaac, je m'appelle Harper. Je sais ce que vous vous demandez : qui est cette nana qui vient nous parler de *body positive* ? En plus, c'est une grosse, forcément. Je suis d'accord, c'est peut-être un peu cliché.

Je souris en voyant les mines choquées de certains adultes à l'évocation libre de mon poids. *A contrario*, les rires des élèves fusent autour de moi, et au moins, je capte leur attention. C'est pour eux que je suis venue surtout, les adultes m'ont laissée tomber autrefois, alors j'espère leur ouvrir les yeux un peu… Ce qui m'importe, ce sont les jeunes qui ont peut-être besoin de moi maintenant.

– C'est vrai, certains ici présents vont me qualifier de grosse, forte, ronde, voluptueuse et d'autres mots peut-être encore moins flatteurs. Et c'est une réalité : je ne suis pas fine comme vous pouvez le voir tous les jours à la télé ou sur Internet. Mais franchement, je ne sais pas en quoi c'est un problème. Si ce n'est pas le mien, ça ne devrait pas être le vôtre, n'est-ce pas ? Il y a deux ans, quand j'étais élève dans ce lycée, je ne m'étais pas encore demandé pourquoi, si le mot « mince » n'est pas une insulte, le mot « gros » le serait. J'ai besoin que vous compreniez cela : la société a un regard sur le corps des autres, alors que ce n'est pas normal, et encore moins justifié ou excusable.

Je prends une pause et j'inspire profondément. Le stress est toujours là, mais il commence à s'estomper. J'ignore si ma voix les atteint, j'ignore si j'arrive à toucher ne serait-ce qu'une personne. Mais je sais que mes mots vont mettre du baume au cœur de Clara, la jeune ado qui a récemment subi du harcèlement. Et puis, à travers mes mots, c'est mon cœur qui parle à mon corps…

– Parce qu'il faut que vous sachiez quelque chose. Moi aussi, j'ai été harcelée entre ces murs à cause de mon poids.

Un silence pesant s'abat sur la salle et je n'imagine pas ce qu'en pense la proviseure. Tant pis pour elle si elle regrette de m'avoir invitée. Je dois aller au bout de mon discours, pour toutes les personnes qui subissent en silence, jusqu'à un terrible point de non-retour pour certains.

– Et vu que je n'ai pas reçu d'aide, je me suis reniée à cause de ces remarques constantes. Croyez-moi, j'aurais aimé savoir que j'avais tout à fait le droit d'avoir des rondeurs, que c'était normal et que j'avais en plus raison de les kiffer. Ou de tout simplement exister, même en étant différente. Ne l'est-on pas tous, au final ? J'ai découvert le *body positive* durant l'été précédant ma première année de fac. Si j'avais su, à l'époque, ce que c'était, je crois que ça m'aurait aidée à supporter les insultes de mes bourreaux et à comprendre que j'avais le droit d'exister malgré mon corps qu'ils détestaient. Notre poids ne doit pas nous limiter et on ne devrait pas laisser ce pouvoir à d'autres qu'à nous-mêmes. J'ai une question pour vous : le *body positive*, qu'est-ce c'est ?

– Un truc inventé pour que les moches arrivent à s'accepter, balance un des élèves.

Je souris et je fixe un garçon assis dans le fond. Avec sa veste aux couleurs rouges de l'équipe de basket du lycée, j'imagine qu'il fait partie des sportifs. Je ne lui sauterai pas à la gorge, parce que je me suis rendu compte que j'ai trop longtemps mis tout le monde dans le même panier, en jugeant chacun tout de suite.

– Tu sais, la beauté, c'est subjectif, on est tous le laid ou le beau de quelqu'un, toi y compris.

Je ne peux pas m'empêcher de le tacler. Je crois que c'est dans ma nature, Maeve avait raison sur ce point aussi. Ses camarades se foutent gentiment de lui et il rougit.

– On a tous des complexes, c'est dans notre nature, c'est ce qui fait de nous des êtres humains. Je ne connais personne qui ne complexe pas à un moment donné, que ce soit une femme ou un homme. Un nez un peu trop gros ou long, une bouche trop fine, un ventre un peu trop mou, des cheveux trop clairsemés ou crépus… Qui n'a jamais rien trouvé à redire sur son corps ?

– Ouais, moi, quand je mate mes abdos, je me dis que tout va bien.

– Bah tu vois, ça, c'est un exemple de *body positive.* Se regarder dans la glace et trouver une chose qu'on aime, puis deux et ainsi de suite… On pense que les femmes sont les seules à complexer, mais il n'y a qu'à voir comment les mecs se bagarrent pour savoir qui a la plus grosse pour comprendre qu'eux aussi ont des complexes. Et surtout, pour beaucoup de personnes dans notre société, les hommes n'ont pas le droit de montrer leurs failles, sinon ça les rend faibles, moins masculins, mais c'est un autre sujet…

Je souris en me disant que j'ai sans doute un peu perdu le fil.

– OK, un point pour toi, lance le jeune basketteur.

– Le *body positive* est un mouvement qui vise à aider les femmes et les hommes à s'accepter comme ils sont, et à apprendre à s'aimer, loin des diktats de la société actuelle. L'acceptation de soi est un vaste sujet. Et surtout, un cap parfois difficile à franchir, car le monde qui nous entoure vit encore et toujours dans le jugement. Il suffit de regarder les publicités pour se rendre compte qu'aujourd'hui encore, l'image de la femme idéale est celle d'une personne mince, musclée, qui ne mange jamais un plat de pâtes bien gras. Le mouvement du *body positive* cherche à refuser tout ça. Mais pas seulement. Il vise toutes les petites imperfections que nous avons, comme les boutons, les vergetures, les poils, les bourrelets, et j'en passe. À travers cette intervention, j'ai envie de vous faire comprendre à quel point vous devez chérir votre corps. Car au bout du compte, c'est lui qui vous permet d'avancer au quotidien, de réaliser vos rêves, d'embrasser votre *crush* ou de gagner le match important de la saison. Sans lui, on ne serait rien, et on doit en prendre soin et l'aimer comme il est.

Je ne lis plus mon discours depuis l'interruption du garçon. Je parle avec mes mots, et surtout avec mon cœur. Je crois que certaines paroles, certains mots viennent tout seuls quand le moment est bien choisi, quand il est temps de les dire. En fait, je suis contente d'avoir accepté de venir ici, parce que ça m'aide à prendre conscience que je ne souffre plus vraiment de cette humiliation, et que je n'ai pas vraiment souffert de celle de la patinoire. Tout simplement parce que les commentaires sur les pancartes, je reçois les mêmes parfois sur mon compte Instagram, et ça ne m'ébranle plus. Parce que c'est moi qui compte, c'est moi qui suis importante, c'est mon avis avant celui des autres. Et puis les *haters gonna hate*, je ne peux rien faire contre ça. En fait, je suis en colère contre moi de donner de l'importance à certaines personnes qui n'ont aucun droit de me critiquer ou même de porter un jugement quelconque sur ma personne.

Les sifflements et les applaudissements fusent autour de moi et je suis touchée de voir qu'au moins durant un instant, ils m'auront entendue. Puis, soudain, parmi le bruit de la foule, un hurlement se distingue :

– Putain, ça, c'est ma nana !

Mes joues deviennent écarlates et la mâchoire m'en tombe presque quand je repère qui est l'auteur de cette phrase. *Hunter.* Mais qu'est-ce qu'il fait ici ? J'ai envie de l'envoyer balader, mais je ne dis rien. Tout le monde le regarde, alors qu'il est appuyé contre un mur, habillé d'un jean noir troué et d'un tee-shirt blanc qui met parfaitement sa peau bronzée en valeur. Il applaudit de toutes ses forces et la fierté est visible sur son visage. Tandis que je m'écarte du pupitre pour laisser la place à la proviseure, j'entends les remarques des élèves du genre : « T'as vu, c'est son mec ! »

Mon cœur, lui, bat la chamade, je ne m'attendais absolument pas à ce qu'il soit ici, ni qu'il m'interrompe de la sorte, d'ailleurs. J'essaye tant bien que mal de ne pas loucher dans sa direction, mais j'échoue lamentablement. Ce connard est beaucoup trop sexy, m'a beaucoup trop manqué, et surtout, quel bonheur de le savoir près de moi.

Je suis partagée entre peur et exaltation lorsque je sors du lycée une heure plus tard. La proviseure ne m'a pas remerciée, mais les autres intervenants, si, et certains élèves également. Dont Clara, toute timide, et c'est ce qui compte. C'est pour elle que j'étais là, après tout. Je ne peux m'empêcher de croire que la proviseure n'a pas changé si elle n'a même pas daigné me parler après mon discours… Tout ce que je peux espérer, c'est que les élèves soient mieux traités et mieux pris en charge que moi.

Je trouve Hunter dehors, assis sur une table. *Il m'a attendue.* Il me remarque sur l'instant et se redresse. Je suis partagée entre l'envie de me jeter dans ses bras et celle de le cogner. Je suis toujours aussi virulente avec lui, je crois que ça ne changera jamais. Il a maintenant une paire de Ray-Ban sur le nez et il me sourit. Quand il voit que je n'avance pas, c'est lui qui comble l'écart entre nous.

– Je comprends pourquoi tu aimes tant la Floride, le soleil en plein hiver, c'est vraiment le pied.

Je rêve ou il me parle comme si de rien n'était ?

– Putain de bordel de merde, qu'est-ce que tu fous ici ? je lâche, abasourdie.

– Je t'avais dit que je viendrais te soutenir pour le discours, me répond-il avec un sourire. D'ailleurs, tu étais vraiment exceptionnelle et rayonnante.

Je le dévisage, un peu décontenancée. Bien que son sourire soit aussi communicatif que d'habitude, je n'y réponds pas. Il se fiche de moi ? Il m'envoie balader, et il me parle comme s'il n'avait pas pété un câble l'une des dernières fois qu'on s'est vus. Après un putain de silence radio, il…

– C'est vrai, mais il s'en est passé, des choses, entre ce moment et maintenant.

Le souvenir de ses mots dans le couloir de la patinoire me reste en mémoire. Je n'ai pas oublié, la sensation de manque

que j'ai ressentie durant notre séparation est encore trop vivide. Je pensais qu'il me donnerait des nouvelles plus tôt et voilà que je suis en colère contre moi d'avoir tant espéré qu'il le fasse. Parce que ça veut dire que je suis vraiment accro.

Hunter se passe une main dans les cheveux, l'air triste et désolé, puis il remonte ses lunettes sur son crâne. En réponse, je croise les bras sur ma poitrine. Je veux lui faire comprendre qu'il ne peut pas se pointer comme ça, la bouche en cœur, comme il le fait tout le temps. Je mérite mieux que ça. Je veux qu'on se batte pour moi, même s'il l'a fait au sens propre du terme. Il n'empêche que je veux qu'on me montre combien je suis importante.

– Ouais… je pensais que me voir suffirait à te rendre folle de mon corps et que je n'aurais pas besoin de ramer pendant des heures.

– T'as bouffé de l'espoir en venant, toi ! Tu m'as délibérément rejetée alors que je voulais juste être avec toi, te soutenir.

Dès qu'il entend mes mots, il perd toute son assurance et je me rends compte que c'était plus une façade qu'autre chose. Il est aussi misérable que moi et bizarrement, ça me rassure.

– Je sais, je m'en veux. Putain, Harper… Je crève d'envie de te voir depuis le moment où t'es partie. J'étais dans un état second, j'avais la rage au ventre…

– Moi aussi, pourtant mon premier réflexe a été de courir vers toi, je le coupe.

Il hoche la tête.

– Les mots que j'ai eus… ça me bouffe depuis trois semaines. Mais je crois qu'il faut que je t'avoue quelque chose pour que tu comprennes pourquoi tout a explosé.

Je fronce les sourcils, perplexe. Au vu de son sérieux, j'ai peur de ce qu'il s'apprête à me dire.

– Tu te souviens quand tu m'as raconté ce qu'on t'a fait subir dans ce gymnase minable ?

Je hoche la tête, à court de mots. L'entendre raviver ce souvenir alors que je ne suis qu'à quelques pas du lieu me perturbe.

– Si j'ai à ce point compris ce que tu me racontais, c'est parce que lorsque j'étais dans l'Ohio, j'ai subi un racisme constant de la part de Melvin, le mec que j'ai tabassé, et sa bande. Il ne supportait pas qu'un Latino puisse être meilleur que lui, parce que dans sa tête, le hockey est un sport de Blancs. C'est pour ça que j'ai été renvoyé de ma précédente fac, parce qu'au bout d'un moment, je n'ai plus pu encaisser ses insultes, j'ai fini par lui faire ravaler physiquement ses paroles…

Les bras m'en tombent. Pourquoi ne m'a-t-il jamais dit ça avant ? Mon instinct est de le serrer dans mes bras, parce que finalement, lui et moi, on est encore plus similaires que je l'imaginais. Quand on le voit comme ça, on n'imagine pas qu'il a pu subir ce genre d'insultes, lui qui semble prendre la vie comme un jeu. Et pourtant.

– Est-ce que tu lui as au moins pété le nez, à ce connard ? je demande. Pour… nous venger tous les deux, pour lui faire fermer sa grande gueule de raciste et grossophobe.

Ses sourcils se haussent rapidement, seule preuve de son étonnement.

– J'ai pas pris le temps de vérifier, mais il pissait le sang, ça, c'est certain.

– Bien. La prochaine fois, sois-en sûr, je lâche avec un petit rire.

– Tes désirs sont mes ordres, Baby H. Tu m'as tellement manqué.

– Tu plaisantes ? Si ç'avait été le cas, tu serais venu plus tôt ou tu aurais donné des nouvelles, au moins.

– Toi, quelque chose me dit que tu m'as bloqué sur les réseaux sociaux, et j'en suis offusqué.

Mon cœur tombe dans mon estomac.

– Putain, qu'est-ce que tu as fait ? je lance en cherchant en vain mon portable dans mon sac à main.

Il sourit encore et tire sur mon bras pour me faire venir à lui. Ses bras s'enroulent autour de ma taille. Je laisse les miens ballants, ce qui semble l'amuser. Malgré moi, notre proximité me rappelle toutes ces sensations qui m'ont manqué. Je sens son odeur et la chaleur de son corps à travers ma robe.

– Pour répondre à ta première question, ça fait des jours que j'ai envie de venir. Je me suis forcé à ne pas le faire. Parce que je voulais être là aujourd'hui précisément. Je sais que c'est un jour important pour toi et je me suis dit que ma présence serait plus significative ainsi. Tu sais : des actes et pas des paroles.

– Mouais, va falloir faire mieux… parce que tu m'as manqué et que…

Les mots m'échappent et je ne peux pas les ravaler. Il éclate de rire et se penche vers moi. Il appuie son front contre le mien, cherchant à embrasser le bout de mon nez, mais je tourne la tête.

– Et ensuite, si tu avais ouvert Instagram, tu aurais vu que je mettais mon cœur à tes pieds il y a *des semaines*, et qu'aujourd'hui, j'ai diffusé ton discours en live pour qu'il touche plus de monde. Les gars ont déjà relayé sur leurs propres réseaux, tu vas être encore plus virale que tu ne l'étais…

– T'es pas sérieux, Hunter Clark ?

– Ben si, tes mots, tes convictions méritent qu'on leur donne toute l'importance du monde. Tu le mérites, toi, tout simplement. Et si tu me donnes la chance d'être à tes côtés, je le ferai chaque jour.

Comme je regarde toujours sur le côté, il enfouit la tête dans mon cou. Des frissons dévalent mon échine, alors que ses lèvres effleurent tendrement ma peau. Bon sang, je suis si heureuse de le retrouver. Mon cœur est comme galvanisé.

– Tout le monde m'en veut chez moi et à Rebel, tu sais. Mais je ne m'en remettrais pas que toi, tu m'en veuilles encore.

Je relève la tête et plonge mes yeux dans ses grands iris noirs. Lui en vouloir encore est stupide, surtout si ce qu'il dit est vrai, et je n'en doute pas une seconde. Tout cela aurait certainement pu être évité si Melvin s'était fait percuter par un bus avant de venir à la rencontre, mais on n'a pas eu cette chance. Il est bien venu, j'ai été humiliée, Hunter, mis sur la touche et nos cœurs, meurtris. On ne peut pas changer cela. Prenant certainement mon silence pour de l'hésitation, il continue à me sortir ses arguments.

– Même si c'est plutôt une bonne chose, Griffin me snobe carrément, il a bloqué mon numéro jusqu'à ce que je te supplie de me reprendre. Je ne pensais pas dire ça un jour, mais les SMS de ce gars me manquent.

– Je crois qu'il me plaît beaucoup, ce petit…

Hunter grimace. Maeve aurait probablement la même réaction, mais en pire… La vérité, c'est que je l'aime beaucoup, tout comme Cade et Zeke. Tout ce que j'ai écrit dans mon article, je le pensais. Sur les garçons, sur ce sport et sur Hunter. Je croyais que ça serait une corvée, et j'ai rencontré des mecs incroyables.

– Cade ne m'appelle plus que Sa Majesté des Réactions Pourries et m'a balancé ton article à la gueule en me disant que j'étais le pire des abrutis.

– Toujours lucide, le Captain.

Il me couvre d'un regard amusé.

– Quant à ma sœur, elle m'a frappé. Je crois que je ne suis pas le seul à être fou de toi. T'as fait succomber ma fille de cœur et de sang.

J'esquisse un sourire.

– C'est normal, je suis une nana géniale.

– Plus que ça, Harper. Tu es exceptionnelle, et je n'aurais pas dû te dire ça, parce que tu vas t'imaginer que tu n'as rien à faire avec un abruti comme moi et que t'aurais parfaitement raison. Je t'aime, Baby H, je t'aime de toute ma putain de connerie. Et je te demande pardon de m'être comporté comme le dernier des cons.

Sa déclaration me coupe le souffle un instant, tout ça est très sérieux et je peux voir à l'intensité de son regard qu'il en pense chaque mot. Je décide d'alléger l'ambiance avec ce que je sais faire le mieux.

– Alors comme ça, tu m'aimes très fort ?

– T'as pas idée.

Je lève enfin mes bras ballants et les enroule autour de sa nuque, ce qui me vaut le sourire le plus étincelant du monde.

– Je t'aime, mais je vais te faire payer d'arriver comme une fleur avec trois semaines de retard, Clark.

– Tout ce que tu veux. Fais-le-moi regretter, je suis ton homme, Clarke avec un « e ».

Je me dresse sur la pointe des pieds et j'embrasse son sourire. Bordel, que ses lèvres m'avaient manqué.

– C'est comme ça que tu commences ta torture ?

– C'est un début, je dis.

Il me caresse tendrement la joue et on s'embrasse enfin. On a tellement faim l'un de l'autre qu'on se dévore, mais comme nous sommes dans un lieu public, nous ralentissons la cadence. Je dois dire qu'être embrassée devant mon ancien lycée, par un type ultra-sexy, ça sonne un peu comme une petite revanche. La boucle est enfin bouclée. Dans l'infinité de notre baiser, je le retrouve, ainsi que toutes ces sensations qui m'ont tant manqué. Je me sens enfin complète à ses côtés.

– J'aimerais quand même que tu regardes ma vidéo parce que franchement, j'ai tout donné sur le moment. J'en tremblais tellement que j'ai été obligé de planquer mes mains sous mes cuisses, avoue-t-il.

Mon éclat de rire est si puissant que plusieurs personnes se tournent dans notre direction, intriguées. J'aime tellement ce mec, putain, que c'est bon d'être dans ma peau, que c'est bon de tout simplement être moi.

BONUS
FROM PRINCE TO KING

GRIFFIN

Aujourd'hui est une belle journée. Malgré les -10° – ressenti -30° – qui ravagent la ville de New-York, le ciel est d'un bleu lumineux tandis que le soleil brille. Le froid ne me dérange pas, j'ai l'habitude sur la glace. Tout en tapotant en rythme sur le volant la chanson *Perfect Day* de Hoku, je cherche une place dans le parking quasiment plein du centre commercial. Je m'attendais à ce qu'il y ait du monde, mais pas à ce point. Ça fait trois fois que je fais le tour pour trouver où garer mon coupé sport. Quand, enfin, un monospace manœuvre pour sortir, je laisse mes réflexes de meilleur gardien de hockey prendre le relais pour m'y insérer. Pas peu fier de moi, je coupe le moteur de mon petit bijou, mais je n'ai pas le temps de savourer ma petite victoire qu'une secousse ébranle la voiture.

Bordel de merde !

Je mets quelques secondes à comprendre ce que cela veut dire : on vient de me rentrer dedans ! Je sors à la hâte, prêt à emplâtrer le coupable. Je ne sais pas comment, mais je reconnais ce tas de boue au premier coup d'œil. Pourtant ça ne fait aucun sens, on est à plus de sept cents kilomètres de la fac !

– Putain… je lâche sous le choc.

Je n'ai pas le temps de finir ma phrase que la vitre côté conducteur coulisse, et je fais face au majeur à l'ongle verni rouge sang de la pire des pestes que je connaisse : Maeve King… Ma petite démone personnelle. Une repartie cinglante me brûle les lèvres, mais elle se casse avec un sourire victorieux avant que je ne puisse laisser sortir ma rage. Cette fichue garce ne paye rien pour attendre, je vais me faire un plaisir de lui rendre la pareille et bousiller l'épave qui lui sert de voiture la prochaine fois que je la croise.

Non seulement elle a pété le frein de mon « service trois pièces », mais en plus, elle a aussi l'audace de me casser les couilles, même quand on n'est pas sur le campus. Le pire, si Hunter reconquiert Harper – et il a intérêt –, c'est que je vais être amené à la voir encore plus souvent. C'est la malédiction qui est la nôtre en ayant les deux H pour meilleurs amis.

Je m'empresse d'aller voir si ma voiture n'a rien. Bien que je n'aie rien demandé à mes parents pour Noël, ils ont jugé bon de m'acheter une nouvelle bagnole. Non pas que je m'en plaigne, j'adore ce genre de petites attentions, mais parfois, je ne peux pas m'empêcher de me dire qu'ils en font trop. Clairement je n'avais pas besoin de ça. J'aurais préféré que mon père m'achète des mangas ou des comics, ça aurait prouvé qu'il me connaît vraiment, pour une fois. Mais c'est comme ça chez moi, on offre des cadeaux pour l'image et non pour réellement faire plaisir… Surtout que cette voiture va rester ici, à New York. Hors de question que je me pointe avec à Rebel. Mes colocs n'auraient pas fini de se foutre de moi.

Heureusement il n'y a pas de gros dégâts, juste quelques rayures sur la carrosserie. Cela n'épargnera pas ma vengeance la prochaine fois que je la croiserai. Je retourne à ma voiture et je prends mes livres. Doug Patel est en dédicace dans l'immense librairie qui est à côté du centre commercial. C'est un auteur de bandes-dessinées assez sombres que j'adore. Je me rends souvent aux dédicaces des artistes dont j'aime le travail. Sans parler des conventions, surtout la *Comic Con* de San Diego, je ne la manque jamais. Après le hockey, lire est sans doute mon passe-temps préféré. Je trottine jusqu'à la librairie en espérant qu'il n'y ait pas trop de monde.

Je déchante rapidement quand je vois les dizaines de personnes qui attendent déjà. Pourtant, ça ne me décourage pas, je veux parler avec ce mec.

Cela ne fait pas deux minutes que je fais la queue quand j'entends dans mon dos :

– C'est pas vrai, cette journée est un cauchemar !

Je reconnaîtrais cette voix entre mille, c'est pourquoi sans me retourner, je lâche :

– Effectivement vu que tu es là.

Mais je n'ai pas beaucoup de volonté en ce qui *la* concerne et je finis par céder. Elle me fusille du regard, baisse les yeux sur mon torse, puis sur les livres que je tiens dans la main. J'en fais autant. Dans un total look noir, elle est… Bon sang, comment peut-on détester une nana autant qu'on a envie de se la faire ? C'est une question que je me pose depuis de nombreux mois, tiraillé entre mon désir de lui dire toutes les horreurs du monde et celle de la baiser comme un damné pour enfin me la sortir de la tête. Si elle n'était pas aussi belle, j'aurais sûrement plus de facilités à l'oublier, malheureusement pour moi Maeve est magnifique. Et encore, le mot est faible.

La vie est injuste parfois.

– Tu m'as volé la place, espèce de gros con, lâche-t-elle en me regardant de nouveau. Tu ne sais pas conduire ou quoi ?

Le dédain dans sa voix, son regard glacial. Ça m'avait presque manqué pendant les vacances. Je lui adresse mon plus beau sourire, et je remarque que ses joues rosissent, alors je me penche vers elle.

– Ta place ? Je n'ai pas vu la petite plaque dorée où il y avait écrit : « Maeve, Reine des briseuses de freins », je raille.

– Fais gaffe, il est possible que ce soit bientôt marqué « Ci-gît Prince Griffin, Roi des mauvais coups ». Tout le monde me remerciera pour ce service rendu à la nation.

– Avoue que tu serais complètement perdue sans moi. En plus, tu serais obligée de trouver un autre être humain à torturer et à hanter. Je sauve des milliers d'hommes par mon courage et mon sacrifice.

– Va mourir, *Princesse* ! balance-t-elle avec un sourire en mimant une corde.

– Honneur aux dames, je réponds.

– Vu que je suis la plus *badass* de nous deux, je t'en prie, passe devant. La galanterie se perd de nos jours.

J'éclate de rire. Un rire jaune. Cette nana me vanne aussi vite qu'elle respire ; je dois dire qu'on est au même niveau pour ça. Quitte à avoir un ennemi juré, autant qu'il soit à la hauteur. Et je vise toujours l'excellence, dans tous les domaines.

– C'est sûr que mes traits d'eye-liner sont beaucoup plus réussis que les tiens et que je suis beaucoup plus gracieux que toi ! Et puis, regarde, justement, je suis devant alors…

Elle soupire, comme si m'entendre parler lui avait déclenché une migraine aussi explosive que soudaine.

– Je dirai à Doug Patel qu'il peut s'inspirer de toi s'il a besoin d'écrire une histoire avec une mante religieuse.

– N'oublie pas de lui souffler que s'il a besoin d'un personnage inutile que tout le monde a envie de buter dès qu'il ouvre la bouche, il peut prendre modèle sur toi.

Elle me déteste, et je le lui rends bien.

Je lui en veux, et elle me rend la pareille.

L'un comme l'autre à chaque fois qu'on s'envoie des crasses à la gueule, on est sûrs d'en prendre une en retour. Et une part de moi *adore* ça.

– J'espère avoir réussi à abîmer ta caisse, ce serait une maigre compensation pour subir ton horrible présence chaque jour.

– Raté ! je mens en jubilant à moitié. D'ailleurs tu ne perds rien pour attendre.

Ses yeux se plissent, puis elle arque un sourcil, me défiant de riposter, promettant ainsi de se battre et de rendre coup pour coup.

– Bon sang cette université regorge de débiles. Entre toi et ton connard de pote…

– Rien ne t'empêche d'aller hanter un autre campus, tu sais.

– Dans tes rêves, Prince. Je préfère encore serrer les dents que de te donner la satisfaction d'avoir gagné.

– Maeve chérie, tellement démoniaque qu'elle vient me faire chier même pendant les vacances. Surtout qu'on est chez moi ici, New York est ma maison. Tu marches sur mes plates-bandes…

– C'est toi qui me brises les ovaires alors que j'avais prévu un road trip tranquille pour mes vacances ! Et ne m'appelle pas « chérie » ou je t'arrache les ongles un par un.

– Je serais ravi de te voir essayer, *chérie*.

J'insiste sur le dernier mot. Je ne serais pas contre un corps-à-corps musclé avec elle, même si le souvenir que j'ai d'elle au pieu est douloureux. Elle me donne un coup dans le flanc. Avec mes potes et les entraînements de hockey, on se prend tellement de chocs que sa tape me fait l'effet d'une caresse. J'esquisse un sourire, j'ai conscience qu'on amuse ou qu'on effraye les gens dans la file. Ils doivent se demander si on va en venir aux mains, et je ne sais pas moi-même quelle sera l'issue de cette rencontre. Mais je m'en tape complètement.

– Aussi douce et cinglante que dans mon souvenir, je glousse.

Elle grimace. Il faut dire que la seule chance qu'on s'est donnée a été laborieuse. *Elle m'a pété le frein.* Mais puisque ça semble être sa plus grosse honte, je me complais à le lui rappeler. Moi et Tony Montana, ma bite, on s'en est remis depuis, on a trouvé plein d'infirmières consentantes pour ça.

– Et toi, si frêle et délicat, répond-elle. Je me demande comment tu arrives à seulement porter ton équipement sur la glace.

Face à ce mensonge éhonté, étant donné ma musculature, je me contente d'un sourire carnassier.

Mon téléphone sonne soudain, me tirant loin de notre bulle de haine.

– Merci, Seigneur pour cette interruption, encore un peu et on aurait pu croire qu'on était amis.

Maeve fait semblant de vomir ; je lui envoie un baiser dans l'air avant de me tourner et de décrocher. Même si ça ne va pas être simple avec cette furie derrière moi, j'ai envie de profiter de cette dédicace. Alors je fais comme si elle ne me pompait pas l'air, du moins, j'essaie.

À suivre dans le tome 2,
disponible le 4 octobre 2023…

Imprimé en France par CPI
en août 2023

Composition et mise en page Nord Compo à Villeneuve-d'Ascq

N° d'impression : 3052067